民企样本

广东民营经济高质量发展实录

GUANGDONG
MINYING JINGJI
GAOZHILIANG
FAZHAN SHILU

曾平标

著

M

N

万科

美的

菜鸟

腾讯

汉胜

大疆

华为

Y

A

土巴兔

N

华大基因

碧桂园 G

格力

溢多利

TCI

比亚迪

B

E

乐聚

SPM
南方传媒 | 广东人民出版社

· 广州 ·

图书在版编目（CIP）数据

民企样本：广东民营经济高质量发展实录 / 曾平标著. —广州：广东
人民出版社，2023.7

ISBN 978-7-218-15965-2

Ⅰ.①民…　Ⅱ.①曾…　Ⅲ.①报告文学—中国—当代
Ⅳ.①I25

中国国家版本馆 CIP 数据核字（2023）第 104547 号

Minqi Yangben——Guangdong Minying Jingji Gaozhiliang Fazhan Shilu

民 企 样 本 —— 广 东 民 营 经 济 高 质 量 发 展 实 录

曾平标　著

出 版 人：肖风华

责任编辑：汪　泉
装帧设计：萨福书衣坊
责任技编：吴彦斌　周星奎

出版发行：广东人民出版社
地　　址：广州市越秀区大沙头四马路 10 号（邮政编码：510199）
电　　话：（020）85716809（总编室）
传　　真：（020）83289585
网　　址：http://www.gdpph.com
印　　刷：广东鹏腾宇文化创新有限公司
开　　本：787 毫米 ×1092 毫米　1/16
印　　张：22.25　　字　　数：350 千
版　　次：2023 年 7 月第 1 版
印　　次：2023 年 7 月第 1 次印刷
定　　价：58.00 元

如发现印装质量问题，影响阅读，请与出版社（020-85716849）联系调换。
售书热线：020-87716172

目录
contents

第一章　品牌崛起

格力光伏空调系统被广泛应用于24个国家和地区，搭建了超过6000套光伏空调系统，全面覆盖中东、北美及东南亚等国家和地区的工厂、学校、楼宇、农场多种场所。

以严苛的标准建城筑家，用坚强的实力兑现美好。

万科品牌历经数十载的发展，产品系列不断迭代升级。万科城就是这样，以"五大城"概念深耕项目建设，集公园、繁华、活力、人文、教育为一体……

在广东民营企业当中，TCL不是最大、最惊艳的那个，但却是矢志不渝做过最多探索的那家。从寄人篱下的偏远小厂成长为与全球顶尖科技巨头同台竞技的全球知名品牌，无论辉煌、波折还是超越，TCL的脚步从未停歇过。

"那我是在盗窃美国明天的技术哦，因为（华为现在做的东西）美国都没有做出来，我去哪里偷他的技术？"任正非举重若轻，微微一笑，说道："更有可能是美国来偷我们的技术差不多，因为我们目前是领先美国的……"

买了新手机，第一件事是做什么？

许多人潜意识地想做的事：先更新下载QQ，然后再下载个微信。在中国，几乎所有人都知道"QQ""微信"，很多人已不在乎他们的主人是谁，在这个庞大的虚拟帝国，全新的网络世界，让海角天涯变得近在咫尺。

基因科技是当今科学界最前沿的研究领域。

过去，一提到"基因技术"，总是给人以高、大、难之感，华大基因在核心技术上的关键突破，使基因检测"飞入寻常百姓家"。

必须以壮士断腕的勇气，果断淘汰那些高污染、高排放的产业和企业，"杀"出一条民营经济高质量发展之路，为新兴产业发展腾出空间。

村改，就是要打破这样一个"旧世界"。

民营经济这趟行驶了20多年的"广东高速列车"，在2009年前后骤然"慢"了下来。速度放缓的背后是一系列变化：资源要素紧缺、自身发展疲态、国际市场萎缩⋯⋯

腾笼换鸟，就是把现有的传统制造业从目前的产业基地"转移出去"，再把"先进生产力"转移进来，以达到经济转型、产业升级之目的。

那么，谁被"腾"了？谁又被"换"了？

第四章　格局再塑

多年深耕，比亚迪制胜一击的"杀手锏"——刀片电池向全行业外供；比亚迪半导体业务分拆上市；高性能智能电动车平台E平台3.0向行业开放共享⋯⋯

时光荏苒，三十而"利"。从第一袋酶制剂的诞生到今天的蒸蒸日上，在执著、理智中探索的溢多利点燃了饲用酶的燎原火种，并不断淬砺"溢多利"这块中国饲用酶的金字招牌。

"有电，就有远光软件。"

掌舵人陈利浩以娴熟的"十八般武艺"为民族软件事业保驾护航，将"远光"旗舰驶出百舸争流"红海"，拓出一片独树一帜的新"蓝海"。

第五章　老树新枝

"美的不只是家电"。

在人工智能这个全球科技企业的"兵家必争之地"，美的成为机器人行业的跨界"大咖"。如今，如果外界再说美的是一家家电企业，已经不那么准确了……

建筑机器人、餐饮机器人、医疗机器人、淘宝卖房、直播购房……这些没有历史镜子可供参照的房企领域，碧桂园仿佛站在"无人之境"，走向了他自身前所未有的创新宽度。

汉胜坚持自主创新，主导制定了通信领域的第一项国际标准。从"卖电缆"到"定标准"，汉胜的经历可以被视作中国同轴通信电缆企业在技术上由"跟跑"到"领跑"的缩影。

第六章 独角奇兽

和其他公司不一样，大疆一开始就瞄准了全球市场，而不仅仅是中国市场，以至于"精灵"在国际科技创新市场上掀起一股强大的"大疆旋风"，不仅成为消费级无人机的标杆，而且奠定了大疆在无人机领域的"巨无霸"地位。

菜鸟驿站已经成为"国民商铺"，谁家附近要是没个菜鸟驿站，网购的体验都要大打折扣。菜鸟裹裹更是现在"剁手"后使用最多的APP，尤其是在"双十一"爆仓之时。

乐聚掌握的机器人专用舵机、SLAM算法、自稳定步态算法等核心技术处于国内领先水平，已经破茧成蝶的成果包括：编程教育机器人Aelos系列、家庭陪伴机器人Pando系列、全尺寸大型仿人机器人Kuavo系列……

从某种意义上讲，土巴兔一直在做的事是连接，用平台连接C端用户和B端建材商、设计师和装修公司等，土巴兔正在从三个维度展望公司的战略方向：满足用户需求、夯实基础练好内功、搭建全产业供应链。

引子

阳光灿烂的日子

岭南春早。

2023年1月28日这天，癸卯兔年大年初七，是中国传统节日春节后的首个工作日。

上午9时，广州白云国际会议中心国际会堂，全省高质量发展大会正式开幕，主会场有1000人，参会企业超500家。同时，大会以视频直播的形式开至全省各地市、县（市、区），分会场参会人数达2.5万人。

这次会议上，以实体经济为本，坚持制造业当家，努力建设制造强省，加快实施创新驱动发展战略，实现高水平科技自立自强的民营经济被摆上重要位置……

莫道君行早，更有早行人。一直以来，广东民营经济"采九州之精华、纳四海之新风"，在岭南这片土地上繁衍生息、薪火相传，奠定了融汇天下、惠利四方的雄阔器局。

把时间回溯到2018年11月7日，广州。

一场冷空气，让岭南添了一份夏末秋至的微凉。然而在别称"花城"的广州，依旧是各色灿烂盛开的花海：簕杜鹃刷屏、异木棉绽放、木芙蓉点缀、洋紫荆斗艳、波斯菊争奇……

上午，在广东省人民政府新闻发布厅，铺着深绿色桌布的发布台后面，依次坐着省工业和信息化厅、省发展改革委、省财政厅、省人力资源社会保障厅、省工商联、人行广州分行等一众官员。

9时许，主持人宣布："广东省促进民营经济高质量发展有关政策措施新闻发布会开始！"

会上，中共广东省委办公厅 广东省人民政府办公厅《关于促进民营经济高质量发展的若干政策措施》重磅发布。这就是优化广东民营经济发展环境，从政策上解决民营企业痛点难点堵点的"民营经济十条"。"民营经济十条"共10个方面、59个政策点。

随后，记者们围绕行政审批、市场准入、降低民营企业生产经营成本、缓解民营企业融资难融资贵、健全民营企业公共服务体系、推动民营企业创新发展、支持民营企业培养和人才引进、强化民营企业合法权益的保护、涉及PPP项目同等参与等方面抛出一系列犀利问题。相关部门——解答。

对准痛点，疏浚堵点，聚焦难点。"民营经济十条"着眼营造有利于民营经济发展的良好营商环境，针对广东民营经济发展中的困难、前进中的问题、成长中的烦恼，通篇都是"干货"。

党和国家支持民营经济发展一以贯之。就在此前的2018年11月1日，习近平总书记在北京主持召开民营企业座谈会，提出了大力支持民营企业发展壮大的六个方面，他掷地有声地说："在全面建成小康社会、进而全面建设社会主义现代化国家的新征程中，我国民营经济只能壮大、不能弱化，不仅不能'离场'，而且要走向更加广阔的舞台"。这，有力驳斥了社会上一些否定、怀疑民营经济的言论，驱散了笼罩在民营企业家心头的"雾霾"，发出了支持民营经济发展壮大的"最强音"，给民营企业和民营企业家吃下了"定心丸"。这，擘画了新时代民营经济发展的壮阔蓝图。

一分部署，九分落实。

广东干在实处，快速跟进，政策到位仅仅用了7天！

既锦上添花，更雪中送炭。继而随之，一揽子从社保、用地、技改等解急纾困的政策"大礼包"频频向民营企业"砸"来——

出台"促进就业九条"，大幅度降低民企用工成本，企业增值税下降、社保费率降低、普惠性减税与结构性减税并举。

出台"科创十二条"，拆除民营企业技术创新的体制性"玻璃门和篱笆墙"，按照100%比例加大科技型中小企业研发费用加计扣除力度等。

出台"企业融资22条"，针对中小企业融资难、融资贵、融资慢，建立中小微企业信用信息和融资对接平台，结合"数字政府"推进社会信用体系建设，设立中小微企业信贷风险补偿资金，完善政策性融资担保和再担保体系……

民营经济在稳定增长、促进创新、增加就业、改善民生等方面发挥着重要作用。政策文件不能看着好看、念着上口、用起来难，而是要最大限度释放"民营经济十条"的政策推动力。

广东各部门贴近民营经济发展迫切需求，形成政策支持"合力"。从司法保障、营商环境、金融服务、支农惠农等角度打出一系列"组合拳"，这些"硬招""实招"，打通了羁绊民营企业资金短缺的"任督二脉"，健全完善了政策帮扶体系的"毛细血管"。

对症下药，多措并举。一时间，广东惠企扶企暖企成为民营企业谈论的高频"热词"。各地释放出支持民营企业的强有力市场信号，形成鲜明政策导向——

深圳提出"四个千亿"扶持政策，设立总规模达1000亿元的民营企业平稳发展基金；佛山成立上市公司通济基金，帮助上市公司和主要股东纾解流动性风险；中山组建规模达100亿元的基金，投向民营上市企业，为

企业纾困解难……

问政草野、问计企业，帮助企业解决难题，带来真金白银的"红利"，政策推出一年间，广东为民营企业直接减负约1230亿元，普惠口径小微贷款余额同比增长34.6%，民营企业贷款余额同比增长25%。

透明、便捷、有效。敢贷、能贷、愿贷。金融"活水"引灌民营企业，一系列惠民政策让民营企业信心倍增……

看生产、听意见、送服务。根据广东省工商联的调查报告显示：71.8%的民营企业表示所在地党委政府落实了相关举措，76.8%的民营企业表示市场需求持平和增长，73.71%的民营企业表示营业收入持平和增长，70.36%的民营企业表示净利润持平和增长。

民营经济发展所遇到的市场"冰山"、成本"高山"、创新"火山"，在广东政府各部门齐心协力下化了"冰山"、降了"高山"、跨了"火山"。过去信息不对称、政策不配套、措施不精准的"最后一公里"被打通了。

内化于心、外化于行、固化于制。2019年8月，广东再对"民营经济十条"进行修订，推出"新十条"，政策力度更大、更好用、更管用……

广东，一片民营经济高质量发展的沃土。

改革开放40多年来，广东民营经济的崛起和民营企业家群体的壮大，是其中最激动人心的篇章之一。

摸着石头过河，从无证商贩沿街叫卖到合法个体工商户设点经营，从个体小本买卖到联户经营股份合作，从创办私营企业到开设集团公司形成规模……广东民营经济始终扮演着重要角色：贡献了全省50%以上的GDP、60%左右的投资、70%以上的创新成果、80%以上的新增就业和95%以上的市场主体。

数字"56789"，生动阐释了广东民营经济在广东经济中的历史地位。

作为中国改革开放的先行区和发祥地，广东民营经济的发展始终与改革开放的伟大进程同频共振——

"忽如一夜春风来"。

"东风吹来满眼春"。

"杀出一条血路"。

"腾笼换鸟……"

在精彩纷呈的历史宏大叙事中，广东民营经济不只是模范生，还是尖子生：经济总量连续30年排名全国第一，民营经济增加值、单位数、实现税收、进出口总额均居全国第一。

经纬穿就自成舟。广东民营经济单位数持续"井喷"，迄今已成为全国唯一一个市场主体单位数超过1300万户的省份。

数量多，门类全，从各种经济指标排名的榜单上，粤企"军团"同样彰显民营经济大省的超强实力和靓丽风景。世界企业500强中，广东12家入榜，其中8家是民营企业；中国民营企业500强中，广东上榜企业60家，前10强企业中有4家民营企业在列。中国制造业民营企业500强和服务业民营企业100强中，广东分别占据49席和22席。一批拥有核心竞争力的细分行业"单打冠军"，涵盖一、二、三产业的完整产业体系。

这些数据虽然枯燥无味，却是对中国民营经济大省的最美诠释和最好注脚！

广东民营经济撑起了广东经济社会发展的"半壁江山"，可谓居功至伟，功勋卓越！它书写的壮丽篇章，足以震撼今人、彪炳后世。大道直行，其命维新。不可否认，广东民营经济势头稳，成色足，支撑强，真正为广东实现"四个走在全国前列"、当好"两个重要窗口"作出突出贡献。

人们不禁要问：广东民营经济高质量发展的"密码"是什么？

答曰：创新！

广东波澜壮阔的改革发展史，其实也是广东民营企业的创业创新史。

作为改革开放的试验田，深圳、珠海、汕头成为中国设立的第一批经济特区，创新创业的理念深深烙在这片充满生机与潜力的热土上，并凝聚成广东民营企业家最核心的精神特质。

创新为翼，广东民营企业不仅是"探路者"，更是引领产业前沿的"领跑者"。2021年，在广东约5.5万家高新技术企业中，民营企业占比超过七成，孵化培育科技型中小企业超3.5万家，约占全国总量的25%，居全国首位。

互联网、大数据、人工智能、区块链、物联网等新技术，推进了"制造技术、自动化技术和信息化技术"三者融合，形成以"机器自主者"为核心的智能制造，实现供需之间的无缝对接和产业技术变革，产业模式和企业形态发生根本转变。

民营经济是广东经济中最有活力、最有创新力和最有竞争力的组成部分。自主研发、核心技术、国际领先……华为、腾讯、美的、比亚迪等产业巨头，大疆、光启、华大基因、海王、研祥、明阳风电等一个个细分行业的领跑者，都是广东土生土长的民营高科技龙头企业。

广东民营企业发展成就，令国人为之瞩目。

在那些耳熟能详、依靠创新创出一片新天地的广东民营企业家代表中，老帅有任正非、壮年有王传福、中生代有马化腾、新生代有汪滔等等，还有一批"90后"的企业家崭露头角……这些形成梯队的优秀民营企业家是广东极为宝贵的战略资源。

一代代民营企业家把握发展大势、保持发展定力、不忘创业初心、接力改革伟业、心无旁骛创新创造、踏踏实实书写着中国民营经济的"广东故事"。

"创新是第一动力。"

"民营企业转型升级，高质量发展是必由之路。"

"民营企业谋发展，正当其时。"

广东深谙此理，在创新环境和创新生态上下足功夫：政策一视同仁，覆盖所有民营企业；最严格地保护民企知识产权；推进1万家工业企业"小升规"，在各细分领域分批次培育专业化"小巨人"企业……

这是阳光雨露下的升级蝶变。

产业链、创新链、资金链、政策链深度融合，一批"双创"基地、众创空间、科技孵化器应运而生。

如果说广东是一片创新的肥沃土壤，那么民营企业就是"种子"。政府为"种子"发芽提供了必要的雨水、养分、土壤和空气，"种子"生根、发芽、茁壮成长。

围绕粤港澳大湾区国际科技创新中心，广东在创新能力、创新合作、创新生态方面精准发力，为"种子"搭建了共享重大科技基础设施、联合实施关键核心技术攻关、参与大科学计划和工程的平台，科技成果实现加速转化……

以广州为例，高新技术企业总量突破1万家，位居全国第三，其中90%以上是民营企业。

创新驱动、核心技术是广东抢占未来制高点的关键所在，也是广东民营企业持续发展的底气。

"鼎新"带动"革故"，"增量"带动"存量"，广东产业迈向全球价值链中的高端位置。

创新不止，改革不停。

广东民营经济高质量发展中，民营企业在营商环境中同样也曾面临诸多堵点：办照容易办证难、办事难、办事繁，审批流程环节过多、链条太长、重复提交材料，等等。

如何让民营企业办事不难、不慢？政府如何作为？

改！改革！

简政放权、释放活力，推进"放、管、服"，精简审批事项，靠前跟踪服务，彻底取消非行政许可审批类别，行政审批总量压减比例超过

50%。

构建和提升营商环境，政府义不容辞。竭力做好民营经济高质量发展的算术题——做"减法"，降低企业生产经营成本，切实为民营企业减负等；做"加法"，做好优化审批服务、保护民营企业合法权益等。

政府深化营商环境综合改革频频出手。项目开工前政府审批时间缩减一半；企业开办时间压缩至5个工作日以内；实施"二十四证合一"改革……省政府出台实施"数字政府"建设总体规划，建成全省统一的网上中介服务超市，建设省级跨部门涉企政策"一站式"网上发布平台。

环境似水，企业如鱼。

"过去办一事多次往返跑、现场预约排队、咨询流程繁琐复杂，现在直接通过信息化网络政务平台'一站式'就可以办理了。"民营企业办事省心舒心，获得感满满。

2016年4月，广东省出台"构建新型政商关系30条"，从根源上、系统上，战略性对优化政务环境、规范政商交往行为、加强廉洁文化建设、强化监督执纪等作出前瞻性规范。

这是全国首个颁布的构建亲清新型政商关系文件。

良好政治生态和一流经济生态的制度化设计，是广东民营经济在政企沟通中逐步形成的渠道。

建立粤商与省长面对面沟通对话机制，组织民营企业家围绕优化实体经济营商环境、弘扬企业家精神、亲清新型政商关系等议题"面对面"，共谋良策。从2018年开始，这种机制作为一项常态化制度每年至少举办两期。

推动建立非公有制经济人士参与涉企政策制定。譬如《中共广东省委广东省人民政府关于促进民营经济发展上水平的意见》等一系列涉及民营企业的政策文件出台前，省有关部门多次深入企业走访、召开座谈会，广泛听取意见建议，并将意见建议吸纳到相关政策文件之中。

建设广东省保护非公有制企业合法权益"粤商通"智慧平台。依托

"数字政府"政务资源,上联省政务服务平台,下接各地市政府、民营企业投诉受理机构和工商联,横向联通省有关单位,实现统一受理、按责转办、限时办结、统一督办、统一考核。

在提供门对门服务、千方百计拓市场方面政府有担当。每年组织1万家次企业参加400场以上境外国际展会,在东盟、非洲等"一带一路"沿线,不少于30个国家打造广东商品展览会;引导民营外贸企业借助广交会、东盟博览会、海博会、高交会、中博会等平台抢抓订单;用足用好国家降低进口商品关税总水平政策,支持民营外贸企业充分发挥重大展会平台,扩大进口业务。

在优化经济结构,培育新业态方面政府有作为。推动自贸试验区、保税区发挥功能;推进跨境电商综合试验区和8个国家级、25个省级电子商务进农村综合示范县建设;推动国际贸易"单一窗口"标准版口岸和应用项目全覆盖,实现整体通关时间再压缩三分之一以上。

从量变到质变,广东民营经济正在步入高质量发展"快车道"。

风雨兼程、春华秋实。从"星星之火"到"遍地开花",从"草芥之微"到"树木成林",高质量发展、新旧动能转换蔚然成势。

根之茂者其实遂,膏之沃者其光晔。广东民营经济贡献的是实力,积淀的是精神,孕育的是希望,体现的是情怀。

有阳光的照耀、有雨露的滋养、有土壤的孕育,广东民营经济已然成长为"参天大树"。

经济发展的"铁柱钢梁"。

对外交流的"金字招牌"。

人民幸福的"财富源泉"。

广东民营经济是广东的骄傲和自豪,也是广东的未来和希望。

2018年10月24日,习近平总书记在广州明珞汽车装备有限公司考察时,勉励民营企业、中小企业聚焦主业,加强自主创新、练好内功,努力

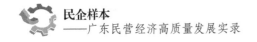
实现新的发展。

"中小企业能办大事！"总书记的殷殷嘱托鼓舞着广东民营企业家的士气。

2023年3月6日下午，习近平总书记在看望参加全国政协十四届一次会议的民建、工商联界委员，并参加联组会，听取意见和建议时再强调，"民营经济是我们党长期执政、团结带领全国人民实现'两个一百年'奋斗目标和中华民族伟大复兴中国梦的重要力量。"

当下，国际环境波诡云谲，经贸摩擦影响不断显现，广东民营企业面临的经济下行压力不断增大。

江入峡谷、风过隘口，广东正处于这样的重要关口。

关口，不容广东徘徊。

"青山遮不住，毕竟东流去"，广东民营经济的势头犹如滔滔珠江，越是曲折，越是奋力前行。

新常态下，广东民营企业恰逢"一带一路"建设和构建世界级创新经济湾区——粤港澳大湾区城市群的契机，将迎来向经济高质量发展迈进的新机遇。

不忘初心，坚定信心。广东已经搭建了开放、融洽的高质量营商舞台，具有国际化视野和开拓创新精神的各级政府与民营企业家们正大显身手、展现才华，用激情追逐梦想。

品牌崛起

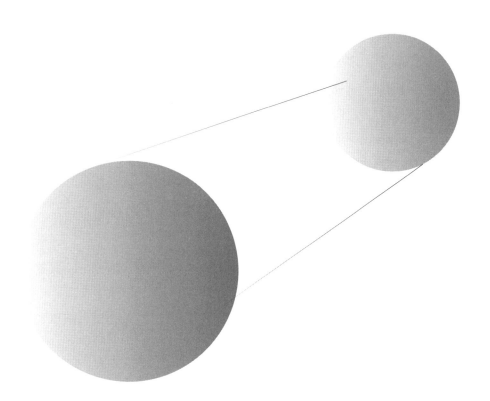

第一节

让世界爱上"格力造"

中国品牌故事更多来自于科技创新。

从模仿到创新,从制造到智造,从"贴牌"到"创牌",从跟跑到领跑,在科技的助力下,广东品牌的形象一次次被刷新。

确实,品牌意识觉醒后,广东民营企业正在进行"科技大赋能"。

格力便是"科技大赋能"的企业之一。

2018年1月22日,美国。

这天,亚利桑那州朔风凛冽,气温下降至1摄氏度,而凤凰世贸中心大楼内却是暖意融融。

随着一阵热烈的掌声响起,中国格力电器与美国凤凰世贸中心正式签署光伏空调产品协议。

"我们在这个地方见证了'让世界爱上中国造'。"格力电器董事长董明珠异常兴奋地说。

这是一笔不小的订单。

占地面积60万平方米,所需要使用的空调总量达1200台,总冷量超过4200冷吨,每年可发电1050万度,这可是全美乃至全球最大的光伏空调项目。

　　除了光伏空调产品，格力的超低温多联机产品也入驻美国水牛城，其品质在零下35℃仍然稳定制热。

　　美国是全球标准最严格的空调市场之一，格力光伏空调怎么能在美国"落地"？

　　首席执行官Marshall Stahl道出了大实话："格力自主研发的光伏空调与我们在筹建凤凰世贸中心使用新能源的想法不谋而合，所以我们选择了中国制造，选择了格力。"

　　一段时间以来，阿里、华为、中兴……中国企业相继折戟美国市场，而格力的大笔订单却让"中国造"在美国扬起高昂的头颅！

　　俗话说，一招鲜，吃遍天。

　　创新，是格力的"九阳真经"。

　　格力电器董事长董明珠说："企业的核心竞争能力是企业自身的看家本领，中国制造要走向世界，必须解决的核心问题是创新能力。"

　　光伏直驱变频空调系统是一种集成太阳能光伏发电、中央空调、能源信息智慧管理于一体的创新系统，通过光伏直驱变频多联机将光伏发电与变频多联机有机结合在一起，空调运行时直接采用光伏直流电来驱动光伏多联机，实现了可再生能源与空调技术的颠覆性创新。

　　这无疑是一项颠覆传统空调行业的"黑科技"。

　　听起来似乎匪夷所思。

　　"这其实源于早些年的一句'戏言'。"谈起研发光伏空调系统的初心，董明珠曾对多家媒体谈起这样一个故事。

　　2012年初，董明珠到北京出差，正遇到了雾霾，感觉空气有点呛鼻，整个城市若隐若现，满大街都是影影绰绰戴口罩的人。

　　"你发财的机会来了。"有人对董明珠说。

　　董明珠一脸懵懂，问道："发财？"

　　"您不见北京的雾霾有多严重？可以考虑做空气净化器呀！"董明珠笑了笑，但转念一想，如果雾霾里极其微小的颗粒直接进入呼吸道或肺，

会威胁人们的健康。

这确实是一个有责任、有担当的企业应该考虑的问题。

董明珠脑洞大开，她思忖："格力不能只立足市场、不能仅仅为了利润，格力的格局要更高，要以改善人类生存环境为己任。"

格力无"戏言"。

董明珠思索："能不能研发一种空调，从源头上杜绝、从根本上解决雾霾问题，变消耗能源为创造能源。"

这就涉及如何把光伏发电和空调用电相结合的技术难题。

"这貌似'老虎吃天'。"格力工程师们初一听，很是吃惊："这个想法太大胆了。研发人员说，将空调与光伏结合起来，这种想法固然很好，但光伏空调系统格力从来没做过，没有可借鉴的经验，是一个很大的技术难题……"

没想董明珠还真的"杠"上了。

在一次内部会议上，董明珠说道："创新是格力的传统和优势，格力发展到今天，就是不断地去探索'无人区'，不断地改变、不断地突破……"她环视一遍坐在场内的技术研发人员，用不容置疑的语气说道："我们不能因为没有人做，就不敢做。科技进步总得有人在创新，格力要大胆说'行'！"

很快，格力组建了一支经验丰富的跨专业研发团队：光伏及空调技术专家、市场调研与产业研究专家、质量管理专家、市场运维专家……研究光伏空调系统的能量转换、传输、调配，研制光伏直驱变频空调系统，解决光伏输出直流电直接驱动空调及直接并网等等技术难题。

董明珠说，4年攻关，1440个日夜啊！工程师们十分辛苦，没有礼拜天，没有节假日。遇到困难时，董明珠与研发人员一起加班，一起讨论，为研发人员鼓劲加油。

尝试、失败、突破。

再尝试、再失败、再突破……

386次故障排除。

500多次烧毁电机。

数千万元损失。

……

2013年初，格力光伏直驱变频离心机组成功面世，光伏直驱利用率高达99.04%。一时间，"全球首创""国际领先"等溢美之词充斥着各大主流媒体。

董明珠的大胆设想终于照进了现实。

2013年，如火的7月，热浪蒸腾着大地。

这天，是格力光伏中央空调系统诞生的日子。一股太阳能直流电压将重达28吨的光伏中央空调缓缓启动，强劲的光伏电流徐徐注入城市电网。空调机组、光伏电能、公用电网实现了能量自由流动、无缝对接、一体化监控和自动化管理。

可再生光伏能源与制冷设备完美结合。

利用太阳能直流电直接驱动空调，发电与用电在这里实现自如切换。宣布成功那一刻，格力工程师们个个热泪盈眶，员工们欣喜若狂，奔走相告！

"这是改变世界的一天。"中国制冷空调工业协会秘书长张朝晖如是说。

2013年12月21日，广东省科技厅为格力电器举行重大发明成果鉴定会，经权威专家一致认定：格力光伏直驱变频离心机系统结合传统中央空调和新能源光伏产业，通过关键技术的创新，实现了多项突破：

解决太阳能直接驱动空调相关应用问题，提高光伏能利用率6%-8%；

直接对光伏直流母线进行MPPT控制，自动寻找到光伏电池的最大功率点，最大限度地利用光伏电池；

全直驱并网，实现公用电网、光伏系统与空调机组的无缝对接，能量在公用电网、光伏系统和空调机组三者之间自由流动；

实现光伏与空调一体化监控和自动化管理，达到无人值守和集中监控的目标。

2017年9月1日，德国柏林。

备受瞩目的国际电子消费展览会（IFA）上，格力G-IEMS局域能源互联网系统面向全球发布。参加发布会的德国科学院院士、诺贝尔奖预选工作组成员Leo Lorenz教授竖起了大拇指："格力G-IEMS局域能源互联网系统的成功研发，对于世界节能减排事业来讲，意义非凡！"

高效发电、安全储电、可靠变电、高效用电……

掌握核心技术，企业有底气，国家有尊严。

格力光伏空调系统被广泛应用于24个国家和地区，搭建了超过6000套光伏空调系统，全面覆盖中东、北美及东南亚等气候区及工厂、学校、住宅、农场等多种场所。

由此，中央空调开启零电费、零污染、零浪费的新时代。

全球能源产业向着清洁化、智能化迈进，一个网络化能源新世界正式开启了。

我们不妨来看看以下几个案例。

沙特达曼办公楼采用格力光伏直驱变频离心机设备1台，及光伏直驱变频多联机设备20台，总光伏装机容量100kW。经过测算，每年发电量14.85万度，30年节约电费可达446万元。环境效益方面，项目可以减排二氧化碳3648.93吨，减排二氧化硫33.68吨，减排氮化物9.82吨，减排粉尘21.05吨，综合减排效益达到159万元。

美国旧金山农场采用格力光伏直驱变频多联机设备126台，总光伏装机容量达到了321.75kW。经过测算，每年发电量39.08万度，30年节约电费可达1172.4万元，环境效益方面，30年可以减排二氧化碳9601.99吨，减排二氧化硫88.63吨，减排氮化物25.85吨，减排粉尘55.4吨，综合减排效益达到419万元。

泰国曼谷7-11商店采用格力光伏直驱变频多联机设备2台，光伏总装机容量为12kW。经过测算，每年发电量16325度，30年可节约电费约48万元。环境效益方面，30年共可以减排二氧化碳401.12吨，减排二氧化硫3.70吨，减排氮化物1.08吨，减排粉尘2.31吨，综合减排效益达18万元。

……

"让世界爱上中国造。"这是2015年格力电器董事长董明珠担任十二届全国人大代表时提出的口号。4年之后，她对"中国造"有了更为深入的思考。她说："这个时代的变化，逼着我们去挑战去创新。一个没有创新的企业，只能依附、追随别人，迟早会被世界淘汰。"

格力电器励精图治，在"让世界爱上中国造"的道路上留下了深深的脚印。

海到天边天是岸，云凌绝顶我为峰。光伏空调系统产品仅仅是格力自主创新的冰山一角。

离心机是中央空调核心部件之一，其关键技术此前长期被少数发达国家掌握。

李宏波入职格力电器12年，他聚精会神盯着一台格力自主研发的离心机说："自己费时数月研制的机组被检测认定失败，必须从头再来。"

"对技术要有信心！"他苦心耕耘，在心里暗暗为自己鼓劲。

离心机是核心技术的"命门"，是最容易被"卡脖子"的领域，也是产品质量把控的关键。

正因为离心机研发门槛高，格力千方百计寻求突破，投入4亿元人民币建设面积达15万平方米的中央空调生产和研发基地。

回忆起格力离心机技术研发过程，李宏波如数家珍：

2009年，攻破行业多个技术堡垒的高效离心机问世。

2011年，对大型建筑节能具有重大意义的永磁同步变频离心机诞生。

2014年后，拥有五大核心科技的光伏直驱变频离心机系统面市，磁悬浮变频离心式制冷压缩机推广使用。

……

作为格力的研发技术人员，李宏波说道："这要感谢格力宽松的创新环境。"

自主创新，核心是人才的竞争。格力有1个国家重点实验室、4个国家级科技创新平台、2个院士工作站、1个博士后科研工作站、14个研究院、74个研究所、929个先进实验室、1.2万多名科研人员……

"你有多大才，我搭多大台。""允许试错，大胆求证。""按需投入，不设上限。"格力对于自主研发资金的投入从来不计成本。仅2017年，研发投入就达到57亿元。

创新理念和大手笔投入让格力电器频频打破技术的瓶颈和"魔咒"，多项技术创新填补了国内甚至是国际空白。

其实，格力的发展史就是一部自主创新史。

变频，是空调技术的"皇冠"，而变频"一拖多"技术更是这个皇冠上的明珠。

据说，格力当年曾派人去日本谈判，希望花上亿元资金从三菱公司引进这种技术，可人家说给多少钱也不卖，即便是一个散件也不行！

后来一打听，原来这项技术是人家经过16年才研究出来的。

从2001年起，格力就成立攻关小组整整研究了一年，在没有任何资料的情况下，就凭着一个产品说明书开始进行技术攻关，凭着坚韧不拔的毅力和执著，变频"一拖多"技术终于被研发出来了。

"现在格力已可生产'一拖三十二'了。"董明珠说，"国内掌握这项技术的企业少之又少，格力真正占领了中国空调技术的制高点！"

在引领空调网络化、智能化的新时代，格力电器更是将产品魅力发扬光大到一个匪夷所思的高度。

一台电脑，将远在千米之遥甚至几百千米之外的成百上千空调掌控于股掌之间，当你对室内环境不满意时，不用起步，只需将鼠标轻轻一点，就能对这些空调的温度、湿度和各种参数进行设置，这些空调便会根据你的设置自动调节开关机、温度、湿度、风速等参数，恒定最佳室内环境，让你随心所欲，操控自如。

这就是格力研制成功的远程集中控制、数据采集系统技术。

格力"数码2000"全数字直流变频空调，其独创性的人体感应功能和一氧化碳自动检测技术，使它能精确感知人群的活动状况，自动控制开关机，并能根据室内人数的多少及室温状况自动调整运转频率，被誉为中国空调的"贵族"。

科技的发展推动着空调日益走向"精品"时代，在这样的一个时代，人们对空调的渴求已不仅仅是简单的制冷制热，而是技术更加精湛、功能更加齐全、外观更加豪华和更能满足个性化需求。

从技术突破到性能升级再到产品应用，打造空调技术创新高平台，抢占空调市场的制高点，格力精心营造了一个个令同行望其项背的技术"标杆"。

在格力，技术创新早已深入到每个员工的骨髓。

董明珠说："我们必须在这个领域里进行颠覆性的技术突破。只有掌握核心科技，才能立于不败之地。"

迄今为止，格力有24项国际领先技术，累计申请专利近5万项，其中发明专利2.3万多项，在国家知识产权局公布的中国发明专利排行榜上，格力电器连续多年位列前6名。

有西方学者认为，中国的企业营销和西方企业营销理论与方法相去甚远，中国人不懂营销，并对中国的营销现状评头论足，感叹中国营销的商"道"太深，"看不懂"。

格力秉持对营销的独特悟性和理解，创造出惊人的业绩，并用事实来证明：什么叫做真真正正的中国特色营销；什么样的营销创新模式是中国市场所需要的。

生活中很多事物也许都喜欢用"对"和"错"来鉴定它的社会价值和历史地位，但商业营销却不太擅长用"对"和"错"的概念，而是信奉

"适合"和"不适合"的经营法则。

20世纪成功的中国企业，谁不把握这条特定的法则？牛根生的"猛牛速度"、朱保国的"太太秘籍"、唐运祥的"保险业上市第一股"……这些西方营销教科书中无法读到的精彩案例，却经常发生在我们身边。

"格力模式"的创立要追溯到1996年。

这一年被喻为空调业的"第一次世界大战"。

群雄竞起，到处是博战，到处是壮烈的场景。

从买方市场转向卖方市场，从计划经济过渡到市场经济，不规范的市场于是烽烟四起，风声鹤唳，喧嚣一时。

望长城内外，商家兴风作浪，看大江南北，厂家捉对厮杀，空调市场直杀得天昏地暗，腥风血雨，杀出一派"血染的风采"。

在四川原装进口的三菱重工由6800元降到5000元，松下在重庆仅卖5000元……北京亚都最可怜，打出"998元空调搬回家"的条幅。

格力空调原来在湖北有4个大户，号称"战国四雄"。在这场空调大战中，"四雄"为抢占地盘，开始竞相残杀，同根相煎，几个回合下来，不仅四败俱伤，格力空调的市场价格也被冲乱了。

为什么不把他们团结起来，单做格力的品牌呢？这几个大户经销格力空调的收入占其利润的绝大部分，如果能够避免内耗，不但格力受益，这些大户也有好处。

时任格力电器经营部部长的董明珠几次跑到湖北，动员当地的大经销商和厂家抱成一团，形成"命运共同体"，并肩作战。

董明珠的大胆设想与湖北经销商的自觉要求不谋而合。1997年11月28日，一家以资产为纽带、以格力品牌为旗帜、互利双赢的经济联合体——湖北格力空调销售公司诞生。

这是格力独创的中国第一家由厂商联合组成的区域性品牌销售公司。

一桩美满"姻缘"瓜熟蒂落。

销售公司的模式是：统一渠道、统一网络、统一市场、统一服务。

这就是被经济学家誉为"二十世纪全新的营销方式"。

"股份制区域性销售"这一独特的营销模式，统一了全省的销售网络和服务网络。使销售公司成为格力在当地市场的二级管理机构，保障了经销商的合理利润，使广大经销商切实做好为消费者服务工作。

第二年，这种模式立竿见影，格力空调在湖北销售大增40%，销售额达5.1亿。

二、三级经销商也"水涨船高，共同致富"，市场逐步规范完善了。全国各地经销商看到了这个优势，纷纷效仿。安徽、广西、湖南、四川、河北……时至今日，格力已经在全国所有省、市成立了同样的区域性销售公司，这些"经销商联合体"式的销售公司为格力电器在多年的"空调大战"中立下了汗马功劳。

格力仰仗这把"尚方宝剑"攻城略地，屡创新高。

据说有一年，国内某大型家电企业的营销经理自费飞到格力电器总部，对保安说：我专程来看看你们董明珠究竟是个什么样的女人。

保安婉言拒绝了他的要求。

或许，这位经理至今也无法理解董明珠如何带领23名营销业务员，打败了他统领的近千人的营销队伍！

或许，这位经理至今也不明白董明珠如何让格力的市场份额以400%的速度增长，却创造没有一分应收款、没有一分"三角债"的业界奇迹！

关于"格力模式"，几十年来褒扬者有之，质疑者有之，说创新者有之，说守旧者有之，不同的声音会从不同的渠道传来。

格力如同它的空调"冷静王"："这种销售模式好不好，不是格力说了算，是市场说了算，是经销商说了算，是消费者说了算"。

董明珠说：每个企业的经营思想不一样，作出的决策也不一样，营销模式也就不一样，不能说哪种好，哪种不好，最终是效益说话。对于营销模式，我们有自己的选择。营销的思路要随着市场的变化而改变。

"格力模式"并非一个渠道上的定势，它的内涵和外延更富于创意，

更富于务实求真。

走进格力，诗一般的氛围、画一般的景致令人流连忘返。

这是一座园林式的现代化工厂。

宽阔笔直的厂道，雄伟壮观的办公楼，高大林立的厂房，绿茵似毯的草坪，繁花似锦的花圃，郁郁苍翠的行道树……

创新缔造格力。董明珠说："中国制造要走向世界，核心问题是创新能力。"

格力的目光更为长远，他们给有梦想的年轻人提供平台，为年轻人创造机会，自主培养人才。在格力，有14个研究院，有1.3万技术开发人员，有近千个实验室。

世界领先的空调研制开发设计基地。

可精确测试空调制冷、制热性能的全新焓差实验室。

业内最具规模的空调器性能实验中心。

国内最大、功能最齐全的噪声性能研究室。

业内首屈一指的可靠性试验中心。

全国独一无二的振动测试实验室。

……

有了这些硬件和软件，自主创新使格力不是在"跑"，简直是在"飞"。

从1992年一个小作坊踯躅起步，2万台、20万台、200万台、2000万台、3000万台……格力销量犹如一名爆发力十足的运动健将，一路加速疾驰。

强大的产品研发能力和质量控制、独特的资本与代理商结合模式、渠道政策的吸引力、控价体系的优越性……格力挟20多个大类、近400个系列、1.27万多个规格的产品在残酷的国际国内市场"闯天涯"，在广袤的市场上叱咤风云。

28年市场搏击，火的锻铸，血的洗礼，格力电器纵横捭阖，笑傲江湖，创造了世界空调产业的传奇。

连续22年销售量、出口量、市场占有率执中国空调之牛耳，连续16年稳居全球销量冠军。2018年，格力公司再次实现高速增长，实现营业收入1981.2亿元，同比增长33.61%。

也许，一个用户选格力是偶然；4亿用户选格力就是必然！

也许，一个国家选格力是偶然；160个国家选格力就是必然！

历尽空调市场波谲云诡、变幻多端，而今格力"说话"，全业界都在静静地听……

格力，以她骄人的荣耀、卓越的品质、坚强的意志镶嵌在珠海的版图上，不停地诱惑着、奋斗着、追求着……

2018年10月22日下午，习近平总书记来到珠海格力电器股份有限公司考察，他叮嘱企业管理层和员工，要有志气和骨气加快增强自主创新能力和实力，努力实现关键核心技术自主可控，把创新发展主动权牢牢掌握在自己手中。

围绕国家战略方向和市场需求，格力开启了以空调业务为重点，以生活电器为支柱，以智能装备、精密模具为增长极，以通信设备为突破点的多元化发展战略。

格力有梦想有创造，继续用成果和事实说话。目前，格力智能装备已覆盖数控机床、工业机器人、智能仓储装备、无人自动化生产线体等10多个领域，格力精密模具为家电、汽车、安全防爆、电机、芯片封装、食品、医疗器械等多个行业提供服务。其中，由格力自主研发的工业机器人用高性能伺服电机及驱动器达到国际先进水平。

早有所闻，格力电器公司的生产车间门口，有一把高悬着的大锤，那是格力对品牌顶礼膜拜的"图腾"。

每一个从这里走进车间的格力职工，总会情不自禁地对这把"大锤"行一个注目礼，他们深知：今日如有质量的纰漏，大锤就会砸下来。

那砸下来的同时也砸掉了自己的饭碗!

漫步在格力电器生产车间,其现代化的生产设备、精湛的工艺、整洁的环境,令每一位到访者叹服不已。

偌大的厂房里,条条生产流水线次序井然地忙碌着,一台台等待装配的机器随着传送带经过几道工序,变成了漂亮的室外机,然后被送到下一个车间去包装。

格力要做百年企业。

对于格力人来说,今天的成功只是过去的一部作品,求索才是格力走向未来的彩练,只有把句号当做问号,才能行进在永无止境的探索道路上。

创新,是格力的灵魂。

格力崛起的"样本",成为"中国制造"向"中国智造"转型的一个缩影,体现了中国制造业整体实力的提升。

走出格力那美轮美奂的厂区,夜已垂下帷幕,倏然间不知从哪飘来那首节奏明快的广东音乐《步步高》。

顿足聆听,而不远处,落日染红的大海潮起沙落,喷着鼻息,它接纳着四面八方的船和桨,人们仿佛看到,格力又站在了浪尖上。

⩘ 第二节

行业的"尖子生"

"这辈子，我是要住万科的。"张成林说，选择高性价比的万科城，就是想选择一种"万科式"的居家生活。

2020年3月张成林买了他的第二套房，150平方米。

"万科房源多还有优惠，这里毗邻成熟的万达商圈，而且配套完善。"张成林晃了晃手里的一串钥匙，自豪地说。

因为工作在一线城市，眼见几年就要退休了，张成林一直希望回到熟悉的家乡养老。同样退休的老伴也表示想找个安静的地方休养，与繁华喧闹的大城市相比，张成林家乡这座三线城市让老伴也动了心。

"万科的品牌价值还是蛮高，我们非常认可万科的。"张成林说，他们之前也是住在万科的小区，比较了解他们的服务品质，尤其我们老年人，孩子不在身边，更是需要优质的物业服务来为我们的老年生活保驾护航。

"好的物业是会让房屋升值的，我们为自住也为投资。"张成林坦诚，买得早不如买得好，在好的时间买到喜欢的房子就是最好的选择。

正所谓"100个人眼中有100个哈姆雷特"。

万科城处于新城区核心地段，与行政区域在一轴之上，整个板块在公共配套上做足了工夫。公园、印象城、VIVA广场、实验学校、体育中心、首座室内CBA篮球公园……未来生活于此便捷、舒心，临近繁华又享宁静。

诚然，买房不易。

每个买房人的故事不尽相同，人生也各有精彩，但是对"家"的期待，却让业主与房企温情地联系在一起，置业者用真挚的语言告诉他们的选择是值得的。

让家成为置业者链接未来幸福的港湾，这就是万科。从昨天到今天，万科的故事，见证了这个行业的发展与变迁。

万科是地产行业的"尖子生"。

2021年6月8日，广东工商联发布了"2021广东省百强民营企业"榜单，万科以4191亿元的营业收入排第五。

以严苛建城筑家，用行动践行承诺，用实力兑现美好。

万科品牌历经几十载的发展，产品体系不断迭代升级。万科城就是这样，以五大城概念深耕项目建设发展，集公园、繁华、活力、人文、教育为一体。

可以这么说，万科对中国城市化进程、对地产行业整体水平的提高、对职业经理人制度的探索，贡献之大无人可及。

讲述万科，王石是一个绕不开的人。用"传奇"二字远远无法概括他跌宕起伏的一生，他的故事堪比电视剧。

当然，很多人对他的认知仅停留在他登上了珠峰，在哈佛、剑桥游学，却不一定知道他曾是一个叱咤风云的商业领袖，一手创建了"万科帝国"。

王石军人出身，转业考入体制内，因为不想过"一眼望到头"的生活，他决定创业。

1983年王石开始做生意，这就是江湖上关于王石"倒卖"玉米、"倒卖"录像机的传说，其实那是做生意赚个差价。

1984年，33岁的王石创办了国营性质的——现代科教仪器展销中心，依靠特区特有的条件和政策，开发了内地专业视频器材的专业市场，成为深圳市最大的进口销售商。他们成立了第一家内联企业现代医学技术交流中心，这就是如今深圳万科协和有限公司的前身。

1987年，深圳首次"土拍"，开启中国房地产商品房开发史。

次年，万科股份化改组，更名为深圳万科企业股份有限公司，同年11月18日，王石以2000万元的价格参与投标买地，一举夺得荔泉地块，建造居民住宅，万科正式进入房地产业，成为国内较早进行住宅商品房开发的企业之一。

从此，对中国房地产历史影响最大的企业诞生了。

改制后的万科，王石出任董事长兼总经理。30年地产风云，万科已经成为中国房地产市场毫无争议的龙头公司，王石也成为标杆性的企业家。

打开万科的画卷，充斥其中的并不是平顺的线条。万科先后历经多元化、专业化再到向城市配套服务商转型的多个阶段。

1988年，万科股份改造的时候，4100万资产做股份，40%归个人，60%归政府。明确资产的当天，王石放弃了自己个人拥有的股份，直到今天，他在万科也只是拥有极少的股份。

"从1995年开始评选大陆富豪100名，排第一的不时更换名字，但我从来不在100名的名单里。"王石笑言："到现在我不后悔，如果再让我选择一次，我还是会放弃。"

这就是王石的自信，既然选择做一名职业经理人，就不需要通过控制股权，也能管理好企业。

在"名"和"利"上，王石只选一头：名。

作为万科地产"扛把子"，王石不要股份做表率，包括第一批万科元老都没有要，这也为万科的现代企业制度铺平了道路。

1991年，万科进入上海，开始跨地域发展地产业务。

彼时，万科是一个地产+综合商贸的多元化模式、业务遍及13个行业的多元化公司，走的是日本综合商社模式：进出口贸易、零售连锁商业、房地产开发、金融证券投资、文化影视制作、广告设计发布、饮料生产与销售、印刷与制版、机械加工和电气工程……

故事源于1993年4月。

香港，维多利亚港海风习习。

踌躇满志的王石到这里发行B股。

靠多元化起家的王石，正滔滔不绝向基金经理们讲述着自己的13个行业，个个赚钱，让他索然无味的是，坐在他对面的基金经理们似乎心不在焉。

"万科的主业是什么？"突然，一位基金经理起身尖锐地问道。

"这个……这个……"猝不及防的王石和万科人当场目瞪口呆，不知如何作答。

基金经理们继续追问："买康佳，买的是中国的彩电业；买飞亚达，买的是中国的钟表业，买万科，我们能买你什么？"

"多元化是我们基金搞的，不是你万科搞的。"一位基金经理用手指头不停地敲着桌子，轻蔑地说："说实话，你这风险最大，因为哪个行业你都站不住脚。"

香港之旅，王石仍然记得当时这堂让万科羞赧不已的深刻教育课，那堂课得到的震撼或许对他的战略构思有着重大影响。

2000年前后，万科选择美国最优秀地产商之一——帕尔迪作为学习对象，认识到城市化是一个巨大市场，相比集团其他业务，地产规模更大，效益更强，利润更优。

至此，万科走了十多年的多元化之路"寿终正寝"。

如果说王石最初做房地产是一个偶然的拿地机会，那么他决定放弃其他，专攻房地产，则是多年的市场锤炼让他摸透了中国经济和房地产市场的游戏规则，一个真正的做大做强的天赐良机窗口即将来临。

追求专业化后的万科，对品牌质量相对严苛，在王石看来，选择万科，就是选择一种生活方式和一种价值观。"让建筑赞美生命"，这是王石对品质生活的理解，并融入万科的管理及产品体系中。

王石在总结万科发展过程时，曾津津乐道他的三条管理经验：选择了一个行业，建立了一个制度，培养了一个团队。

"万科有很多清华的、北大的，你不用和董事长认识，你只要能干就行。"王石说，"公司员工有公平竞争的环境。"

即便到现在，王石可以拍胸脯说："按我现在的年纪，外甥、子女辈的，算下来有很多亲戚，但在万科一个没有；我当过兵，万科也没有我的部队战友，没有儿时玩伴、机关干部。"

作为管理者，王石把握三个原则：第一个原则：决策。一件事做不做，董事长或总经理来决定，否则就失职了。

第二个原则：要做谁去做。就是用人的问题。在万科员工手册上有这样一句话：人才是一条理性的河流，哪里有谷地，就向哪里汇聚。在万科，一般是三年调换，一位总经理在公司只要连任超过三年，一定会有一段临时审计，总经理到公司总部学习20天，这20天派一个临时总经理担任。

第三个原则：一旦做错了，根据制度，董事长或总经理要承担责任。如果没有这个制度为依据，大家都信誓旦旦：我相信你、信任你，你就不能辜负我的信任……这就不是一个企业了。

"万科的品牌为什么有含金量，有生命力？因为它不是空洞死板的。"王石说。

确实，万科制度有些"与众不同"，体现在两大特色：一是规范化，二是流程优先。

何谓规范化？就是万科的内部网站上有一个制度规范库，其制度主要是工作指引型的，告诉职员遇见各种状况应该如何操作，而无须层层请示。

万科规范的制度体系使得万科内部很少出现烦琐的请示汇报，提高了工作效率，降低了内耗。

同时职员可以将主要精力放在工作上，而无须将过多的精力花费在与上级的沟通上。

万科之所以取得骄人的业绩，既有注重品牌建设的因素，也有制度建设规范化的因素。

在万科的内部管理中，没有"职能型"和"矩阵型"之争，只有流程优先。

在制定每一项新制度之前，首先就要考虑流程的规范。在流程中充分考虑总部与地区公司、公司各部门之间的对接；考虑最直接、有效的渠道，打破上下级之间、各部门之间的职能刚性束缚。

万科的制度建设强调简洁、规范，是中国较早采用ISO9000管理体系的企业。

每一项制度首页就是流程图，非常明晰。各业务指导程序就是工作指引和工作表格，易于执行。

"流程管理"是万科内部管理的一大特色，从合同审批到项目决策，均可按照流程执行。员工有流程作为指导，工作起来得心应手，不会无所适从。

1999年，王石辞职，投入自己的"业余爱好"，爬珠穆朗玛峰去了。

这让一直关注万科的"看客"大跌眼镜，王石的解释是"重拾少年梦的激情"，其实还有一个更大的原因：他想以此为契机，与管理层疏离。

刻意和万科管理层疏离，让很多人不明就里。

创立万科，王石任董事长兼总经理，凡事亲力亲为，基本上是事无巨细。

此时，他已意识到，无论个人有着怎样神通广大的能力和用之不竭的精力，总有一天你要离开，这是谁都不能违背的自然规律。

"万科不能王石在就红红火火，王石不在就走下坡路。"王石感受到一种隐隐约约的危机感。他说，企业的传承是靠文化不是靠血缘，第一代老板的机遇来自于五湖四海，第二代，已经是全球化、国际化的平台。

辞职的时候，王石才48岁，还年富力强。

"我不希望我做不下去了，我才离开；我早点放手，对我对万科都有好处。"王石认为，"中国人充满了创新意识，不需要担心缺少企业家，民营企业能不能发展，很大程度上取决于有没有良好职业道德和职业行为的职业经理人。"

没有哪家企业能比万科更有故事。

王石说："万科是多元化的，主要是搞投资的，更多需要财务、金融等方面的知识。总经理不熟房地产，那给他配一个懂的副手不就行了？"

后来，王石常常离开公司，每次离开就是一两个月。他想，既然所有的工作都由总经理承担了，一个董事长，如果还要插手原来作为总经理时候的事情，那不就是越俎代庖、"垂帘听政"了吗？

其实，突然闲下来那阵并非现在这样惬意，辞职第二天，因为自己还是董事长，王石照常上班，可一到办公室就感觉不对劲了，他看了看日历，问秘书道："今天不是节假日怎么冷冷清清的？人都跑哪里去了？"

秘书回答道："大家正在开总经理办公会。"

"怎么没有叫我……"王石第一反应后马上欲言又止，他随即意识到，自己已经不是总经理了。

那天上午，王石在他自己的办公室抓耳挠腮，踱着方步，好像一头刚刚在野外驰骋的猛兽被关进了笼子。

不知所措时，他心想能不能进去看看，他们开他们的，自己就坐在旁边听听，什么也不说。

但转念一想，新的总经理第一次召开办公会议，自己往那儿一坐，人家还怎么开会呢？

"不能过去，不能过去。"王石喃喃自语。

"那种感觉犹如前一天还在单位'指点江山'，第二天就挂着拐棍上公园散步那种。"王石现在想想还忍俊不禁。

办公会议开过不久，总经理向王石汇报那天的会议，说有七个要点。他就非常耐心也饶有兴趣地听着，第一、第二、第三……

"不用说了，我知道接下来第四、五、六、七点是什么……"说到第三点时，王石示意他停下，然后反过来讲给总经理听。

"您是不是那天也去听了？"总经理又惊讶又困惑。

实际上，这些管理层都是自己培养的部下，开会讨论什么，王石当然心中有数。

接着王石又告诉他，第五点的思路是错的，第六点也不对，应该怎样怎样……

总经理听完，心里满是钦佩：没参加会议，只听汇报前三点就知道接下来的都是什么，并且还能指出哪里不对……

第三次总经理汇报时，王石觉得他状态不对了，已经没有最初的那种情绪、那种冲劲了。既然做什么决定你董事长都能猜到，与其来做汇报，还不如直接听从指示。

王石一看那种状态，便知道出问题了，而且这个问题还出在自己"垂帘听政"上。

王石决定不说话，听着他讲完，实际上讲到第三点时，他的"惯性"又来了，特别想打断，但还是强忍住咬着舌头不说话。

直到总经理说完，王石忍了半天，说道："我没意见。"

之后，他扪心自问，自己是不是真心要交权？没人逼，是真的。既然是主动自愿地交权，为什么还不放心？

就这样反思，王石终于说服自己彻底交权。

虽然对于万科的日常工作早已不再亲力亲为，闲暇之余王石只是去世界各地登山、游学，但他在万科的影响力依旧无人能敌。

可以这样说，在2017年6月以前，王石这个名字一直都作为万科最大的无形资产而存在着。他自带的影响力，使他始终能以一种公众人物的姿态，成为万科的形象代言人。

这不仅在地产界，即便是在其他的商业领域内，这种影响力也是绝无仅有的。

6月21日是一个节点。这天，万科发布公告，宣布董事会换届方案，王石没有出现在董事会名单之中。

当天，王石在他的朋友圈，证实了将退任万科董事长——

今天，万科公告了新一届董事会成员候选名单，我在酝酿董事会换届时，已决定不再作为万科董事被提名。从当初我们放弃股权的那一刻起，万科就走上了混合所有制道路，成为一个集体的作品，成为我们共同的骄傲。

未来，万科将步入一个崭新的发展阶段。今天我把接力棒交给郁亮带领下的团队，我相信这是最好的时候。他们更年轻，但已充分成熟。我对他们完全放心，也充满期待。

人生就是一个不断行走的过程。今后，我将一如既往做对万科、对社会有益的事。

再次向我的同仁们致谢！再次向社会各界朋友致谢！

王石再次"让贤"，这一次，是彻彻底底退位了。

6月30日下午，万众瞩目的万科董事会换届，新董事会成员尘埃落定。从提名的非独立董事名单来看，万科和深铁分别占三席，还有来自赛格集团的外部董事。

至此，万科开启"新故事"。

抛弃传统的做法，选择适应时代发展的创新逻辑，是"地产风向标"万科惯有的"打法"。

2003年，万科壕掷9.3亿元在深圳拿了一块地，这是深圳历史上面积最大的一宗地块。

万科将其定案名"深圳万科城"。

很多人以为万科疯了，因为地块位于深圳的"关外"，而深圳的核心区域在"关内"。但万科坚信，城市的扩张时代来了。

一年后，深圳万科城开盘，一举创下了销售面积、销售金额、销售套数的历史记录，瞬间在深圳"封神"。

由于项目体量极为庞大，地产圈内人这样惊呼："万科开始了造城运动。"

紧随其后，万科在全国数个城市开启"造城运动"，均获得极大成功。逐渐的，人们总结出万科城的开发逻辑：不在城市最核心的位置，但一定是在城市发展最快的板块。

彼得·德鲁克在《动荡时代的管理》一书中有一个观点："动荡时代最大的危险不是动荡本身，而是延续过去的逻辑。"

当品牌房企在一线城市"攻城略地"时，万科则转战二、三线城市；当市场住房需求逐步得到满足时，万科则提出打造"城乡建设与生活服务商"；当"三道红线"政策出台，万科则开启组织变革，印证管理红利时代的到来……

万科对市场的精准把握令人咂舌。

2009年，一线城市土地市场竞争激烈，品牌房企的对抗剑拔弩张。嗅到地产行业新风向的万科，另辟蹊径，布局二、三线城市。

没想到，万科对地产行业周期的研判很快得到应验，甚至引发了一波地产上的战略大转移，其一度被誉为"地产风向标"。

这一年，万科落子乌鲁木齐。

同年，万科西北事业部成立，万科重仓西北商业领域——天山万科广场，销售火爆。

虽然新疆房地产行业起步较晚，但却迅速成为万科布局二、三线城市里的重要一环，亦是其倾力培养西北市场的重要据点。

2011年，万科推出新疆首个作品——金域华府。

当时，品质住宅的理念和作品在新疆相对欠缺，金域华府户型设计人性化、产品类型丰富、居住空间优质，加之深入细节的服务理念，立即俘获市场的关注。

首战告捷，金域华府印证了万科对市场的精准把握——城市经济飞速发展，品质住宅势必成为人们追求的核心。

领跑城市发展的脚步，万科并不囿于此。

2015年后，四季花城、城市之光、金域缇香、金域国际、都会未来城……万科在新疆加速落子。每一个住宅项目既为业主提供全面的生活配套，还顺势推高了区域价值。

万科在新疆赚足了眼球。

没有成功的企业，只有时代的企业。在战略方向的转移上，万科总有自己独到的判断：住房全面短缺的时代已经结束，市场对美好生活的需求开始"井喷"。

"房地产业迎来全新的生命周期。"2018年，万科集团董事会主席郁亮基于对时代的判断，将万科自身的定位升级为"城乡建设与生活服务商"。

"告别城市配套服务商时代。"郁亮说。

万科在新疆深耕12年，诸多项目作品不仅诠释了"城乡建设与生活服务商"的角色，而且早已将这种理念融汇在企业文化的基因里。

为业主送物资、帮客户遛狗、为老人做家务……新冠肺炎疫情期间，万科让不少业主感触颇深。到2020年底，万科在新疆开展"共建美丽社区"的行动，服务约2.5万户业主。

做"三好住宅"，即"好房子、好服务、好社区"，这是万科以产品还原人居的理念。

作为国内房地产明星企业和民用住宅发展商，万科最为人津津乐道的除了董事长王石的个人魅力外，就是漂亮的社区和高度智能化了。它的正规化、信息化建设开始得比许多同行更早，走得也更远。

1987年，万科上马了OA、邮件系统以及对外网站，建设起了内网外网，并与金蝶接触，上马了金蝶财务软件，并迅速在全集团普遍应用。

1990年，万科通过索尼售后服务的案例，引入物业管理和客户服务的概念。

自此万科物业成立，如今成为国内最大的物业公司。

随着客户对居住体验要求越来越高，许多物业因为服务差、管理粗成为企业短板，而万科物业一直是万科的"加分项"。

万科对于中国物业管理的贡献，不仅体现在服务品质，更在于其先进的创新理念，"三好住宅"就是一个典型案例。

"业主管理委员会"便是万科的"创举"，如今已成为行业的规范。

除了为业主提供服务，万科还积极参与新疆城市建设。修建新疆塔合曼学校，在乌鲁木齐地窝堡机场的临空产业园落子万纬物流，赋能新疆城市未来发展，万科不遗余力。

同样的"故事"也发生在重庆。

2013年，万科在重庆的级项目——"万科·悦湾"诞生，一经推出，便以其独特的"万科风格"风靡重庆楼市。

该项目坐落于嘉陵江畔，对面就是歌乐山。项目延续了万科一贯的精雕细作，建筑风格、带装修约、物业层次等万科引以为豪的配置在万科悦湾都体现得淋漓尽致。

万科所到，无一例外地都会掀起一股"万科热"。"'万'有引力"是地产圈对万科影响力的赞誉。

重庆，是万科布局的第31个城市。

这一年，万科在重庆主城九区的商品房年度销售额突破50亿元，并在年度成交金额和成交面积上双双进入前五。

门厅，是每套房源的必备场所，万科的门厅，则和其他房源的门厅透着一股不一样的"味道"。门厅感应照明、门厅旋转鞋架等5项门厅原创细节，是万科走访数十万家客户采集"蓝本"，依据生态学、建筑学、人体工程学、心理学等科学方法研发而成的。

成功的背后，是万科对项目细节孜孜不倦的追求，而门厅的创新设计，只是万科大量人性化设计中的一项。

"当重庆温度到达35摄氏度时，我在家连风扇都不用打开。"

"说起来，那套洋房套内面积有120m²，感觉还没我在万科这套套内面积100m²的房子够用。"

……

万科的业主对万科房源的评价实在，并不浮夸。原因在于，万科是一个实在的企业。因为万科明白，企业发展的根本在于购房者的认可，企业的广告是购房者的口碑。因此，万科在修建项目时，将大量心血用在类似的项目人性化处理上。

2019年，政府开始实行"限地价、限房价"的"双限"政策，同时受"三道红线"监管新规的影响，房企的下半场该如何走？

万科，一直是地产行业的风向标，从"活下去"、"白银时代"到"节衣缩食"，每次对外发声都会引起关注，影响颇深。

公众都在猜测万科，能否独善其身？

2020年8月，万科打破维持多年的四大区域的格局，重仓西北区域：新增西北事业部，覆盖陕西、甘肃、新疆、青海与宁夏五省区。

"'一带一路'建设叠加西部大开发，西北五省已驶入高质量发展的快车道。"郁亮说。

万科总是在适当的时候突破自身发展的天花板，顺势而为挑起转型的旗帜。2021年5月，"万科西北区域商业联盟"成立，通过联盟，伙伴之间的资源互联、优势互补，实现合伙共赢。

一个成功的企业必然是紧跟时代和行业发展的企业，万科再次引领"新风向"。不难看出，万科将在商业赛道上重新发力。

果不其然，万科11万方体量的商业力作——"全家庭趣玩购物中心"天山万科广场粉墨登场。

商户进驻165家，知名品牌有名樊登书店旗舰店、Boompark、迪卡侬、肯德基、太平洋咖啡、屈臣氏、彪马、热风、大嘴猴、华为等。

天山万科广场无疑是万科深耕新疆12年的节点，作为西北区域倾力打造的购物中心项目，将成为万科西北区域未来商业版图的标杆之一。

在曾经的发展热潮中，万科果断实施"减法"，去多元化；而在房地产竞争空前激烈的今天，它又在产业内实施了"加法"，从而赋予自身更强大的竞争力。

2011年万科重新布局商业，2016年收购印力部分股权，印力成为万科旗下的商业地产平台，2018年万科又联合印力收购凯德位于中国的20个购物中心，用弯道超车的方式补上了商业短板。

采用收购晋级，这一招使得万科游刃有余。2017年万科领衔以790亿元的交易对价收购普洛斯，一举成为中国最大的物流地产企业。

运气总是垂青有准备的人，万科是幸运的，因为它总是不断思索、不断反省、不断创新。

时间来到2021年，新冠肺炎疫情肆虐，房地产调控政策加码。以前，习惯了高歌猛进的房企，正一步步回归常态。

行业大洗牌，有的房企疯狂卖资产回笼资金，也有房企趁机捡漏期待弯道超车……房企两极分化日趋凸现。

有看空有看多，万科又说话了。

11月26日，万科召开临时股东大会。这次大会，万科又分享了其一以贯之的新观点。

会上，有人问万科董事局主席郁亮一个特别敏感的问题："当前整个房地产市场是比较混乱的，很多房企陆续暴雷，您对当下房地产行业是什么态度？"

"我要纠正一下。"郁亮不紧不慢拿起杯子，抿了一口茶，说："现在行业不能叫混乱，而是混沌。"

何为混沌？天地之始，世间无天无地，处处迷茫浑浊，是为混沌。

郁亮说道："对于万科来说，安全比增长更重要、能力比规模更重要。"

他用16个字概括了对行业的看法：尊重常识，回归常态，阵痛之后，仍有机会。

这意味着，地产行业的未来将从"增量市场"回归到"存量市场"，从赚大钱到赚小钱了。

"今天地产企业的标杆是中国制造业。"郁亮说，房企要跟制造业学管理、学服务、学科技，从粗放走向精细，这是房企之后的发展趋势，必须精打细算过日子。

万科的盈利模式与时俱进了。

在过去很长一段时间，作为开发商都自诩为甲方，代表强势，而万科却明确提出，业主才是真正的甲方，终极目标是为业主和用户打造愿意买单的好产品、好服务。

万科的思维模式更新了。

相对应的，万科用数字化的思维把所有业务重做一遍。

随着"万科云"越来越成熟，很多工作都可以通过人工智能技术提前预判、远程操作。

比如说遇到暴雨等极端天气，不再是由工作人员通知客户，而是后台自动给业主发信息，所有项目的积水可以通过摄像头探测，不再需要现场通报。

除了这些，万科也在同步推动其他业务数字化转型，比如用AI审图代替人工。

在聘用人方面也有一些调整，以前喜欢在同行之间招人，现在更倾向于招聘"985"、"211"、海归博士，构建自己的科技团队。

"行业仍然有机会，我们并不悲观。"万科认为，只要城市还在变迁，城市圈、城市带还在扩展，就会有新的需求出现。

当下，最大的不变就是一直在变，在变化中迎难而上，万科的未来不是梦。

≪ 第三节

做自己的对手

2006年，李东生写下《鹰的重生》，轰动中国商界。

他在文章中写道："作为世界上寿命最长的鸟类，鹰必须在40岁时作出困难但却重要的决定：（因为身体老化）要么等死，要么很努力地飞到山顶，在悬崖上筑巢，用150天的时间，用喙击打岩石，直到其完全脱落。然后，静静地等待新的喙长出来。再用新长出的喙，把爪子上老化的趾甲一个一个啄掉。继而用新的趾甲把身上的羽毛一根一根拔掉，等待长出新的羽毛。经过这个痛不欲生的阶段后，鹰获得重生，可再度飞翔于天空，迎接生命中更加璀璨的30年。"

文章借用老鹰通过脱喙、断趾、拔羽重获新生的故事，来表达勇敢面对危机的决心。

这是一个类似凤凰涅槃，却又不像凤凰涅槃般那样华丽，而是一个痛苦、漫长的、血淋淋的过程，而这样的重生就发生在当年的TCL和李东生身上。

那是2005年的初夏，广东惠州。

身为TCL集团总裁的李东生，遭遇了他职业生涯中最艰难的挑战。

彼时的TCL，在陆续完成对德国施耐德电子、法国汤姆逊电视、阿尔卡特手机的收购后，出现了严重的"消化不良"。

全球主流彩电已从CRT电视向LCD电视转型，而TCL悲催地成为汤姆逊CRT技术的"接盘侠"；海外并购出现国际化经营不善；国内手机市场推出的包括钻石手机业务快速下滑。

……

2005和2006连续两年，TCL股份分别亏损3.2亿元和19.3亿元，还被A股戴上了"ST"帽子。

一时间，市场动摇、股东质疑、团队忧虑，处于风口浪尖上的TCL还行吗？

重压之下的李东生以"鹰"为图腾，以"鹰的重生"为企业独特IP，开启了新一轮"重生"。

李东生是地道的惠州人，1957年7月生，属于"生在新中国，长在红旗下"的那一代人，身上透着一股南方人的儒雅与韧劲。

1974年高中毕业，李东生和其他年轻人一样到农村的"广阔天地"插队。劳作之余，这个热爱读书的知识青年把能找到的所有书籍都阅读几遍，正是在如饥似渴的阅读中形成了他自己的世界观与人生观。

1977年恢复高考，李东生脱颖而出，考取了华南理工大学，就读无线电技术专业。

从惠州到广州，李东生大学四年，亲身感受着从计划经济到市场经济的变革，特别是在改革开放的最前沿——广州让他"相信市场的力量"。

李东生大学毕业之后没有去机关单位，而是加入了"TTK"。

TTK是一家港资参股电器有限公司，1981年在惠州创办，"TTK"是"天天开"的头一个大写字母，意即天天开门做生意。

它就是后来TCL的前身。

20世纪80年代初，邓丽君等港台明星的流行音乐传入内地，磁带那可是当时的"潮人"必备，作为中国第一批13家合资企业之一，TTK主营业务就是生产销售录音磁带。

所以，TTK也算是当年踩在风口上的企业。

那个时候大学生本来就少，愿意放弃国家包分配，进到企业的那就少之又少了，放弃机关单位被看做是"叛逆"，但李东生的考虑其实很简单：一方面自己学工科的，到企业比到机关更合适；另一方面，毕竟是外资企业嘛，工资要高一点。

那个时代，经济短缺，只要是认真做产品的企业，都能赚到钱。去到TTK的李东生备受器重，从车间技术员到车间主任，如鱼得水。李东生带着产品参加各地展销会，磁带就像不要钱一样常常被消费者疯抢一空。

1985年，李东生被派驻香港。在做业务经理的时候，他找当地公司搞到了两万台进口录音电话机，转手就销售一空，双方都大赚一笔。

这件事让公司看到了电话机市场的广阔前景，也是这一年，TTK跟这家香港公司合资组建了一家公司——TCL通讯设备有限公司。

李东生出任总经理，那一年他28岁。

虽然对产品很在行，但李东生迟迟打不开销售局面，同事们辛苦几个月，却一直在亏损，空有好产品。

9个月后，李东生的总经理生涯以失败告终。

这段经历对李东生是一次极大的历练。这让他明白，当一把手是要承担最终责任的。

这是李东生遭遇的第一次挫折。

离开TCL总经理的岗位之后，李东生被招进惠阳地区工业发展总公司，负责了3年招商引资的工作。正是这段时间，他与外商接触谈判，先后筹建了十多家合资企业，包括飞利浦在内的很多日本欧洲的跨国大公司。

1989年，李东生回到阔别三年的TCL，他开始大展拳脚，先后在哈尔滨、西安和成都建立了自己的营销网络，然后把业务从核心城市扩展到周边地区。

TCL一张遍布全国的销售网逐步建成，再加上TCL电话款式新颖，技术过硬，销量飞速增长。

1993年，TCL通讯在深交所挂牌，成为中国第一家上市的通讯终端生产企业。TCL也成了家喻户晓的"电话大王"。

写到这里，很多读者可能会问，TCL不是以彩电闻名的吗？

没错，这就是接下来要讲的故事。

1992年，36岁的李东生带领着TCL集团5000多名员工开始了创新。突破口就是彩电。

那时，国内彩电市场犹如"春秋时代"，品牌非常多，引进的彩电生产线全国有100多条。一开始TCL为牡丹、熊猫、北京这些国内品牌做"贴牌"生产电视。敏锐的李东生发现，彩电普及率并不高，而且大多都是21寸以下的小彩电。他认为大屏幕的彩电在未来会有巨大的增长空间，于是就从这个点切入市场。

1993年，28寸的大彩电出场，TCL给自己的产品起名"王牌"，现在听起来这名字土得掉渣，但在当时人们听到这个名字既响亮又亲切，首批一万台被抢购一空。

TCL彩电一炮打响。

1997年，TCL做得风生水起，无论是经营规模还是盈利能力，TCL电子都远远超过了TCL通讯。

也是这一年，李东生接手TCL权杖，任集团董事长。

随后，TCL又进入手机行业，成为了国内最早的12家手机厂商之一。2002年的时候，做到了国产手机品牌销量第一。

1996年发生了一件大事——国有企业的产权改革。"授权经营，增量奖励"的改制方案使TCL华丽转身。

改制后的TCL，就像是绿皮火车变高铁。2001年年底，5年授权经营到期的时候，TCL资产增长了2.6倍，等于是再造了两个TCL，纳税额也增长了7.3倍。

2004年，TCL集团整体在深交所挂牌上市，体制改革彻底完成，企业的发展也达到了另一个高峰。

然而，TCL注定是一个在时代变迁以及在时代洪流中挣扎向前的企业。

已登上国内家电行业的山巅，TCL一览众山小，在国内已经看不到比自己布局更好的对手了。李东生毅然决定要"跨"出去，但就是这把国际化之火，险些将TCL焚烧殆尽，也差点让自己退出历史舞台。

2004年1月28日晚，正值中法建交40周年之际，李东生与法国汤姆逊签订了合资协议，收购汤姆逊公司的主营业务——彩电。

这是一场不折不扣的"蛇吞象"。

当时，汤姆逊是世界500强企业，销售额是TCL集团的三倍多，并购当年，TCL全球彩电业务雄踞世界第一。

4月26日，李东生与阿尔卡特集团董事长谢瑞克签署谅解备忘录，TCL正式收购了法国另一家国际大公司——阿尔卡特的手机业务。

某种意义上讲，阿尔卡特是汤姆逊这个项目的"附属品"。因为TCL并购汤姆逊的时候，当时法国电讯董事长原来是汤姆逊的董事长，把阿尔卡特介绍给TCL。阿尔卡特总裁在巴黎找到李东生，谈到有没有兴趣把阿尔卡特手机业务拿去。

谈判的前一年，TCL手机是中国手机第一品牌，当年手机业务盈利12亿，而阿尔卡特业务亏损。

参与阿尔卡特并购全过程的TCL高管郭爱平记得，投资银行第一次到惠州找到他们时，TCL请他们在惠州很小的一个餐馆吃饭。"投资银行天天吃超级大餐，那顿饭肯定让他们印象深刻。"

TCL和阿尔卡特只谈了三个半月的"恋爱"，双方就"闪婚"了。

李东生说，当时为什么那么快决定这个事，就因为国内赚钱的手机业务没有放进去，TCL拿出5500万欧元，阿尔卡特拿出4500万欧元，而且把阿尔卡特专利、品牌、渠道放进来。"当时看起来我们得益很大，所以很快做了决定要干。"

两起举世瞩目的并购案，TCL向世界展示出了中国企业的力量与豪气，李东生甚至掷地有声地说："我们就是要做第一个吃螃蟹的人，做不成先驱，也要有敢于做先烈的勇气！"

不幸一语成谶。

转过身的李东生迎面就是漫天的风雪。并购阿尔卡特之前，TCL手机在国内市场占有率稳居第一，全球排名第八，年利润超过10亿元；并购之后，TCL通讯与阿尔卡特的手机部门各行其是，资源难以共享，技术优势无法整合，海外业务很快就出现了巨额亏损。

此时，WTO让手机进口关税降到零，诺基亚、摩托罗拉、爱立信等外资品牌长驱直入，TCL手机业务腹背受敌。让TCL头痛的还有咄咄逼人的"山寨"手机市场，山寨手机以足够便宜的价格吸引着数以亿计的草根消费者。

然而，这只是凛冽寒冬的第一场雪，更大的危机接踵而至。

汤姆逊当时在CRT技术方面是全球领先的，拥有全球最多领先的CRT专利。李东生给出整合计划是：把汤姆逊的CRT技术拿过来，通过中国的工业能力和成本，进行整合，再进行转型。

然而，一场重大的技术变革正在急速发生。

韩国三星和LG大举进军液晶显示领域，平板电视技术悄然兴起，欧洲市场2005年也快速转向平板，美国市场2006年也快速转向平板，液晶显示的时代呼啸而来。

"这个亏我们就吃得很大。"仅仅两三年的时间，在主要国家市场，平板取代显像管成为了主流，李东生判断这种取代至少需要5—6年，没想到，他的整合计划由于彩电技术的颠覆性取代而被打乱了。

作为显像管技术的鼻祖和主要生产厂商，汤姆逊纵然拥有全世界最多的彩电技术专利。但转瞬之间，汤姆逊积累的技术优势被完全"清零"。

"对彩电来讲，最大的挑战和判断的失误，是来自对彩电产业市场和技术转型判断失误估计不足。"李东生承认，对项目风险的评估不足，还是对行业技术发展趋势的判断出现了偏差。比如当时比较看好汤姆逊的下一代技术DLP（微显背投），而TCL认为PDP（等离子）可能会成为大屏幕彩电的主流。

"后来发现这个判断是错的，DLP没有成为主流，PDP也没有成为主流，而LCD快速在两三年内成为主流了。"李东生坦言，这个判断不但影响到产品技术，还影响到供应链能力和工业能力，对TCL的挑战非常大。

哲学家贝·汉森说："一个时代要抛弃你的时候，连招呼都不会打。"由于彩电技术从CRT快速向LCD转移，原来保持盈亏平衡的TCL欧洲彩电业务也出现了巨额亏损。

2005年，TCL的这一轮国际化并购的操作被严重"打脸"，不仅导致企业持续亏损，更弄得国内A股市场被"ST"。

到2006年，TCL彩电的海外业务以每天500万的速度在累积亏损，他每天接到的电话、收到的电子邮件全部是坏消息。

面对一波接着一波的打击，李东生的状态就像是在梦游，情绪要么变得暴躁无比，要么变得沉默寡言。

有一天，李东生在北京"鸿运轩"吃涮羊肉，本来是轻松舒畅的事，但是美国电话打过来，告知重组大额超支，听完电话后，李东生当场砸了两个茶碗和三个盘子。

那是李东生最生气的场景。

也是在那一年，TCL亏损35.2亿元，达到历史顶峰。

"那段时间，我经历了一生中最难过的日子。"李东生自己评价说，"做了10多年企业，一直是赢利，突然间就亏了。跨国收购后原来预计18个月扭亏也没有实现，愧对员工、投资人和同行，自己的情绪甚至一度有点失控。"

TCL迎来了自己的至暗时刻。

这两起跨国并购案，李东生2004年被财富杂志评选为亚洲最具影响力的商业领袖。同样是这两起收购案，李东生2006年被福布斯杂志评选为

"最差CEO"。

仅仅时隔两年，一落千丈。

企业坠入谷底，这让TCL痛苦不堪。巨大的焦虑让李东生的体重骤降20斤。他自己也说："当时我就想，等这个事情处理完之后，我就归隐不干了。"但是他哪里知道，谁会傻傻地来接盘。

没有救世主，能救TCL的只有李东生。

"企业家就像是船长，当船遇危的时候，船长是不能离开的。"李东生说，"就算船沉下去，你也必须战斗到最后一刻，甚至是与船一同沉没。"

于是，便有了文章开头提到的那篇《鹰的重生》。

为了TCL这只"鹰"的重生，李东生赶紧收缩汤姆逊和阿尔卡特规模，精简业务，大量裁员，以现金为王，想尽一切办法遏制海外业务的"大出血"，只求能活下来。

当时，各方都认为TCL这回将在劫难逃，就此退出历史舞台。

一家企业，亏损还不是最致命的，最致命的是没有现金流，没有了现金血液，那离破产就不远了。在求援的路上，各家银行都对其收紧了信贷额度。

TCL望尽冷脸，也不怪人家，作为被戴上了退市预警的帽子的A股上市公司，谁愿把钱拿去"打水漂"？

终于，李东生逮到了一个机会。一家法国公司同意收购TCL的国际电工业务。TCL拿到了20亿元人民币，靠这笔钱把TCL的命给续了下来。

"真是命不该绝啊！"李东生感叹道。

前线止血，后方输血，TCL前后折腾180天，直到2007年的10月份，TCL这只鹰的新羽毛长出来了，才重新开始飞翔。

"TCL的变革，我们交了昂贵的'国际学费'。"李东生回忆重生的涅槃，深有感触，"机会很重要，能抓住机会顺势而为，便能提升内功；但机会也是风口浪尖，一不小心就是一地鸡毛。"

对TCL而言，国际化是机会吗？

"当然是。"李东生说，早在2002年，TCL就意识到国内彩电市场的发展瓶颈，无论是技术升级还是市场拓展，国际化都是绕不开的一条路。

由此，TCL大手笔收购德国施耐德电子，法国汤姆逊电视、阿尔卡特手机，开启国际化之路。相比联想并购IBM电脑业务、吉利收购沃尔沃、海尔收购三洋电机、三一重工收购普茨迈斯特、海信收购东芝电视，TCL的国际化之路要早得多。

为什么明明是机会，但TCL的国际化却出师不利？

实事求是地讲，在国际化并购带来的国际化经营与管理能力这一点上，TCL可能真的没有准备好。譬如国际化的管理人才储备，对所并购企业所在的地区法律、政策、制度、文化的了解，等等。

当然，不仅TCL没有准备好，包括后来的联想、吉利、海尔、海信的国际化并购，都经历过一段曲折。

TCL的"国际化学费"交得冤不冤？

很多年后，李东生承认，当年这个决定过于匆忙，可以再等等，再谈谈，再谈两个月，就能拿到更好的条件。

原来，2003年年底，TCL和汤姆逊谈得几乎达成协议，汤姆逊突然通知李东生，汤姆逊的业绩比预算有巨大的差距，这说明并购存在风险。李东生说："当时我们想重新谈条件，他们也同意了。但是我抵不住诱惑，收购之后就成为行业第三了，这个诱惑很大，现在看来做企业一定要遵循企业发展的规律。"

并购的挫折并没有腐蚀TCL全球化的决心，他们不断锤炼企业能力，逐渐建立起了全球化的业务结构和资源配置格局。

两起跨国并购使TCL经历了生死轮回，给企业带来了巨大的挫折，但他的价值也显现了出来。后来的TCL欧洲业务和美国业务也都印证了这一点，而国内的其他电子消费品企业却是在东南亚的业务相当突出。

为什么会这样？一方面是因为汤姆逊与阿尔卡特的并购直接让TCL快

速进入了欧美的主流市场，加速了国际化的大格局；另一方面，收购的经历迫使TCL自身的能力得到增强。"到今天我也不认为这两次跨国并购是失败的——当然也不能说是很成功——它确实为TCL打开了全球发展和转型升级的未来。"李东生曾向媒体复盘了这场生死存亡的关键一役时认为是"先输后赢"，他由此总结出几点经验：

一是对可能遇到的困难一定要充分的准备。当时并购汤姆逊时，应该融资而不要银行贷款，这也是一个教训，不要把东西想得太理想，很多没有想到的困难会发生，所以一定要留着充足的弹药，保持自己有强大的预备队。

二是人才储备永远不够。"当年如果人才储备力度更大一些，也许我们走得更顺一些。"

三是在产品和市场转型期进行并购，将放大风险，这点要充分地估计。

四是要吃透相关国家的法律法规。TCL两次并购都邀请了顶级专业机构：投行是摩根士丹利，投资顾问是第一波士顿，会计师是安永，他们只提到法律法规，潜规则没有提到。

确实，TCL的并购决策，至今依然充满争议。但评论成败，也许需要放在一个更广阔的时空维度。

"全球化这条路一定要走，今天不走，明天也要走，因为企业在中国这个区域市场的竞争力是无法与别人的全球竞争力相提并论的。我们的目标很明确，就是要完成全球业务架构。"在位于深圳TCL大厦顶层的办公室里，虽然布置得极为简单，而最显眼的是屋子中间的一个小圆桌、几把椅子和一面白板，而落地窗前摆放的就是一架木质地球仪。

之后，TCL果断"止血"。对自家原有的电视产品进行智能化升级，削减成本，重组海外业务；TCL还收缩战线，将非核心业务进行压缩，对盈利前景不确定的项目进行出售：包括变卖TCL国际电工，取消半导体制冷项目，终止2.4G无绳电话项目和兼并收购项目等。

一系列"组合拳",TCL战略变革有了自己清晰的打法和路径,变得成熟而稳健起来。

2007年底,TCL扭亏为盈,东山再起,李东生"绝地逢生"。

之后,TCL持续创造多款卓越产品,引领着显示技术的未来。网友也有了最朴素的观感:TCL电视放到客厅很漂亮,高端大气,图像明晰华丽,普通信号源显然反映不出机器有故障,网络更是无与伦比的好,看大片很便利,有如身在电影院一般,电视+电脑+影院,值了!

TCL液晶电视的种类区分十分多,不论是尺寸或是各种功能,应有尽有:肉眼3D电视、安卓云电视、智能互联网、3D电视以及发光二极管液晶电视;在尺寸上的规模也领先于业界:32寸、48寸、55寸,66寸,85寸,乃至最大的有110寸。

回顾过往,TCL有着太多的高光时刻:中国第一台28寸的大彩电,全球首款商用3D立体液晶电视,首台互联网电视,全球最大110吋四倍全高清3D液晶电视,中国首台量子点电视……

秉持着"科技赋能智慧生活"的理念,TCL持续升级产品性能,不断为消费者创造更加良好的感官体验:更大的屏幕、更高清的分辨率、更自然的交互与更智能的链接,这些都是新时代背景下不断衍生的全新追求。

在视觉呈现方面,TCL创新研发,让电视搭载了最前沿的量子点技术与8K画质,可以淋漓尽致展现画面中的各项细节,并还原真实绚丽色彩,全方位呈现更加完美的观看效果。

同样,TCL将更广泛的生活场景纳入设计思考。

随着竖版视频的流行,TCL电视嵌入了更多新鲜玩法,推出TCL·XESS旋转智屏,打破"电视只能横着看"的思维定势,屏幕可以像手机一样随心所欲的旋转,为观众带来极致的乐趣与享受。

如今,在美国对华单边加税的情况下,TCL在美销量依旧不断增长,彩电销量稳居美国市场第二位。

美国好莱坞地标"中国大剧院",自1985年以来第一次把冠名权给了

TCL，更名为"TCL中国大剧院"。

惠州总部，李东生的办公室。

几棵绿植依然长得郁郁葱葱，座椅的背后，是"天地正气"四个大字，在这幅中国书法对面，是世界地图；在他的书架上，兼有哈佛商学院·管理与MBA案例全书与《曾国藩家书》。李东生从不讳言自己推崇曾国藩和杰克·韦尔奇。

"左手韦尔奇，右手曾国藩。"由此，有人解读李东生的性格和思维的双面性："左手想做世界级公司，右手不愿放弃中国的范式，他试图用曾国藩的思维解决自己国内的企业问题，用韦尔奇的思维解决国外企业的问题。"

寻找TCL国际化的方向感和方法论，李东生用了十年时间，无论顺境还是逆境，他从未放弃过TCL的国际化梦想，尽管这个过程让他"蜕了一层皮"，但却变得如史诗般的真实、丰满和意味深长。

穿越了至暗时刻之后，李东生之前要隐退的想法一扫而空。"这么大的磨难都熬过去了，还有什么困难是不能克服的呢？"他再也没有动过放弃的念头。

TCL没有"一朝被蛇咬，十年怕井绳"，而是"吃一堑，长一智"，当年并购的挫败，让李东生下定决心要做的事，就是一定要自己掌握核心技术，向"上游走"。

中国是全球电子产品包括彩电的生产和消费大国，但"缺芯少屏"一直制约着我国电子产业的发展。

上游面板产业就是彩电最关键的核心技术。全球仅有三星、LG等极少数彩电企业拥有上游面板生产线，绝大多数彩电整机企业没有能力生产。

"TCL想要做到全球领先，必须要放在上游核心技术领域。"李东生痛定思痛：韩国三星逐渐超越东芝、索尼、夏普这些日本企业，成为全球第一品牌。这是因为它拥有上游的半导体显示和半导体芯片产业。

TCL决定建设自己的半导体显示产业。

2009年，李东生推动了中国液晶板面行业的重大变革，他与深圳市政府共同出资245亿，投资建设第一个8.5代工厂——华星光电。

这一次，TCL是把砸锅卖铁的所有资源都压上去了。

TCL在完全没有经验的情况下直接建8.5代线，其实是比较冒险的，毕竟韩国厂商前期都是经历了2代、3代之后再到高世代的。

"这不是又一次豪赌吗？"外界的质疑声又一次此起彼伏。

"不是'赌'而是'搏'。"李东生不喜欢这个"赌"字，他喜欢"搏"，计算风险之后的拼搏，这是一种精神。

李东生骨子里就"潮"，在他身上看不到老派和刻板。他坚信，尽管华星光电项目的投资和风险巨大，但是如果TCL不进军面板产业，就根本不会有未来！

11月，华星光电签约启动，两个月后开工，17个月之后的2011年8月投产。

这是深圳1979年建市以来投资最大的工业项目，也是国内第一条完全依靠自主创新建设的高世代液晶面板生产线。

华星光电的成立打破了日韩在半导体面板制造领域的长期垄断地位，由此改写了中国"缺芯少屏"的历史。投产第二年，也就是2012年，华星光电就实现了盈利。

这完全超出了李东生的预期。

TCL获得了上游核心技术优势，使其在彩电行业竞争中处于主动地位，TCL华星创造了半导体行业的一个奇迹：成为中国乃至世界液晶面板产业的一面旗帜。液晶面板的市场占有率全球第二，主流的55英寸面板市场占有率全球第一。

2009年，央视年度经济人物给李东生的评语是：百折不回！

迄今，华星光电和京东方的液晶面板产能已经占到全球的40%，这两家"双寡头"中国高科技企业逐渐掌握了千亿美元面板市场的定价权，全球面板产业的"双雄"格局已然形成。这就是我们应该为之骄傲的中国科技力量。

2020年，TCL收购单晶硅片龙头企业——中环股份，正式迈入半导体显示和智能终端以外的第三条赛道——半导体光伏及半导体材料。

次年，微芯半导体成立，TCL正式加入"造芯"的行列，凭借创新科技和智能制造，TCL华星在芯片领域大展拳脚，将彻底破解中国"缺芯少屏"产业困局。

迄今，TCL华星以我国深圳、武汉、惠州、苏州、广州等城市以及印度等国家为基地，相继布局8条面板生产线、4座模组厂，投资金额超过2400亿元，成为全球第二大电视面板供应商。

业务赛道优异，市场布局清晰，营收增速领先……

根据TCL公布的数据显示：2021年，TCL营业收入和利润均取得历史最好成绩。整体营收2523亿元，同比增长65%，整体规模已进入"世界500强"。

如果说并购汤姆逊和阿尔卡特是"做大"，那么对华星光电的投资则是"做强"。李东生说："你块头大不一定行，更重要着眼于提高核心竞争能力。"

而今，通过TCL科技和TCL实业两大主体布局半导体显示、新能源光伏与半导体材料和智能终端三大核心产业，其中，TCL科技实现营业收入1635.4亿元，TCL实业实现营业收入1056.4亿元，TCL半导体显示业务实现营业收入881亿元。

"物竞天择，适者生存。"在企业界，达尔文的这一进化论主张永远适用。

在中国半导体显示技术这条赛道上，TCL开始了新一轮的"进化"，就像在一条没有出口的高速路上疾驶，尽管险象环生，但却一往无前。

早有凌云志，不负揽月心。TCL科技集团在显示领域已经搭建起极具竞争力的创新矩阵，成为全球领先的智能科技公司。

当然，TCL从一艘小船成长为巨轮，故事远不止于此。

"科技创造精彩、畅享智慧生活。"在万物互联的当下，TCL早已不仅是一家传统的制造企业：人工智能、5G应用、智能制造与工业互联网等各领域的核心研发能力也在同步提升。

目之所及、心之所想，皆有TCL的身影。

如今，TCL的变革有"更多的牌可以打"。除了在显示领域做到垂直整合一体化外，TCL还提出"双+"战略转型、"智能+互联网"、"产品+服务"。此外，AI、IoT、云服务、大数据、智能交互、互联网应用等技术研发和产品化创新应用，持续加大"AI×IoT"技术研发投入……

以矩阵化组织架构的方式，TCL完成事业领域、万物互联的全新整合，为用户带来全场景的智慧生活。

毫无疑问，TCL已经深入人们生活息息相关的各个领域，人们面向未来，TCL将坚持创新，持续以领先科技赋能，持续为人类生活带来更美好的改变。

从1981年到2021年，TCL秉持初心，从一家生产磁带的电器厂到家喻户晓的"电话大王"、从布局电视生产到收购汤姆逊彩电、阿尔卡特手机，从经历跨国并购阵痛，到创立华星光电打破国外电视面板垄断，再到互联网转型中创新突围，TCL用市场表现回应着其一路走来面临的抉择和质疑。

敢为，成就不凡！

40年风雨，洗尽铅华。从电子、通讯、彩电、半导体显示、半导体光伏等等，全部都是竞争激烈行业。他几乎和所有的机会都握过手，有的抓住了，有的没有抓住，有的还在抓，有的又不得不放弃……

在广东民营企业当中，TCL不是最大、最惊艳的那个，但却是矢志不渝做过最多探索的那家。从寄人篱下的偏远小厂成长为与全球顶尖科技巨头同台竞技的全球知名品牌，无论辉煌、波折还是超越，TCL的脚步从不曾停歇过。

时间是最好的标尺，在TCL的度量下，我们看到了TCL跃变背后的关键驱动力和企业灵魂——李东生。2018年，在庆祝改革开放40周年的大会上，李东生作为"电子产业打开国际市场的开拓者"，被授予"改革先锋"称号。

"我们坚持创新，努力把将来带到眼前。"李东生曾这样自我总结，"TCL的发展就是一部变革创新史。变革的基因已经深深植入TCL的肌体，深刻影响着TCL的企业文化，影响着TCL的发展走向，影响着TCL的未来。"

而这种变革对TCL而言，是以一种敢为人先、敢为创新、敢为探索的精神，并以此向伟大时代致敬。

不惑之年的TCL，凭借着驰而不息的势头探索科技"无人区"，每年的研发投入占销售支出的4%以上，在全球范围内拥有42家研发中心和32个制造基地，拥有4个CNAS资质认证明验室，技术掩盖OLED、QLED等新型半导体显示技术和资料。

"唯变革者新，唯创新者强。"这就是TCL与生俱来的性格。

2021年9月，TCL启动"旭日计划"，李东生向全球超过12万名员工宣布了TCL未来5年发展的日程表："将TCL科技和TCL实业做到真正的世界500强，将智能终端、半导体显示、半导体光伏三大核心产业力争做到全球领先，将半导体材料等其他产业做到中国领先、行业领先。"

10月，《万物生生：TCL敢为40年》新书在北京出版，翔实记录了TCL穿越改革开放全周期的创业发展史。李东生对TCL的"敢为"进行了阐述："一是敢为人先、不忘初心；二是变革创新、与时俱进；三是转型升级；四是全球化经营。"

"实业的根越深，经济的脊梁才越硬。"这种理念已经深深嵌入到TCL的企业文化中。

加缪在《西西弗斯神话》中有这样一句话：他超越了他的命运，他比他推的石头更加的坚强！

再造TCL，李东生仍然在上下求索的路上。

智高一筹

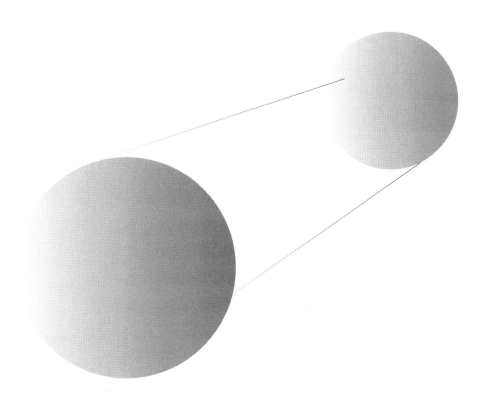

第四节
华为可以说"行"

2019年5月26日，北京。

美国彭博电视台亚太区记者汤姆·麦肯齐西装革履，正襟危坐在位于北京的彭博演播室里。

节目开始，一个长焦镜头推出汤姆·麦肯齐的大特写："在我们外人看来，华为好像面临着生死存亡关头一样，但任正非给我的印象却是非常放松淡定。他也十分健谈，我们聊了很多话题，他无话不说，知无不言。"

面对着大洋彼岸纽约总部的美女金发主持人——汤姆·麦肯齐用他那略带卷舌的美式英语侃侃而谈。

25日，华为总部。

汤姆·麦肯齐与华为创始人兼CEO任正非面对面。

隔着茶台，任正非口若悬河，他对汤姆·麦肯齐抛出的一个个犀利问题，毫不避讳。而就在120多天之前，他面临的局面是女儿孟晚舟被加拿大逮捕，而此时的华为公司，也正在被美国制裁。

任正非笑道："美国从来没有买过我的东西，怎么跟我谈啥判啊。将来他想买，我还不一定卖给他呢。这种情况没有必要谈……"

突然，汤姆·麦肯齐直截了当抛出一个颇为尖锐的问题："国际上有人认为，华为的发展成就是靠盗窃美国技术得来的，对这种观点你怎么看？"

"那我是在盗窃美国明天的技术咯，因为（华为现在做的东西）美国都没有做出来，我去哪里偷他的技术？"任正非举重若轻，微微一笑说道："更有可能是美国来偷我们的技术差不多，因为我们目前是领先美国的……"

汤姆·麦肯齐敛声屏气，目不转睛地盯着任正非。

"如果我们是落后的，那么特朗普也不会这么费劲打我们了。他打我们就是因为我们先进，他才打嘛。"任正非补充说。

当汤姆·麦肯齐提问关于困难时期还要持续多久的问题时，任正非回答道："你可能要问特朗普，不能问我。"

汤姆·麦肯齐对纽约演播室的主持人表示，他在采访期间，对任正非展露的宽广心胸和沉稳气度，印象深刻，深深折服。

27日凌晨6点，彭博电视台亚太早段新闻栏目第一时间播出了任正非接受采访的片段。

彼时，正是华为的"非常时期"。

时间回溯到2018年12月1日。

任正非之女、华为副董事长孟晚舟在加拿大温哥华机场转机时，被加拿大警方逮捕，理由是美国认为"华为涉嫌违反美国对伊朗的贸易制裁规定"，美方随后提出引渡。

众所周知，一旦引渡到美国，孟晚舟的情况就不妙了。她可能面临两种选择：一是所谓的不认罪，接受美国法律的审判，面临长达超过百年的监禁；二是美方威逼成为"线人"，配合美国的后续工作，整垮华为公司。

2019年5月16日，美国商务部正式将华为列入"实体清单"，禁止美企向华为出售相关技术和产品。

孟晚舟被捕，华为公司遭到美国制裁，外界都为华为捏了一把汗。

2021年华为全年营收同比下降28.6%，其中降幅最大的为消费电子业务，华为手机销量同比下滑了82%。

华为扛得住吗？

以政治手段瓦解商业竞争，向来是美国的"拿手好戏"。这一次，美国拿华为布局，其套路和法国的"阿尔斯通事件"如出一辙。

什么是"阿尔斯通事件"呢？这要从一个名叫弗雷德里克·皮耶鲁齐的人说起。

就在孟晚舟被捕的3个月前，即2018年9月，法国阿尔斯通集团高管弗雷德里克·皮耶鲁齐刚刚走出美国监狱。

无独有偶，坐了5年冤狱出来的皮耶鲁齐听闻华为遭遇，第一时间联系了任正非，他说："昨天是阿尔斯通，今天是华为，明天又会是谁？华为必须要挺过难关！"

2021年9月25日，美国司法部与其达成延后起诉协议，被捕1029天后的孟晚舟获释。

孟晚舟获释后在机场发表简短演讲，在演讲的最后，她深情地说道："我想感谢我的祖国和祖国人民对我的支持和帮助，这是我走到今天最大的支柱！"

当弗雷德里克·皮耶鲁齐听闻孟晚舟获释后，他在法国接受中国中央电视台采访，面容憔悴的他对着镜头，一脸凝重："这是第一次以一个国家的意志，成功回击了美国的长臂管辖。我没有孟女士幸运，我的公司和祖国没有给我如此强大的支持。"

弗雷德里克·皮耶鲁齐是法国人。2013年4月，皮耶鲁齐从新加坡飞往美国。当飞机刚刚降落在纽约肯尼迪机场时，皮耶鲁齐遭到了美国FBI的逮捕。

美方给出的罪名是弗雷德里克·皮耶鲁齐触犯了美国的《反海外腐败

法》（FCPA），起因则是他曾在十年前的2003年印度尼西亚项目中涉嫌商业行贿。

这个罪名很搞笑，先不说皮耶鲁齐是否真的行贿，退一万步来说，就算是真的，但法国公司在印度尼西亚，美国凭什么抓人呢？

3个月后，走投无路的皮耶鲁齐签订了认罪协议；经历1年多的重重波折，他获得保释回到法国；又过了漫长的4年，他才等来审判，并再次入狱服刑1年，直至2018年9月。

整个过程扣人心弦——被捕、入狱、保释、宣判、服刑、出狱……皮耶鲁齐的遭遇比小说还要精彩。

随着案件的推进，终于，一个更大的"陷阱"浮出了水面：阿尔斯通遭遇美国司法部的调查，被逼与美国通用电气进行并购谈判。最终，时任阿尔斯通CEO柏珂龙不顾各界反对和质疑，最后将公司70%股份出售给了美国通用电气。

成立于1928年的阿尔斯通曾经是法国科技界的明珠，在电力设备、轨道交通、能源技术等先进技术领域中，阿尔斯通全部位列世界前茅，业务遍及全球70多个国家和地区，无论是从技术实力还是从业界地位来看，巅峰时期的阿尔斯通都可以说是法国版的"华为"。

然而，一切的辉煌都在2013年4月的那一天结束了！

美国采取阴险而卑鄙手段硬是将法国商业巨头"生吞活剥"，阿尔斯通就此"肢解"。

被剥离了核心业务的阿尔斯通由此衰落，其在全球科技产业中的地位和影响力也日渐式微。

局外人如梦方醒：皮耶鲁齐只是这场"经济战"中的"人质"。

不幸的皮耶鲁齐走出监狱后，写了一本书，名字叫《美国陷阱》，以亲身经历披露了阿尔斯通被美国企业强制收购的过程，以及美国利用《反海外腐败法》打击美国企业竞争对手的内幕，揭开了这一场"隐秘的经济战争"。

曾经，网上流出的一张图片：任正非的办公桌上就赫然摆有一本皮耶鲁齐的著作——《美国陷阱》。

多么熟悉的手段，阿尔斯通事件再次让人们认清美国对孟晚舟和华为的布局。皮耶鲁齐在接受采访时也说："我们发现这是一样的，困住竞争对手或者从技术上控制竞争对手，我真心希望华为不会像阿尔斯通一样。"

美国政府披着法律反腐的外衣构建的"美国陷阱"，对全世界的公司进行"打劫"，包括日本、法国、德国等公司。

华为一旦中了圈套，则资源被耗尽、5G技术市场被扼杀。

然而，孟晚舟不是皮耶鲁齐，华为不是阿尔斯通，中国更不是法国。

华为没有选择投降。

华为非常清楚，一旦华为表现出软弱的一面，那么很大可能就是华为也会像阿尔斯通一样被"肢解"，最核心的通信业务被美国企业所收购，这样即使手机等消费电子业务可以换得"解禁"，但失去核心技术和专利之后的华为也不再能够对美国的科技企业产生任何威胁。

美国制裁禁令出台，华为竭力想办法解决禁令带来的影响。

不让华为使用美国企业生产研制的相关芯片等元器件，华为就寻找其他供应商，并加大研发力度，采用更多自主研发的芯片等元器件；无法使用GMS谷歌移动服务，华为就推出了HMS服务，通过HMS服务取代GMS系统。

在5G手机方面，华为也加快"去美国化"：华为Mate 30系列手机大量采用国产元器件等替代美国元器件。华为Mate30 5G版中，国产零部件的使用率按金额计算，已经从25%左右大幅上升到约42%，而美国产零部件则从11%左右降到了约1%。

2019年10月31日，中国移动、中国联通、中国电信三大运营商公布5G套餐，正式拉开5G商用的帷幕。

美国一计不成，再生一计。2020年5月15日，美国修改禁令规则，不仅不让华为使用美国相关元器件，还禁止华为使用利用美国技术生产的元器件。

美国这次出狠招，华为所有涉及美国技术的芯片代工被掐断。

华为5G更是在全球被阻击。一些跟班随从撕毁协议，放弃华为5G设备和技术，甚至还作出了拆除华为5G等设备的荒谬决定。

两年间，美国举一国之力，对华为共实施四轮极限打压，很多外国专家分析华为在遭到断供之后，一年之内必将分崩离析。

然而，断供两年后的华为，其发展依然让外媒惊讶。

华为再次拿下全球通信设备的冠军，以28%的市场份额遥遥领先于诺基亚、爱立信等竞争对手，继续维持自己在5G通信领域的领先地位。

华为研发投入达到1427亿元人民币，占2021年收入的22.4%，10年累计投入的研发费用超过8450亿元人民币。

华为依然保持核心领域的竞争力，2021年5G基站出货量达到了120万台，在全球220万台5G基站总数中占比超过了50%。

华为鸿蒙OS与HMS进展神速，在整体向软件与服务战略转向的过程中，担负起重任。华为移动服务HMS全球注册开发者超过230万，成为全球第三大移动应用生态。

华为在物联网领域打造以鸿蒙系统为核心，实现万物互联的技术联盟。在新能源汽车领域推出了自己的技术解决方案，并联手小康、北汽等企业推出问界、阿尔法S等基于鸿蒙以及华为解决方案的新能源汽车。

德国著名哲学家尼采说过，不能杀死你的，都会使你更强大。华为应属此类吧！

作为广东民营经济乃至中国民营经济的领头羊，华为引领中国5G发展蹄疾步稳，基站建设继续领跑全球、用户数量和终端连接数破亿、落地应用领域广泛。

助力中国数字经济稳健发展注入新动能，上山入地，5G发展让越来越多的人感受到了5G速度。

2020年4月，华为联合中国移动在珠穆朗玛峰6500米前进营地成功完成全球海拔最高5G基站的建设及开通，珠峰峰顶实现了5G覆盖，创造了5G"飞"得最高的纪录。

6月，华为联手中国移动与阳煤集团打造全国首座5G智慧煤矿，阳煤集团新元煤矿依托目前国内地下最低的5G网——井下534米"超千兆上行"煤矿5G专用网，实现了煤矿智慧化管理，创造了全球最深地下5G网络的纪录。

7月，重庆高新区高新大道5G基站建设现场作业如火如荼。

8月，浙江宁波江北洪塘科创园的全5G智慧工厂——爱柯迪6号工厂内，压铸件全自动生产。

9月，深圳实现5G独立组网全覆盖，成为全球第一个跨入5G时代的城市。

数据显示，截至2021年底，中国5G基站累计超过70万个，基本实现地市级5G覆盖。其中，中国移动在全国开通5G基站超过35万座，并在所有地级市和部分重点县城实现5G网络商用；中国电信与中国联通开展5G网络共建共享，高效实现5G网络覆盖，双方仅共建共享的5G基站已经超过30万个。

5G与工业、5G与交通、5G与医疗、5G与教育、5G与能源……随着5G网络升级与扩容，越来越多的应用正源源不断铺展开来，到处都有5G技术的身影。

标准打磨、测试验证、两极应用带动……一个5G，让世人感受到了华为的科技实力，5G背后的物联网、无人驾驶、人工智能等产业链都对中国的"弯道超车"产生了积极影响。

这就是华为，世界的500强！

华为说话，世界依然在静静地听。

一个企业尤其是民营企业成功的背后，一定有着不为人知的故事。而华为，如此与众不同。

2022年，任正非已经78岁了！

30年前，任正非拿着全部身家2.1万元，注册了华为技术有限公司。公司注册地在深圳，时间是1987年9月15日。

十几张床挨着墙一字排开在深圳湾畔的两间烂棚里，既是生产车间、库房，又是厨房和卧室。床不够，大伙就在泡沫板上加张床垫，领导和员工横七竖八挤在一起，累了就躺，醒来就干。

伊始，任正非凭借深圳特区信息方面的优势，从香港代理进口模拟交换机产品到内地，以赚取差价。这是当年最常见的商业模式，对于身处深圳的公司而言，背靠香港就是最大的优势。

成立不到3年，华为所代理的香港公司看到市场局面已经打开，就把代理权收了回去。

生死存亡的考验，一夜之间被强加到华为头上，任正非一下子懵了。是继续做代理苟活下去，还是另闯一条道路？

前者易，后者难。关键时刻，任正非选择了一条更有挑战、但更有希望的路：将代理销售获得的微薄利润，投向程控交换机的自主开发，给企业找一条生路。

在决定进军通信设备行业的时候，任正非坦言，那个时候错误地以为通信产业大，好干，就糊里糊涂地"进"去了。后来才知道通信设备制造是一个最难干、竞争最残酷的行业，单国内就有成千上万家，国际上更是强手如林：日本的NEC和富士通、美国的朗讯、加拿大的北电、瑞典的爱立信、德国的西门子、比利时的BTM公司以及法国的阿尔卡特。

在这些通信巨头面前，华为这样的小公司简直就是无名之辈。

卖设备的过程中，任正非看到了中国电信行业对程控交换机的渴望，也看到了整个中国电信设备市场几乎被"列强"瓜分殆尽。

43岁的任正非，在这个时候展现出了他的商业天赋，决定自己做研发。

两台万用表，一台示波器。

伊始，华为做的交换机还是模拟交换机，1991年12月，首批3台BH—03交换机包装发货。当时公司已经没有现金，再不出货，会直接面临破产。幸运的是，这3台交换机很快回款，公司得以正常运转。

C&C08数字交换机是华为自主研发的第一台数字程控交换机，也是任正非"破釜沉舟"的一次豪赌，为此他砸进去了所有公司此前赚到的钱，还借了很多高利贷，下了"不成功则跳楼"的决心。

C&C08，可谓是华为的基石。

1993年，产品研发成功。1994年，华为C&C08万门数字程控交换机在江苏邳州开通并通过专家鉴定。

C&C08的成功让任正非大受鼓舞，它不仅代表华为的产品在国内市场取得了领先，更在国际上超越了同类产品。

此次孤注一掷的程控交换机研发获得市场，华为采取了"农村包围城市"的销售策略：先占领国际电信巨头没有能力深入的广大农村市场，步步为营，最后占领城市。

刚站稳脚跟，华为又尝试"走出国门"。任正非回忆说道："华为刚走出去的那个阶段是很艰苦的，我一个人在几个国家来回转悠，但是一直没有单子（订单）。第一次中标是在1999年，越南和老挝两国招标是华为在国际市场上第一次真正中标。"

C&C08由此走向海外。

华为还有第二个不简单故事，是关于GSM（Global System for Mobile Communications）。

相信"70后""80后"的朋友应该熟悉"全球通"这个词吧，说的就是GSM，意思是全球各地共同使用一个移动电话网络标准，用户使用一部手机就能"行"遍全球。

GSM的直译是"全球移动通信系统"，它是全球应用最广泛、用户数最多的移动通信技术（2G），当时国内GSM从基站到手机，是爱立信、诺基亚、摩托罗拉、西门子、阿尔卡特等国际巨头的天下。

在固网获得成功后，华为便瞄准了无线（移动通信系统）市场。任正非后来说："在无线领域里，华为差点就熬不过来，差点就砍掉了。我们当时只有固网的研发能力，没有想到无线的技术门槛那么高。"

"但是不做无线又不行。"任正非感叹道，"回过头来想，如果华为不能在无线上熬过去，我们现在就是一个奄奄一息的固网公司。"

1995年，华为开始研究GSM。因为技术难度大，投入期长，华为的资金越来越捉襟见肘，为度过难关，任正非开始推行内部融资，让员工买内部受限股。

于是，关于任正非的"告状信有3000封"。

这些买了股票的员工都发了大财，华为内部口头禅说"零花靠工资，发财靠股票"，这是后话。

九死一生，华为差点就被打倒了。

1997年，历经艰难困苦的华为在北京通信展发布了GSM解决方案。在展会上，华为订制了一批打火机当礼品，上面印着"中国人自己的GSM"。

1999年，华为获得了福建移动高达3.2亿元人民币的移动通信项目合同，当时媒体报道："……计划总投资接近5亿美元。由于引入了国产设备，节省投资近9000万美元。"

星光不负赶路人，时光不负有心人。

也是这一年，华为员工达到15000人，销售额首次突破百亿，达120亿元。

华为GSM的成功不仅仅对民族的通信设备产业有巨大的贡献，而且因为GSM延伸的智能网技术、移动梦网和低成本技术，"拯救"了腾讯、新浪、搜狐、网易等国内深陷全球IT泡沫的互联网公司，如腾讯公司就是靠移动QQ掘到了好几桶金，赚得盆满钵满。

CAMEL Phase 2是基于国际最新规范的智能网技术，华为让中国成为率先采用这一先进技术开通移动智能业务的国家。

华为的创业史也可以说是中国通信产业和技术进步的历史，任正非说："其实不仅仅是通信行业，国内任何一个领域都是这样的情况，中国没有的，它们就卖得很贵；中国有了的，它们的价格马上就下来了。"

试想，如果没有华为咬牙去艰苦奋斗，中国现在的通信市场会是一个什么模样？对今天的人们来说，你可以不喜欢华为，但请不要遗忘、抹杀华为对国家、对社会作出的巨大贡献。

跌跌撞撞走过30年，谁也没想到，华为这家诞生在一间破旧厂房里的小公司，改写了中国乃至世界通信制造业的历史，还"招惹"了来自美国的忌惮。

任正非说："华为没有成功，只是在成长。"

这么说来，美国对华为的一波又一波的"骚操作"不外乎是华为"成长中的烦恼"而已。

多数人对任正非最初的了解是停留在军人、铁血之上，其实，和许多的创业者一样，他同样经历过曲折、困惑甚至身患抑郁症。

"最糟糕大约在2003年前的几年时间，我被查出多项毛病，还给身上的'零部件'动了刀子。"

"那时候只有一个信念就是活下去，这不仅是个人，也是公司的生存法则。"任正非说，"这些年来我天天思考的都是失败，对成功视而不见，也没有什么荣誉感、自豪感，而是危机感。"

"华为老喊狼来了，喊多了，大家有些不信了。但狼就真的来了。"任正非认为，企业没有退路，要壮大，要生存，也要有点狼的特性：一是敏锐的嗅觉，二是不屈不挠的进攻，三是群体奋斗的意识。

华为应对危机意识与生俱来。

创业初期，华为每个员工的桌子底下都放有一张垫子，就像部队的行军床。除了供午休之外，更多是为员工晚上加班加点工作时睡觉用。这种做法后来被"华为人"称作"垫子文化"。

而任正非一天的工作时间在15—20个小时。

有人妄言华为有"偏执狂"，而任正非觉得只有偏执狂才能生存下去，这种精神就要渗透到华为的血液当中去。

他讲了一个众所周知的故事。有一次，华为在深圳体育馆召开一个6000人参加的大会，会议要求保持会场安静和整洁。这场大会历时4个小时，既没有响一声手机铃声，也没有在会场留下一片垃圾纸屑。这就是华为的自律性。

细节决定成败。华为对细节的把控非常到位，比如华为卫生间的香水，他们会测量，香味多久会散去。再比如，华为司机接人从来不晚点，因为他们都做了精密统计研究……这是华为人力资源管理评价体系，叫"评价无时不在，评价无处不在"。

关于群体奋斗的"狼性"，有这样一个故事：

在黑龙江，华为与一家跨国通信大咖"血战"，华为派出的技术人员多过对手十余倍，下沉到每个县电信局展开"肉搏"战。哪里出问题，华为人立即赶到现场。为拿下一个项目，华为会花费七八个月时间……这些看似愚蠢的做法，却抢占了一片新天地。

有人说，华为发展的历史，就是一部不断虎口夺食的历史。

华为成长起来后，坚持只做通信制造这一件事，30年来坚定不移对准通信领域这个"城墙口"冲锋。任正非笑言："华为只有几十人的时候就对着这个'城墙口'进攻，几百人、几万人的时候也是对着这个'城墙口'进攻，现在十几万人也还是对着这个'城墙口'冲锋。"密集炮火，饱和攻击。每年用1000多亿元的"弹药量"炮轰这个"城墙口"，其中研发近600亿元，市场服务500亿元到600亿元。

左冲右突，不知不觉冲到了世界最前列。

任正非曾经说过，华为没有秘密，就一个字"傻"！像阿甘一样，认准方向，朝着目标，傻干、傻付出、傻投入。

这是真的！

员工眼中的任正非是一个怎样的人呢？

华为公司以前有位员工到美国去了，他走的时候跟任正非说："你这个人只能当老板，如果你要打工，没有公司会录用你。"

"我什么都不懂，我就懂弄一桶糨糊，将这种糨糊倒在华为人身上，将他们黏在一起，朝着一个大方向拼死命地努力，拼命的创新。"这就是广为流传的任正非"名言"。

追随性创新、颠覆性创新、连续性创新，华为手机的背后就有这样一些创新的氛围。

2016年9月15日，晚上8点。深圳大梅沙喜来登宾馆3楼会议室。

台下坐着的十多位华为终端EMT成员（最高决策层）和核心技术骨干。不知是被哪句话感染，华为技术CEO余承东从座位上跳起来，走到演讲者面前，一边穿插踱步，一边嘟囔着什么。

大家习惯了"老余式"亢奋，丝毫没有被影响。

负责汇报的是软件部总工程师王成录博士，内容是关于华为终端一个秘密进行一年多的研发计划。

不时有人插话追问。

"从技术积累的能力看，能给安卓'动手术'的公司全世界只有谷歌和华为，能'开刀'的专家全球应该不超过100人，其中三分之一在华为。"王博士说到这里，他压了压语调，继续说道："数据似乎证明了成功：Mate 9开始的性能优化和软件质量提升。实验室实测18个月老化试验数据表明，优化后的华为安卓长期使用性能已接近苹果iOS系统。"讲完，他抬起头关注大家的反应。

余承东不仅善言辞，也易兴奋，他急不可耐地说："我们曼哈顿发布（华为产品内部代号）只讲这个，我们甩别人太远了。"

显然，这个被外界戏称"余大嘴"的情绪又被点燃了。

启动"安卓底层手术式优化项目"之前，卡顿是整个安卓生态的顽疾，困扰着全世界"安卓系"智能手机厂商。

"底层手术式优化"听起来似乎不太容易被理解。举个通俗的例子：

手机操作系统就像一个大屋子，屋子里横七竖八的装满了各种箱子和物品，安卓底层优化就是把这些箱子挡路的搬走，没用的扔掉，然后按照主人（用户）的体验要求把屋子摆好，重新布置。

"项目非常难，非常艰巨，一旦出现问题，华为手机可能全军覆没。"王博士说，"用最成熟的软件工程师，按照一个人一个月改300行，一个月22个工作日每天加班2—3小时，80个核心工程师就需要一年半，这还不算辅助的编写人员。"

1.1亿行安卓代码的优化方案对于每位华为工程师而言，值得每个人细细品味。

武汉研究中心，1万个测试盒子，每个盒子8台试验手机，8万台手机24小时按照编写的满负荷操作模型挑战着安卓老化的极限。

短暂的讨论后，会议继续进行。这次会议，坏消息也浮出水面：在软件、AI、芯片、材料，甚至色彩研究方面的最新创新，都成了竞争对手学习和模仿的对象。这对于一直低调学习借鉴的华为不是一个好消息。

其实，这样跌宕起伏的会议每天都在华为上演。

华为的解决方案是对底层进行颠覆式改写，这是华为典型的"黑科技"模式。"黑科技应用"则是华为体系对标外部"黑科技"的主要形态，都是用户容易感知的功能，比如："安全支付""手机找回""多角度录音"等，每一个功能在华为手机都有一个20—30人的小组来承担，这样的小组一共有130多个。

关于创新，任正非十多年前有过这样一些观点："快三步是先烈，快半步是英雄。""创新就是在消灭自己，不创新就会被他人消灭。"

华为投入了世界上最大的力量进行创新，这种长时间、大手笔、高强度的战略性技术投资，确保了华为立于不败之地。

任正非对曾经主管研发的负责人说，你浪费了公司几百亿。这位负责人笑着回应，我承认浪费了，但又贡献了几个千亿呢。难怪这位华为高管这样说，"在华为，创新力是用钱砸出来的。"

"我们过去是浪费了不少钱，包括给西方公司交咨询费，接近300亿人民币，但积累了很多的人才、经验。"任正非说，华为有700多名数学家、800多名物理学家、120多名化学家、6000千多名基础研究的专家、60000万多名各种高级工程师。

用15年左右时间打造了一个以客户需求为导向的通信技术公司，前端是客户，末端也是客户的"端到端"的流程。这才从根本上改变了华为技术导向型的公司价值观和研发战略。

这位研发部门负责人坦言："过去管3千人研发队伍，觉得都要失控了，现在7万多人管得好好的，再给我7万人，我照样可以管得很好。"

什么原因？基于"端到端"这样一个研发流程，使得整个研发建立在理性决策的基础上，建立在市场需求——显性的客户需求与隐性的客户需求之上。

华为喜欢在未来10年技术趋势上押注别人望而却步的领域，安卓手术之外，麒麟芯片的成功研发前后经历了近15年，是两三代华为人的奋斗坚守。

2019年9月6日，德国柏林。

不出外界所料，在柏林国际电子展（IFA）上发表"Rethink Evolution"主题演讲，期间余承东宣布：搭载麒麟990系列的华为Mate 30系列将于9月19日在德国慕尼黑全球首发。此消息迅速成为IFA 2019全场焦点，因为华为推出的最新一代旗舰芯片麒麟990系列包括麒麟990和麒麟990 5G两款芯片。其中，麒麟990 5G为全球首款旗舰5G SoC（系统级芯片），被美国林利集团评价为"通信史上重要里程碑"。

麒麟990系列芯片系华为创新研发。曾经，在全球电信市场上，20年前爱立信是世界第一，15年前摩托罗拉是世界第一，10年前诺基亚是世界第一。面对这些世界级电信巨头虎踞龙盘，华为的每一次科技追赶都意味着新一轮物竞天择的考验，光鲜而残酷。面对今日的地位，余承东轻描淡写地说道："我们手中也有了一张船票，它将载着中国驶向5G时代。"

在隆重介绍麒麟芯片的性能水准后，余承东配上了那句每次新机发布会都会说的四个字："遥遥领先。"

毫无疑问，麒麟990系列广受外媒盛赞，是全球通讯从业者对于华为技术水平和创新能力的肯定，也是华为"用产品说话"最好的证明。

华为在一个危机接着一个危机的冲击中从没消停过。

众所周知，麒麟芯片"备胎"转正的故事想必都听过——

其实，在被美国"制裁"前，华为旗下的半导体旗舰海思是除了苹果之外，唯一一个可以跟高通掰手腕的芯片。

为何要"备胎"？

这要回溯到2002年，当时思科要无赖起诉华为侵权，这让任正非意识到自研芯片的重要性。于是在2004年，他决定启动"备胎计划"，成立海思半导体，英文名为"Hisilicon"，大意就是华为的芯片部门。

"即使芯片暂时用不上，也要继续做下去。"任正非心里想。

任正非对芯片研发一直非常重视。他曾明确表示，芯片业务是公司的战略旗帜，一定要站起来，适当减少对美国的依赖。

华为为此每年狂砸4亿美元。

在华为的架构中，一级部门找不到海思的身影，但海思的地位等同于一级部门。海思负责华为所有的半导体以及核心器件的开发和交付，与华为大名鼎鼎的"2012实验室"一样，都是华为"秀肌肉"的部门。

5年后，海思推出了一个GSM低端智能手机方案，将处理器打包成解决方案提供给"山寨机"使用，芯片名叫K3V1。

这个方案采用了Windows mobile操作系统，工艺采用110nm制程，当时竞争对手已经采用65nm甚至45nm至55nm，所以海思的第一代芯片谈不上成功。

华为手机业务的转变开始于2011年，当年余承东从欧洲"回归"执掌华为消费者业务。海思发布第二款手机芯片K3V2，号称是全球最小的四核

ARM A9架构处理器。

2013年华为推出P6，搭载的正是自研的K3V2处理器，但功耗高、兼容差，不过因为P6的颜值高，卖出了400万台，海思拿到了芯片市场的"入场券"。

海思建立了强大的IC设计和验证技术组合，开发了先进的EDA设计平台，并负责建立多个开发流程和法规，成功开发了200多种拥有自主知识产权的模型，并申请了8000多项专利。

随后几年，华为手机畅销，海思麒麟系列的知名度越来越大。2018年，华为推出了麒麟980系列，有了与苹果A系列芯片和高通骁龙8系列芯片叫板的基础。翌年，余承东在德国柏林宣布搭载麒麟990系列手机全球首发……

也是这一年，华为卖出2亿台手机，销量排名全球第三。从营收结构上看，消费者业务已经占据了华为总营收的半壁江山。

华为海思的芯片设计能力名列前茅，先后推出了麒麟、巴龙、鲲鹏等系列芯片。可以这么说，在5G Soc等领域，海思领先于苹果、高通等厂商，因为首款5G双模芯片、5G Soc等都是海思先推出的。另外，海思还率先在芯片中加入NPU，提升芯片的性能，随后高通、苹果纷纷效仿。

眼见海思在全球IC芯片设计市场风生水起，自诩为"科技霸主"的美国深感不安，终于坐不住了。

2019年5月15日，美国商务部宣布，把华为及其70家附属公司列入管制"实体清单"。这意味着，没有美国政府的许可，美国企业不得给华为供货。

17日凌晨，海思总裁何庭波的一封内部信刷屏网络。

"是历史的选择，所有我们曾经打造的备胎，一夜之间全部转正！多年心血，在一夜之间兑现为公司对于客户持续服务的承诺。是的，这些努力，已经连成一片，挽狂澜于既倒，确保了公司大部分产品的战略安全，大部分产品的连续供应！"何庭波在信中称。

"今天，这个至暗的日子，是每一位海思的平凡儿女成为时代英雄的日子！"何庭波在内部信中这么写道。

华为多年前已经作出过极限生存的假设，先知先觉会有这一天。

余承东还在朋友圈评论称："消费芯片一直就不是备胎，一直在做主胎使用，哪怕早期K3V2竞争力严重不足，早年华为消费者业务品牌和经营都最困难的时期，我们也始终坚持打造自己芯片的核心能力……

18日，任正非接受日本经济新闻采访时称，即使高通和其他美国供应商不向华为出售芯片，华为也"没问题"，因为"我们已经为此做好了准备"。

华为被逼到"墙角"，"备胎"走到了台前。

然而，美国一计不成又生一计，再要"流氓"手段。将"怒火"蔓延到半导体领域，修改芯片禁令，限制了华为的芯片供应和制造，禁令规定：2020年9月15日以后，所有含美技术的企业，在合作过程中都要获取相应的授权。

全球芯片代工厂商在美国"芯片禁令新规"下，无法继续帮助海思代工生产芯片产品，一直为华为代工的台积电自然也在这个范围内。

海思在劫难逃。这一次，即使海思的芯片设计再牛，如果无法被代工，其研发的高端芯片只能停留在设计图纸之上。

众所周知，华为之所以能够成为全球数一数二的手机品牌，就是因为有自研麒麟芯片加持，所以才能和其他国产手机形成差异化。然而受到芯片禁令的限制，华为海思设计的麒麟芯片直接被"架空"。这是华为最低谷的时候。

在台积电正式断供之后，华为自研的麒麟芯片面临暂时停产，不少业内人士预测，华为会放弃手机业务，解散海思研发团队。因为华为每年在海思身上花超千亿的研发费用，设计的芯片只能停留在图纸上，还有什么存在的意义呢？

或许，这正是美国对华为实施芯片断供的主要目的。

在意识到芯片全产业链技术的重要性之后，任正非快速调整发展战略，值得一提的是，在海思失去营收能力的情况下，他将海思调整为了一级部门，并承诺每年提供不低于总营收的20%作为研发资金。

海思不仅没被"抛弃"，反而被不断"加码"，这让人意外。

"绝不会放弃海思。"华为心声社区曾刊登任正非的一篇座谈讲话文章，其中任正非提到："允许海思继续爬喜马拉雅山，我们大部分人在山下'种土豆'，把干粮源源不断送给爬山的人。"

短短一句话，却包含两层意思：首先是明确支持海思继续研发，保留这支科研队伍，为将来做准备。其次在山下"种土豆"相当于深耕业务，种的"土豆"越多，收获就越丰富，正所谓"种瓜得瓜，种豆得豆"。

这就是任正非的大智慧。

2021年，华为的总营收突破6000亿元，预估2022年海思至少保证1200亿元的研发经费，这些资金大部分将投向芯片、系统以及5G领域，尤其是要尽快实现成熟芯片的自主化。

为了解决先进芯片的供应问题，除了在原有的麒麟芯片上精进之外，海思将目标放在全新架构、先进封装工艺以及芯片研发设计上，取得了多项技术专利。

华为海思是纯芯片设计部门，已成功实现了对于屏幕驱动、电视芯片、智能汽车等芯片的研发，一旦测试成功后，便能够实现最终的量产。

如今，海思旗下的芯片共有五大系列：分别是用于智能设备的麒麟系列，用于数据中心的鲲鹏系列服务CPU，用于人工智能的场景AI芯片组Ascend（升腾）系列SoC，用于连接芯片（基站芯片天罡、终端芯片巴龙），其他专用芯片（视频监控、机顶盒芯片、物联网等芯片）。

来自华为的好消息是，由海思自研的NPU芯片，将会首先使用在全新的旗舰机Mate 50系列上。

"美国不是想打疼华为，而是想把华为打死。"任正非表示，"华为不会束手就擒，更不会坐以待毙。"

为了绕开对ASML光刻机的依赖，华为在新材料、终端制造以及光电芯片方面布局，目的就是在芯片上彻底打破对国外的依赖。

华为"摊牌"了。

任正非十分清楚，芯片的制造过程异常复杂，依靠华为自身去突破，实现的时间会无限期延长。"这对于华为而言，那是等不起的。"任正非说。

于是，华为在芯片上已经开辟了多条道路：自研堆叠技术芯片，成立了哈勃投资，专门用于投资国内有潜力的半导体企业。

显然华为已经下定决心，要打造出一条完全自主化的芯片产业链，各项计划的推进也得到了国家的大力支持，华为还把自研的鸿蒙、欧拉系统免费捐赠给国家，让我们看到了更大的希望。

对于华为而言，一旦最为棘手的芯片供应问题得到解决，所有的困境也都能迎刃而解了。

核心技术只有掌握在自己的手里才有话语权。

过去的几年，华为确实遇到了"至暗时刻"，且失去了不少高端手机市场份额和5G市场份额，损失惨重。但华为却没有妥协。

"道路很艰难，华为走得慢点，但依然在努力向前。"任正非说，华为自始至终都没有放弃，也不会放弃。

中美贸易战，美国用尽手段打压华为，华为逆流而上、顽强抗衡、越挫越勇。华为让世界看到了"华为人"的坚韧，也看到了华为的决心。

任正非"桃花依旧笑春风"。

"向下扎到根，向上捅到天。"任正非坚定地表示，"我们最重要的还是把我们自己能做的事做好。"

非常"道"

买了新手机，第一件事是做什么？

许多人潜意识的回答是：先更新下载QQ，然后再下载个微信。换了新电脑，同样是先下载QQ和微信。

在中国，几乎所有人都知道"QQ""微信"，很多人已不在乎他们的主人是谁。在这个庞大的虚拟帝国，全新的网络世界，让海角天涯近在咫尺。

腾讯的社交产品已经成为了人们生活中不可或缺的一部分，但是有许多人可能还不清楚，"QQ"和"微信"背后的故事。

这就不得不"端出"马化腾来。

温文尔雅、外表清秀的马化腾，现任腾讯公司控股董事会主席兼首席执行官，全国青联副主席。

1971年，马化腾出生于广东汕头，童年时，马化腾的父母在海南省东方县工作，1984年，13岁正在读初二时马化腾随家人从海南迁至深圳。作为改革开放先驱的深圳，主要生产计算机配件产品，因此，马化腾比同龄人更早接触到计算机，知道计算机的用处。

初高中时，马化腾开始与那些神奇的二进制代码打起了交道，感受到了计算机的魅力无穷，它似乎万能通用。

18岁那年，马化腾考入深圳大学，本来他想要学天文学专业的，但是因为报考的深圳大学没有天文学这个专业，所以马化腾便选择了计算机专业。不过，这也是他的挚爱。

在深圳大学学习期间，马化腾就表现出区别于常人的天赋，虽然年纪不大，但他的"偶像"都是大师级程序员，计算机水平令老师和同学们刮目相看，他不仅为学校PC维护提供解决方案，还能成为各种病毒的克星，当然他也不时干些恶作剧，比如为了争取更多上机时间，甚至耍点"大聪明"，把硬盘锁住，让学校机房的管理员头痛不已。

1993年，马化腾大学毕业后进入深圳润迅通讯公司。

用过BB机的人，一定知道润讯，行业中的绝对"老大"。

对传呼业来说，20世纪90年代是一个特殊的时代，从事这一行的企业一般都有相关的背景。由于相对垄断，中国最早的一批寻呼企业，过的简直就是天堂般的日子。

润讯最盛的时候，一年有20亿元的收入，毛利润超过30%。润迅公司当时是全深圳福利最好的单位，每天都为自己的2万名员工提供真正的"免费午餐"。

马化腾在润讯只是一个很普通的工程师，负责"编程"，专注于为寻呼机做"心"（软件），工资每月1100元。

期间，马化腾懂得了软件开发并非是自娱自乐，它的真正价值和意义在于实用，这种实用软件概念培养了马化腾敏锐的市场意识。

由于表现优异，他一直做到了开发部主管。

在润讯公司内部，流传着这样一个传闻：当年马化腾关于类QQ软件的提议，没有引起润讯高层的兴趣和重视，因为他们看不到这个小东西上面有任何前景。据润讯一个中层干部透露："在当时的讨论中，有人说，这东西究竟是收钱还是不收钱？如果不收钱，我做它来干什么？"

之后，马化腾的身影便在润讯消失了。

这段传闻也仅仅是传闻而已。

多位前润讯的老员工回忆他们的前同事时，几乎是异口同声："没想到，小马当年一点都不显山露水。"

不过，马化腾并非是一个意气用事的人，他自己恐怕也未必能看好QQ的未来，不然，之后也不会几度出现出售的故事。

不可否认，润讯提升了马化腾的视野，也给了他管理方面必要的启蒙。

"要相信自己写的东西可以卖钱。"多年后马化腾曾这样感慨，"许多软件技术人员往往对自己的智力非常自信，写软件只是互相攀比的一种方式，而我则希望自己写出的东西被更多的人应用，也愿意扮演一个将技术推向市场的小角色。"

润讯这段时光，对于马化腾而言，胜似"黄金"。

1992年前后，深圳全民炒股。股票更"疯狂"，在一楼营业厅看盘的时候，5元一股；跑上楼找人买股票时，已经涨到6元；下楼时，就变成7元了。

往往一个上午，账面就多了几十万元。

那简直在捡钱呀，谁不开心？

股霸卡，一个股票分析软件，当年在深圳的赛格电子市场风行一时，热度蹭蹭不减。

马化腾就是研发者之一。

他在计算机上安装板卡后，就能通过网络实时"跟进"股票走势，马化腾和几个朋友一起分析了各种股票板卡优缺点，并模仿相关的产品，开发出了风靡一时的股霸卡。

股霸卡常常卖断货，利润丰盈。

与朋友合作开发的这个股霸卡不但让马化腾在圈内小有名气，而且温文尔雅的马化腾用他的耐心在股市中可谓是如鱼得水。

关于炒股，马化腾本人其实也从来没有正面回应过，他只是承认自己曾经靠开发股霸卡发过一笔小财。

马化腾赚到百万元，挖到了第一桶金。

尽管马化腾家境殷实，但创业资本更多来自自己的积累，有了一定的原始资金积累，就为日后独立创业打下了基础。

后来的事实证明：马化腾对投资股票并不感兴趣，他的志向还是做企业，做实业，主打网络产品。

"先做最有把握的事情。"马化腾常说。

马化腾对"网络"最有把握。

早在因特网普及之前，很多网迷已经在慧多网上体会到了网络的乐趣，这其中就包括马化腾。

马化腾在慧多网乐此不疲。

慧多网，它的全称是China FidoNet，是一种拨号BBS网络，慧多网是全球FidoNet的中国分支。

1995年，在慧多网上捣鼓半年之后，马化腾义无反顾地投入了5万元，在家里搞了4条电话线和8台电脑，担起了慧多网深圳站站长的角色。"马站长"在慧多网上赫赫有名，可没人知道"马站长"实际上还是个毛头"小马哥"。

回忆起那段生活，马化腾有些自豪："在网上我才会获得完全的兴奋，至今也没有改变过。"他就是那样酷爱网络，一上网就格外开心。

当时，马化腾为何全身心投入？

除去兴趣之外，更重要的是马化腾认识到：网络能够带给自己价值，他需要对这个新生事物尝试摸索、前行。

"商机无处不在，IT的机会太多了，我为何不能抓住呢？"他无数次问自己。

通过虚拟网络，马化腾结识了很多朋友。马化腾说："网易的丁磊就是我的老友。当年一起喝啤酒的时候，我们只不过是打工仔罢了，都没有明确的未来。后来，丁磊靠着免费电子邮箱攻城拔寨，他的成功启发了我，只要努力去做，就没有什么做不成的事情。"

于是，同有电信背景的马化腾心中泛起阵阵涟漪。从1998年开始，马化腾考虑独立创业，却一直没想清楚要做什么，但创业的想法并没有多大起伏，他知道自己对着迷的事情完全有能力做好，他预感可以在寻呼与网络两大资源中找到空间。

一个偶然的机会，马化腾从Windows系统的ICQ演示中启发能不能在中国推出一种类似ICQ的集寻呼、聊天、电子邮件于一体的软件？

11月，27岁的马化腾找来大学同学张志东注册成立了"深圳市腾讯计算机系统有限公司"——也就是现在大名鼎鼎的腾讯公司前身。

"腾讯"，这个公司名称意味深长：一方面，马化腾自己的名字里有个"腾"字，公司和自己多有相关；另一方面，腾也有腾飞发达的意思。至于后缀为讯，可能更多是因为老东家润讯对自己的影响吧？

当然，这都是后来人的猜想罢了。

之后，公司又吸纳了许晨晔、陈一丹，但团队里面的人都缺乏销售经验，于是又找来了在深圳市电信部门工作的曾李青。

5个创始人一共凑了50万元，他们都是深圳第一批搞互联网的人，他们曾在深圳电信、网络界工作多年，有着丰富的工作经验。

毕竟，创业可不是闹着玩的。

马化腾是一个崇尚共享精神的人，他从内心清楚团队的意义，以至于他绝不会单纯强调自我价值。

据说马化腾在创立腾讯之初就和四个伙伴约定：各展所长、各管一摊。马化腾是CEO（首席执行官），张志东是CTO（首席技术官），曾李青是COO（首席运营官），许晨晔是CIO（首席信息官），陈一丹是CAO（首席行政官）。

5个创始人的QQ号，据说也是从10001到10005。

这是一个难得的兄弟创业故事，其理性堪称标本。

"那时，我的名片上从来不印'总经理'字样，只带'工程师'的头衔。"马化腾说。

关于腾讯这5个股东的特点，《中国互联网史》作者林军有这样的评价："马化腾非常聪明，但非常固执，注重用户体验，愿意从普通用户的角度去看产品。张志东是脑袋非常活跃、对技术很沉迷的一个人。马化腾技术上也非常好，但是他的长处是能够把很多事情简单化，而张志东更多是把一个事情做得完美化。"

许晨晔和马化腾、张志东同为深圳大学计算机系的同学，他是一个非常随和而有自己的观点、但不轻易表达的人，是有名的"好好先生"。而陈一丹是马化腾在深圳中学时的同学，后来也就读于深圳大学，他十分严谨，同时又是一个非常张扬的人，他能在不同的状态下激起大家的激情。

如果说其他几位合作者都只是"搭档级人物"的话，那么只有曾李青是腾讯5个创始人中最好玩、最开放、最具激情和感召力的一个，与温和的马化腾、爱好技术的张志东相比，是另一个类型。其大开大合的性格更像一个拿主意的人。

可以说，在中国的民营企业中，能够像马化腾这样，既包容又拉拢，选择性格不同、各有特长的人组成一个创业团队，并在成功开拓局面后还能依旧保持着长期默契合作，是很少见的。

回忆创业初期，马化腾坦言很多东西非常值得回味，他说："腾讯的发展并非一帆风顺。一开始，连服务器都无处托管，创建公司可比写软件复杂多了。"

在新兴互联网市场中"淘金"的确是一项艰苦的工作。那时，这家十几个人的小公司主要业务是为深圳电信、深圳联通与一些寻呼台做项目：研发无线网络寻呼系统，可以直接通过互联网将信息发送到寻呼机上。

他突发奇想：如何把寻呼和网络联系起来？

伊始，马化腾对公司未来的发展方向并不是很明晰，不是很坚定："只是感觉可以在寻呼与网络两大资源中找到空间。"

所有判断，都来自他5年职业经验。

ICQ于1996年诞生，是几个以色列人写的，"I"代表我的意思，"C"代表看见（see，发音和C一样），"Q"与你的英文发音（you）接近，ICQ的意思是我看见你了，用来在网上相互联络。

这是一种基于Internet的即时通信工具，用户将ICQ安装在个人电脑上，它就会嵌入Windows系统，成为桌面上的图标。

ICQ产品一经推出，即刻风靡世界。

1997年，马化腾第一次接触到了ICQ，一接触，他便被其无穷的魅力所吸引。立即就注册了一个号，可是使用了一段时间，他觉得英文界面的ICQ，在中文用户中想推广开来，不是一件容易的事儿。

于是他想，自己能否做个类似于ICQ的中文版本工具呢？

腾讯成立后，受到ICQ的启发，马化腾发现用户对中文环境ICQ服务有非常大的需求，便想"借船出海"，做一个中文版本的ICQ，他提出开发基于Internet的网上中文ICQ服务——OICQ。

"不过，对于是否上马ICQ项目，当时腾讯的股东确实有过激烈的争论。"马化腾说，"对网络技术发展方向的认同感使大家求同存异，我们开始对ICQ技术倾注偏爱。"

马化腾并没有想太多，他带着自己的团队，决定模仿ICQ做OICQ。

于是，腾讯推出了QQ的前身"OICQ"。

OICQ最开始只是一个纯汉化的版本，毕竟是系统集成项目中很小的一部分，但之后要放在网上。因此，张志东带着小光、夜猫又重新写了一遍，从客户端到服务器端，这个架构沿用至今，没有进行大的修改，只是不断扩充用户和升级系统。

那时，OICQ只是腾讯公司一个无暇顾及的副产品。

1999年前后，ICQ以近3亿美元的价格卖给了AOL，试验初期的腾讯OICQ收到了AOL的律师信，告知他们腾讯已经侵犯了ICQ的知识产权，腾讯必须马上停止使用域名"OICQ.com"和"OICQ.net"。

内忧外患之下，腾讯不得不终止使用"OICQ"这个名字。

在终止使用域名后，马化腾将"OCIQ"改名"QQ"

那个时期，在深圳有近百家像腾讯那样的互联网公司，马化腾心想：公司能生存下去已经阿弥陀佛了。

由于想不清楚怎么收费，马化腾更多是想将寻呼与网络联系起来，开发无线网络寻呼系统，让电信和寻呼台帮着去收费。为了能赚钱，马化腾他们啥业务都接，做网页、做系统集成、做程序设计……马化腾最大的期望，就是要让公司能够生存下去。

腾讯好歹存活了下来。

诚然，在马化腾的创业团队中，有多人在通信部门工作，而且有不算短的经历，譬如马化腾在润讯，曾李青和许晨晔在深圳电信数据通讯局，张志东和李海翔在黎明电脑公司……这样的一群人，决然不可能只是单独开发一个汉化版本那么简单，他们内在的自我期许就是希望能开发出能满足中国人自己用的、类似ICQ一样风靡世界的在线通讯工具来。

1999年2月，腾讯开发出第一个"中国风味"的ICQ，这就是即时通讯工具"QQ"，备受用户喜爱，注册人数暴涨。

正是电脑右下角那个频繁闪动的可爱小企鹅形象为代表的QQ，改变了1/13中国人的沟通习惯。

2000年，QQ用户一路飙升，迅速传播开来，ICQ瞬间人气大涨。

QQ放到互联网上供用户免费使用后，在不到一年的时间里，就有500万用户在使用，就连马化腾本人，也没有想到这个笨拙憨厚的"小企鹅"如此"先声夺人"。

也是这一年，世界出现"网络泡沫"，马化腾说，用户的上涨也引发了"幸福的烦恼"，腾讯身处困境。

"资金短缺与技术瓶颈是腾讯当时面临的最大难题。"马化腾回忆往事依然感触良多，"先是缺资金，资金有了软件又跟不上。"

人数不断地增加，就需要更大更先进的服务器来分担压力，当时服务器托管费要两千元，腾讯还没有盈利，公司承受不住就到处去蹭别人的服务器使用，最初只是一台普通PC机，放到具有宽带条件的机房里面，然后将程序"偷偷"放到别家的服务器里面运行。

用户的增长一下子就变慢了，那段时间，马化腾心急火燎，连嘴唇都起了泡。

QQ实在太大了，每个月要"吃"两台服务器。

软件不能转让，用户与日俱增，面对这样的困境，马化腾有了将QQ打包出售的想法。

"想养却养不起，于是还是找下家。"说起当时的情形，马化腾笑着说，"当时真的有了这个念头。"

然而，在卖QQ时腾讯碰到了麻烦，马化腾与好多家ICP（内容提供商）谈，他们都要求独家买断，这让原本打算靠QQ软件多卖几家公司赚钱的马化腾特别犹豫。

最后跟当时的深圳电信数据局谈判，对方给60万元，而马化腾坚持要100万元。

谈不拢，所以没卖成。

"好在当初没有成交。"马化腾庆幸地说，要在互联网上掘金就不能只看到眼前利益。许多很有才华的网络人才往往由于没有注意这一点，而失去了长远机会。

软件没卖掉，可是用户却持续快速地增长，运营QQ所需的投入愈来愈大，简直就是一个无底洞。马化腾急的到处去筹钱。

去找银行，结果告吹。

"'注册用户数量'就能够办抵押贷款？"银行表示闻所未闻。

去找投资商，结果没戏。

"有多少台电脑？"，对方更关心的还是腾讯固定资产有多少。

尴尬的是，马化腾找了很多人，却没有哪个愿意收购腾讯，要么觉得腾讯的出价太高，要么觉得腾讯找不到自己的盈利模式。

而那时，从美国到中国，整个互联网都在"发烧"，马化腾不甘心。

1999年，马化腾将QQ升级为Beta 3版本，开始设计Logo。从美工设计的鸽子、企鹅等几种小动物的形象中选定了企鹅这个形象。后来，他将QQ形象做成了稍微有点胖的样子，还增加了一条围巾，一只眼睛圆圆的，另一只眼睛眨巴着。

他希望漂亮的QQ形象能给腾讯带来好运。

事情的转机出现在1999年下半年。

受老友丁磊海外融资的启发，加上股东曾李青的建议，马化腾拿着改了6个版本、20多页的商业计划书去找了IGD寻求风险投资。IGD同意投资但是也不愿意独自一家承担失败的风险，于是就又拉来了李泽楷管理下的电讯盈科。

山重水复疑无路，柳暗花明又一村。

最终，马化腾的计划书得到了"ICG"和"盈科数码"的认可。经过一番讨价还价，他们给了QQ业务220万美元，各占腾讯20%的股份。

220万美元投资，让腾讯起死回生。

腾讯拿到这笔钱后，买了一台20万兆的IBM服务器，很快就改善了服务器和带宽等硬件设施，同时加大了对OICQ软件的开发和改进工作，OICQ也很快拉开了与其他同类产品的差距。

"当时放在桌上，心里别提有多美了。"时至今日，马化腾每每谈起当时的情形，依旧是喜不自禁，他说道："QQ发展到2000万用户时，这笔钱都还没有花光。"

"冬天"终于过去了，腾讯迎来了"春天"的黎明。但让马化腾头疼的危机依然没有解除，腾讯依然没有找到盈利点。

OICQ成长太快，那段时间，马化腾感慨时间过得很快，一转眼就是月底，到发工资的时间了。"当时基本没收入，融来的220万美金也所剩无几，腾讯面临着二次融资的问题。"马化腾说道。

"腾讯发展的过程中，每一刻都可能死掉。"马化腾又准备再次卖掉腾讯，当时他找了搜狐、雅虎中国等公司，可是没有人愿意收购腾讯，即使腾讯的用户数量已经达到了1亿。

但此时，整个纳斯达克市场开始崩盘，找钱不那么容易了。

在二次融资过渡期，两家股东提供了100万美金贷款，但谁都知道，这是救命的钱，这笔钱用光后，要不继续出让股份，要不自动退出。

一位腾讯的员工有一天一早去找马化腾签字，发现马化腾是在办公室里过夜的，马化腾签完字抬头和该员工叮嘱交代事的时候，这位员工吓了一跳：只见马化腾头发蓬乱，脸色焦黄，两眼无神，布满血丝，神情极其憔悴……

在马化腾最痛苦的时候，一个蓝眼睛、高鼻子的老外不断出入华强北创业园的腾讯办公室，这个人有个中文名字叫网大为。

网大为当时的身份是MIH中国业务发展副总裁，负责中国的互联网策略、合并与收购工作。而在任职中国MIH之前，网大为先生曾担任IT业管理顾问的角色，是一位中国话说得很利索，也通晓中国国情的"中国通"。

最终MIH接手了盈科的全部股份和IDG 12.8%的股份，并于2004年6月在香港上市前，与腾讯创始团队一起瓜分了IDG剩下的股份。

马化腾才又一次解除了危机。

MIH也拿到了腾讯32.8%的股份，今天看来，MIH的这次投资有多么正确了。

从2002年开始，腾讯终于摸索到了赚钱途径，像是QQ秀、红黄钻等，这些增值服务让腾讯赚得盆满钵满。使用QQ的人越来越多，腾讯已经成为了社交巨头，当然腾讯最赚钱的还是依靠自己的用户量，发展起来的游戏业务。

从面临破产到现在成为社交巨头，腾讯的故事就是这么的励志。或许马化腾还要感谢当时拒绝收购腾讯的人，否则腾讯也不会有今天的成就。

2003年，马化腾以7亿元人民币的身家在国内IT富豪榜上位列第七，成为唯一来自深圳的富豪。个性沉稳、性格温和的马化腾并没有因此而张狂,他依然保持着低调的行事风格。

当那个不怎么表露情绪,也很少展开身体语言的马化腾利用QQ创业成功并成为百亿财富的主人时,许多人才恍然大悟——原来"聊天"中也隐藏着大事业啊!

在无线业务发展的这几年,腾讯在无线业务及其增值服务上面找到了一个良好的模式。通过不断摸索与改善,无线业务拥有通信类、娱乐下载类、交友类、游戏类与语音类等二十多种业务。

2004年6月16日,对于马化腾来说,这是一个值得铭记一生的时刻:腾讯在香港联合交易所主板正式挂牌,成立6年,历经艰辛,终于可以为自己的坚持"正名"了。

腾讯股价一直稳步上升,当年"腾讯"这棵弱不禁风的小树苗终于长成了参天大树。

2012年3月29日,是腾讯微信一个标志性的日子。

这天,微信用户数从零增长到一个亿。

"只用了433天。"此时,在广州南方通信大厦的10层,微信团队的成员们在欢欣鼓舞的同时,决定为用户数破亿策划一场"庆祝"活动。

"我们不用抽奖发ipad的方式来庆祝,我们要折腾出一个新东西。"方案是团队在凌晨三四点钟吃夜宵时想出来的。

31日上午10点钟,特别活动准时上线。用户登陆weixin.qq.com,就可以在屏幕上看到一个二维码。用自己的微信扫描这个二维码,便知道自己是第几个注册微信的人。

"好神奇哦!"对用户而言,这简直就是"隔空取物"。

微信的诞生其实有点"偶然"。

早在2010年,"3Q大战"之后,来自腾讯的更大危机是"新浪微博"的崛起,它开始从社交媒体转向网络往下"杀"了。马化腾当时的第一反应就是也要做微博,最后发现很难,同样的产品是没有办法去战胜对手的，只有做一个完全不一样的东西才可能解决这个问题。

于是，微信闪亮登场，腾讯二次腾飞。

马化腾曾在多个场合讲述了微信开发的故事，这个故事是从他收到牛人张小龙的一封邮件开始的。

张小龙何许人也？张小龙，1969年12月生，湖南省邵阳市洞口县人氏。1987年考入华中科技大学电信系，获硕士学位。

1997年，时任《电脑报》记者、后来的多玩网创始人李学凌曾这样描述："只要你站在广州黄庄路口大喊一声，我是Foxmail张小龙，一定会有一大群人围上来，让你签名。"

2005年3月，腾讯收购Foxmail。

4月，张小龙加盟腾讯公司，担任广州研发部总经理，全面负责并带领QQ邮箱团队。

经历了从程序员到产品经理、再到管理者的角色转换。在不断与邮箱用户互动的过程中，他对于产品和用户的理解不断加深。在不断提高QQ邮箱易用性和稳定性的基础上，他将邮箱平台作为新产品理念的试验田，做出了阅读空间、QQ漂流瓶等产品。

三年打磨，QQ邮箱以其简洁易用、安全稳定的特点获得用户肯定，并成为国内使用人数最多的电子邮箱。

2010年10月，一款名为Kik，基于手机通讯录实现免费短信聊天功能的应用软件，上线15天就收获了100万用户。

张小龙注意到了Kik的快速崛起。

一天晚上，他在看Kik类的软件时，产生了一个想法：移动互联网将来会有一个新的IM，而这种新的IM很可能会对QQ造成很大威胁。

辗转反侧，想了一两个小时后，一向沉默寡言的张小龙爬起来向腾讯"老板"马化腾发出一封邮件：他建议腾讯做移动社交软件，并认为移动互联网将来会有一个新的通讯工具，而这种新的通讯工具很可能会对QQ造成很大威胁。

"反正是研究性的，没有人知道未来会怎么样"张小龙回忆说，"整个过程起点就是一两个小时，突然搭错了一个神经，写了这个邮件。"

马化腾回邮件赞同张小龙的想法，并且让其作为负责人带领腾讯广州研发部开始这个项目。

2010年11月19日，"微信项目"正式启动。最初的人员基本都来自"广研"的QQ邮箱团队，开发人员没有什么做手机客户端的经验，唯一做过的手机产品是在S60平台上做的"手中邮"。

"微信对于广研是个全新的领域，很多人一开始都并不看好这个项目。"张小龙坦言，微信1.0版本的开发是在一间可以坐10人左右的小会议室里完成的。

2011年年初，微信1.0的iOS版上线。从2月到4月，用户的增长十分缓慢，所有平台加起来，每天也就增长几千人。此时，先于微信1个月推出的米聊已进入用户数快速增长的阶段，媒体的关注度也高于微信。

"很多人认为做微信没有意义，因为手机QQ有更强的渠道、更多的用户覆盖量，而我们是没有渠道的。我们没有任何优势……我们做微信没有前途……"张小龙回忆起当时的情景说道。

"我也觉得有很大可能这个项目要挂掉的。"助理总经理Harvey谈到自己当初的想法时说，"只有小龙认为有戏。"

"做失败了没什么，我认为更多的是承担一种义务去阻击腾讯潜在的对手。"张小龙鼓励大家尝试，微信是新产品、新体验，不要因为没有希望就保留精力，要拼尽全力去做……

不久，广州研发部分设"邮箱产品中心"和"微信产品中心"，开始独立运作QQ邮箱和微信两款产品。张小龙既是广州研发部的总经理，也是微信产品团队的第一负责人。

张小龙突然意识到在微信上是否过于理性，增加一些更文艺或更人性的元素会不会更好？从那时开始，张小龙放弃理性思维，开始在微信增加一些更贴近人性的功能，查找附近的人、朋友圈、摇一摇……

"真正让微信活了下来的是语音版。"张小龙说。

4月，Talkbox突然火爆起来，张小龙敏锐地认为这个地方一定有很好的机会，当机立断决定在微信中加入语音功能。这就是微信2.0版本。2.0版本则跨度比较大，对团队提出了不小的挑战。"从语音版开始就不一样了，我们经常到凌晨两三点。"团队成员Lyle说，"本来是在五一前就一度想发出去了，但发现很多东西没做好，就五一后才发。"

5月10日，微信2.0版本发布。

发布之前，团队成员们心里很忐忑，不知道语音版到底能带来什么。微信2.0的iOS版发布之后，用户增长量开始有一定的攀升，但并不是很大。团队成员心里也在打鼓，不知道到底有没有选对方向。

意外收获是，很多用户就是为了语音才尝试，一尝试便形成了关系链，就开始一直使用了。

微信团队对产品做了许多改进：当距离感应器无感应，语音对讲会默认为扬声器播放；只要把手机贴近耳朵，马上就改为听筒模式，方便用户在开会或不方便扬声的时候接听……

"我们会仔细思考用户使用的场景"，微信终端开发组总监Justin说，"什么样的时间、什么样的地点、什么样的人在用到微信的哪一项功能的时候会有什么样的需求，思考这个很重要。"

语音版使微信在竞争中占据了一个相对有利的位置，微信团队确实把握住了这个方向。如果5月这次机会没有把握住，微信项目应该撑不过10月，很可能到8月就没戏了。

8月3日，微信2.5版本发布，支持查看附近的人。这一功能使用户可以查看到附近微信用户的头像、昵称、签名及距离，以便用户与用户之间产生进一步的交流。这一功能使微信从熟人之间的沟通走向了陌生人之间的交友。

10月1日，微信发布3.0版本，支持"摇一摇"和漂流瓶。摇一摇可以让用户寻找到同一时刻摇晃手机的人；漂流瓶则秉承了QQ邮箱漂流瓶的理念。

下个版本到底要做什么呢？

张小龙有点苦恼。有一天他和同事Harvey、Justin在吃饭，张小龙说，通过摇手机来找人这个需求一直都有，干脆不要停留在熟人这个范围了，要让陌生人也可以摇到，这样每个人都可以使用了，如果（只能摇到）熟人的话，产品使用就缩小很多了……

大家觉得这个方向挺好。

"回家以后，我一直在想，想到很晚就睡不着了。"张小龙说，这个体验做到如果摇一下手机，就和远方一个人连线上了，会变成每个人都很爱使用的一个东西。当时甚至还想到声音的效果啊，整个体验全面的过程……

第二天，张小龙就要求同事给出方案，什么样的声音，什么样的动画，然后跟大家说："嗯，这个东西一定会很火。"

很多同事将信将疑说："这么摇一下真的那么厉害嘛？"

大家就花了半天时间，把细节确定了一下，比如说摇的手势应该是怎么样的，是这样摇还是那样摇……

确定好这些细节，然后大家就开始做了。

马化腾一直在关注这个微信项目，他给张小龙发邮件说："这个东西看起来挺火，非常好，但是你们要不要再细化一下，再细化一下把能想到的细化的扩充都想到了做上去，免得竞争对手会做同样的功能，然后加了一个细化点，又创新了。"

张小龙邮件回复中很自信，说，我们已经做到了最简化，他加任何东西都是减分的，我们也做到了最自然化，最符合自然本性的一个体验，所以不可能超过我们了……

2011年12月20日，微信推出3.5版本，其中一个最重要的功能，是加入了二维码，方便用户通过扫描或在其他平台上发布二维码名片，拓展微信好友。同时，微信也推出了名为"WeChat"的英文版。

2012年4月19日，微信4.0的iOS版发布，其中"朋友圈"功能引起业界颇多注意，有评论认为这是微信"社交平台化"的一种尝试。

团队做iOS 4.0朋友圈的时候很纠结，这个产品做了三四个月。由于没有借鉴对象，大家想到一点，觉得会很有用的，就会彻夜聊这个事情，感觉抓不住重点，很迷茫，就很苦恼，心情差。

"朋友圈其实我们做了三四个月，有二十多个版本。"张小龙说，UI稿从A到Z都不够用，后来就开始用α、β……

这是一个让业界震撼的版本。

微信4.0版本支持把照片分享到朋友圈，让微信通讯录里的朋友看到并评论；同时，微信还开放了接口，支持从第三方应用向微信通讯录里的朋友分享音乐、新闻、美食等。

5.0版的欢迎界面，是一款黑白素描风格的"打飞机"。

如今，使用微信的人将近10亿，但相信还有好几亿人肯定不知道，微信启动页面上为何要有一个地球？地球前面又为何会站着一个孤独的小人儿？

一个孤独的小人儿，望着同样孤独的地球。

这张地球图片，是出自阿波罗17号太空船船员所拍摄的著名地球照片《蓝色弹珠》。而这个面对巨大地球孤独站在那里，只留下一个背影的人又究竟是谁？

可以肯定的是，这个孤独的小人儿不会是用户，因为微信作为一种社交产品，开发出来就是让人来多社交、结识朋友、与朋友多沟通交流的工具，把人与人拉进朋友圈。

来自腾讯的消息总是新的。

腾讯云，又称腾讯云计算，是腾讯推出的云端运算，为客户提供云服务器、云存储、云数据库和弹性web引擎等基础云服务。

"腾讯总是在变革，这是倒逼的结果。"马化腾曾有这样一句话来表达危机感，"巨人倒下的时候，身体还是温的"。2010年的那场"3Q大战", 马化腾亲身感受了腾讯被一颗巨大"火球"砸中的焦虑、敏感。

腾讯的危机究竟是哪一种?"接下来如何打算?"

马化腾随时都会问, 问自己, 也问团队: "这是要为四万人的职业梦想与生计负责。"

早在2013年底, 马化腾就提出"互联网+"的概念。他去国家发改委演讲, 向将近600人的官员讲用互联网去"+"传统的各行各业。

两场重要演讲之后, 这个概念流行开来。

2015年两会前夕, 马化腾受邀向政府智库提交了"互联网+"的意见。

这个概念被写入了当年《政府工作报告》。

于是, "互联网+"如日中天, 互联网+打车颠覆出行, 互联网+外卖改写餐饮, 互联网+支付入侵金融……一时间互联网人都在说赋能、颠覆, 仿佛新的大革命已然来临……

国家在发生深刻变革, 全面的数字化、智能化的时代已经来临, 每个产业都在拥抱云、大数据与人工智能, "跟以前拥抱电一样"。不及时跟进, 腾讯也要变成"传统互联网了"。

腾讯在云战略上维持了好运——"云"自己悄悄长出来了。

云, 被称为"信息能源发动机", 为各个行业提供动力与能源。

作为腾讯史上最重要的战略之一, 云的故事最初也是一个"宅男"程序员故事: 一款偷菜小游戏的副产品。2009年夏天, 全年龄段QQ用户几乎都在"农场"里疯狂"偷菜"。

"偷菜"成功让QQ引进了更多外部游戏, 催生了开放平台。云正是在对外开放流量和计算能力中诞生的。

那时, 马化腾还没看清云业务的方向。但他对暂时看不清的东西, 会默许它存在, 不轻易表态。腾讯的许多产品都不是在计划之内的, 而是生长于这种包容之中的。

云业务的诞生被默许, 但云业务的发展得靠自己。很长时间里, 腾讯云的业务看不清前景，毛利低，投入高，有规模效应前要亏非常久。

那时，阿里云高举高打，已经"收割"了移动互联网第一波爆发的红利。

王慧星2014年底加入云时，部门只有三百多人——之后四年里这个数字增长了10倍——加入不久，亚马逊公司的云AWS正式发财报宣布盈利，净利润达到20%。

马化腾发现，这个东西原来还是挺有前景的，市场很大。

一种天然的温和，你不会害怕挑战他。在云这件事上也是。"他知道你在做，他未必完全认同，然后马上给你很多资源，但他也不会按住你说，你不要做。"汤道生说。

云的重要性在国家层面也越来越清楚，"互联网+""数字中国"成了国家战略，云是数字化的基础。来敲门的还有腾讯投资的公司们，他们需要云，需要数据安全有可靠保障的"云"。

"老板竟然来了。"王慧星回忆说。

2016年腾讯云峰会，马化腾出现在会场，给"云"站台。之前，不给腾讯任何产品站台是他的鲜明风格之一。

"他不仅仅是给云的团队看，他是给整个行业看。"云团队像过节一样开心。

在那天的演讲中，马化腾明确说，"互联网+基础设施的第一要素，就是云"。他还说，腾讯云是"非常重要的、一定要攻上去的"战略高地，一定要把"云"的业务看成是腾讯一个生死存亡的业务来做好。

思路转变，机会四处涌动。马化腾发现，过去那些警惕着的互联网巨头，也"逐渐想通"了，医疗、制造、汽车、旅行、零售……纷纷敞开大门。

随着局面打开，腾讯将战略从"互联网+"逐步升级到"产业互联网"。如今复盘，马化腾想起了改革开放的历程，摸着石头过河，"很多东西是倒逼的"。

马化腾对"拥抱产业互联网"有一番低调务实的表达：做各行各业的"数字化助手"。这个"助手"，是通过腾讯的技术能力与连接能力，帮助各行业提升效率、降低成本。

腾讯要把失去的时间追回来，云团队一路狂飙。

2016年腾讯云收入比上一年增长逾两倍，2017年同比增长一倍多，2018年第三季度财报显示，又同比增长逾一倍，前三季度收入逾60亿元，居国内云市场第二。

做医疗AI，腾讯有人工智能算法，有技术，有数据，还有微信场景，志在必得。第一个果实是在2017年8月发布的"腾讯觅影"，一款可以提升癌症早期筛查精准度的AI医学影像产品。以食管癌筛查为例，"觅影"最多花上4秒，就能作出判断，准确率达到90%。

马化腾在他朋友圈里转发了"觅影"发布的消息，并在评论区里留六个字：一小步，有希望。

3个月后，腾讯入选科技部首批国家人工智能开放创新平台名单，"觅影"不仅跑出赛道，还把腾讯带入了"国家队"。

"'数字广东'是2018年度腾讯的'一号工程'，也是配合广东省政府利用互联网技术改革政府治理的重大项目，实际困难比想象的大十倍不止。"项目负责人刘若潇感叹，他穿着剪裁合体的浅色衬衫和深色西裤，像个有行政级别的国企干部，其实，他是腾讯云的副总裁。

每天工作14个小时，全年几乎无休，靠喝功能饮料提神，夜里常常失眠，"这辈子就没这么累过"。

刘若潇迎来的第一个改革任务是"粤省事"小程序的上线。上线时间死死定在5月21日0点。这个小程序的目标繁杂远大：要用最清晰的流程、最方便的操作、最少的证件要求，把人们最常办理的一百多个政务事项全部实现。

马化腾每两周参与一次讨论，光是字号问题就提了5次意见。

0点，"粤省事"准时上线，系统瞬间崩溃。项目经理腿软了。

"8小时后是政府新闻发布会，这怎么办？"刘若潇把人挨个从被窝里拖出来，抢修持续到天亮。

"总算有惊无险地通过了。"回首往事，刘若潇仍心有余悸。

一年下来，"数字广东"实施项目超过30个。

"总算扛过来了。"刘若潇露出有些疲惫的微笑。

"数字广东"最终成了一个政企合作的典范，得到的评价是：支撑起了广东省数字政府的改革。

汇聚于"云"，这是腾讯云战略最为重要的板块之一，随着"数字广东"成为标杆，腾讯的政府合作业务不断深入。

当然，不只是政府，腾讯云是作为整个战略平台来考虑的。智慧业务与腾讯云融成一体，腾讯云开始在游戏类、电商类、资讯社交、交通出行等多个细分市场冲向第一。

"具备了人工智能、安全、大数据处理这些能力后，云不再是一个独立业务。"腾讯云总裁邱跃鹏说。穿着墨绿色夹克、牛仔裤和黑色休闲鞋的他进一步补充道："产业互联网，是一个我们和合作伙伴、和客户一起打造的时代。"

同样，"腾讯医疗"的拼图已然成形。

这块拼图是一小块一小块铺就的，从"电子社保卡"起步，像推土机一般，在全国60个城市打通了电子支付和社保系统，实现在微信上挂号、缴费、社保报销，使"腾讯能力"在医疗上落地生根。

云计算、人工智能、大数据……随着"战事"演进、时间推移，产业互联网的声量愈发强大，渗透到方方面面，互联网公司激烈角逐，火光四起。

迄今，腾讯的产业互联网版图渐次清晰：构成了支持各网络公司云端计算的泛互联网板块，支持实体企业效率提升与数字化的泛企业板块，支持政府的信息化与数字化的泛政府板块。

一路征程一路歌。

2013年，胡润民营品牌榜，腾讯以880亿元品牌价值，排在第二位。同年11月，由CCID发布的"中国互联网行业最强者在线调查报告"中，"创造社会价值最大""社会影响力最大""最能创造社会价值""股票最有投资价值""竞争优势最大""未来五年内能竞争取胜""企业领导社会影响力最大"等项中，腾讯公司均位居第一。

2014年4月，腾讯控股市值超过1500亿美元，马化腾入选《时代周刊》"世界100名最具影响力人物"榜单。

2015年2月，马化腾入选"2014中国互联网年度人物"。

2018年12月，马化腾获得"改革开放四十周年先锋人物"的称号。

腾讯成功了。

马化腾出名了。

作为中国民营经济科技界当之无愧的明星，温和谦逊、为人低调的马化腾让人肃然起敬。

"奋力拥抱产业互联网。"马化腾痴心不改。

历经二十年的努力，腾讯通过危机处理、架构调整、合作发展、投资收购等方式，终于创建、整合了腾讯媒体平台，推出了一系列自主产品：新闻、邮箱、社交、微博、微信、游戏、视频等等，开拓不少新领域，吸引着世人的目光。

第六节

借你一双"慧眼"

深圳市大鹏新区一隅。

在远离市区的观音山腹地,群山绿树环绕,一个外形宛如巨轮的恢弘建筑内部被各类植物所覆盖。

这里就是中国国家基因库所在地。

基因库建筑状如梯田,从一层到三层,依次是高通量基因测序房、超级计算房和冷冻资源房。

走进基因库前,首先映入眼帘的是"迎宾"的孔雀和"远道而来"的火烈鸟,以及两座高大的猛犸象模型。

外人不一定知道,这个基因库宛如巨大的生命信息银行,存储着各种人类资源、动植物资源、海洋资源以及微生物资源,一年拥有5pb的数据量,相当于1000万个孕妇产前诊断的数据。

2011年10月,深圳国家基因库建设方案获国家发展改革委、财政部、工业和信息化部以及国家卫生和计划生育委员会四部委批复,并由深圳华大基因研究院组建及运营。

华大基因(以下简称华大)是中国医药界的一个传奇企业,被誉为继华为和腾讯之外的"深圳第三宝"。

2017年7月14日，华大在A股深交所上市，发行价13.64元，发行市盈率22.99倍。开盘之后，华大集合竞价阶段顶格高开涨20.01%，连续竞价阶段该股瞬间涨至32.04%触发临停，10点复牌后瞬间涨至43.99%，当天报收19.64元，总市值达78.6亿元。

华大的成功上市，在资本市场刮起了一阵关于"基因"的旋风，激起了一圈又一圈的涟漪，也给整个基因测序行业打了一针"兴奋剂"。

上市以后，华大被视作次新股板块和基因概念的风向标之一，股价屡创新高。至11月14日，股价达到峰值，报261.99元/股，一举突破千亿元市值。

短短4个月飙涨近20倍，创下200多倍的市盈率。这个成就，距华大诞生的1999年，仅仅过去了18个年头。

"上市公司只是我们的一个衍生品。"汪建是华大的灵魂人物，他说，华大的核心是华大研究院、基因库、华大学院、GigaScience这些非营利机构，华大现在是医学服务，包括不断地诞生出新的产业。

"华大要让基因科技惠及百姓，造福人类，这个初心不能改。"汪建对媒体如是说。

作为最早进入基因测序行业的企业，华大的方向是全产业链布局，包括上游、中游和下游。

作为中国基因测序领域最具号召力的超级"航母"。华大主要从事生物技术服务和系统解决方案，如提供一站式基因组测序通过基因检测等手段，为医疗机构、科研机构、企事业单位等提供基因组学类的诊断和研究服务，业务覆盖全球60多个国家和地区。

2013年，华大完成对美国硅谷企业Complete Genomics（CG）的收购，实现了基因测序上下游产业链的闭环。

2015年，华大推出了首款自主研发的测序仪——BGISEQ-500。

2017年，华大发布最新MGISEQ-200和MGISEQ-2000测序仪。

……

放眼全球，只有中美两国的三家机构（Illumina、Thermo Fisher、华大）可量产临床级别测序仪。

事实上，基因测序行业发展快、潜力大，中国现有的大约2500台基因测序仪中，华大生产大约700台，市场占有率超1/4。

华大目前拥有十几个子体系，承担研发、生产、资本、民生、教育、前沿模式探索等不同侧重点的角色。先后完成了国际人类基因组计画（承担中国绝大部分工作）、国际人类单体型图计画（承担10%）、水稻基因组计画、家蚕基因组计画、家鸡基因组计画、抗SARS研究、炎黄一号（100%）、大熊猫等多项具有国际先进水平的基因组科研工作。

其实，这个市场竞争也很大。

将华大放大到整个行业来看，其所属的基因组学应用行业可分为上游、中游、下游三个主要环节。上游为基因测序仪与耗材试剂生产制造，中游为基因测序与基因检测服务，下游为医院、科研机构、受检者等终端用户。

华大处于整个产业链的中游。而在这一市场除了华大基因，达安基因、迪安诊断、贝瑞和康等都是这个市场的主要"玩家"。

按照汪建的说法，华大无非是把目标瞄准了人类的终极目标在迈进，"所以从来不把竞争当回事"。

也许很多人会问：华大是怎样炼成的呢？

人类解读生命密码，经历了一个非常复杂的过程。

1977年，人类解密完成的第一个物种是一种噬菌体，其基因组大小只有5400个碱基，在当时看来犹如"天书"。

1990年，美国国会批准一个"国际人类基因组计划"，这个计划提出拟在15年内投入38亿美元，测定和分析一个人的全部基因。

人类基因组计划与曼哈顿原子弹计划和阿波罗计划并称为"20世纪人类三大科学计划"。

在得知国际人类基因组计划启动后，正在华盛顿大学的汪建开始想象自己和它的关系，觉得此乃"天赐良机"，基因领域这个"广阔天地"必将大有可为。

7年后，已回国创办GBI公司的汪建终于找到志同道合者——毕业于哥本哈根大学的遗传学博士杨焕明、来自华盛顿大学的于军（后留在中科院，不再介入华大事务）和德州大学的刘斯奇。

四人一合计，决定"代表"中国加入"国际人类基因组计划"。

1999年7月，华大在北京顺义空港创立。9月1日，人类基因组计划第五次会议在伦敦召开，杨焕明上台称中国愿承担其中的1%。

事实上，他们是自作主张宣布"代表"中国加入国际人类基因组计划的。

几个人的真实想法是：第一，干这事有一份稳定的工作，可以干十几年；第二，这条路山高水深，谁都不知道，没准可以搞出些花样来，有点冒险，有点好玩；第三，做完了肯定是个名垂青史的事情……事实证明，人类基因组计划后面的影响力毋庸置疑。

不过，起步非常艰难。汪建讲了这样一个故事：1999年除夕，眼见参加基因组计划未得到任何实质的支持，他的挫折感很深："国家不认，厂家不认。"

"没人理我们。"汪建说，"爹不疼娘不爱的。"

为排解心中的郁闷，汪建开车从北京出发，一直向西，10个小时后，车到达1000多千米外一个叫乌海的地方，肚子饿得实在不行，他看到一个正在打烊的小店，于是停下车来，说服打烊的小店老板给自己弄了饭……

提起这个"糗事"，汪建曾对《创业家》杂志的记者说："我现在可以告诉华大的人了，你们谁敢要饭去？敢要的就好，不敢要的是笨蛋。饿都饿死你了，还不敢要饭。"

汪建有"要饭"的勇气。

2001年，杭州华大成立，做的事情是水稻基因组测序，公司满屋子贴着"精忠报国"的标语，可谓信誓旦旦。

基因科技是一个"烧钱"的项目，前期尤其如此。

杨焕明的家乡在浙江，华大争取到当地政府部分资金支持。据说水稻基因组这个大项目花费不菲，华大欠了一屁股债。但汪建认为这一项目意义重大：它由华大独立完成，为华大带来了国际影响。

很长时间汪建没找到爆发的机会。

2003年，SARS（非典型肺炎）肆虐带来的灾难给了汪建他们一个机会。在疫情高发期，华大用36个小时就测出了4株SARS病毒的序列，用96个小时做出了SARS病毒酶联免疫试剂盒。

那时，刚刚加入华大才一年的尹烨认为报效国家的机会来了，为了尽快量产试剂盒，他在电脑前奋战了几十个小时，写出数百页的研发和注册材料。做完后才发现，这期间掉的头发填满了电脑键盘的空隙。

试剂盒通过药监局的审批后，华大向全国防治非典型肺炎指挥部捐赠了加急生产出来的30万人份的试剂盒。

如果把30万人份的试剂盒卖了，华大可以挣几个亿，但全捐了，解了国家的燃眉之急。

"能为国家出一点儿力，对我来讲是很荣耀的事情。"汪建说道。

3年后，新一代测序仪的出现再次让汪建激动起来：测序能力百倍增加，成本却百倍降低。

"当时，任职于英国Solexa公司的周代星找到我，推销这种测序仪，第一台机器由于运输损坏无法运转，我决定再采购五台。"汪建显得迫不及待。

第二代高通量基因测序仪问世后，他判断：测序成本下降将使测序大规模商业化成为可能。

2007年年初，华大南下深圳，选中盐田区一家旧鞋厂落脚，同年6月，华大研究院在深圳民政局注册成立。

"深圳能容纳我们，是我们最大的幸运。"汪建一直这么讲。

10月，华大宣布完成绘制"第一个中国人基因组图谱"。也是这期间，华大一口气在《科学》《自然》等国际著名刊物发表数十篇论文，令中国绝大多数高校和科研机构望尘莫及。

华大做出成果，深圳政府快速聚焦，给予各种各样支持，包括"洒钱"。

2010年初，华大利用6亿元国开行贷款，从Illumina购买了128台新一代测序仪——Hiseq2000。这是Illumina迄今为止最大一笔订单，华大一举成为全球最大基因测序机构。

"在商业上开始得到认可了。"汪建从容地讲述华大这"四部曲"，仿佛那是华大与生俱来轮回。

随着华大测序能力的提升，一些科学家及科研机构主动寻求合作。华大第一个商业模式由此产生：为科研机构、制药公司、育种公司等提供测序服务。

据华大科技COO杨旭介绍，他们既有一两万元的单子，也有上千万甚至接近亿元的合作协议。

有业内人士评价：汪建一向"胆大妄为"，这位插过队、留过学的湖南人"不太按常规出牌"，常常令投资人又爱又恨：未经授权，"代表"中国参与人类基因组计划。未有商业计划书，子公司竟引来VC大鳄14亿狂追。

汪建十分推崇关于"两弹一星"的一句话：没有一声巨响，这个世界谁也不会理睬你。

自称"土匪"的汪建，最冒险的一场"豪赌"，莫过于在他59岁时并购美国上市公司。

2013年3月18日，他领导的深圳华大宣布完成对美国纳斯达克上市公司Complete Genomics（下称CG）的全额收购。

美国对手惊呼，华大买走"可口可乐秘方"。

汪建毫不掩饰收购后的野心：打通基因测序产业链，数年内使基因诊疗成为全球医院标配。他称这是一个千亿级乃至万亿级的大市场："我为各国人民服务，各国'人民币'会自动为我服务。"

"收购CG真的像一场赌博。"汪建同样是告诉《创业家》的记者："别人说你一个穷人也冒充投资人，但这个穷人'忽悠'到钱了。"

汪建又敲定一桩大事。

坐落于深圳市盐田区北山道的华大基因总部办公楼，是一栋8层高的长方形建筑。在这里工作的华大员工都有一个不成文的规定——"爬楼"上班，电梯几乎成了摆设。

正是在这栋楼里，华大基因曾经历过数次融资和20余次重组。

在大多数人眼中，华大基因是做基因测序的，在业内有着"生物界腾讯"和"基因界富士康"之称。

不管外界如何评价，华大无疑已经是中国最牛的生物技术公司。

随着新机器的到来，华大迅速扩张，其测序数据产出能力占全球一半以上。华大从事基因数据分析的员工中，相当一部分是刚毕业的年轻人，华大因此被一些人称作"测序工厂"。

汪建对这一称呼并不反感，他自嘲是"科技民工"。"把工业发展模式搬到生物经济上来，我们是世界上唯一一家。"汪建淡淡地说道。

基因检测、基因编辑、人工智能、精准医疗、合成生物、胚胎冷冻……这些热词呼啸而至，乍一看可真让人眼花缭乱。

这才叫科学的探索。

在科学和商业领域横冲直撞，汪建和他的伙伴们是一群"想干大事情"的人。

李英睿，现任碳云智能联合创始人及首席科学家，曾任华大科技CEO。

尽管李英睿已经离开了华大，但任用年轻科学家带领其从科技界迈向产业界，无疑证明华大基因打造基因产业的大胆之举是一以贯之的。

这符合董事长汪建的性格。

2006年李英睿加入华大基因，主导和参与人类基因组基础研究、复杂疾病和肿瘤研究的多项重大科研计划，任华大基因科技体系第一负责人。2012年起任华大科技首席执行官，2014年起任华大基因首席科学家。

在李英睿的办公室里，牙具、毛巾、床垫一应俱全，只要有研究项目，办公室就是他的家。但生活中的李英睿，却和普通的"大男孩"没有两样。

对生物的兴趣，可追溯到童年。有家媒体曾发表过一篇对李英睿父亲的采访，他父亲讲述了这样一些事：李英睿小时候喜欢趴在地上看蚂蚁搬家，一看就是半个小时。外出看桃花，他会将桃花花瓣、花蕊的数量清点一遍。

还有一次，大概是高二放寒假，老师要求做一个果蝇实验，为了给装果蝇的玻璃瓶保温，并防止睡觉时把瓶子压坏，当天晚上，李英睿裹一床被子，将果蝇瓶子抱在怀里，在卧室椅子上坐了一晚。"第二天早上，我打开房门，大为惊讶。"李英睿父亲回忆道。

华大工作时的同事对李英睿评价颇高。

"李英睿单兵作战能力极强，洞察能力、学习能力、逻辑能力、'吐槽'能力都极优秀。"一位与李英睿在华大的同事坦言，"作为一个CEO，我觉得他简直是不可多得的人选。业务能力'爆表'，个人魅力优异，对业务内容认识清醒，善于鼓励和传播正能量。"

那时，在华大基因，李英睿是标杆式青年科学家之一。

2004年，18岁的李英睿被北京大学生命科学院特招录取。20岁出头就在全球著名学术期刊《自然》上以第一作者的身份发表"第一个亚洲人的基因组图谱"的研究结果，获得业界广泛好评。

大二时，华大研究院王俊博士到北大为研究生讲授《生物信息学》。王俊记得："当时李英睿作为本科生蹭课，老是坐在第一排，常常举手提问，问题还比较艰深、刁钻。有一天问我，能不能到华大来做研究，我说，欢迎啊！"

得到学校的特许后，2006年暑期，正在读大二的李英睿来到当时位于北京顺义区的华大做研究。

"我在一天之内完成买笔记本电脑、报到、租房三件事情。我记得第一个课题是研究猪的基因。"李英睿回忆，"我一个人在办公室做了两个星期，居然把一个很重要的参数给做对了！"

两年后，华大生物信息中心副主管李英睿成为中国炎黄计划——炎黄一号项目的生物信息分析主要负责人，拿着《科学》上发表的论文，从母校获得了学士学位，翻开了他和华大科研传奇的崭新一页。

"一个字，忙！"在华大的工作让李英睿刻骨铭心。

李英睿记忆，2006年进入华大，几乎没有任何休假。2010年正月他在成都举行婚礼，头天晚上工作到凌晨3点，当天上午11点才穿一身运动装，带着疲惫匆匆参加婚礼。

他回忆2007年8月5日那天，华大"炎黄一号"中国人基因组图谱研究的关键时刻，实验结果突然偏离预测，这让所有科研人员都捏了一把汗。

重压之下，他给大家放了一天假，自己当晚一直工作至凌晨6点，在办公桌上趴了一下，又开始了第二天的进度汇报。最终，他发现这是一个试剂污染引起的。问题总算解决了。

至今，华大"48小时连续工作"的纪录还没有人打破。26岁时，李英睿就担任华大基因研究院副院长、科学体系负责人。2012年底，他开始担任华大基因旗下子公司——华大科技的CEO，带领公司从科研界迈进产业界，在复杂疾病、癌症、分子育种、进化等多领域开展基于基因组学技术的前沿研究。

无论如何，华大的经历一定会让李英睿受益匪浅。

杜玉涛和华大基因的创新故事，得先从小猪说起。

现任华大集团常务副总裁的杜玉涛，被同事戏称为"中国手工克隆猪之母"，更多的人叫她"杜小猪"。

2003年，杜玉涛到丹麦攻读博士，期间，作为核心技术人员以及专利第一作者，她带领团队成功研发国内首批"手工克隆猪"。

4年后，杜玉涛博士毕业回国，跟华大基因一起来到深圳，将"手工克隆"技术引入国内。

"克隆是一个对环境、对操作人员的要求都极其敏感的实验，任何一个隐匿的微小环节出了差错，都会导致所有的失败。"回国之初，杜玉涛有很多焦虑和忐忑甚至彷徨，因为她从来没有独立建立过一个实验室，而华大基因则为她提供了这样的优越条件。

刚开始的时候，除了两个本科刚毕业、对克隆一无所知的女学生，她身边没有一个专业人士可以咨询。"我就手把手带着这两个学生装修实验室，跑市场采购实验桌椅、仪器耗材，亲手擦拭实验室的每一块玻璃。"杜玉涛说道。

克隆实验比较特殊，工作都是在晚上，为什么呢？杜玉涛揭开了其中不为人知的"秘密"。原来，屠宰场废弃的新鲜卵巢是"手工克隆"必不可少的实验材料。而深圳的屠宰场都是半夜开工，这样才能供应第二天市场所需的新鲜猪肉。

第一次半夜带着助手去屠宰场，这位女孩子当场就被屠宰现场吓哭了……

"就凭她们几个，能做出克隆猪？"有人质疑。

做实验是极其辛苦的。

"开弓没有回头箭，要干就要把它干成。"杜玉涛义无反顾。每天凌晨两点多，杜玉涛走出实验大楼，在昏暗的路灯下匆匆吃一份路边的炒米粉，这成了她一天的奢侈和温暖。

就这样，经过了整整一年的黑白颠倒、夜以继日，熬过了一次又一次的挫折，经受了一次又一次的打击，杜玉涛团队终于在2008年研发出国内首批"手工克隆猪"，回应了社会上所有的质疑。

紧接着，杜玉涛团队一鼓作气，相继又研发了世界首批手工克隆绵羊、迷你宠物猪，成果荣获"广东省科技进步一等奖"。

随着测序技术的突破，华大将目标转向空间医学健康领域，在出生缺陷防控、肿瘤精准治疗、"地贫"等重大遗传性疾病的筛查防控领域发力。

在湖南省永州市新田县田家岭村，有一位重型地中海贫血患者叫贺皓阳，她不到两岁的孩子每月要靠输血排铁来维持生命。

2014年4月，贺皓阳的小女儿出生，但未携带"地贫"致病基因。8月，兄妹俩参加了华大医学组织的"春叔计划"，免费进行HLA高分辨配型检测，并最终配型成功。

杜玉涛还在各地巡回讲述了同样的故事。

一次，她随深圳市主要领导到一个贫困山区考察，走进一个贫困家庭时，她看到一个七八岁的男孩希希，肚子肿胀得像个孕妇。一问才知道希希已经18岁了，是位"地贫"患者。

这是一个家徒四壁的贫困之家，男主人因患脑肿瘤于2016年病逝后，全家生活靠种植玉米和政府低保维持。

在这个贫病交加的家庭里，兄弟姐妹四人中，希希和大姐都是严重的"地贫"患者，他们脾肿大，腆着肚子。

两个孩子被诊断出"地贫"后，由于家境困难，无法进行正规治疗，只能靠中草药保守治疗，父亲的重病已欠下了几万元的债务。

"连给孩子购买草药的费用都付不起。"女主人含泪告诉考察团。

聊天的时候，希希和大姐就静静地坐在小板凳上，正当考察团准备登车离去的时候，一件出乎意料的情况发生了。这个一贯沉默的孩子，突然跑出来，穿过人群追到带队领导的跟前，一直在哭泣却说不出一句话来。这位领导深受触动，他把杜玉涛叫过来，叮嘱说："你们华大基因一定要给孩子提供帮助，让孩子看到希望！"

华大不仅为希希姐弟和他的家属抽取血样、免费为他们做了HLA配型检测，还开展了系统性输血和去铁治疗以缓解贫血症状。

2019年3月16日，在华大一年一度的慈善公益晚宴上，杜玉涛再一次惊喜地看到了希希的身影。在二姐的陪同下，希希第一次走出了大山，来到深圳。

经过治疗，肿大的腹部已经恢复平坦，眼神中流露出的幸福目光让杜玉涛倍感振奋。

2019年11月19日，国际罕见病日。

这天，华大发起了以"爱不罕见，我们同并相连"为主题的罕见病公益活动，征集100位罕见遗传病患者，每位患者拥有2个家属的Sanger验证免费名额，至少有300人获得免费的基因检测或遗传咨询服务。

黄辉在这一天特别忙碌。

结缘罕见病，是黄辉在华大的第4个年头了。病友们的生活，喜与乐、忧与愁都沁入到她的生命中。

2011年，黄辉从香港中文大学博士毕业，意气风发的她在中大的荷塘信步畅想人生时，机缘巧合收到了华大充满信念理想的入职邀约。

从此开始了黄辉在华大罕见病研究的工作，即基因检测技术研发、研发成果转入临床应用。

几年间，基因技术发展迅猛，许多基因检测结果存在复杂性，急切需要专人为医生及病友提供支持，例如各类复杂的临床情况应选择哪种检测，检测结果怎样理解？

黄辉的工作之一是遗传咨询：解释结果并分析利弊，提供可供选择的建议。

这貌似是一堆冰冷的概念。

以前做科研，各种疾病对黄辉来说是恒温箱里一瓶瓶细胞，是动物房里一箱箱小白鼠，是电脑里一串串数据，是PubMed里一篇篇论文。

担当起遗传咨询师这个角色后，黄辉和医生、病友之间零距离了，她面对的是罕见病家庭一个个鲜活的生命，一个个焦灼而揪心的故事。

这些故事犹如深海中飘摇的小帆船。

2014年9月，一则"拇指姑娘"媛媛的报道引起了社会的关注。看到这个报道后，华大马上跟媛媛的妈妈约好取样进行基因检测的日期。

当时，黄辉肚子里还怀着四个月的宝宝。

接到任务，黄辉赶到媛媛家时，才知道她已于早晨离开人世了，房间里的妈妈抱着媛媛瘦小的身体悲恸欲绝。

媛媛妈妈是一位伟大的母亲，黄辉一行还是取到了样本。9月19日，华大医学的检测结果，永远长不大的"拇指姑娘"媛媛的病因是Costello综合征，一种非常罕见的常染色体显性遗传病，目前世界上仅有300多例患者被报道。

此前，家人带着她辗转北京、广州、湖南、深圳等地，花费数十万元却没有确诊。随着检测结果的公布，华大又收到许多罕见病家庭的求助信，其中有一例跟拇指姑娘非常类似，经检测为Cardiofaciocutaneous综合征，该病与Costello综合征表型有重叠。

每个人出生时都携带有基因缺陷，但只有少数人会患上无法治愈的罕见病。

10月15日，又一个罕见病例在郑州市儿童医院发现：一名刚刚出生46天的婴儿血液呈现异于常人的粉红色，放置几分钟后，有3/4变成了乳白色。

医院检来查去，除甘油三酯和胆固醇高于正常水平数十倍外，其他生化指标均无法检出，医生初步判断，这是一种罕见的先天性遗传代谢病。

罕见病在临床中容易误诊、漏诊，受到诊断难题的困扰，在常规医学束手无策的时候，基因检测成为一种可替代的选择。

10月31日，华大在患儿入住的上海新华医院采集了血液，样本运抵华大基因深圳总部，并对其进行两步测序分析：基因芯片和全外显子。

"基因测序在快速找到病因方面更有优势，而全外显子可检测人体的全部基因点位。"黄辉阐释说，从理论上讲，可以确定所有由基因缺陷导致的疾病，在查找到缺陷基因后，根据现有医学成果即可认定发病原因。

类似白色血液的罕见病又称为"孤儿病"，指患病比例低、少见的疾病，80%的罕见病由基因缺陷导致。世界卫生组织对罕见病的定义为：患病人数占总人口0.065%—0.1%的疾病或病变。

面对缺陷造成的罕见病，人类真的束手无策吗？

在华大的探索中，基因测序对于罕见病的意义不仅仅局限于诊断层面，更在于提供治疗方案。

近年来，随着基因科学的快速发展以及成本的降低，基因测序和专门研制的"孤儿药"对破解罕见病带来了希望。

2015年8月，深圳又出现了"冻龄男婴"龙龙的报道，是媛媛妈妈微信告诉黄辉的，怀疑跟媛媛一样的病，最终经华大检测确诊，龙龙也为Costello综合征。

黄辉说，她经历了太多"他们"的故事。

由于罕见病的"罕见"，病友们在确诊和治疗的道路上困难重重，很多病友跟她诉说，求医所踏遍的足迹，从小城市小医院到大城市大专家，从国内到国外，一路艰辛和执著，支撑的信念从不曾减弱。

"努力未来。"黄辉说，华大的科学家们会为这些沉甸甸的期盼加倍努力。

无论是李英睿、杜玉涛抑或是黄辉，无论是基因组图谱研究，还是"地贫"精准防控抑或是罕见病遗传咨询，华大的初心就是想以更低成本为疾病健康领域提供模型，让基因科技"惠及人人"。

基因科技是当今科学界最前沿的研究领域之一。

过去，一提到"基因技术"，总给人以高、大、难之感，华大基因在核心技术上的关键突破，使基因检测"飞入寻常百姓家"。

以宫颈癌早筛检测为例。过去，受检者要去医院做检查，取宫颈口的脱落细胞，医生靠显微镜观测来判断病变。因该技术检测通量小，没有推广起来。华大研发"互联网+HPV自取样"模式使女性足不出户就能居家自取样，提高了筛查效率及覆盖率。

在河南新乡，华大在3年内为约60万适龄女性完成了HPV筛查，适龄妇女宫颈癌筛查率近80%。

这样的覆盖度和筛查成果，在世界上也属前列。

基因检测的效能不止于此。在出生缺陷防控方面，华大研发无创产前基因检测技术，项目已在广东、河北、湖南等地大规模推广。

地中海贫血症（简称"地贫"）是我国南方地区最常见、危害最大的遗传性疾病之一。患有重症"地贫"要终身输血，对家庭、社会的负担很大。

公益筛查人人可及。2022年初，华大在广东韶关启动"地贫"防治项目，为韶关市近8万适龄及风险人群免费进行地中海贫血基因检测大筛查。

2020年初，新冠肺炎疫情爆发。

华大基因将科技创新与造福民生福祉紧密结合，为"健康中国"普惠的公共卫生事业赋能。

作为多组学研发龙头机构，华大一直奋战在"战疫"的最前线。从率先获批的新冠病毒核酸检测试剂盒到全国布局、全球援建的"火眼"实验室，从国内到国际，华大在此次疫情防控中表现亮眼。

4月20日，塞尔维亚总理布尔纳比奇在首都贝尔格莱德参观"火眼"病毒检测实验室时与一名专家"碰肘"致意的照片登上了"热搜"。

"火眼"实验室的名字取自"火眼金睛"的寓意，就是用先进的检测技术，第一时间"发现"新冠病毒。这座由中方捐赠的核心设备——"火眼"病毒检测实验室就是由华大参与设计并援建的。

其时，这座仅仅为"救火"而诞生的"火眼"实验室，竟成了全球首个可以提供新冠疫情防控全套解决方案的项目。

疫情当前，实施大规模核酸检测成为当务之急。

　　为解决检测通量不足问题，华大运用多年积累的先进技术和实验室运营经验，在武汉启动建设新冠病毒核酸检测实验室，这些经过疫情考验的"火眼"实验室经过更新迭代，检测技术及模式愈发成熟，极大地提升了检测效率。

　　2020年初，"火眼"实验室在武汉每日可检测样本量仅有1至2万例，到了2021年1月河北石家庄疫情爆发时，每日最高可检测样本量已突破百万例。

　　12日晚9点，河北省体育馆内灯火通明。

　　为尽快排查出阳性病例、阻断疫情扩散，高效大规模的核酸检测正在紧张进行。

　　快！再快！跟疫情抢时间。

　　第一轮全员核酸检测刚完成，第二轮全市核酸检测已开启……华大援冀团队与疫情时间比赛，72小时检测1100万人。

　　参与援建河北"火眼"实验室的总指挥杜玉涛介绍，1月6日近400名华大基因工作人员从各地紧急动员，当天连夜从深圳直飞北京，从北京再经过5小时长途的跋涉，凌晨6点多到达石家庄。

　　两天时间里，人员火速集结，实验室高效搭建。8日，日检测通量10万单管的"火眼"实验室（气膜版）经过通宵建设，仅用10小时便火速亮相河北体育馆。

　　此次驰援河北的高通量气膜"火眼"实验室由12舱华大"火眼"实验室（气膜版）和3舱华大智造快装式负压硬气膜"火眼"组成，是名副其实的"黑科技"。

　　那么，华大是如何保证日最高可检测样本量达到100万人/份呢？

　　"只要样本来了，我们就会立马开展核酸检测工作。"杜玉涛解释道，"实验室以前是通过技术人员做病毒核酸提取，而现在是由国产的华大智造的自动化样本制备系统进行一站式核酸提取，单台核酸提取自动化设备每小时最高可提取384个样本。

高通量自动化病毒核酸提取设备、全自动分杯处理系统不仅提高了效率，也保证检测人员的安全，大大降低了感染风险。

"火眼"实验室是诞生于抗疫过程中的整体解决方案，它能够快速提升整体检测能力，为各地突发疫情防控贡献科技力量。在国内，它已在北京、武汉、深圳、天津等16个主要城市落地，在海外，"火眼"实验室已达58个，分布在全球17个国家和地区，以持续确保全球抗击疫情的检测需求，在世界范围助力新冠肺炎疫情防控工作。

除了在实验室援建上的亮眼表现外，华大在新冠试剂盒生产也表现不俗，累计生产试剂盒上千万人份，约70个国家和地区使用。

2021年2月，日本国内新型冠状病毒性肺炎疫情持续发展，得知日方新冠病毒核酸检测试剂盒不足后，中国紧急协调向日本国立传染病研究所赠华大新冠病毒核酸检测试剂盒。

"华大诞生的那一天，我们就承担国家的公共事业，从来就没变过。"早在2018年，时年64岁的汪建在接受《21世纪》杂志采访时说："我从来不承认我是企业家，我就不爱听这个名字。而且华大在我的词典里从来没有企业两个字，我在任何公开场合，我从来不讲这个词。华大一成立就是为了人类基因组计划去的，这一点从来就没变过，中国找不出第二家。"

华大俨然已是一艘巨轮，引领中国生命科学的研究前沿，在全球范围内测序工具和平台的竞争上，中国目前也只有华大。

这就是实力铸就！

从诞生到成长为全球领先的生命科学前沿企业，华大积极拓展"基因科技造福人类"的区域布局，相信未来华大基因将承担更多的社会责任，为构建"人类命运共同体"的重要生命健康核心科技提供重要支撑。

空间策略

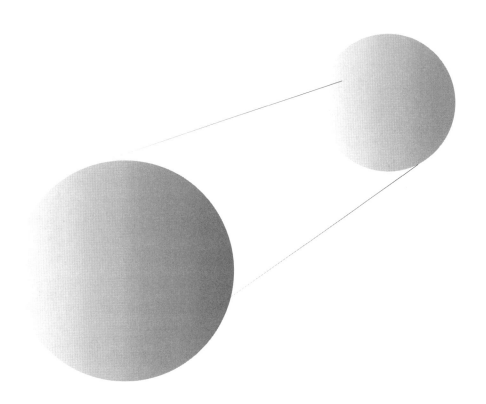

第七节
"可怕"的顺德人

2019年12月7日，大雪节气。

天刚蒙蒙亮，仇培东看了看手机，不到6点。

这天是北滘镇黄龙村黄涌村级工业园改造（以下简称"村改"）项目实施方案股东表决的大日子，也是"村改"启动两年来，群众是否"更满意"的一次大检视。

仇培东几乎一夜未眠。

前夜，顺德区委、北滘镇委和镇政府领导连夜赶来黄龙村，为黄龙"村改"加油鼓劲，与"两委"班子成员、项目组等共同研判表决形势，拾遗补缺。

"即将进行改造方案表决的队伍集结得怎么样？"想到这里，仇培东翻身起床，简单洗漱后就直奔村委而去。

2017年黄龙村党支部升格党委，仇培东担任第一任书记。他来到村委时，略带寒意的村部已渐渐热闹起来。

"书记早！"

仇培东闻声，定睛一看，是秋哥。

秋哥大名叫梁联秋，是黄涌股份社的理事长，这次"村改"，梁联秋代表股东的利益方，跟仇培东一样"压力山大"，为此憔悴不堪。

看着越来越多的一线工作人员，各个满脸的精气神，仇培东和梁联秋不约而同地会心一笑。

时钟指向7：30，村"两委"班子成员、镇驻村工作组、股份社等100多人精神抖擞，共分成16个组，分别到8个村民小组进行入户表决。

13：30，表决时间刚刚经过6小时，统计结果显示：方案表决支持率已经超过了股东数量的三分之二。

此刻，黄龙村委会议室里掌声响起，仇培东紧蹙的眉头终于露出一丝舒坦的笑靥。

通过率91.3%！

正在经历涅槃一般的这片村级工业园占地约600亩，紧邻广佛江珠高速，位于佛山一环以东、三乐路以南、永安路以北。

20世纪90年代，顺德区工业园"村村点火、户户冒烟"，黄龙村也发展了自己的工业园：村集体将土地按亩分片，整体承包给业主，这些业主付出低廉的土地租金后，在土地上建起了厂房，并且按照平方米进行二次出租给大大小小的民营企业。

落户在黄龙村的民营企业以五金电器、装饰材料为主，随着时间推移，这种初级工业制造业规模散、隐患多、利益杂、污染重的弊端日益凸现。

有一次，上级领导到黄涌工业园调研民营经济，园区污水横流，仇培东见状，手足无措地揉了揉手说道："你不要靠近，远远看看就行了。"这位领导还是近距离看了，还指了指紧挨着工业园的梁家河涌说道："看，河水都成墨水一样了。"

这一幕让仇培东印象深刻。为此，他苦闷了好一阵子。

民营经济高质量发展需要高质量空间。随着时代的变迁，黄龙工业园产业结构固化、收入单一、渠道变窄，村民还在吃村级工业园区的"老本"，特别是村集体经济停滞不前，大量的空间被传统发展模式下的村工业园占据，"小、散、杂、污"民营企业已经成为村集体经济高质量发展的羁绊。

必须以壮士断腕的勇气，果断淘汰那些高污染、高排放的产业和企业，"杀"出一条民营经济高质量发展之路，为新兴产业发展腾出空间。

"村改"，就是要打破这样一个"旧世界"。

2018年，顺德区把"村级工业园改造"列为民营经济高质量发展的"头号工程"，黄龙村抓住"村改"这一契机，破题产业结构、盘活村级工业用地，为民营经济后续发展释放腾挪发展空间。

"怎么又是顺德？"有人纳闷。

"顺德人太可怕了！"有人惊叹。

在顺德800平方公里的土地上，聚集了上千家企业，他们都是广东民营经济的"活化石"。

改革开放初期的顺德，是民营经济创业的最早沃土。

费孝通老先生曾专门到顺德区做过"模式"的研究，他发现"顺德模式"和"温州模式""苏南模式"以及他看到的所有模式都不一样。

广东和顺德政府最大限度对民营企业进行帮扶，探索出了著名的"顺德模式"，催生了一批家电业翘楚。

当时有这样的说法：民营经济全国看广东，广东看顺德。巅峰时期，顺德占了全国将近一半的家电产量，走出了美的、格兰仕、科龙等品牌。

这就是敢为天下先的顺德人。

在顺德，盛传着这样一个故事：当年科龙电器找不到合适的新厂址，当地政府二话不说，随即炸了两座山头提供场地。

这件事引发轰动，"可怕的顺德人"不胫而走。

20世纪90年代初，著名策划人王志纲在碧桂园系列悬念广告里以"可怕的顺德人"开场，使碧桂园全速起航，也让顺德人一直牵引着国人的眼光。

　　1992年5月10日，《经济日报》头版刊发了一篇文章《"可怕"的顺德人》，更将"可怕"这个词语转化为了三句方言：识做（考虑周全）、搞掂（精益求精）、坚嘢（质量过硬）。

　　敢想、敢干、敢担当、敢为人先的"可怕的顺德人"，顺理成章，跃然纸上。

　　顺德的实力出类拔萃，经济发展快得"可怕"，也猛得"可怕"。无论是GDP、人均可支配收入抑或是区域高新技术的企业数量，顺德均以优越的成绩拔得头筹。

　　弹丸之地，竟然萌生了碧桂园、美的两家世界500强民营企业，凭借不可比拟的实力"硬核"担起时代大旗：连续八年稳居全国综合实力百强冠军，更被赋予"全国科技创新百强镇""全国新型城镇化质量百强区""工业百强区"等响亮的头衔。

　　"可怕的顺德人"这个可爱的称谓，是顺德民营经济"创富"英雄的一个标签，一种形象，一种敢作敢为、坚韧不拔精神的生动写照。

　　2021年，顺德市场主体总量首次突破32万大关，日均新登记市场主体288户，创历史新高。按照顺德常住人口270万计算，每10个顺德居民里，就有1名民营企业老板。

　　顺德率先发展，也必然率先遭遇发展的瓶颈。

　　不能否认，村级工业园是顺德制造业发展的摇篮。北滘家电、伦教珠宝、勒流五金、均安牛仔……"一镇一品"孕育了顺德较为齐全的工业门类和产业体系，奠定了这里民营经济活跃、产业配套完善的工业强区地位。

　　然而，随着时代的发展，"小、散、乱、弱"的村级工业园逐渐暴露问题：不仅存在着高污染、高能耗、不安全等诸多隐患，而且限制了产业升级空间。

　　顺德1.6万家中小微型民营企业，散布在382个村级工业园、205个村（居），占地面积近13.5万亩，占已投产工业用地的70%，平均容积率只有0.78，仅贡献了27%的工业产值和4.3%的税收。且生产事故率居高不下，环境污染严重、形态破旧。

显然，传统的"村村点火，户户冒烟"的民营经济发展模式已不符合新时代高质量发展的要求。村级工业园已成为落后产能的代名词，成为制约顺德民营经济高质量发展的一大障碍。

在"可怕的顺德人"眼里，面对横亘在民营经济高质量发展道路上的村级工业园障碍，没有"怯场"二字，必须痛下决心。

不懈怠，不后退。从来，顺德因为敢担当，才造就了先行者的气魄。40年来，顺德这个不沿海、非特区的县级行政区，"敢"字当头，创造了县域经济的发展奇迹：

1992年，顺德被确定为广东综合改革试点县；

1999年，中共广东省委广东省人民政府正式决定由顺德作为率先基本实现现代化试点市；

2009年，顺德承担了大部门体制等系列重大改革试点任务。

2018年9月，中共广东省委全面深化改革领导小组正式批复同意佛山市顺德区率先建设广东省高质量发展体制机制改革创新实验区。

站在新时代的起点，顺德再次承担"改革先行者"的角色，担起现代化建设中领跑广东的使命，自觉把勇攀高质量发展高峰重任担在肩上。

如何破解村级工业园改造难题？顺德人说："用历史和发展的眼光，依法淘汰落后产能，把村级工业园改造和以先进制造业为主体的实体经济作为勇攀高质量发展高峰的主要支撑，为民营经济高质量发展'腾笼换鸟'。"

顺德人，思维总是先人一步。

时代应激下，审时度势、雷厉风行的顺德人继续"求变"的作风，再一次向人们展现了"顺德速度"。

改革驱动，顺德人再出发。2019年，村级工业园改造被列为顺德"头号工程"。顺德人进行了大刀阔斧清理"绊脚石"，推动产业转型的进程。"可怕的顺德人"卷土重来。

然而,"村改"并不是一个顺利的开始。

10月,"村改"进入决战期,村委会议室,仇培东常常面对墙上一幅幅图表沉思,不时眉头紧锁。这些"作战图",也是黄龙村工业园"村改"的"路线图"。

当时,工业园以村集体名义出租土地、企业自建厂房模式为主,"长租期、低租金"的情况非常普遍。

仇培东让秋哥把集体土地租赁合同拿来,不看不知道,一看吓一跳:大多数民营企业租约时间超过20年,最长的甚至到2040年才到期,算下来,剩余租期均超过10年。而且,一部分村民本身是长期租地的业主。

改造意味着打破原有的利益格局。

"村改"刚启动就碰到一个履约的问题。

"这是毁约,谁敢动我的'奶酪'就跟他法庭上见。"一些民营企业老板信誓旦旦。

土地权属不清、市场力量难以推动,"村改"其实就是"改"既有者的利益。一时间,反对声浪迭起。

企业、业主、村民……并非所有当事人都能准确地认识到"村改"的意义,各方利益纠缠在一起,剪不断,理还乱。

"村级工业园改造"是一块难啃的"硬骨头"。这块"硬骨头"也让许多村委干部一度产生畏难和观望情绪。他们知道面对的利益格局有多复杂,"两规"不符、"两违"众多等许多历史遗留问题在既有政策框架内几乎是"无解"。

"这是一场硬仗啊!"仇培东坦言"挑战性很强"。

"'村改'的目的是'腾笼换鸟',不想在'腾笼'这个环节就会遇到如此大的阻力。"梁秋联感同身受。

梁秋联时任黄龙村委会委员、黄涌股份社社长,村民们年长的叫他阿秋,年轻的叫他秋哥。

"阿秋，你别做这样的事了，会断子绝孙的。"梁秋联一愣，转头一看，是自家的一个亲戚在叫他。梁秋联清楚记得那天是2019年12月3日晚。

这位亲戚拉着秋哥到路旁，悄悄对秋哥说，"村改"把那么多人的财路都断了，你不知道人家在背后说了你多少难听的话？然后苦口婆心地劝他"不要那么积极"。

闻听此话，秋哥失语。

"村改"本来是增加股东收入的一个好契机，不仅改善村居、提高土地利用效率，还能增加村集体收益，为何群众对"村改"方案还有诸多误读？

月初，黄龙村启动"村改"方案解释工作，秋哥冒着寒风、挨家挨户解释"村改"方案的收益构成。因"挂账收储"的收益构成复杂，不同收益的付款时间不一样，导致"村改"方案对股东解释比较困难。

问题可能就出在这里了。

4日晚，秋哥来到一个"反对派"股东家里，股东掏出计算器，秋哥也拿出计算器。

股东计算黄龙"村改"方案的收益所得，秋哥计算临近村居"村改"方案的收益所得。然后秋哥耐心解释两个方案之前的区别和利弊，一直聊到晚上11点。

两相比较，股东一家人对黄龙村的方案收获充分了解，态度也从最初的"反对"到"认可"。

事非经过不知难。秋哥说道："你'掏心掏肺'跟股东把账目算清楚，把道理讲明白，让他觉得你在真心为他想，他才会支持你。"

测量、评估、讨论、统筹、协调……仇培东说，推动"村改"既要速度、更要温度，要让群众发自内心地认识"村改"、认同"村改"，并成为"村改"的支持者和参与者。

闻鸡起舞、日夜兼程、风雨无阻。

"白天干'村改'，晚上做梦也是'村改'。"仇培东笑言。

有一次，妻子听见半夜里传来窸窸窣窣的声音，迷迷糊糊见一人影晃动，手里还拿着手机手电筒。

"你这是干吗？"妻子拧开灯，睡眼惺忪着问。

"没什么，我梦里想到一个'村改'的好点子，我怕忘了，赶快起来用笔记下来。"仇培东回答。

妻子心疼，忙催他休息。

"你安心睡吧。"仇培东安慰道。

"'村改'是摸着石头过河，我们在摸索的过程中不断发现新的问题，并不断地去克服。"仇培东说他每天走两三万步，运动步数在朋友圈里排名第一。

黄龙村是北滘镇第二个启动"村改"的行政村，没有经验可循，方案前前后后经过几十个回合的细化与打磨。

"搞好'村改'必须争取民企老板最大的理解和支持，脚踏实地走好群众路线。"仇培东直言道。

2020年1月2日，鼠年第一个工作日。

南国春来早，北滘中学里的枝头孕育的生机正悄然露出一丝丝嫩芽，北滘镇村级工业园改造动员大会在学校礼堂展开，全面总攻的号角从这里吹响。

一个黑黑瘦瘦、年过六旬的老人"蹬蹬蹬"走上前，他先是向主席台恭敬地鞠了一躬，然后径直朝发言台走去。此人名叫郭桂牛，黄龙村黄涌工业园内的民营企业家，大家都叫他牛叔。

牛叔在黄涌工业园有两间厂房，合共占地5亩多，由于经营有道，收入不菲，每年赚取的利润足以保障一家人过上富足的生活。

得知黄涌村推行村级工业园改造的消息后，牛叔第一时间联系村书记仇培东，表示会全力配合且积极协助推进黄涌"村改"项目。

这次总攻动员会上，牛叔以"利益受损方"的代表现身说法，他说：

"我们不能只看到短期效益，'村改'不仅对我们民营企业家，对村集体的长远收益助力很大，我们要积极支持……"

伊始，牛叔还拿着稿子"照本宣科"，普通话也表达得别别扭扭，他干脆将材料扔在一边，即席发挥起来："唔错（不错），村改对宜家（现在）我哋（我们）有影响，但对子孙后代系（是）好事的！""点睇（怎么看）村改？"牛叔讲事实摆道理："厂房建设管理不规范，乜嘢（什么）证都冇（没有），消防安全隐患好大，这些年来，每年都难免有大大小小的工业消防事故发生，工业园离村民不足100米，生产排污导致邻近河涌污染大，河涌发臭发黑……"

"环境咁差（那么差），系唔系先（是不是先）？"牛叔又说："我觉得'村改'非常及时、有必要。这是一件造福村民的事，造福企业老板的事，我举双手赞成，理直气壮地支持！"

台下坐着数百个与会人员，鸦雀无声。

牛叔拿起茶杯，"咕咚咕咚"喝了一大口水，声音也提高到了八度："就拿我来说，我还有差不多10年租期，一年损失50万不说，我现在另找工业厂房腾挪，那点搬迁补偿费根本不够，我自己还要掏三分之一，我搬了一个月……但'村改'是惠及子孙后代的大好事，我们要敢于舍弃眼前利益，为集体谋取更大利益！"

"说得好！"镇领导即时提议与会人员向郭桂牛致以最热烈的掌声。

"村改"会有阵痛，但牛叔坚信前景一定会更好。

表决前夕，牛叔准时出现在村委会办公室，领取资料后，跟年轻人一道走街串巷，挨家挨户进行宣传答疑，常常忙到晚上九十点钟。

"辛苦了，牛叔！"仇培东见他年过花甲还像年轻小伙子一样精神饱满、以实际行动支持"村改"项目，不禁由衷感动。

牛叔只是笑笑，摆摆手表示不辛苦。

投票表决当天，牛叔早早来到现场，郑重地在"同意栏"签上自己的姓名。

仇培东说，当初，郭桂牛是被外界认为最不可能站出来支持"村改"项目的人，但是作为民营企业老板，他深明大义，高瞻远瞩，顾全大局。

从一开始的无所适从到轻车熟路、黄龙村的"村改"路径日渐清晰。"村改"表决通过后，村集体与黄涌工业区的民营企业解除协议，原本环境恶劣的破旧厂房被推倒，土地被重新规划，进入出让流程。

北滘镇黄龙村"村改"只不过是顺德区村改的一个缩影。

2020年9月28日，龙江镇举行村级工业园改造集中拆除仪式，涉及集北、坦西、东涌等3个村居、共5个工业区。

139台工程机械轰隆隆同时进场，瞬间，463.8亩低矮破旧厂房被夷为平地，龙江镇为民营经济高质量发展腾出了一片新天地。

在容桂街道华口恒鼎工业园，9栋几十米高的标准化厂房和办公楼已经取代了原来低矮散乱的小平房。原来饱受环保投诉的华口电镀园，经改造后废水回用率达60%，污泥减量达50%。

作为率先建设全省高质量发展体制机制改革创新实验区的突破口，顺德"村改"规模大、布局散、污染重、隐患多、利益杂，改造过程千头万绪、错综复杂。

顺德把"村改"作为"头号工程"，全力做到"六清"：清零、清退、清拆、清收、清理、清单。

第一个"清"，是要推动应改园区全面清零，382个村级工业园和其他低端园区应改尽改。

第二个"清"，是要坚决依法对落后产能、不合格企业进行清退。

第三个"清"，是要推动应拆建筑全面清拆，在确保应拆未拆园区全部拆除完毕基础上，新增拆除整理土地2.92万亩。

第四个"清"，是要积极主动开展全面清收，创新资金投入模式，新增储备3万亩发展用地，为民营经济高质量发展预留优质空间。

第五个"清"，是要全面清理园区环境。

第六个"清"，是要全面梳理政策清单，制定具体操作指引，梳理一揽子政策创新体系，使"村改"经验可系统集成、复制推广。

经过三年的推进，顺德一口气释放了11.2万亩土地，腾出了大湾区少有的连片产业空间。

一子落，满盘活。

"村改"腾挪出来的空间要怎么"装"？

如果说，"村改"上半场是一场空间再造之战，可称之为"破"，而"村改"下半场把腾挪出来的空间用于发展先进制造业，可称之为"立"。

破旧立新，将是顺德产业格局的重塑之战。

"村改"腾出来的空间，已在多个领域发挥积极作用。

首先是本地企业增资扩产，在以村向空间要发展的路径上，美的、碧桂园、格兰仕、联塑、万和、新宝等骨干企业掀起"二次创业"高潮，云米、小熊等科技型企业坚定地扎根顺德扩能发展。

其次，更多发展空间正在吸引着园区外优质企业，在超千亩现代化主题产业园区的定位上，顺德主动瞄准了机器人、芯片、新材料、新一代信息技术等战略性新兴产业。

伦教推动企业自改，建"双智"融合先行区。

容桂瞄准芯片产业，重振"千亿大镇"雄风。

北滘谋定而后动，确定三条发展轴、四大片区产业。

陈村"四区叠加"，引进首家上市企业总部。

勒流明确园区标准，打造新型智慧产业园区。

杏坛首创改造模式，打造世界级灯塔工厂……

顺德区十大镇街利用"村改"腾出来的连片发展空间，重点谋划建设面向未来的现代主题产业园，奋力书写好"村改"的"后半篇文章"。

2020年7月，全球注塑机行业的龙头企业海天集团牵手顺德，共同推动投资超百亿元的高端智能装备生态产业基地落户顺德龙江镇。海天集团旗下的注塑业务居全球行业领先地位。此次落户顺德的海天高端智能装备生态产业基地，计划总投资100亿元。将建设成集智能智造、机器人及自动化、塑机业务、数控车床及加工中心为一体的海天华南研发生产基地。

"海天集团作为全球性的装备集团，没理由不来顺德布局。"看着"村改"腾出来的大片项目用地，海天集团负责人由衷地表示。

在海天集团看来，顺德位于粤港澳大湾区核心位置，通过"村改"腾出了宝贵的广阔产业空间，这是海天发展的大舞台。同时，顺德产业链配套非常完善，一般工业制造基本能实现"五公里范围内"配套，这与海天的产业发展需求非常吻合。

"村改"赋能，百亿级的先进装备制造业项目落户顺德，这是历史性的；超10平方公里现代产业集聚区，顺德开启面向全球"圈粉"，这也是历史性的。

海天高端智能装备生态产业基地落户顺德龙江，是顺德通过"村改"腾出一大片高质量发展空间后，吸引国内外先进产业和优质企业竞相进驻的缩影。

10月，作为顺德容桂"村改"千亩产业园区的组成部分——佛山（顺德）华腾芯城在容桂街道迎来全部封顶，这个总建筑面积达23万平方米的大型新兴产业载体将依托芯片、人工智能技术等新兴产业为顺德民营经济高质量发展赋能。

11月，伦教街道的"村改"首个千亩主题产业园内，首期投资6亿元的云米互联科技园项目正在快马加鞭建设。这块约53亩的"村改"土地，将蝶变成为以总部经济、结算中心、体验展示、销售服务、客服咨询、研发中心、智能制造等为核心功能区的总部经济体。

2021年4月，首个百亿级机器人项目"牵手"顺德北滘镇，一个世界领先的机器人科研和产业集聚高地将在这里拔地而起，开启先进制造业创新发展新局面。

重大项目纷纷抢滩布局。

中国联塑集团以8523万元摘得龙江镇"村改"项目地块，建立新材料产业基地。

普瑞特机械制造有限公司摘牌龙江镇大坝工业园53.95亩村改项目地块，打造数字化智能环保涂饰生产线装备生产基地。

……

项目从招商到落地，纷纷跑出了"加速度"。

从空间再造到格局重塑，依托"村改"腾出的"新空间"，顺德人大胆跃步，瞄准机器人、新材料、新一代信息技术、生物医药等战略性新兴产业，朝智能化、数字化方向发力。在产业方向上，聚焦家电、机械装备等四大千亿级产业集群；在技术应用上，发展工业互联网；在工业设计方面，加快形成"一核多园、联动发展"工业设计产业布局。

"我们要把千辛万苦腾出的宝贵空间用于发展先进制造业，重塑产业格局。而引进高端智能装备生态产业基地等项目，正是顺德用好'村改'空间，重塑产业格局的重要举措。"顺德区相关领导说："以空间再造带动产业格局重塑，顺德'村改'的下半场坚持'四定'，即定园区规划建设标准、定产业主题方向、定园区企业准入标准、定有力度的产业扶持政策。"

两年间，顺德全区引进项目投资总额达4177亿元，投资超亿元项目435个，超10亿元产业项目40个，超100亿元项目6个。

"可怕的顺德人"整装出发，目光业已聚焦民营经济高质量发展皇冠上的明珠。

顺德民营经济高质量发展的成色不容置疑，一组数据给出了答案：两年来顺德平均一个半月新增一家上市公司，平均每周吸纳30亿元项目投资，平均每天新增一家高新技术企业。

数据的背后，是顺德用好"村改"腾出的宝贵空间。

2021年，顺德斩获了一个新标签：顺德工业总产值达到11421.6亿元，一举在全国众多市辖区之中率先突破万亿大关。

"村改"破局，闯出民营经济高质量发展之路。

一场"村改"，不仅找回了"可怕的顺德人"精气神，也让"顺德样板"形成并推动了广东民营经济高质量发展的制度框架，拓展了民营企业发展的广阔空间，推动了产业优化升级。

对顺德来说，"村改"不是最终目标，以科技创新赋能民营经济有广阔的落地空间，让"村改"构建的现代主题产业园区蓝图与产业骨架不断走向现实，才是顺德"村改"的真正意义。

第八节

成长的"烦恼"

顺德村工业园区改造,其实是广东民营经济"腾笼换鸟"的2.0版本。

早在2008年,一场席卷全球的金融海啸,让广东民营经济迎来一次"冰窟期"。在珠三角地区,不少出口型加工制造企业倒闭、数以万计农民工失业返乡,从前彻夜机器轰鸣、外来工川流不息的场面恍如昨日……

时间回到2010年8月16日。

东莞市常平镇,平时热热闹闹的氛围,多了一丝冷清与寂静,中心商业街两旁的商店不少闸门紧闭。而在闸门上,无不贴着一张红色的告示:暂停营业。

早几年前,这里的商业繁华,号称"小香港",媲美"北上广"。但随着流动人口大幅减少,零售服务业遭受致命打击。

李万航刚挂断电话,便骑着摩托车来到"放盘"的这家厂房里,他检查配套设施是否完备,熟练的目测楼高及占地面积,然后用手机从不同的角度拍照。

回到公司,他将"笋盘"两个大大的横幅挂在门口的显著位置,还许下"佣金好商量"的承诺,他希望能带给自己一笔生意。

李万航是一家房屋租赁公司的经理,毗邻一家知名的工业园区。这段日子，不断有业主来委托他帮忙寻找下一个租客。

从事工业地产经纪5个年头，李万航做得风生水起。但从2008年开始，他感受到了不一样的滋味：每次开车出来逛一圈，都会发现有新的盘源放出来。盘源的猛增并不意味着生意变得好做了，恰恰相反，正是生存最艰难的表现。

"都是空置的？"李万航说，"价钱还是蛮低的，才6块钱。"

在往年，这些厂房起码要每平方米7.5到8元，现在6元都租不出去。

更让李万航纳闷的是：越新的厂房反而越不好租。市场给他反馈的是，全新的厂房不好租，那些民营企业的老板说，如果厂房里面有水电装修啊，什么都齐全的话呢，他们可以捡个便宜嘛，可以节省一下开厂的成本开支。

"说实话，像这样漂亮的厂房，早两年一两个月就租出去的了。"李万航有点沮丧地说，这些厂房一般都是劳动密集型的厂房，你看看，杂草都长了这么高了……

"坏消息"集中爆发。

一份统计显示，2008年下半年至2010年上半年，随着工厂的倒闭和搬迁，东莞市9万多户成栋出租屋中有近2.5万户空置，空置率为27%。

不仅仅是东莞，由于金融危机侵袭，对国际金融环境高度敏感的珠三角"世界工厂"，同样感受到严寒。

民营经济一枝独秀的深圳，也与东莞面临着相似的困境。在深圳坂田村，从来没有空置过厂房，现在一下空了几千平方米，严重影响了村级经济。

设想一下，一个数千人的工厂在珠三角的某个镇子开办，马上这个工厂就能够带来一条街甚至一个村的商业服务和出租业的繁荣。一旦工厂没了，这笔消费用于租住房、上餐馆、休闲娱乐等也就没了，影响是显而易见的。

面对多米诺骨牌效应，老板降薪裁员、欠薪躲债、房东减租降费、民

工失业返乡。

这一次的金融危机着实撞了民营企业老板们的"腰"。

在关闭东莞的工厂一年多后,已过不惑之年的张军将中山的工厂也关了。

之前,他把自己名下的房子、车子变卖维持运转。但他发现,卖再多的房子和车也解决不了问题。

真正让他痛下决心选择告别手机制造业的,是他听闻一家通信企业的董事长留下遗书自杀,皆因几位供货商拖欠上千万货款,成为压倒那位董事长的最后一根稻草。

张军是湖南人,10年前他到东莞一家手机屏幕加工厂打工,后来成立了自己的手机屏幕厂。

"那时是触屏手机发展的高潮期。"张军说,各种手机都在更换手机屏,也涌现了很多智能手机品牌。

"开始是为三星、诺基亚、京瓷等手机品牌供应手机屏,生产规模也比较大。"张军说。那个年代,攒几台模具机就能开工厂,张军抓住机遇,又在深圳开了一家同样的工厂,主要生产手机屏幕和屏幕光源。

张军说,他的工厂没有核心技术,只是将外面工厂切割好的玻璃组装焊接成手机屏幕,属于一个低端产业。经过数年的发展,张军的工厂年产值2亿多元,用工最高规模有上千人,之外还有10个工厂帮他做外包。

在朋友的心目中,张军算是妥妥的成功人士,但他没有想到生意的"寒冬"说来就来。

"有时候想着想着眼泪就流下来了。"张军说,创业十年,虽然赚了点钱,但他的企业最后只有不到100人在工作,工厂就这么倒闭了……

在张军的心目中,东莞似乎突然变得陌生了。10年前,他刚来到东莞时,到处都是工厂。走在东莞的街道,就像他老家的庙会,到处人山人海,路边叫卖的小商贩络绎不绝。

而这场金融危机,导致工厂旁边的街上冷冷清清,人变得越来越少。

巴菲特说过，只有退潮后，我们才能看到谁在裸泳。金融危机就如同潮水退落，把珠三角地区民营经济繁华背后的深层次问题呈现出来了：产业层次总体偏低、产品附加值不高、贸易结构不够合理、创新能力不足，等等。

民营经济这趟在"广东高速"上行驶了20多年的列车，在2009年前后，速度骤然慢了下来。速度放缓的背后是一系列变化：资源要素紧缺、自身发展疲态、国际市场萎缩……广东发现，原先熟悉的那种发展模式，在金融危机中正遇到越来越多的麻烦。

特别是珠三角，经济发展最快、最具活力的地区，突然遭遇到了发展中的"制约之痛"，体会到了用地紧张、环境污染、能源困局、成本攀升、劳动力紧缺等"成长中的烦恼"。

不转型升级就没有出路！

那么，如何迎接挑战、走出一条转型升级的新路？

老子曰："祸兮，福之所倚。"面对突如其来的金融海啸，广东审时度势，提出产业转移和劳动力转移的"双转移"战略。

"天育物有时，地生财有限，人之欲无极。"广东实施"腾笼换鸟"恰逢其时。

2008年5月29日，一个平常的星期四。

当天，一份来自广东省委、广东省人民政府的文件出台，这就是《关于推进产业转移和劳动力转移的决定》（以下简称《决定》）和8个配套政策措施。

重磅消息，石破天惊……

"双转移"战略，具体是指珠三角劳动密集型产业向东西两翼、粤北山区转移；而东西两翼、粤北山区的劳动力，一方面向当地二、三产业转移；另一方面其中一些较高素质劳动力，向发达的珠三角地区转移。

这就是后来业内耳熟能详、媒体津津乐道的"腾笼换鸟"。

《决定》指出：未来5年投入500亿元人民币，调整结构、升级产业、优化劳动力素质、提高人均GDP。要求珠三角各市要"依照国家产业政策，实行行业准入差别对待政策，提高产业的用地、能耗、水耗和污染物排放标准，提高劳动密集型产业准入门槛，积极转移部分低附加值劳动密集型产业"。

对广东民营经济来说，"腾笼换鸟"是一套转型升级的组合拳："笼"是对区域空间的形象化表达，"鸟"指的是产业。

"腾笼换鸟"，意即由于土地资源、环境资源及其他资源的限制，该区域迁出或淘汰区域内低端产业，引入并发展高端产业，从而完成区域内的产业置换、产业结构调整和产业升级。

"换鸟论"顿时成为高频热词。

这其实是一道简单的选择题——

有一种鸟，吃得少、产蛋多、飞得高，被称之为"俊鸟"。

有一种鸟，吃得多、产蛋少、飞得低，被人叫做"笨鸟"。

笨鸟往往长期占据着舒适的笼子，久而久之不愿腾挪。

那么，如何"腾笼换鸟"？

题目看似简单，却是一个科学发展的命题。在如何发展的历史答卷里，其实知易行难。

广东要保持经济持续较快增长，防止出现大的波动和起伏，必须改变在较大程度上依赖外贸出口导向的经济模式和经济增长方式，必须加快经济结构调整，推动产业转移和产业升级。

"换鸟"或许是广东民营经济发展的历史选择：一方面，产业升级亟须引进高端制造业和现代服务业项目；另一方面，传统发展模式的劳动密集型企业又消耗了大量的土地、能源等资源。

当然，令人揪心的还有经济发展带来的环境污染……

接踵而来的种种"麻烦"，都指向自身长期积累的结构性、素质性矛盾，指向民营经济相对粗放发展的模式。破解资源环境约束与经济粗放发展之间的矛盾，在彼时的广东迫在眉睫。

民营经济产业结构不合理、区域发展不协调、产能过剩、重复建设……这些"烦恼"归根结底是广东经济发展增长方式粗放、产业层次不高等积弊的反映。

广东要打破过去固有的增长模式，变制造为创造、变"贴牌"为"创牌"，找到新的经济引擎，重新树立可持续的增长理念。

决策者很清楚，如果不下决心"腾笼换鸟"，民营企业和产业的发展空间就会越来越小，就会与机遇失之交臂，这些烦恼将成为"永久的烦恼"。

对当政者来说，是否有紧迫感，在于其见识的"早"与"迟"，认识越早，决心越大，代价就越小。

淘汰劳动密集型企业，引进高科技，让民营经济脱胎换骨。广东一直运筹于帷幄。

国际金融危机，仿佛是上帝给了珠三角一次绝佳的机会。广东决策层提前痛下决心，以壮士断腕的勇气，快刀斩乱麻！

文件甫一出台，就有人质疑，"腾笼换鸟"是不是要把小企业淘汰，换来大企业、大个头？

也有人担心，"换"得不好可能会"伤筋动骨"。

"换鸟论"，业已成为一场涉及思想观念、发展方式、生产方式、体制机制等诸多方面深刻的革命性变革。

"转方式、调结构，始终是改革发展中一道必须破解的课题。"一位官员说，"不能一被议论就改弦易辙"。

其实，"腾笼换鸟"在世界经济发展史上相当普遍，一个区域或经济体的产业升级必然是一个"腾笼换鸟"的过程。世界经济发展经验也表明，推进区域协调发展，最行之有效的方法是"重组经济地理"，可以概括为三点：缩短距离、减少分割、提高密度。

广东提出"腾笼换鸟"的战略亦正是如此。

转出、淘汰、关停。广东"腾笼"5年，近7万家弱小企业被淘汰出局。其中东莞市淘汰5900家"散、乱、污"企业，整治1020家"散、乱、污"企业。佛山市关闭或转移企业超过1600家，禅城区南庄镇陶瓷企业从原来的75家锐减至13家……

岁月指尖流失的背后，是广东在下着适应世界产业格局的转型大局：转方式、调结构。

弥漫在珠三角空气中的，并非都是悲观的气息。一些企业的倒闭，是属于市场经济中正常的优胜劣汰，并不能说明制造业整体遭遇了危机。

实际上，"老鸟"是走是留，也完全是由市场规律所决定的，在珠三角土地、人力资源等各种成本持续攀升的时候，民营企业要么转移、要么淘汰、要么就地转型。

章明生是一家民营企业家协会的顾问，他见证了不少企业从彷徨担忧到"二次创业"的升级过程。

"三种方式难度依次递增。"章明生说，小企业没资金、缺技术，只能转移或淘汰，而对实力强的大企业来说，则可以三条腿走路。

"在广东的传统民营产业中，有三分之一可能被淘汰，有三分之一转移，三分之一会留下来转型。"章明生坦言道。

在广东东莞市一家名为劲胜智能集团的生产车间内，余旸指着眼前的电脑屏幕，向前来参观的客人介绍说道："直径0.1毫米、比一根头发丝粗不了多少的裂口，能在万分之一秒内，通过我们的智能断刀检测系统检测出来。"

客人们看到，一条红色监测曲线不断地在屏幕上闪动，它意味着数控机床上的所有刀具都逃不过智能检测系统的"法眼"。

作为公司大数据团队的负责人，7年前，余旸还在美国一所大学做助教，那时，他并没有想到有一天会来到东莞工作。让劲胜的董事长王建没有想到的是，他的公司会从一个普通的代工工厂华丽转身，成为智能制造系统解决方案的服务商，还拥有了国家智能制造示范点项目。

这种变化就来自广东的"腾笼换鸟"政策。

"之前我做代工工厂，就挣点微不足道的加工费，整天追在客户屁股后头跑。"王建谈起往事，不免唏嘘。

三年前，有个客户要转移生产基地，让王建跟着他去越南，如果不去，这个客户就没有了。

"我不想去，只能换个出路。"王建说，思考良久，他决定向智能制造转型，并收购了几家相关企业搞系统集成。接着，他又满世界寻找懂智能算法的人才，直到他碰上了回国讲课的余旸。

余旸是研究大数据的，敏锐的他看到国内广阔的发展前景——人工智能已上升为国家战略，而珠三角强大的制造业基础，为人工智能与制造业的融合提供了天然土壤。

于是，余旸毫不犹豫地放弃了在美国的教授职位，来到东莞成为王建的合伙人。

人工智能技术的应用要在制造业的哪个环节落地？

伊始，这个问题成为余旸和他的技术团队思考的大问题。他们研究发现，断刀磨损是生产过程中发生频率较高、影响较大的问题，就以此为切入点成功开发了智能断刀检测系统。

"我们的代工厂就这样转型成功。"余旸说，接下来，他们将用智能技术解决更多"痛点"，从断刀到主轴、到能耗，再到整个工厂乃至整个行业，一步一步实现智能化的突破。

广东工业设计城，前身是没落的顺达兔毛纺织厂，坐落在佛山市顺德区北滘镇。

2008年，广东提出"腾笼换鸟"后，顺达兔毛纺织厂就地转型，成为顺德家电产业及广东产业谋求转型升级的支柱项目。

旧厂房经过翻新重建后，变身成一排排富有艺术气息的楼房，一枚枚印着企业名字的棋子镶嵌在大楼外墙上，如一个刚刚打开局面的围棋棋盘。

兔毛纺织厂摇身一变，就成了名闻遐迩的广东工业设计城。

园区以工业设计产业为核心，串联工业设计产业链上下游，是为工业设计企业提供高端增值服务的现代服务业聚集区。

广东工业设计城负责人正遇到棘手的问题："笼子"不够了，要求入园的、入了园要求增加面积的工业设计公司排起了长队，他不得不以200万元/亩的价格收购了隔壁企业3亩地的旧厂房，以解燃眉之急。

"这里已入驻中外工业设计公司100多家，设计师超过1200人。"这位负责人说，每年在这里诞生上万件"奇思妙想"，改变了顺德家电产业"搬运工"的旧形象，也使毛纺织厂"浴火重生"。

广州海珠区。位于城市中轴线上的广州T.I.T纺织服装创意园。

幽静的园区内，是一排排苏式红砖老房，这里藏匿着一个个充满艺术情趣的岭南画派大师画室，同时也是T台走秀的时尚发布中心。

T.I.T国际服装创意园是广东实施"腾笼换鸟"、促进产业转型升级的典型代表，而这也只是广州40多个创意产业园之一。

广州市的"腾笼换鸟"主要采用四种模式，即：盘活旧厂房发展新业态、利用旧仓库营造新环境、置换新楼宇打造新平台、改造旧园区建设新载体等。

"三旧"改造"腾笼换鸟"，每年拉动投资1000亿元。

同样的还有南方智谷美的创业园。这个创业园的前身是美的制冷家用空调事业部国内研发中心办公大楼。美的新总部大楼启用之后，美的根据顺德产业转型升级的需求，利用闲置的旧厂房建设中国南方智谷。

如今，韩国浦项高级镀锌板项目、彩虹OLED显示以及一大批移动互联网、物联网等项目如雨后春笋般在创业园落地生根。

而就地转型的创业园为入园企业提供管理咨询、投融资、产业化等配套服务。

无论是劲胜智能还是广东工业设计城，抑或是T.I.T国际服装创意园，还是美的创业园，都是广东民营企业"腾笼换鸟"就地转型的缩影。

其实，对地方政府而言，"腾笼换鸟"是"打翻的五味瓶"。

从内心来讲，一些地方对低附加值的劳动密集型产业还是"舍不得"的。"如果它有利润，毕竟能创造税收、增加就业机会。"东莞市石龙镇的一位官员说，"还是把它们留下来进行技术改造、淘汰传统产品进行、实行产品升级。"

譬如东莞泽龙线缆有限公司，是一家以生产漆包线为主，高污染、高耗能的企业。镇政府要求公司进行产业转型和升级，生产附加值高的高科技产品，并进行技术改造。

"我们用了五年时间，将过去排放到空中的有害气体，转变成热能。"总经理叶炽德说，"这个废气来到这里就是400多摄氏度，燃烧后，温度达到600多摄氏度，把这个热量送回炉里面，第一次利用，我们把这个耗能减低了30%。"

废气回收利用，不仅满足了企业用电的需求，而且还将多余的热能输送到工业园区的其他企业，实现了整个园区的循环利用，仅这一项，泽龙线缆有限公司就增加效益300多万元。同时，公司还充分利用楼顶种植蔬菜，既改善了环境，又满足了员工的吃菜需求。

广东的产业转型与产业转移是同步进行的。

东莞市西斯尔岩棉制品有限公司，是1995年成立的一家生产岩棉保温材料的企业，由于企业在生产过程中，会产生一定的烟尘，因此被列在了搬迁的范围之内。

"从搬迁到再投产，大概需要半年的时间。"西斯尔广东岩棉制品有限公司中国区销售总经理吴伟英指着已经拆卸装箱的设备说，"从内心来讲，我们肯定是不愿意搬的，我们家在这里，那更加是希望能够留在这里，所以我们其实要搬走也是很无奈。"

厂区里的路两边，设备已经堆积如山。同大多数员工一样，吴伟英在这里工作了8年，家也安在石龙镇，现在面临搬迁，她感到非常无奈，在东莞，像西斯尔这样的企业，从石龙镇已经陆陆续续搬迁出60多家。

吴伟英透漏："服装厂90%已经转完了，建材，基本上也转完了，五金电镀，这些产业，工艺、塑料制品这方面基本上全转了。"

当时，和吴伟英想法一样的民营企业家不少，他们都担忧，觉得自己在珠三角扎根十几年，"腾笼换鸟"政策是不是要把他们赶走？

其实，政府并不想把民营企业"赶走"。只是现实很残酷，既然要把资源消耗大、附加值低、科技含量低的企业转移出去，腾出资源空间来发展新兴产业，就必须有"壮士断腕"的勇气。

"我们也知道，政府的想法也并不是简单地腾小鸟换大鸟，也不是一味淘汰传统的工业企业。"吴伟英说，地方政府在"腾笼换鸟"过程中，既要想清楚换走什么样的"老鸟"、换来什么样的"新鸟"的问题，也要回答"新鸟"怎么来、"老鸟"去哪里的问题。因为，只有回答好这两方面问题，"腾笼换鸟"才是完整的、成功的。

针对企业的顾虑，政府通过新闻发布会、多媒体平台多次强调，企业异地转移的同时，要鼓励民营企业"扩笼壮鸟"。

事实上，多地政府配套出台扶持民营企业转型升级的政策。比如东莞，经济环境并未因此一蹶不振，在制造业、服务业等产业遭遇重挫后，东莞重新把握住了新的工业发展政策，对条件合格的企业予以升级辅助。东莞心知肚明，"腾笼换鸟"淘汰散乱、高污染高排放企业后，必须同步引入高新技术企业，寻找新动力，让民营经济继续领跑，持续增长。

尽管"老板跑路"事件屡见报端，但新加入的高端企业比比皆是。东莞"腾笼"后，就开始着手推动"换鸟"，2015年，东莞市松山湖引来华为这只"壮鸟"，华为终端等大型移动通讯企业迅速崛起，东莞成为全球最重要的智能手机生产基地之一，占全球市场份额超过六分之一。

"腾笼换鸟"换来个"好鸟"，华为是一个成功的样板。

同样，饱受民工荒之苦的东莞市，在2014年9月启动了"机器换人"项目。到2019年，东莞累计投入9.1万台（套）机器人，减少用工28万人，劳动生产率提高了2.8倍。当年，东莞规模以上民营企业突破1万家，位居全省第一，先进制造业、高技术制造业增加值占规模以上工业增加值比重分别达到52.3%和38.9%。

"腾笼"不是"空笼"，"换鸟"也不是简单地"以大换小、以新换旧"，只有"老鸟""新鸟"比翼齐飞，"实""虚"产业相济并重，新旧动能方可顺畅转换。

广东着力推动民营经济产业优化升级，始终没有动摇过"腾笼换鸟"的决心，新体制牵动、新机制驱动、新产业拉动"三管齐下"。

"不怕GDP放缓"，结构指标显示优化就"放心"。

由"低小散"向"高新尖"跃升，从块状经济向产业集群转化。广东合理引导民营产业在"换鸟"的同时，注重深化对存量传统优势产业的重新认识，推动民营经济传统优势产业向价值链的高端发展。

"不干出成效，誓不罢休！"广东省一位官员信誓旦旦。

"腾笼换鸟"，改变的是高投入、高消耗、高排放的粗放型增长方式，换来的是质量与效益、经济与社会协调的增长方式，大批民营经济"老鸟"变"新鸟"，"旧鸟"变"壮鸟"。

新兴产业高速发展、环境污染迎刃而解、经济效益显著增强……

广东在"腾笼换鸟"过程承受着经济下行的压力。2009年，作为全国"经济一哥"的广东，GDP增速9.5%，增速排名全国倒数第五，低于江苏的12.4%和山东的11.9%。2010年，广东GDP增速重回双位数，2011年GDP增速同比增长0.6个百分点。2012年到2016年，广东GDP增速保持在7.5%到8.5%之间，而江苏GDP增速均超过广东，粤苏缠斗的这5年间，两省经济总量差距最小缩短到2600亿。从2017年起，广东GDP增速重新超过江苏。

广东产业转型的节奏把握得相当"稳当"，引来民间投资的高涨。2016年，全国民间投资增速明显下滑，只有3.9%，而广东的民间投资增速逆势上扬，达到20%，而GDP影响甚微。

广东经受住了阵痛！

更亮眼的是，广东在"腾笼换鸟"过程中并没有带来经济增速的剧烈下降，相反投资强度、产出密度比翼齐飞。这意味着，广东是以较快速度实现转型升级的。

在"腾笼换鸟"中，广东书写了一个又一个精彩的故事：战略性新兴产业犹如雨后春笋，在广东大地发芽成长；传统产业改造升级，推动"广东制造"转向"广东创造"，"广东贴牌"转向"广东品牌"；现代服务业方兴未艾，为广东经济注入了新动能。

2010年，"腾笼换鸟"政策再升级。6月，广东出台《关于加快经济发展方式转变的若干意见》，提出培育省内100个先进制造业项目；100家现代服务业、100家优势传统产业、100个现代农业项目以及100个战略性新兴产业项目……

广东经济转型升级，迎来"腾笼换鸟"2.0时代。

第九节

"老鸟"去哪儿了

"腾笼换鸟"，就是把现有的传统制造业从目前的产业基地"转移出去"，再把"先进生产力"转移进来，以达到经济转型、产业升级之目的。

谁被"腾"了？谁被"换"了？

那些在珠三角的"老巢"里待了一二十年的"老鸟"们又飞去了哪里？

相当一部分民营企业选择了转移，或内地，或海外。

广西百色人周峰把自己的LED灯厂转移到了内地。2008年，23岁的周峰来到东莞打工。有经营头脑的他后来自己在寮步镇成立了一家LED工厂，专门做灯带。灯带的核心技术主要是里面能发光的芯片。这个芯片技术如今仍被日本等国家和地区的大品牌厂家掌握。周峰从外面采购回来芯片和塑料包装后，雇人焊接组装，加工成日常用的霓虹灯、家庭吊顶装饰用的LED灯带。

因为没有太多技术含量，像周峰这样的LED灯带厂在深圳、东莞有很多家。周峰说，刚开始一米LED灯带能赚20元，如今，一米灯带也就赚几分钱。

后来，周峰与老家的镇政府洽谈政策方面的优惠。

"现在深圳、东莞有的政策，内地也有，甚至还会更多。"周峰说，东莞已经没有什么地方能吸引自己，就算把自己留下，又上哪里去招工人？

"东莞、深圳一个工人工资最低不能少于3000元，否则一个小工都招不到，但在老家，1500多元就能招到一名工人了。"周峰说，"现在'民工荒'越来越厉害，廉价劳动力的优势已经不大了。"

东莞各行业协会成批组团赴东南亚考察，作为投资顾问，袁明仁带过十几拨考察团。

"低成本诱惑，起码有一成转到东南亚去了。"袁明仁就像一个评论员，"有转到马来西亚买地种植橡胶的，也有转到越南、柬埔寨、缅甸、老挝、孟加拉国的，那边有廉价的劳动力。"

袁明仁说，据他了解，在转移的企业中，超过50%向外省转移，剩下的一半或转移至粤东西北，或转移到东南亚等国家和地区。

2013年十一长假过后，东莞金宝电子厂将4个厂区中的1个厂区生产线关停。

"听说生产线将转移到泰国了。"金宝电子厂员工刘存说，完成最后一批订单后是中秋节，公司宣布放中秋和国庆长假，当时他虽然有点纳闷，但心里还挺高兴，毕竟可以好好放松一下自己。不想，过完国庆节来上班时，却发现工厂的生产线被拆除了。

"公司人事部的人说，整个凤凰厂区的人要么分流到其他厂区，要么遣散回家。"刘存有些落寞。

刘存所在的东莞金宝电子厂位于东莞长安镇，属于台资企业，主要为世界知名的电子钢琴、电脑、打印机代工。

刘存是金宝厂流水线上的一名主管，在此工作了6年。

"有订单的时候，我每天工作12个小时，每月工作26天，能拿6000多元工资。"刘存说，一年他能存三五万元，这比在老家要强多了。

这次生产线被拆除后，工厂让他到其他厂区做"普工"。

"我肯定不太满意了。"刘存表示难以接受。

28岁的刘存从技校毕业不久就来到东莞打工，最开始在一家电容器工厂工作了三年，后来经人介绍，2007年来到金宝电子厂，并在这里结婚生子。

"我老家在湖南浏阳县，像我这样大的年轻人不少都在广东打工。"刘存说，"出来打工，第一年还想回去，第二年就不想回去了，现在只会做打印机，不知回去能干啥。"

东莞金宝电子厂关闭凤凰厂区，让刘存猝不及防地面临抉择：是现在回老家，还是继续在东莞找工作？

"像金宝电子厂这样的大厂都拆走了生产线，同类工厂大都饱和，其他小厂哪还会有空职位招人？"到11月初，刘存和凤凰厂区的100人还在公司"耗着"。他和工友坐在办公室里玩手机、睡觉，一个月按照基本工资2000元发放。

"厂里这样做实际上是逼着我们自动离职。"刘存说，"公司已经确定转到泰国去了。"

刘存突然感觉，自己就像货币一样，突然流通不出去了，让他非常迷茫。

其实，像金宝电子厂这种情况还很普遍。

在民营制造业集中的珠三角，企业老板们常需要化身"空中飞人"。他们在珠三角有一个老的生产基地，往往又在东南亚开设了一家新厂。

除了东南亚的泰国、越南、印度，还有一部分企业则走得更远。

东莞一家鞋厂负责人陈亮说，他曾到访过非洲加蓬等地，非洲很多地方和三十多年前的东莞很相似，低廉的人力成本、低下的政策门槛十分适合野蛮生长，他已经打算到非洲新大陆去寻找"第二个东莞"。

和陈亮有同样想法的还有中国最大的女鞋生产商华坚集团。

东非高原，埃塞俄比亚。华坚国际轻工业园里，一双双高跟鞋在现

147

代化生产线上流动，工人们熟练地打磨、刷胶。GUESS、MARCFISHER、UNISA等众多国际大牌正从这里生产装箱，主要销往欧美市场，享受零关税。

华坚埃塞俄比亚工厂是中方独资企业，也是埃塞俄比亚最大的制鞋企业，产品是"埃塞俄比亚制造"。

2018年，华坚集团董事长张华荣格外忙，也特别兴奋，作为"中国产能出海最成功案例"的华坚集团埃塞俄比亚项目，这一年的经营业绩又上了一个新台阶，销售额达3600万美元，同比增长18.7%。

华坚生产的女鞋占埃塞俄比亚鞋业出口份额的50%以上，带动了当地皮革加工、运输、物流、农场等多领域发展。

埃塞俄比亚是世界上最不发达的10个国家之一。张华荣则发现了其中的"蓝海"，他选择将工厂转移到非洲，3个月就建起了女鞋OEM制造基地，带动当地优质皮革产品原材料翻番，书写了埃塞俄比亚的"华坚神话"。

华坚埃塞俄比亚工厂每天可以生产近两万双成品鞋，解决了当地近万名本地员工的就业。女工哈伊麦特已当上了车间主任，她说："我工资在当地算最高的水平，是爸爸妈妈的四五倍吧，他们对我工作很满意，也都很想来华坚上班。我们以前时间观念很多都没有，管理、执行、配合这些都是来华坚以后学的，以前根本不知道。"如今，华坚国际鞋城（埃塞）有限公司成为埃塞俄比亚最大的出口企业，张华荣被誉为"埃塞工业之父"。每天上班前，8000多个非洲工人用中文同唱《团结就是力量》，已成为"一带一路"上中非民心相通的温暖画面。

那么，还有一批"老鸟"转去哪儿了呢？

答案是：粤东、粤西、粤北。

"大约有四分之一左右。"一位不愿意透露姓名的官员笑称，"这叫'肥水不流外人田'。"

由于历史原因，广东民营经济形成了珠三角与粤东西北的发展梯度，广东让珠三角腾出的"鸟"，与粤东西北生产要素相结合，推动当地发展的合力，促进粤东西北区域平衡发展。

正是在这样的背景下，两地共建产业园，一举两得。

企业要"出嫁"，园区"寻新娘"。

在广东清远，一块36平方公里的土地有"两个妈妈"。

2010年12月，佛山顺德和清远英德两地签订协议，决定共建区域合作产业园，25年合作期内，园区产生的税收地方留成部分、生产总值和工业产值由两地五五分成。

合作区目前已有超过100家企业初步提出用地申请。而该合作区也并非对所有民营企业敞开怀抱。按照规划，这块36平方公里的区域将重点发展家电、机械设备、电子信息等产业。而对国家产业结构调整指导目录内限制或淘汰类项目和"高危、高污、高耗、低效"项目则仍然表示"谢绝"。

追寻"老鸟"迁徙的足迹，还原"老鸟"浴火的历程，两地共建产业园模式不失为一条转型升级的可行路径。在深圳南山（龙川）产业转移工业园，空气能企业"抱团"落户就是一个有说服力的案例。

空气能（又称空气源），是空气中所蕴含的低品位热能，属制冷行业细分出来的产业。常说的"空气能"指的是"空气能热水器"，耗能比电热水器节省约4.5倍，也是未来取代空调的新型环保产品。

"当时，整个行业只发展了10年左右，产业基数虽小，每年却保持80%—100%的增长，市场潜力十分看好。"华天成电器有限公司总经理郭建毅说，空气能产业在经过几年的高速发展后，珠三角厂房用地规模已远远不能满足发展的需要，寻求产业转移已经迫在眉睫。

但是，转向哪儿呢？

"长期以来，我们民营企业的发展，依赖于相对低的成本优势，包括人工成本、土地成本等。"郭建毅皱了皱眉，拧开矿泉水瓶盖，"咕噜咕噜"喝下半瓶,然后继续说,"当时佛山、东莞一带至少有13个空气能企业在找地方转移,着急得没有头绪。如果空气能企业分布分散,一家、两家空气能企业转移,生产成本就特别高……"

而另一头,地处粤东的河源市龙川县,也一直在苦苦求索,什么样的产业才适合龙川?龙川地理优势不明显,但生态资源优势突出。

作为国家生态发展区,龙川有大量空置的土地,毗邻新丰江水电站,水电供应充足,劳动力既稳定又便宜。

郭建毅说:"龙川产业转移园也不是'病急乱投医',而是选择优质的、有发展前景的民营转移企业。"

一次无意的乡贤牵线,让龙川产业转移工业园"联姻"空气能产业"瓜落蒂熟"。

那是2012年5月,龙川招商小组在深圳招商时,听到在深圳发展的乡贤、深圳市永利五金弹簧制品有限公司总经理钟伟艺无意中透露:佛山市有空气能企业正在谋求"腾笼换鸟、借外建厂"。

说者有心,听者有意。龙川县招商团队立即前往上述企业洽谈。"没想到双方一见倾心,相谈甚欢。"钟伟艺回忆道。

招商团队知道,空气能制造是一个链条产业,若单个企业转移到龙川,单打独斗的局面势必造成生产成本较高,还会面临信息不通畅、专业人才缺乏等发展困难。在进行深入细致研究后,他们提出了一个大胆的思路:"抱团"转移。即将散落在珠三角各大小城市的空气能上下游生产企业集聚起来,整机生产和零部件生产企业一起引进。

"这种'抱团'式转移可以大大降低生产成本,终结单打独斗的模式,集聚做大。"郭建毅说,"企业'抱团'转移可以提高行业竞争力,产业链也会逐步完善,当地的产业转移园也有了主打产业。"

经过一年时间,在产业集聚等新颖理念的指引下,龙川吸引了珠三角地区驰名空气能民营企业"抱团"转移。

2012年12月18日,深圳南山(龙川)产业转移工业园空气能产业集群项目签约仪式中，来自东莞、佛山、广州、中山、珠海等市（区）的55家空气能制造生产企业负责人参加了签约活动，18家空气能制造生产企业签署投资协议，"抱团"入驻龙川。

随着空气能企业的不断集聚，龙川产业园区吸引了更多的"好鸟"。

以产业园发展为依托、产业链转移为导向的产业转移是广东"腾笼换鸟"的主线。

韶关地处粤北，经济并不发达，广东省批准建立了3个省级产业园，能容纳300多家转移企业。

东莞东坑—乐昌产业转移工业园，是韶关市、乐昌市为承接东莞东坑镇的产业转移而规划建设的，总规划面积1.35万亩。

泰邦重型机械制造公司是第一家搬迁来的民营企业，副总经理夏曙光逢人就竖起大拇指："我们为这个地方点赞，一个电比较稳定，一个队伍稳定，现在（工人）基本上都是本地的，运输各方面条件也是很便利，基本上就没有什么其他约束我们的因素了。"

泰邦公司原来在珠三角的厂房十分拥挤，已经没有发展的空间，电力紧张的时候，一个星期只能开工三四天，工人队伍也不稳定，一到春节，纷纷回家，给企业造成很大的影响。

"对产值的影响，每个月至少都会达到60万。"夏曙光说。

乐昌是广东省的老工业基地，产业工人基础很好，因此泰邦公司的员工90%来自当地的国有企业，不仅仅稳定了企业的生产，也促使许多外流的产业工人回乡就业。

任伟是泰邦公司机械加工车间的工人，谈起在家门口上班，满足感溢于言表："我去珠三角做工的话，水电、房租一年要交四五千块钱的，现在全都节省了。"

从顺德大良驱车出发，沿高速公路向北奔袭3个小时，来到位于粤北山区清远市下辖的连州市广东民族工业园，20多家顺德涂料企业及一批相关配套企业转移到了这里。有上下游供应关系的产业链集体转移，大大降

低了企业的转移成本。

广东宏富实业有限公司董事长梁国盛介绍，在工业用地上，顺德是100—150万元/亩，连州是8—10万元/亩；顺德的工业用电大概是0.95元/度，这里是0.5元/度；人员工资方面当地更是远远低于顺德……

"像我们这类劳动力密集型企业，转移到粤北山区来是英明的选择。"梁国盛坦言道。

从"腾笼换鸟"到"筑巢引凤"，珠三角的"老鸟"到"新巢"后，不仅实现了自身转型，而且还成为"涅槃凤凰"。

"产业转移"已经成为粤东西北地区经济快速发展的牵引力量。在环珠三角外围100—400公里环形带上，已建成35个省级产业转移园及若干个自发建设的产业转移园。

广东大胆探索创建的粤东西北产业园区，成为产业结构调整、产业升级、空间优化的重要载体。

事实上，对粤东西北地区来说，"腾笼换鸟"是个"双向"的演进过程：一方面，广东向欠发达地区转移产业，协调区域发展；另一方面也在接受国际产业转移，发展高新技术产业和高端制造业。

这"一出一进"，牵涉的是区域发展平衡问题。

珠三角地区的"腾笼换鸟"与粤东西北地区的"承接产业"，粤东、粤西和粤北山区实现"整体崛起"，原本相对欠发达的区域开始成为广东经济增长的新动力和新引擎。

实施产业转型升级前3年，广东35个省级产业转移园累计创造产值逾4400亿元，税收逾240亿元，从产值和税收角度看，相当于再造了一座中等城市。

一遇阳光就灿烂，一遇雨露就发芽。

事实证明，"腾笼换鸟"是广东大胆实践探索，对转型升级、结构调整形象而深刻的演绎，民营经济经历了这场深刻而难得的变革，在机遇和挑战中"浴火重生"。

广东产业在转移、转型、升级的同时，其能耗、污染却实现了降级，国家4项减排指标中有3项先后出现下降拐点。

"腾笼"置换了一批"大鸟"：广州市引入中新知识城，而把中科炼化一体化项目"送"到了粤西，"一进""一退"，就是一个最好的注脚。

"腾笼换鸟"给广东腾出了空间，腾出了更适合广东经济发展方式的产业，也给广东民营企业"骨骼"带来了巨变。

在广东的"腾笼换鸟"中，那些被广东"抛弃"的，那些被广东留住的，以及那些被广东吸引的，绝非一项"双转移"政策出台就能立马见效的。

打通"任督二脉"，用高附加值、高技术含量的产业替代传统高消耗、高排放产业，广东在"腾笼换鸟"的同时，通过"机器换人"，即引进新技术新设备，减少单位产值劳动力使用量，提高生产自动化程度，再通过"节地换产"，即盘活土地、集约用地，提升现有土地的产出水平实现蜕变。

腾挪之际，破立之间，广东民营企业由此华丽转身，尤其是互联网+云计算等创业型企业通过上市融合了更多资源，民营企业获得了极大的发展空间。

通过"腾笼换鸟"，广东的产业格局已然改变：以"珠江水""广东粮""岭南衣"为代表的广东产业形态特别是民营产业形态正在蜕变。

从贴牌生产、蜷伏于价值链底端，广东民营产业转型成为全国样本，开始向创新产业链高端攀升，向高质量发展。

格局再塑

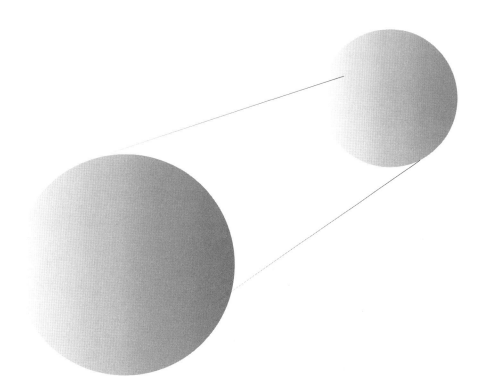

第十节

不走寻常路

曾几何时，比亚迪还是一个陌生的名字。

比亚迪是谁？

它是从1995年起，默默"潜伏"在诺基亚、苹果手机里的锂电池；是发轫于2003年，如今在神州道路上奔驰着华夏纪元的秦、汉、唐、宋；是在全球300多个城市穿梭的电动公交车，全系列的商用客车、卡车，这些客车动辄6米到27米的、卡车2.5至32吨……

如今，位于深圳坪山比亚迪汽车深圳总部的"六角大楼"是全世界新能源汽车行业的焦点，也是比亚迪塑造未来美好出行的"梦工厂"。

人们常说，深圳是一个造梦的城市，是一块创造奇迹的土地。"闯"的精神、"创"的劲头、"干"的作风，几乎是所有深圳创业者的真实写照。

1994年11月18日，北京有色金属研究院在深圳成立比格电池有限公司，由于和王传福的研究领域密切相关，王传福顺理成章成为公司的总经理。

第二年2月10日，深圳乍暖还寒，一家名叫"比亚迪"的实业公司注册在"布吉冶金大院"，比亚迪——Build Your Dreams，意即"成就梦想"。

王传福领着20多个人在深圳莲塘的旧车间里开始了"扬帆起航"。

1966年2月15日，王传福出生在安徽省无为县一户再寻常不过的农民家庭。1987年7月，王传福从中南工业大学冶金物理化学系毕业，进入北京有色金属研究院。

时过境迁，如今王传福是比亚迪董事局的主席兼总裁，成了名副其实的"电池大王"。

创办比亚迪之前，时年仅27岁的王传福就担任了北京有色金属研究院301院的处级干部，仕途看好。

让他意想不到的是，一个促使他从专家向企业家转变的机遇竟然从天而降。

王传福在深圳开启了逐梦之旅。

理想很丰满，现实很骨感。比亚迪成立之初，条件非常艰苦，他们靠租赁厂房创业。当时，日本充电电池一统天下，国内的厂家多是买来电芯搞组装，利润少，几乎没有什么竞争力。

如何打开局面？

经过认真思考，王传福决定依靠自身技术研究优势，从一开始就把目光投向技术含量最高、利润最丰厚的充电电池核心部件——电芯的生产。

成立一个公司并不难，生产一个产品也不难，难的是如何将尽可能小的投入变为尽可能大的产出，这需要眼光，需要冒险。

一天，王传福闲暇时随手翻阅一份国际电池行业杂志，他无意中捕捉到这样一条信息：日本宣布本土将不再生产镍镉电池。

"真是天助我也。"王传福立即意识到这将为中国电池企业创造前所未有的黄金时机，于是决定马上涉足镍镉电池生产。

那时，日本的一条镍镉电池生产线需要几千万元投资，再加上日本禁止出口，王传福买不起、也根本买不到这样的生产线。他利用中国人力资源成本低的优势，决定自己动手建造一些关键设备，然后把生产线分解成一个个可以人工完成的工序，结果只花了100多万元人民币，就建成了一条日产4000个镍镉电池的生产线。

之后，王传福通过优化生产工艺、引进人才，购进大批先进设备，公司的订单源源不断。

台湾无绳电话制造商——大霸是电信巨头朗讯的OEM，比亚迪在国际市场上与日本三洋一决雌雄，日本厂商"后院起火"。1996年，比亚迪公司取代三洋成为朗讯的间接供应商，尔后势如破竹，镍镉电池销售量达到1.5亿块。

刚刚在镍镉电池领域站稳脚跟，王传福"不甘寂寞"，又开始了镍氢电池的研发，并从1997年开始大批量生产镍氢电池。

事实证明，王传福这一招可谓后发制人、一招致命。在比亚迪的大客户名单上，陆陆续续出现了松下、索尼、GE、AT＆T和业界老大TTI的名单。

随着电池业务的发展，资金的需求也越来越大。王传福说："我们去银行贷款，银行说贷款需要有抵押，我说我有设备啊，银行说设备不行，得不动产。我问什么是不动产？银行说房子。但是我厂房是租的。"

当然，面临类似困境的不仅仅是比亚迪，当时的创业公司几乎都遇到过。"龙岗区政府部门知道我们没有不动产，专门成立了一家担保公司，为我们这些企业做担保。有了担保，银行就愿意借款给我们。"王传福说。

1995年到1997年短短的3年间，比亚迪每年都保持100%的增长速度。

比亚迪从一个名不见经传的小角色，快速成长为一个年销售额近亿元的企业，在全球市场中占有举足轻重的地位，镍镉、镍氢和锂离子电池分列全球第二、三、四位。到1997年底，比亚迪就拥有了自己的第一个工业园区。

"没有改革开放，就没有深圳；没有深圳，就没有比亚迪。"这是王传福在不同场合重复着的名言。

扎根深圳的王传福，正是抓住了移动通讯设备风行于世的大趋势，从二次充电电池起步，凭着小小的手机锂电池闯关夺隘，闯入国际品牌全球供应系统，成为摩托罗拉、诺基亚等全球通讯设备巨头的电池供应商。

最高峰时，全球每三块手机锂离子电池就有一块来自比亚迪。

一时间，比亚迪在全球声名鹊起。

随着业务的不断扩大，比亚迪在香港联合交易所有限公司主板上市。这一天是2002年7月31日。

2004年，比亚迪低调进入手机代工市场，其手机产业布局和代工发展模式与鸿海惊人地相似，当鸿海以连接器等核心零部件逆向整合产业链时，比亚迪则从手机电池为起点，开始了同样的"逆向整合运动"。

比亚迪的手机代工业务覆盖手机电池、液晶屏、键盘等除手机芯片之外几乎所有的手机零部件，并获得装配手机的认证。据2006年比亚迪财报显示，整个集团收入129亿元，其中，手机业务销售收入达到51亿元，实现利润9亿元。

之后，比亚迪最重要的一件工作就是把手机业务分拆上市，在王传福看来，大智慧就在于知道自己要主攻什么。

早在2003年，受国家"鼓励轿车进入家庭"政策的刺激，全国轿车产量"井喷"，增长53%。王传福又琢磨了，他算了一笔账：如果按每3个人一个家庭计算，约有4亿个家庭。以我国GDP的增速来看，轿车进入家庭只是时间问题，但这么多车，油从哪里来？尾气排到哪里去？

他敏锐地意识到，能源问题、二氧化碳过度排放问题和空气污染问题将成为决策层不可回避的重大问题。

王传福决定造电动汽车！

如果说电池创业对于王传福来讲是第一次冒险，那么决定制造汽车无疑是他冒险的疯狂之举。

这轮"疯狂之举"发生在2003年1月23日，比亚迪宣布，以2.7亿元的价格收购西安秦川汽车有限责任公司77%的股份。

比亚迪闯入完全陌生的领域，开启新能源汽车的研发与推广，正式进军汽车产业，成为继吉利之后国内第二家民营轿车生产企业。

王传福的思路是：通过电池生产领域的核心技术优势，打造中国乃至世界电动汽车第一品牌，"电池大王"将造汽车与自己的长项相结合。

"比亚迪从未卖过汽车、从未造过汽车，这是哪门子的路？"质疑四起，股票更被抛售。

当时，中国的汽车市场和汽车工业完全由外资品牌、合资企业占主导、唱主角，国产品牌刚起步，王传福的选择让许多人不可思议。

"按照欧美日韩汽车工业的发展经验，不缴上几十年的学费谈何造车？"不看好比亚迪汽车的大有人在。

"比亚迪要做一道证明题。"王传福说，证明什么呢？证明比亚迪"行"。

8月，在陕西—广东经贸合作推介会上，王传福再爆惊人之举，比亚迪与西安高新技术产业开发区、陕西省投资集团签订合资组建比亚迪电动汽车生产线合同，项目投资达20亿元人民币。

"我的目标就是要把电池的技术和汽车的技术融合联动，打造新能源汽车和电动汽车，这是比亚迪进入汽车业的初衷。"王传福的自信来源于比亚迪在电池生产领域的成功。

他要复制这样的成功！

看准了庞大的新能源汽车的"蓝海"，王传福用战略性的眼光为比亚迪寻找了充足的理由。他坚信自己的眼光，相信新能源汽车时代即将来临的历史机遇，认准中国新能源汽车市场的庞大潜力。

尽管王传福心里有"谱"，他的目光所至，丝丝入扣，但是很多人认为，充电汽车的产业化难度远非现有技术条件可以想象，王传福的造车之梦绝对是一次疯狂冒险之举。

很多人创业失败不在于缺乏资金，而在于缺乏眼光和冒险精神。具有工学硕士背景的王传福拥有的最大的资本，就是战略眼光和冒险精神。

不出王传福所料，2003年前后，中国私人购车市场爆发，吸引大量投资者在利益的诱惑下冲动进入汽车制造业。王传福前瞻布局用电池技术+汽车技术，打造出电动车技术，用电动车的技术让中国所有城市的天空都像"西藏的天空"一样蓝。

一个强大的中国造车故事从此开始了。

2005年，挂着蓝天白云标志的比亚迪F3下线，上市后一炮走红。

这种采用"字母+数字"方式给车型命名的新能源车让汽车界耳目一新，人们对比亚迪刮目相看。

一年后，比亚迪尝试做电动车，做的就是纯电动EV产品，诞生过一款搭载磷酸铁锂电池的F3E电动车。不过，在征求市场意见和经销商意见时，大家认为配套环境有问题，一直没有上市。

事实上，比亚迪的电动车电池的研究可以追溯到1997年3月，当时，比亚迪组建中央研究部（现比亚迪中央研究院前身），确立了助力车电池要求的高能量密度（1000wh/L）的锂离子新材料研究；电动汽车高能量密度、成本最优的电池材料新型锂氧化物的研究等多个课题组。4月，比亚迪镍氢蓄电池项目成为广东省重点攻关项目——电动汽车项目的重要组成部分。

1997年8月，比亚迪锂离子电池也开始量产，填补了国内这一产业空白，也正是从这个时候起，比亚迪开始广泛接触电动汽车及电动汽车充电电池领域。

在收购秦川汽车之前，比亚迪作为电动汽车动力电池研发主力，不仅出色地完成了广东省电动汽车项目电池组模块的研究和试制，还承担了HEV轿车用电池盒、HEV客车用电池的生产和研发任务。

正是有了这一技术和经验的积累，比亚迪这个汽车"门外汉"才产生了更贴合市场环境的混合动力想法，考虑更贴合市场需要的混动车型。

"我们是革自己的命，砍自己的手。"谈及DM-i，比亚迪股份有限公司副总裁、产品规划及汽车新技术研究院院长杨冬生说道。

杨冬生于2005年加入比亚迪，曾任汽车工程研究院底盘部副经理、总裁高级业务秘书、产品及技术规划处总经理等职。他口中的"自我革命"是指新能源车替代燃油车。

这是一场跨越十年的迭代。

2008年，比亚迪推出第一款插电混动的F3DM。在此之后，比亚迪的插电混动技术又发展了两代，使用的都是燃油车的发动机，即比亚迪自主研发的1.5T发动机，并依靠燃油车的产业链进行产品开发。但这都不是最优方案，因为燃油车的发动机在功耗和需求上都不能完美地满足混动系统。

2008年，比亚迪又先后推出了F6、F0等畅销车型。也是这一年的12月，全球首款不依赖专业充电站的插电混动新能源汽车——F3DM在深圳发布。

王传福敢为人先，用实绩回应了所有的质疑。

2009年，节能减排压力倍增，全球汽车市场开始迎来新能源汽车带来的大变局。这一年"十城千辆节能与新能源汽车示范推广应用工程"启动。同年，比亚迪收购了美的客车，并将整个设计和工艺团队请过来进行商用车研发。

比亚迪不出意料地成为新能源汽车市场的领导者。2010年，E6纯电动车上市，并交付深圳出租车行业，正式上路运营。

电池大王造汽车，王传福追逐的新能源汽车梦开始显露雏形。

2009年，结合强大的铁电池技术、整车研发能力和产业垂直整合能力，比亚迪宣布正式进军纯电动客车领域。

2010年，首台纯电动客车在湖南长沙基地下线。

从某种意义上说，电动公交车由比亚迪首先规模化应用，与其扎根于深圳这片创新的热土有直接关系。2011年第26届世界大学生夏季运动会（以下称"大运会"）在深圳举办，200多辆起始站和终点站都为大运新城交通场站的比亚迪K9纯电公交车与"大运会"一起走红。

十年以前，充电场站、充电桩等基础设施建设还是一片荒漠，尤其是直流充电设备，非常昂贵。

"国家会推动公共交通首先实现电动化，大运会正是实践这一想法的最好的契机。"王传福说，"深圳是创新城市，容易接受新理念、新想法，政府部门大力支持，让首批直流充电的'大运会'用车并没有遇到太大困难。"

K9是全球首款一级踏步全通道低地板纯电动大巴，采用了全球领先的轮边驱动技术，实现了后桥两侧电机驱动、轮边减速功能。续航里程达到250千米，利用公交站的快充设施，半小时可充50%电量。

政策和技术双轮驱动，比亚迪厚积薄发、声名鹊起。

"K9的低速加速同样不可小觑，在0至30公里情况下，与乘用车几乎一样，"王传福的喜悦溢于言表。

电动公交车的推广在一定程度上解决了城市拥堵的问题。霎时，深圳成为全国电动客车最多的地方。

当时，国内的客车巨头们，尚未重视纯电动客车，比亚迪商用车基于自身优势以K9入市，走了一条差异化竞争之路。

王传福回忆，当时到国外调研发现，欧美低地板的12米公交车最普遍，反观国内公交车不方便乘客上下，于是决心做一款12米低地板的电动客车起步，这就是K9。

作为首款电动客车，注定只能走高品质之路。

"电池很重，为了保证全车的轻量化，我们首先采用了全铝合金车身。"一位参与研发的工程师说，由于国外的公交多用偏置式的低地板桥，成本非常高，比亚迪创新性地大规模应用了轮边电机，一方面实现低地板，另一方面降低了成本，提高了传动效率。

同时，轮边电机在两个后轮上，率先设计了两个控制器，既能充电还能放电，在城市面对自然灾害时还可批量在救援中大显身手，成为一个巨大的移动电源。

这些"首先""率先"的技术应用，使比亚迪商用车起步即高端，"比亚迪电动公交车频频销往海外，是中国高端制造的名片。"王洪军说道。

比亚迪的造车"冒险"是谨慎的。

作为电动公交的产业先行者，比亚迪在K9的电池布置上，采取了保守策略。譬如，最早电池立在轮包上，能量密度也不高。后来，发现运行顺畅，但是电池包布置在车厢内总是影响视线，必须要回归车辆本身，他们开始在车顶、车下重新做电池布局。经过不停地技术改进，对车辆和电池使用环境的认识不断进步，才有了现在的单体PACK电池包等设计。

现今，在深圳坪山总部比亚迪的礼宾楼，其中一辆退役的K9公交车就静静地陈列在那里。同是这栋礼宾楼，一面巨大的专利墙蔚为壮观，那是从比亚迪三万多项专利中甄选出来的一千多份专利证书，在墙上有序排列、顶天立地，中间横贯八个大字——技术为王，创新为本。

"技术为王，创新为本"。这正是王传福的科技初心，比亚迪的DNA，这种理念赋予了比亚迪在客车领域独特的竞争优势。

K9在深圳的顺畅运行，给了比亚迪开疆拓土的信心，也给了其他城市尝试的愿望。

公交车是民生项目，政府具有话语权，于是比亚迪就一个城市一个城市的去跟政府争取展现的机会：3度电能换1升油，12米的纯电公交车百公里耗电120度，只需要36元，而加燃油却需要280元，虽然购买的初始成本高，但3年以后就不一样了，全生命周期是省钱的。比亚迪甚至还愿意在当地投资，用自己创造的"地利"，赢得政府的"人和"。

比亚迪"巧舌如簧"的游说，让更多城市下决心踢出临门一脚。

走出深圳第一站的是长沙。

当时公交公司没有充电场站，比亚迪就去协调土地；没有电，就去找国家电网拉电、安充电桩，然后协调定价、协调运营商……

这哪里是卖车呀？简直是去建一套生态系统。

"经常办一件事要集齐政府部门的二三十个章。"时任职于比亚迪商用车事业部市场部的王瑗珲回想起这些往事时说，"现在都是笑谈，但当时可都是考验，让我们深深感受，推广纯电公交，真的很难！"

那时，直流充电设备成本太高，要8到10万元一套，长沙没有企业愿意做。比亚迪基于轮边电机配置，创造性地研发出了交流大功率充电装置，交流充电设备只需要1到2万元，利用晚上的用电低峰期充满电，白天够用了。

比亚迪持续地在技术、产品与人之间不停地摸索。

"我小时候画公交车，都要画上车尾冒着的黑烟。而在我女儿的画中，公交车后面没有黑烟了，她都没有见过。"王瑗珲笑言。

王瑗珲所言非虚。

在很长一段时间里，中国汽车品牌突入高端豪华车的尝试大多黯然收场。王传福说"比亚迪只不过是最早把'公交电动化'写在了车里，后来才成为了大众共识。"

比亚迪的交流充电技术是世界唯一批量运用的，其商用车开拓海外市场，几乎与国内同步，而交流充电技术也为比亚迪拓展海外市场提供了"助力"。

2017年12月7日，日本冲绳那霸港口。

10台比亚迪纯电动大巴K9一字排开，太平洋的海风夹着雨滴拍打在敞亮的车身上。

冲绳神社的神职人员正虔诚地进行祈福仪式，为K9"受礼"。

这是第二批比亚迪大巴在冲绳亮相。2015年，比亚迪交付的5台大巴已经在京都的土地上跑了33万千米。

如果说第一次在汽车工业强国日本卖出自家的大巴时，比亚迪是诚惶诚恐，那此番迎来日本"回头客"，在某种程度而言，代表中国制造出海的比亚迪用实力证明了自己。

当天，日本多家媒体到场，意欲弄清比亚迪这个中国品牌究竟有何

"神通"，能打入汽车第一梯队所在的国度。

日本媒体纷纷为中国制造"代言"。

日本经济新闻网称：中国领先的电动汽车制造商比亚迪正积极地推动日本电动巴士的普及。其评价K9追求易用性，具有零排放、低噪音、高性能等特点，此次登陆冲绳将是比亚迪继2015年2月为京都提供日本首辆电动客车之后，又添一笔实绩。

日本《读卖新闻》：中国正加快争夺电动汽车（EV）领域的主导权，中国的电动汽车是劲敌！

这些消息让人不禁慨叹，这是中国汽车再次完成对汽车制造强国——日本的逆袭！

经历了从瞧不上中国汽车，到如今有关"中国电动汽车"崛起的论调占据主导地位的过程。作为首个且唯一进入日本的中国汽车品牌——比亚迪在日本卷起阵阵旋风。

说起海外经历，做品牌工作的王瑷珲颇自豪："其实，2000年之前，比亚迪就在美国设立了北美总部，亚马逊、微软、苹果等都是我们的客户，还在国外卖了不少电动工具，在美国有工业品牌基础。"

但国外长期以来对"中国制造"存在偏见，同时要面对市场培育、经营压力、身份偏见这'三座大山'，让比亚迪在美国的拓展之路异常艰辛。

人们常说，美国是一个"生活在车轮上的国家"，要在这个"强敌林立"的汽车市场里分一杯羹，难度可想而知。

当时，美国品牌以及欧、日、韩系车早已将市场瓜分完毕，传统燃油车要想进入，困难重重。为此，比亚迪决定选择将纯电动大巴作为打开美国市场的"敲门砖"。

电动车作为当时的新技术，想得到美国市场认可，需要按照美国联邦运输署的要求，通过被FTA称为"魔鬼测试"的Altoona测试。

为此，比亚迪在深圳坪山车辆测试中心专门仿建了与Altoona一样的道路，在家门口跑通了再去美国。在中国客车企业中，只有比亚迪拿下了这项测试。

2014年6月9日，在持续行驶2.4万公里、经历了116天的"锤炼"后，比亚迪K9成为史上第一台完成该测试的12米纯电动大巴。

同年9月，长滩运输署重启电动巴士招标，比亚迪再一次如约而至，并在竞标环节中以压倒性优势胜出，获得60台纯电动大巴订单，创下美国最大纯电动大巴订单纪录。

"长滩反击战"的胜出，让比亚迪在美国的市场占有进入快速上升期，市场大门从此为比亚迪敞开。随后，比亚迪自主研发的电动卡车也长驱直入……

"2013年，我们已经实现了在欧洲荷兰的小批量出口。"王传福介绍，"很少有客车企业能做到在欧、美、日、韩都有销售，但比亚迪做到了。"

在海外订单中，比亚迪体验到了欧美客户对车辆要求的细致性：德国公交车上挂衣服的架子怎么设计都要讨论很久，车里的硬币盒还要分不同尺寸；哥伦比亚波哥大的车有USB接口是标配，这又涉及走线……

每个国家和地区的客户都有不同的习惯和需求，必须进行定制化服务。比亚迪就是这样，靠细致和技术获得海外客户的认可。

比亚迪还是唯一用中国历代王朝命名产品的品牌。

那些年，在新能源汽车领域，中国品牌的中大型轿车，这一品类的身影寥寥无几。但随着中国新中产消费群体的兴起以及中国新能源汽车消费升级时代的到来，中大型轿车市场需要一款中国品牌的扛鼎之作。

王传福心想，要闯入传统造车势力固守数十年的"豪华中大型轿车堡垒"，比亚迪就得敢为人先。

2012年，比亚迪"秦"亮相北京（国际）车展，这款用中国历史朝代为车型命名的产品吸引了众多目光，由此开启了比亚迪的"王朝系列"。

许多人都注意到，不少造车厂商都给汽车起个外国名字，觉得这样才显得洋气,为什么王传福反其道而行之,起了个"秦汉宋元"。

"就想争一口气,想把产业做大,把中国应有的位置做起来。"据传,王传福在国外谈合作时曾两度被傲慢对待,这让他感到心里很难受。

基于此,王传福在策划全新产品线时,决定打造一款高端豪华的中大型新能源轿车。

这就是"汉"。

怎样定义"汉"是一辆好车?

"'汉'这款车型如果做不好,我将无地自容。"王传福在用自己的标准认真作答。

为此,比亚迪视"汉"为关乎"中系车"前途的战略性项目,从研发阶段就将安全品质放在首位,经过海量仿真试验和实车测试,在大样本的基础上,谋求高端突破。

在研发阶段,"汉"就明确了只做新能源车的目标,整车按照原生新能源车开发,以此将新能源技术带来的优势发挥到最大。譬如,中国幅员辽阔、地形路况、天气温度、环境湿度等千差万别。比亚迪采集了覆盖全国各地的路况数据、温度数据、湿度数据等,模拟各种极限场景下的试验,只为了还原每一位用户的真实用车场景。

"汉"不仅满足于"实车道路测试"的强度和精度,还采用了大量国际领先的高精尖测试设备,"24通道道路模拟试验"就是其中最严苛的一环,能还原用户可能遇到的95%路况,大多数品牌使用的4立柱试验台顶多还原了70%。"汉"试验车会在台架上持续颠簸45个日日夜夜,这样的试验要做3轮,相当于"汉"在实车测试路面上驶过100万公里,比大部分同类车型测试量的3倍还多。

为解决困扰一些新能源车的"电池自燃"难题,"汉"搭载了比亚迪自主研发的刀片电池,让"汉"EV的续驶里程在安全的前提下最多可达600公里,媲美同级别燃油车。

比亚迪针对安全性进行大量的仿真设计,通过数学模型来模拟整车、系统、子系统及零部件在发生碰撞时的被动安全性。更是采用了高安全车身，其中军工级别的热成型钢用料达43处，汉的白车身热成型钢材使用量达97kg，在中国品牌量产轿车中排名第一，用量更是第二名的近2倍。

此外，在严苛极端的环境中，"汉"不仅承受温度覆盖-40℃-80℃各种场景的环境仓试验测试，而且还采用车队自驾方式，从海南、牙克石到吐鲁番等地，实实在在地通过远途测试车辆性能，并在沿途测试充电设施的适配程度。

不难看出，"汉"的安全耐久测试标准极为严苛，不惜以高投入争取最后1%的稳妥。怀揣产业报国情怀，2020年7月，比亚迪推出高品质量产车的旗舰车型"汉"，这又是一个商用车新势力的故事。

"2021中国智能汽车竞争力指数榜"中，"汉"EV排名前十，智能座舱、智能操控、智能安全、智能体验上的综合实力表现不俗，尤其是3.9s百公里加速性能，媲美跑车。

作为比亚迪品牌旗舰车型，"汉"采用了专属的Dragon Face设计语言。它将中国文化中的图腾——龙元素熔铸于大气优雅的造型之中，蛟龙入海式的流线侧身、贯穿式龙爪尾灯等细节，无处不在展现着东方神韵。

让传统中大型轿车望尘莫及的是，以"汉"EV为例，超安全的刀片电池，四驱高性能版车型的最快零百加速时间仅3.9秒，32.8米百零刹车距离，605公里的NEDC续航能力……

"汉"的动力性能，只有大排量的运动型中大型轿车才能与之抗衡。这一切，都起源于比亚迪对电池的研究，得益于驱动电机的性能优势和刀片电池的放电优势。

"汉"，是新能源汽车技术领先的大成之作，为全球树立"中国标杆"！

"汉"凭借安全、性能、豪华三大标杆，成为中大型C级轿车市场历史上首个也是唯一一个月销量过万的中国汽车品牌，更打破了德国品牌对这一市场绝对领先的市场格局。截至2021年，"汉"继续保持上升态势，

在中国中大型C级轿车市场，与"BBA"形成销量第一集团，"汉"总销量突破5万辆大关。

匠心设计，"汉"为观止。

"汉"的市场回馈是对王传福胆识的最好称赞：2020年7月上市以来，"汉"车型已累计批量交付近万辆，且交付数量还在快速提升中。

比亚迪并没有因为"汉"所取得的成绩而沉溺在温柔之乡，而是快马加鞭，进一步丰富了"汉"家族的产品线：EV车型推出了创世版和千山翠销量版；混动车型推出了DM-i和DM-p车型，"汉"系列多达9款不同配置。

轮边电机、全铝车身、交流充电……比亚迪新能源汽车展现出强大的创新能力：直流充电、无线充电、顶部充电。

这些年，掌声和鲜花纷至沓来。

2017年特斯拉已经发布并开始在美国交付Model 3，这款"普及型纯电车"让新能源车企倍感压力。

此时的比亚迪处于转型关键期，从紧迫性和基础积累来看，比亚迪都必须拿出全新的技术应对挑战。王传福给杨冬生的团队提出了一个高目标：要求他们打破固有思维，进一步降低能耗、成本，研发一款插电混动专用发动机。

凭借已有的开发出三代混动系统、研发1.5T发动机的经验，杨冬生带领团队开始寻找解决问题的办法。

最终提交的方案，插电混动专用发动机采用了专用的电机、电控架构，深度耦合，这让新系统的各项指标都优于之前的方案，成本也得到了控制。

但杨冬生还面临一个问题，这款发动机燃油车无法使用，这意味着过去燃油车的发动机生产要进行转线，生产新发动机。

"万一DM-i卖得不好，怎么办？所有车企内部都会有这样的矛盾。"杨冬生说道。

　　另外一个背景是：当时比亚迪内部负责发动机和变速箱的十七事业部和负责电动汽车核心零部件的十四事业部已经合并，相当于传统、新能源的核心事业部合并，新旧势力间的隔阂被打破，阻力也小了很多。

　　2021年1月，比亚迪发布DM-i平台，并推出基于该平台的三款新车型。新车不负众望，成为拉动比亚迪新能源汽车销量上涨的重要引擎。

　　随后几年，比亚迪便基于"福莱尔"、"316"等车型研发出"双模电动车"F3DM和E6等纯电动车。

　　这是混合动力系统DM第一代的首次亮相。

　　在自研业务中，除了电池、电动车，比亚迪汽车半导体的突破也卓有成效。2020年底，汽车缺芯波及全球，但对比亚迪影响却微乎其微，其芯片在自给自足的同时，甚至还有部分余量可以外供。

　　在新能源汽车领域，比亚迪拥有电池、电机、电控这三大新能源车关键技术的自研能力，"三电"技术可谓是比亚迪的看家本领，具备强大的成本优势。叠加各种技术储备和新技术应用，比亚迪的产品线快速展开，新技术加速迭代，关键技术世界领先。

　　国际一流的比亚迪造车体系正式形成，其纯电动重卡也在国内宁波港、厦门港、淮安港、盐田港、妈湾港等国内知名港区以及百威南加州配送中心、亚马逊园区、洛杉矶港、奥克兰港、圣地亚哥港等海外区域推广应用，零排放的"绿色港区"概念应运而生。

　　连续数年，新能源车在海内外遍地开花，蝉联全球销量第一。

　　从F3DM上的第一代DM，到2018年推出的第三代DM及如今主力产品采用的DM-i超级混动系统，比亚迪的插混技术已经迭代了四代之多。尽管每次蜕变前后都引起广泛、持久而且巨大的争议，但最终的结果总是震撼业界，惊艳公众。

　　如果说，当年单一的电池厂商是"手掌中的比亚迪"，那么，在新能源汽车领域的成就让人们看到"车轮上的比亚迪"，而"轨道上的比亚迪"的横空出世，则开辟了城市绿色交通的新路径。

"云轨"是比亚迪继IT、汽车、新能源之后的第四个产业，也是继太阳能、储能电站、新能源汽车之后的第四个绿色梦想，对于城市打造立体化交通、补充现有交通体系具有重大而深远的意义。

为此，比亚迪组建了1000多人的研发团队，历时5年，投入50亿元，做了大量的研发工作，克服了外界难以想象的困难，成功打造了云轨，成为中国首家、也是全球为数不多的、100%拥有跨座式单轨自主知识产权的企业。

2016年10月13日，比亚迪云轨通车仪式在比亚迪坪山基地六角大楼广场举行，以立体化交通模式解决城市拥堵与污染，进一步满足城市需求，助力我国城市交通实现从"车轮上的城市"向"轨道上的城市"转型升级。

比亚迪云轨其时已至，其势已成。至此，比亚迪成为我国城市绿色交通的"全能选手"。

比亚迪汽车的春天也是中国新能源汽车市场的春天。

刀片电池、DM-i混动技术、e平台3.0、IGBT芯片和新一代智能网联系统DiLink4.0等技术成果彰显出的科技自信，是以成功实现高端突破的"汉"为代表的车型展现出的品质自信，也是吸引外资品牌合资合作、对外输出技术所传递出的民族自信。

2020年，新能源汽车在政策和消费市场上都迎来了蜕变。比亚迪在新能源领域开始了纯电动和插电式混动共同发展的"两条腿、齐步走"战略。

技术为王，创新为本。从二次充电电池到新能源汽车，从云轨到全球领先的精密制造智能产品解决方案提供商，为移动智能终端品牌厂商提供研发、设计、制造、物流、售后等一站式服务的发展轨迹，比亚迪的新能源汽车像坐上了高速列车飞速发展……云轨、乘用车、商用车、电子、电池等事业群，已不仅仅是提供单一产品，而是面向全球提供新能源整体解决方案，涉及能源的获取（太阳能）、存储（储能）以及应用（新能源车）等。

多元产品构成矩阵，高性价比加持助力。2022年1月1日，比亚迪以匠人之名，再造匠心之作：全新的品牌LOGO汽车发布。

这又是个不平凡的开始，是比亚迪自我革新的标志，意味着比亚迪汽车将从过去的垂直整合走向加速开放。

"智能汽车时代来临，汽车业将迎来一场百年大变革。"王传福说，ICT产业迎着万物互联的风口渗透向汽车业，车企靠单打独斗已经行不通了，共建共创才是大趋势。

多年深耕，比亚迪制胜一击的"杀手锏"——刀片电池向全行业外供；比亚迪半导体业务分拆上市；高性能智能电动车平台e平台3.0向行业开放共享……

乘着产业东风，扬帆再出发，布局新能源汽车近20年的比亚迪汽车"老树又发新芽"。

"为地球降温1℃。"2021年11月1日，王传福应邀出席第26届联合国气候变化大会（COP26），并在大会中国馆发表演讲，分享绿色发展科技成果和经验。大会期间，BYD ADL Enviro400EV纯电动双层巴士作为COP26世界领导人峰会期间官方接驳用车和主会展车，为全球各国政要及与会代表提供高效、快捷的绿色出行服务。

在众多车企中，目前最风光的无疑是比亚迪，连股神巴菲都这样评价王传福：他是杰克韦尔奇和爱迪生的结合体，二者一个是全球最著名的企业管理家，一个是全球最著名的发明家。

"我下半辈子就干汽车了。"王传福自己曾说："新能源汽车上半场是电动化，下半场是智能化。"

坐在六角大楼新装修的会议室里，王传福看上去并没有喜形于色。尽管他所搭建的这艘新能源巨轮正在急速前进，在资本市场更是一路狂飙。但其中的智能化与其擅长的电动化相比尚不匹配。2021年以来，王传福密集投资自动驾驶芯片、激光雷达等领域，也足以窥见其布局和规划。

在"碳达峰、碳中和"背景下，在王传福的"盘子里"也已经做好了各种各样的布局，积极为应对全球气候变化贡献"中国方案"和"中国智慧"。

浩荡潮流，百舸争流。无论如何，比亚迪上半场的答卷已经完成了初步的自我证明。相信其自己也很明晰，想要更进一步，还有很漫长的道路要去摸索。

至少，比亚迪已经走在了"大路"上。2021年，比亚迪迎来了第100万辆新能源汽车的下线。

电动化在加速：电动大巴、电动公交车、电动卡车、电动出租车……2022年，比亚迪汽车销量超越特斯拉，执新能源汽车全球销量之牛耳。

当下，全球汽车产业正处于大变局之中，这让王传福回忆起十几年前传统燃油车在中国市场的快速井喷期。"那种很繁荣的景象现在好像又重回了，当然现在不是燃油车，是新能源车。"

开弓没有回头箭，相信比亚迪的未来。

《 第十一节

心若在梦就在

管仲曰："民者以食为天。"

现代生活，一日不离鸡鸭鹅鱼肉，一日不离菜篮子饭桌子米袋子。然而，畜牧业的快速发展不仅带来"人畜争粮"的矛盾，大量人工合成的饲料添加剂的使用也同时引发一系列畜禽产品的质量安全问题。

用瘦肉精添加于饲料喂猪，用吊白块添加于谷类食品，用甲醛添加于水产品……使用这些所谓"高科技"牟取暴利而置百姓生死于不顾，屡见不鲜。更可怕的是抗生素、激素的摄入已经影响到人类的传宗接代……

"我们还能吃什么？"普通百姓在厉声责问。

饲料添加剂涉及畜产品安全和人类健康。专家们呼吁，必须使用绿色生态型添加剂。如何发展既"天然、绿色、无污染、无残留"，又能促进畜禽产品产量提高经济效益的"安全型、节粮型"添加剂？

许多有识之士为之上下求索。

1991年10月，一个石破天惊的消息从改革开放的前沿地珠海传来：中国第一代饲用酶在溢多利（VTR）公司（以下简称溢多利）横空出世。

这一年，被称为中国饲料酶工业的元年。

于是，全业界都把关注的长焦镜头对准了珠海，定格在一家高科技民

营企业——溢多利。

也就是从这个时候，花环悄然戴在了溢多利人的头顶上。

昂昂若千里之驹。溢多利当仁不让地成为了中国"饲料革命"的先驱。

酶，一个鲜活的名词开始进入国人的视野。

一位生物工程专家这样评价："创始人陈少美把眼光瞄准酶制剂这一国内空白，摸索出酶制剂的生产规律和工艺特征，研制出适合我国养殖特点的酶制剂产品，这是一项填补国内空白的壮举。"

不知是得益于经济特区生机盎然的潜移默化，还是得益于珠海敢为人先的深刻影响，溢多利从它闪亮登场的那刻起，就领跑在中国饲料和养殖行业的最前沿，引领着国内饲料酶发展的最新潮流。

率先研制出中国第一代饲料酶制剂产品；

率先研制出全球唯一致密多色浓缩微丸酶；

率先倡导并制定了中国饲料酶制剂领域的第一个行业标准；

率先在同行业中拥有省级生物工程研发中；

率先成为国家认定企业技术中心；

……

有人说，这是溢多利30年开拓奋进的"功勋榜"。它深邃的思想中透着一股与生俱来的睿智和坚毅，其领先一步的咄咄气势，注定要被世人所瞩目。

2014年，溢多利在深交所创业板挂牌上市，成为中国生物酶制剂行业首家上市企业。同年，溢多利顺利并购湖南鸿鹰，酶制剂产品拓展到能源、食品、医药、纺织、造纸等多个领域。

第二年，溢多利并购湖南新合新、河南利华，成功实现公司以现代生物技术为核心，进军生物医药产业；2018年，并购完成长沙世唯，进入植物提取领域……

专业化研究，专业化生产，溢多利一路走来，伴随着艰辛，伴随着掌声，伴随着荣誉。尽管变迁的岁月让历史变得沧桑，但溢多利创新的主题始终鲜明。

在珠海市南屏镇一隅，溢多利拥有集科研、信息、生产、办公于一体的现代化工业园，有一个省级工程中心——广东省饲料添加剂生物工程技术研究开发中心；两大生产基地——珠海生产基地和内蒙古生产基地；2017年，溢多利全面启动"溢多利生物医药产业园"投资建设，致力打造全球一流的生物产业发酵基地。

溢多利引进国内外最先进的生产设备和技术，与国内外知名的科研机构建立合作关系，始终专注于生物工程领域，研发并形成了生物酶制剂、生物医药、动物营养与健康三大系列产品线，同时为客户持续提供整体生物技术解决方案，是我国生物酶制剂行业首家上市企业，全球极具竞争力的甾体激素医药企业。

2020年以来，面对新冠疫情的冲击及严峻的国内外环境，溢多利精准把握行业与政策机会，严格落实疫情防控政策，积极复工复产，实现全年业绩逆势增长……这种惊世骇俗的表现，有如生命轮回的欣喜，有如超凡脱俗的豪迈，有如凤凰涅槃般的激越。

越过激流险滩，穿过惊涛骇浪，溢多利的30年是一部艰苦卓绝的奋斗史，也是一部不懈追求的发展史。

公司规模不断发展壮大，现有26家控股公司，1个国家认定企业技术中心，1个院士工作站，1个博士后科研工作站，10个省级研发工程中心、十五大生产基地，公司在海内外60多个国家和地区建有完善的营销网络体系，与2500多家优质的直销客户建立了长期的合作关系。

以酶制剂起家，在历史积淀中诞生、成长，在风雨飘摇中发展、壮大，这就是一路走来的溢多利。酶制剂产品拓展到能源、食品、医药、纺织、造纸等多个领域，实现以现代生物技术为核心，进军生物医药产业的战略构思。

珠海，南屏高科技工业区。

雨后的阳光慵绵得近乎煽情，路边的大棕在阳光的亲昵下摇曳着，陶醉着。

从市区过南屏桥，不过二十分钟车程，"南屏工业园"便映入眼帘。

从30年前溢多利"金鸡独立"到现在的"百鸟归巢"，南屏工业园已是今非昔比，工厂林立。

走进溢多利总部那不失巍峨的办公大楼，楼内静谧幽寂，仿佛置身于一个怡然恬静、淡泊祥和的氛围。

在二楼一间宽敞明亮的办公室，董事长陈少美豪爽、热情、健谈，穿着笔直的黑色西装，英姿飒爽、风度翩翩。

"亚洲酶王"！历经三十余载的辗转，人们看到的是走过千山万水后依然俊朗的面容。

陈少美来自潮汕。

有道是：一方水土养一方人。潮汕人是独特的：独特的商道、独特的语言、独特的饮食、独特的文化。

陈少美属于生在困难时期，长在"动乱时期"的那一代人。

人生是一段奇妙的旅程，每个人的生活都可以像一个伟大的神话。

4岁时，他随父母来到珠海平沙华侨农场。

雁落平沙。陈少美从此与这块高天厚土结下了不解之缘。

那是一段快乐时光，嬉戏、打闹、捉蚬、围虾、竞技……这里得天独厚的水乡泽国成了他与小伙伴们的"儿童乐园"。

陈少美从小天资聪颖，总能演绎出令同伴啧啧称奇的"水中花"。

在父母的眼里，儿时的他与同龄的孩子们相比，不仅个头拔尖，而且更多几分"调皮"。

12岁时，陈少美被"招安"，斗门体校看中了他这颗苗子，收他进了水球队。正规的专业训练，使好学上进的陈少美如虎添翼。从县业余队打到省专业队，陈少美气宇轩昂，深得教练赏识。

18岁花季那年，正当他运动员生涯如火如荼之时，他却作出了一个惊人之举：退役。说起这段经历，陈少美用"受益终身"四个字来概括。

他说，6年的体校生活磨炼了个人意志，树立了团队协作观念、强化了竞争意识。

这成为了他日后商海逐浪的无形资本。

近朱者赤。也许是得益于祖祖辈辈潮汕人营商氛围的熏陶，这个聪明的年轻人血管里淌流着特别活跃的商业细胞。

退役后的陈少美"为人师表"几年，似乎过了把自由自在的瘾，其实，他那勤于思考的大脑却从来没有自由过，他在细心观察，在等待，在寻找契机。

20世纪80年代初，陈少美"弃教从商"，进了一家"端铁饭碗、吃皇粮"的国有企业。当时，这在当时可是人人羡慕美差啊！

在这里，他营商的天赋开始崭露头角，从普通业务员干到总经理助理，陈少美最多的年份竟做到两个亿的贸易额，纳税达到6000万元。

思路敏捷，见识广博，这是陈少美给人留下的深刻印象，他温文尔雅，目光谦和，言谈间透着这个年龄段特有的稳重与粤东那片土地独有的质朴。

陈少美的人生履历透射出那个时代成功企业家求索奋进的剪影。

一位哲人说过：一次内心的冲动，一次勇敢的选择，都将改变一个人的一生。在国有企业干了9年，陈少美又毅然决然地作出了他人生的第二次重大抉择：辞职。

这位骨子里天生"不羁"的初生牛犊就这样眼毛不眨地把饭碗给扔了。家人规劝，同事挽留，领导谈话……可这一次，陈少美是吃了秤砣——铁心了。

鸿鹄志存高远。其实，他肯定有着自己的梦，人的天性不是要将梦想化为现实吗？

正如鱼儿要游泳，太阳要发光。没有迷惘、没有惶惑、没有惆怅。

陈少美怀揣着全部27000元积蓄,如"百度搜索"般在市场上寻找投资项目。

"酶。"

他蓦然想起,心中一阵狂喜。

这是他在贸易时,一位客户偶然谈起的"高科技"。

这东西国外正火着:八宝威、利佳多、保安生、爱维生、福美多……添加在饲料中,能降低饲料成本,安全无残留,提高经济效益是吹糠见米。

人们惊羡它的神奇,但却知其然不知其所以然。

"我们为什么不能生产质量一流的酶制剂满足我国饲料加工业的发展需要呢?"他把想法对两个志同道合的好友和盘托出。

一个篱笆三个桩。好友正中下怀,大腿一拍:"行"。

播下一个想法,你就会收获一个行动;播下一个行动,你就会收获一个命运。

秉承潮汕儒商文化传统,陈少美大胆叩问"饲料添加剂"高端所在。

就像在滑铁卢击败拿破仑的惠灵顿将军一样,切实可行的目标一旦确立,就迅速付诸实施,而不发生任何动摇。

陈少美亲自跑市场调查,广东、湖南、广西满地跑,在四川成都通往南通的公路上,由于天气太热,一位同事中暑倒地,差点"光荣就义"。

1991年8月18日,"珠海经济特区溢多利公司"鸣炮开张,招牌挂在拱北合罗山一个不太显眼的地方。两条生产线、60号人马夜以继日地在干一项"前无古人"的事业。

时年,陈少美不满29岁。

恐怕令陈少美始料不及的是:这一天,竟成为了中国饲料酶制剂工业的元年。

创业如拼命,不死半条命。公司开张半年,奇迹没有想象般的那样出现,许是老天爷可恶,冥冥中要给他几个下马威。

"亏得很利害啊！"陈少美三次这样感叹，"原因在技术，关键是技术，质量过不了关。"

一袋袋产品堆放在仓库里卖不出去，而职工的工资要靠东拉西借才能发放，而技术改造还得投入，鬼知道是不是无底洞？

那些日子，陈少美急得嘴上起了泡，火烧火燎，三个股东的近千万资金眼看就要打水漂……

厂是撑不下去了。三个"臭皮匠"不约而同地又想到了一块：卖厂。"标价280万。其实当时是亏了血本贱卖"。陈少美深有感触地说。

老天爷似乎不愿意放过这个曾经雄心勃勃的年轻人。卖厂的信息挂出去一个月，居然无人问津。

也不怪那些善良的人们，谁知道你干的是哪门子"高科技"？

丘吉尔说过这样一句话：挫折与失败不是世界末日，逆境面前不服输，才是智者勇者。

走投无路之时，发起倡议的陈少美深感内疚：两个患难之交一同陷入绝境，于心有愧啊！

他决定独自拿起这个"烫手山芋"。经过协商，最后达成一致：其他两个股东退出，陈少美五年内将股本偿清。

签字、画押。一段历史就这样被画上了句号！

然而，陈少美还远没有结束，这位青年才俊几次来到海边，他剑眉紧锁，面对着浩浩海疆陷入苦思："创业的路啊如何走？"

真是为"酶"消得人憔悴啊！

泰戈尔说：成功是在失败的废墟上建立起来的，条件是你愿意泰然面对这些经历。"收拾旧山河"对陈少美来说不是负担而是机遇，机遇总是垂青于有着坚韧毅力的人。

吃得苦中苦，方为人上人。不经历那种大起大落、大滑坡、玩心跳、玩蹦极的人哪算企业家？

强者不同于弱者之处就是他以积极开放的心态接受苦难，并努力战胜

苦难。

陈少美多次说过，企业当初冒着极大的风险，倾其所有做贸易的第一袋"血浆"给生物酶技术研发、生产"输血"，最后的成功来之不易。

不信东风唤不回。尽管当时人们对酶的知之甚少，独具慧眼的陈少美"咬定青山不放松"。

他以企业家与生俱来的敏锐，以对市场经济脉搏的准确把握和超前的眼光，看准了饲料工业的发展必然带来饲料添加剂的一场革命。

陈少美说：企业经营好比一场马拉松比赛，不是看你现在跑得多快，而是看谁能够在关键时刻跑到别人前面。带领着曾经与死神擦肩而过的溢多利，陈少美乐观地认定蓬勃发展的饲料工业必然带来机遇，而他深信能把这种机遇变为自己的"奶酪"。

万事开头难。没有现成的经验借鉴，没有完整的模式参考，人员是新的，管理是新的，消费对象更是新的。

功夫不负有心人。

无数次的探索，无数次的发酵生产，无数次的等待。守候着那一批批刚种的发酵料，从孢子生长到布满白色菌丝的含酶物料，再经过后处理工序，到最后被包装成一袋袋的饲用复合酶。

看到满载溢多利成品的汽车徐徐开出厂门时，他欣喜地笑了。

凭借观念和资本之力，陈少美硬是锻造出了威震全球的"溢多酶"！

在一份专业杂志上，关于"酶"是这样介绍的：……

酶是构造极其复杂的蛋白质，系活细胞所产生的大类生物活性催化剂，它具有参与机体内的各种化学反应起到催化作用，加快反应速度，其促进率常可达100万倍。所有生物，在体内皆能独立产生酶，人体内就有一万种以上的酶。生物体内的一切生物化学反应，几乎都是在酶的作用下发生的，也就是说：生物体内对各种营养物质的吸收都必须在酶的参与下才能进行。

酶用于食物制作始于人类对酶毫无知觉的时候，距今超过一万年。人们有意识地在食品工业中应用酶，不过一百多年，而作为添加剂用于动物饲料不过区区五十年！

与国外相比，我国的饲用酶研究整整晚了20年。

20世纪70年代，我国就曾进行过酶曲的生产，并应用于饲料，但由于技术线路欠妥，使用方法不当，让用户自己进行培养，造成菌种混杂，最后变成自然菌种发酵，使有机养分损失。加上当时饲料工业尚未形成，国内外关于酶制的活性、稳定性、测试方法的研究都未成熟，从而影响了饲用酶制剂的研究、开发和利用。

20世纪80年代后期，国内饲料工业已有较大的发展，科技进步，特别是生物技术迅速发展，使人们进一步认识到酶作为一种生物化学反应的催化剂在动物饲养中的主要作用，引起了国内科技工作者的注意和重视。特别是改革开放后，国外的饲用酶制剂产品先后进入中国市场，其独特的优越性，开始为饲料界接受。

20世纪90年代初期，饲用复合酶的研究、开发、应用在我国同步进行。以至"八五"国家科技攻关项目中列出了《饲用复合酶制剂的研究》课题。

溢多利的产品一问世，便犹如饲料产业群中一匹矫健的黑马，屡创佳绩，"溢多酶"一起步就跑到了行业前面。

酶制剂项目属于高科技生物中的酶工程领域，产品作为饲料添加剂可广泛应用于饲料工业，常用饲用酶制剂主要有淀粉酶、蛋白酶、纤维素酶、果胶酶、脂肪酶、b–葡聚糖酶等。

1992年7月28日，溢多利饲用复合酶通过广东省饲料工业办公室组织专家鉴定。

鉴定书上这样写道：该产品达到国际同类产品的先进水平，生产工艺先进，"酶谱"合理，符合各种动物生理要求，居国内领先水平。

在短短的一年时间内，就将一项生物工程方面的高科技结晶——饲用复合酶制剂推向市场，这岂止是饲料加工业的福音？这是中国饲料、养殖

行业划时代的业界奇迹！

陈少美说："把每一件事都看得那么平凡，然后认定自己的这种战略目标，一步一个脚印地去实施，排除各种诱惑和干扰，认真做好这一件事，持之以恒，长期坚持下去，最终一定会获得最大的成功。"

1995年11月23日，珠海市科委项目评审专家委员会组织专家对"饲用复合酶制剂"项目进行评审，一致认为属高新技术项目。

"溢多利牌"民族饲用复合酶的研制开发应用，对那些价格高昂的"洋品牌"不啻是一场噩梦，国产饲料酶产品取代同类进口产品呈摧枯拉朽之势，一大批"洋酶"被中国市场驱逐出境，另寻门路。

日本著名企业家松下幸之助说："比别人先一步思考、创新和构思，才能享受最后胜利的快乐。"陈少美先一步思考，所以先一步创新并"享受最后胜利的快乐"。

读者或许会问：作为饲料工业的上游产品，酶究竟有哪些神奇之处和无穷魅力？

魅力一，解决饲料资源短缺。解决饲料资源短缺的办法，不外乎是"开源"和"节流"两种办法。"开源"即开发各种饲料资源，尤其是非常规饲料资源，"节流"即提高现有常规饲料资源的利用率，饲料酶制剂在两个领域里均大有用武之地。

魅力二，提高饲料利用率。人们逐渐认识到饲用酶制剂是消除饲料中抗营养因子的"最好武器"，同时它能全面促进日粮养分的消化分解和吸收利用，提高畜禽的生长速度、饲料转化效率和增进畜禽健康，这些效果已由国内外众多的饲养试验和消化试验所证实。

魅力三，减少环境污染。应用酶制剂可大大减少畜禽排泄物中的有机物、氮、磷等营养物质的排除量，从而大幅度减少他们对土壤和水体的污染。环境意识和一些国家法律上的限制，从客观上促进了饲料和养殖企业广泛应用酶制剂。

魅力四，使用最安全。酶作为蛋白质的一种，是微生物发酵的天然产物，迄今不能人工合成，因而不存在化学添加剂的各种弊端，无任何毒副作用，被称为"天然"或"绿色"添加剂。

魅力五，经济效益提高。这是当前饲料酶制剂引起企业界普遍关注的根本原因。由于基因重组等高新技术相关工业的迅速发展，酶制剂的价位已能为当前饲料工业和养殖业所接受。

……

有诗云：好风凭借力，溢多利正是凭借这五种"力"。

"溢多利"系列饲用复合酶采用国内外最先进的技术和设备，应用现代生物工程技术研制生产的高科技新产品，属国内首创。

"溢多酶"研制成功以后，公司立即将产品投放市场，在四川、湖南、广东、北京、福建等地的畜牧兽医研究所、养殖场、农科院进行对比饲喂试验。试验综合结果表明，在饲料中添加酶制剂平均提高畜禽生长速度7%-15%，饲料利用率5%-10%，家禽产蛋率7%-13%投入产出比为1∶18-34。

1994年，继饲用复合酶之后，公司又研究开发出了溢利宝、鱼腥宝、乳香素、强味素等饲料添加剂。

也是在这一年，公司创下了酶制剂全国销量第一的纪录，占有全国70%的市场，产品销往全国二十多个省、一百多个城市。

也是在这一年，在北京中国国际会展中心，公司首次参加由中国饲料工业协会、全国饲料工业办公室主办的首届中国饲料工业博览会，会上掀起一股强健的"溢多利热"。

溢多酶刺激着中国养殖业的"胃口"，殷红的产品销量箭头扶摇直上。

1995年比1994年销量增140%。

1996年比1995年增105%。

……

1999年，公司再出重拳，绿色饲料添加剂——溢康素开发成功。

这是新一代跨世纪绿色高效饲料添加剂，是当时最稳定且有效的动物肠道微生态调节剂和动物非特异性免疫增强剂，可替代抗生素和促生长等药物，减少乳清粉的使用，降低饲料成本，不同种类，不同日龄，各种饲料，多种途径，均可使用，百无禁忌；纯天然，无残留无耐药性，无毒副作用，无污染。

谈起这段研发经历，陈少美说道："十多年前，当我们开始接触酶制剂时，更多的是凭借着涌动的激情和心中的理想，我们奋力前行，风雨兼程，春风化雨。十年艰辛，我不敢轻言我们取得了多大成就，事实上在我心中，更多的是如履薄冰、如临深渊……"

溢多利作为应用现代生物工程技术的高科技产业，在陈少美的带领下，在短时间内发展成为我国最大的一个饲用酶生产企业；一个知识密集、人才密集、技术密集型的企业；一个有着独特的文化理念和经营哲学的企业；一个与国际接轨，建立了现代管理机制的企业；一个努力奉献社会的爱心企业；一个高效益的企业；一个有自己远大发展目标的企业……

溢多利不仅成为中国同行业当中的佼佼者，还成为中国民族饲料业当之无愧的"脊梁"。

时间追溯到1997年10月9日，珠海。

秋风习习。天纯净，云洁白。

一场秋雨的洗礼，把南屏高科技工业区衬托得更加妩媚和清秀。180个花篮、500面彩旗把溢多利新厂区装点得分外美丽。

这是一座集办公、生产、生活为一体的现代化工业园，一次性增加投资3000多万元，征地1.3万平方米。

中央电视台、羊城晚报等十多家新闻单位的记者们闻讯赶来。来自全国三十个省市饲料业、养殖界的代表应邀参加，每个人脸上都洋溢着微笑。

历史将永远记住这一刻。上午9时30分，溢多利新厂一期工程开业典礼正式举行。

　　丰收的季节，丰收的喜悦。陈少美说：溢多利有限公司走进它的发展史上一个不平凡的"新时代"。他在致词中说："新厂落成，标志着溢多利公司又跨入了一个新的发展阶段，也使溢多利成为我国最大的饲用酶生产基地。今后，溢多利将继续坚持以科技为导向、以质量求生存的企业方针，使企业向多元化发展，将公司发展成以高科技产品为核心的，集工、贸、旅为一体的股份制企业，为振兴我国民族工业作出新的贡献……"。

　　南屏，成为陈少美事业选择的"大本营"。

　　作为一个刚刚起步的企业，需要在行走中思索，在思索中总结，在总结中更加沉稳。陈少美注重企业自身的壮大和超常规发展，不断修炼以自我超越，这是他孜孜不倦追求的目标。

　　也许是那时候的"珠海南屏高科技工业园"门槛太高，许多企业被"高科技"挡在门外，望而却步，溢多利因为"科技含量"太高而在园区显得异常孤独，因为偌大的工业园只有溢多利符合准入条件。

　　供水、供电、道路……一切都还规划在纸上。

　　也好，一张白纸，可以画最新最美的图画。

　　陈少美事必躬亲，对厂房的建设倾注了全部心血。

　　1996年3月，他成立了新建厂区一期工程筹建办，负责新建厂房及配套的报建、报装和土建工程质量、进度、安全等方面的监督工作。

　　4月30日，溢多利年产4000吨饲用复合酶扩建厂区在珠海南屏高新技术开发区打下了第一根桩。

　　没有太多的张扬和渲染，一切按既定的目标悄无声息地推进。

　　陈少美就是这样的处事风格：更注重结果。

　　他从来不会萌生任何不切实际的幻想，而是用更冷峻的目光、更现实的态度和更坚定的信心去面对企业的未来。

　　为确保公司新建厂区保质保量按期竣工，他向筹建办提出了"严管理、抓质量、保进度"的九字方针。

　　"高起点、高科技、高质量。"陈少美从来没有偏离自己的建厂理念。

他从国外引进了具有国际先进水平的技术设备，从破土动工到机器安装调试及工程验收一系列过程，在许多同行认为至少要一年时间才能投产，而陈少美带着一班人凭着一股不达目的誓不罢休的精神，只用了半年时间就完成了全部工序，只用一年多时间就把一个现代化的新工厂矗立在当时荒无人烟的土地上。

据早期与陈少美一同打拼的同事介绍，陈总和工程技术人员一起装机、试机以及技术消化，坚守在工作第一线，通宵达旦地工作，亲自参与实践，攻破了一个又一个技术难关。在场的工人、工程技术人员无不被"老总"不知疲倦、废寝忘食的精神所感动。

《左传·庄公十年》上说："一鼓作气，再而衰。"

新厂建起来了，陈少美并未止步。溢多利公司一期工程的"硝烟"刚刚散去，二期工程又密锣紧鼓地运筹于帷幄中。在当时窘迫的养殖业氛围下，此番非同寻常的动作曾让所有关注溢多利的人捉摸不透。

按扩建计划，二期工程完工后的酶制剂年产量将是扩建前的两倍。20世纪90年代末，一方面，养殖业呈下滑趋势，畜禽产品价格一路下跌、饲料价格居高不下，大量存栏尚待出售，严重挫伤养猪户的积极性，以消耗配合饲料为主的集约化养殖更是首当其冲，损失惨重；另一方面，饲料业竞争加剧，严重开工不足，但生产能力还在急剧膨胀，市场竞争进入白热化阶段。

溢多利反其道而行之，大兴土木上二期，其葫芦里卖的什么药？

斯文书生，胸中自有雄兵百万，陈少美有他的战略思量。

事隔三年后的2000年11月，二期工程顺利竣工，谜底也随之浮出水面——为其参与国际竞争夯实了基础，铆足了后劲。

二期工程项目包括科研办公大楼、多功能活动中心、四个生产车间及其配套设施，总投资达1500万元，建筑面积达8000平方米，是公司实现长期发展战略目标的保证，号称公司发展的"命运工程"。

时空如梭，往事淡淡而去。

走进溢多利那富丽堂皇的办公楼，徜徉在整洁静谧的生产、生活小区时，人们始终无法把它与几年前的热火朝天场面相联系，只能从当时的一些媒体报道中找到些许踪迹。

"……在宽敞明亮的发酵车间里，弧光闪烁，电焊机、角磨机和重锤锻打之声此起彼伏，溢多利饲用酶制剂二期扩建工程发酵车间的建设按计划如期在这里进行着。剧烈的闪光和轰鸣似乎要把这凝重的空气彻底撕裂，把希望和所有溢多利人的心带向一个新的发展空间。"

二期工程投产，溢多利年生产能力达5000吨以上。

随着2005年11月溢多利三期工程竣工，溢多利公司从此坐上了"全国最大饲料酶制剂生产基地"的交椅。

岁月就像一条穿梭于河面上的小舟，一次次把溢多利摆渡到春暖花开的季节码头。

2008年，全球金融危机已现端倪，其引发的经济衰退已是山雨欲来风满楼，此时的陈少美却在河南、山东、河北、辽宁、内蒙古等6个区域作深入调研。最终，他决定豪掷1.3亿元，在内蒙古呼和浩特市托克托县工业园区投资建厂。

"就目前的经济环境，做如此大的一笔投资将要承担相当大的风险。"有好心人这样提醒他。

陈少美董事长经过了长时间的深思熟虑并深入评估各类风险后，他确定了该项目不但可行，而且完全可以抓住这次金融危机的机遇，化"危"为"机"。

他认为随着我国饲用酶工业的不断发展，饲用酶制剂领域的相关技术研究已渐趋白热化、透明化，在这种情况下，成本战略显得愈发重要，而且随着产品销量的节节攀升和市场占有率的不断扩大，现有生产规模已经远远不能满足公司未来发展的需要。风雨过后是彩虹。建设一个饲用酶制剂领域的"巨无霸"生产基地，将带动溢多利实现对自身的完美超越！

2008年3月21日，陈少美董事长代表公司与当地政府签订了落地合同，溢多利（内蒙古）酶制剂发酵基地项目正式启动。

年产4万吨的溢多利（内蒙古）酶制剂发酵基地项目落户于内蒙古呼和浩特市托克托县工业园区，该园区被列为内蒙古自治区20个重点工业园区之一，自治区级高科技园区，被确定为全区八大特色产业基地之一——生物制药发酵基地。

自2008年5月25日开始动工，项目从最初的规划、设计、筹建到建成、试产，陈少美倾注了大量的心血。据筹备工作组的人员透露，他前前后后飞往内蒙古竟达到十七八次之多。

有意思的现象是：内蒙古本是干旱少雨地区，但陈少美几乎每次飞往呼和浩特，当地都会下起大大小小的雨来，当地一位政府官员笑称，这是"贵人招风雨啊"！

2008年12月5日，酶制剂发酵基地竣工，创造了"当年洽谈、当年投资、当年投产"的"溢多利速度"。

溢多利，用软件和硬件的实力铸就了中国酶制剂行业的领袖地位。

而今，溢多利公司经过三十年的执著和超越，赢得了客户、赢得了信任，"溢多利（内蒙古）酶制剂发酵基地"已打造成世界一流的酶制剂生产基地，为我国畜牧业和饲料业的可持续发展再作新的贡献。

众所周知，饲料酶是一个科技含量很高的产品。

在酶工业潮起潮落的激荡岁月中，尽管历史的车轮扬起万千风尘，但依然不能淹没实力铸就的光芒。

酶配方设计、发酵法生产、复配、后处理……每个环节都不能疏忽。

酶配方设计是产品开发、生产的开始。产品设计好了以后，接着要通过发酵，提取复配等发酵工程、酶工程手段的实施。而有效的后处理技术成为很多酶生产企业的"拦路虎"：即耐高温稳定化技术、定点释放技术、以保证酶于消化道内的活性。

溢多利系列产品在酶配方设计的合理性、动物日粮的针对性、后处理技术的完善性等方面都有行业绝对话语权。

先进的酶后处理技术，使其市场占有率遥遥领先；优秀的菌种和酶谱设计，赋予溢多酶广阔的发展空间。

稳定的产酶性使公司游刃有余地设计出针对不同动物和不同生长发育阶段的饲用酶细分产品。

走过溢多利的研发室，仿佛走进了阿里巴巴的"藏宝洞"，看到技术人员正专心致志地攻关，这"洞"里的功夫如此灵光闪烁，倘若能置于大庭之下，还不知如何炫耀啊！

酶的概念在这里被全新演绎，别有洞天。

作为技术高度密集的现代化高科技企业掌舵人，陈少美恪守"科技为先"的宗旨，不断为广大用户提供新型科技产品。

提高饲料酶产品科技含量，最终目的是提高酶的质量。面对酶市场竞争的惨烈状况，陈少美深知，唯有创新，才能领先对手、赢得对手。

公司成立伊始，陈少美就十分重视新产品的开发和技术创新，逐步铸造了"三把宝剑"：从国内外聘请高级技术顾问；与国内外多所科研机构建立长期的合作关系；建立一支高水准的科技队伍。

有了这"三把宝剑"，陈少美犹如请了产品研发的"三尊神"。

他在瞄准产品市场的同时，通过吸收世界最新科技成果，不断推出新型高科技新产品，采取自行研制与项目引进相结合，使企业保持很强的市场竞争能力和旺盛的生命力。

创新的动力来源于市场，创新的效果又靠市场来检验。技术创新的实质是技术机会和市场机会的有机结合，谁能准确地把握这一"结合"，并成功地引入市场，谁就会在创新中取得成功。

陈少美常说：在研发项目上溢多利时时保持小步快跑、紧密跟踪的状态。是的，胜者毕竟是少数，冠军只有一个，企业之间同样时时佐证着"成者王，败者寇"的浅显道理。

在陈少美的主导下，一批新产品相继推出并逐步风靡市场：溢多酶818系列、溢多酶828系列、溢多酶838系列、溢多酶868系列、溢多酶898系列……

大鹏一日同风起，扶摇直上九万里。独特的溢多利致密多色浓缩微丸酶在溢多利公司问世。该系列产品由单一高活性酶源在高压条件下进行酶蛋白分子修饰成丸，再复配成产品，形成独特致密、多色、浓缩微丸酶，品质更稳定、更可靠。

采用分子修饰和空间隔离等酶工程技术的溢多利浓缩微丸酶，其耐高温能力大幅度提高，用"90c10min湿热"这样的极限模拟条件处理，所有产品中的所有酶种的活性存留率均达到90%以上，最好的可达97%。

俗话说："十年磨一剑"。溢多利一剑磨砺三十年。

溢多利的"磨剑术"总在于大处着墨。

饲用酶制剂应用技术在溢多利的全新飞跃，为酶制剂的全面普及拓展了巨大的空间。

广聚天下有识之士，共同振兴溢多利事业。三十年间，溢多利建起广东省饲料添加剂生物工程技术研究开发中心，专攻饲用酶制剂—基因工程技术方面的"中国农业科学院——溢多利生物工程工程中心"，专攻微生物菌株—发酵技术方面的"江南大学——溢多利生物技术中心"，专攻植物提取—中药复方技术研发方面的"中山大学——溢多利天然产物研究开发中心"，专攻"反刍动物营养技术"研发工作的"内蒙古畜科院——溢多利反刍动物营养工程中心"等。

至今，溢多利申报和承担的国家级、省市级科技项目包括：饲用酶生产菌株基因定向改良及表达技术研究；饲用酶液体、固体发酵工艺优化技术研究；饲用酶制剂酶学性质研究；微量测定；饲用酶后处理及剂型创新技术研究；饲用复合酶合理酶谱筛选研究，包括体外消化及体内动物试验；饲用酶制剂新酶种的研究、开发及其应用研究等数十项。

问渠那得清如许，为有源头活水来。

30年苦心经营，陈少美坚持从事专业研发，使得溢多利不但有完全自主知识产权的饲用酶系列产品，更有一支具有强大战斗力的技术队伍。

从溢多利诞生的那天起，陈少美就开始着手建立自己的人才队伍。在陈少美的心目中，人才一如既往被认为是企业的最大的财富和可持续发展的基石。

全国各地一批批高级科技人才汇集到溢多利。目前，溢多利集中了一批以酶工程学、微生物学、动物营养学等相关学科为研究方向，由博士、硕士专家等组成的研究开发队伍，从事产品的研究与开发。

海阔天空，实力为先。想成为一名溢多利人绝非易事，必须通过大浪淘沙式的"闯关"：筛选、面试、培训、笔试、考核、试用、聘用。

如同自然法则：物竞天择，适者生存。

在用人机制方面，陈少美崇尚"品德+敬业+技能+创新"的人才观，注重增强内部竞争机制，用"德、能、勤、诚、信、勇、俭"七个字来考核和评估人才，保持、充实和发展每一位员工的"行为质量"，对个别不合格的员工，适时淘汰。

淘汰是为了保证鲜活的血，清新的风，冒枝的芽，嫩绿的水。

同样，他在为每一位员工提供一个充分施展才华的平台时，也绝不会轻易放弃任何一位员工，他深知：每一位员工都是溢多利事业的原动力。

送人玫瑰，手留余香。

既让马儿跑，又让马儿吃草。

在完善激励机制的同时，加大对人才的福利投入，给作出突出贡献、取得显著效益的科研管理人员施以重奖，是陈少美"留人留心"的一项经典举措。

他说，员工缺乏成就感、归属感和稳定感，员工流动性很大。这种状况必然严重制约和阻碍企业向更高层次发展。

分房，则是经典中的一个"小插曲"。

早些年，有一首流行歌风靡一时：我想有个家，一个不需要华丽的地

方，在我疲倦的时候我会想到它……

家，对于那些来自五湖四海的漂泊游子是一件多么期盼的头等大事。

无房何以为家？一个时期以来，房一直成为困扰员工特别是公司管理骨干们的"疙瘩"。

早在1999年，陈少美首次提出了"分房"。他说，为了确保公司战略目标的实现，公司将进一步加大对公司主要管理骨干的福利投入，使他们集中精力，把主要精力放在工作上，云云。

有人半信，有人半疑。

他亲自到周边地区进行购房前的考察工作，最后在翡翠山庄购进商品房四十余套。

当他为骨干们送上首付款时，有的人喜笑颜开，有的人泪流满面。

有员工说，溢多利就是我们的家！我们要像营造"家"一样营造溢多利！

岁月如歌。经历中国饲用酶发展的大浪淘沙，溢多利拥有了一支技术底蕴雄厚、科研设备先进的专业开发研究队伍。

有了这双奋飞的翅膀，溢多利就有了在世界饲料天穹穿梭翱翔的资本。

2018年7月11日。

素以"火炉"著称的成都漫溢着盛夏的暑气。

"叮零零……叮零零……"

溢多利四川分公司的办公室里，突然响起一阵急促的电话铃声。

当班人员拿起话筒。电话是乐山市五星实业公司打来的。据称：一批发去的饲料风味剂在使用中出了问题。

分公司人员看了看墙上的闹钟，时针已过了晚上9点，而从成都到乐山有200多公里路程。

"走，即便是使用问题我们也要去！"公司领导断然作出决定。

"这批货价值也不过一两千元，是不是……"

"马上走，对用户高度负责任，我们义不容辞。"

就这样，分公司的人员连夜驱车赶往乐山办理退货。车到半途爆胎，几个小伙楞拉硬拽，终于赶在凌晨时分到达乐山。

五星实业公司负责人深为感动："小伙子，就凭你们对产品认真负责的态度，我们也觉得产品值得信赖，跟你们合作，我们放心。"

质量管理大师、"零缺陷"创始人克劳士比给质量简明有效地定义为："符合要求"。

质量就是符合要求。这个定义后来被国际标准化组织认可和采用。

溢多利为了"符合要求"，对质量的要求有口皆碑。

陈少美认为，产品存在质量问题是一个不可饶恕的行为，反复、细致地进行产品测试对于生产企业来讲非常重要和必要。

在溢多利，"质量为纲"与"客户为上、人才为本、科技为先"一并被称为溢多利事业的"四大基石"。

公司成立不久，陈少美就亲手制定了"坚持以人为本、依靠严谨管理、采用先进技术、提供优质产品，满足客户需求、树立行业楷模"的溢多利质量方针。

早在1996年1月，陈少美就组织制定了《溢多利公司产品质量管理条例》。

在每一个新产品推出之前，研发、生产和测试部门三者之间都循着"研发→小批量生产→产品测试（自我检测和用户试用）→出现问题→更改产品设计→再次小批量生产样品→产品测试（自我检测和用户试用）→大批量生产"这样一个轨道，稳步推进。

与此同时，陈少美董事长要求把产品质量当做企业的生命，不失时机地开展"产品质量月活动"。

质量月活动中，公司不仅在产品的生产过程中进行质量的检验和控制，而且，组织有关人员在产品的销售和用户使用过程中进行质量调查，预测市场需求。为此，陈少美亲自率领有关人员到湖南、江西、广东、湖北等地广泛进行市场调查。并根据调查情况、市场需求和用户需求，迅速组织技术开发部、厂部有关人员改进产品结构、制定新的质量标准、采取新的生产工艺，使公司生产出更有竞争力的新产品。

质量是企业的生命。

这个道理虽然简单明了，但执行不辍又谈何容易？

陈少美说："溢多利在激烈竞争的饲料行业中能取得长足的发展，主要靠的是产品质量和服务质量，这已扎扎实实体现在该公司的整个经营过程……"

从产品开始，公司强调产品一定要有生命力，质量要过硬。在生产管理方面，溢多利公司推行全面质量管理，对生产系统的人、机、料、法、环境实行全面控制。公司建立了品控中心，车间内部成立质量小组、"5S"小组，对产品质量实行全面跟踪及管理，形成了层层抓质量、人人抓质量的运行网络。

从具体操作看，公司应用现代化管理方法，从原料供应生产到成品销售等全过程实行严格监控：原料采购，需经化验室检验，确认符合标准后方可入库；新的原材料采用之前，要进行检验与试用；配方一定要按企业标准进行；每批产品出厂之前，出库单由值班厂长签名，出现质量问题，由值班厂长负责。

"产品合格率100%。"这是溢多利公司对自身质量目标的苛刻要求。

为创造一流的质量，公司以"100%"来严格要求自己，束缚科技人员必须严抓杂质关，确保主要原料的纯度达到产品合格率100%。

"100%"，使溢多利的产品质量比其他同行的产品质量更为优良和稳定。

不怕不识货，就怕货比货。

溢多利员工讲了这样一个故事：

在一次酶展销会上，某饲料厂一位业务员欲选用另一家国内的酶制剂，站在他旁边的同事连忙对他惊呼："怎么能用那家的酶制剂，不可靠……建议还是用溢多利的，用溢多利！"

"溢多利的产品质量到底如何？"

"好，的确好！我常年选用溢多利的复合酶，它的酶活性高、性能好，能耐受制粒的各种工艺条件，饲料中的微量的添加即能显著提高名种营养成分的消化吸收率，我们已经用了10年了……"

黄金终是黄金价，绝不合沙卖与人。溢多利就是凭借其优良的产品质量迅速占领全国市场。

对质量的精益求精是陈少美不变的承诺。2000年3月9日，公司举行了ISO9001质量体系建立和誓师动员大会。

会上，陈董事长慷慨激昂地说："推行ISO9001质量体系认证，是公司管理迈向新台阶的契机，我们不仅仅是为了通过ISO9001，获得ISO9001证书而推行这项工作，而是为我们的企业和产品进入国际市场获得通行证。"

10月，公司就顺利通过ISO9001质量体系认证，是中国饲用酶制剂行业中第一家通过该项认证的企业。

负责审核的刘总工程师说："在一次性通过的企业中，溢多利公司出现的不合格项是最少的，不合格项的严重程度也是最低的。这说明你们的工作做得好，管理很规范化，从某种意义上说，我们的审核成了一种形式，我衷心地祝贺你们！"

然而，为了这个"证"，公司上下练就的真功夫不能不令人感慨，在此不再赘述。

在溢多利看来，ISO9001不是毕业证。关于质量的话题，在溢多利远未结束。

陈少美说，酶制剂是一项高科技生物工程，这意味着溢多利的产品服务与其他行业有"普遍性"以外，还有其自身的特殊性——技术服务。

溢多利成立了一支以酶工程、动物营养、畜牧兽医、市场营销等为主的科技服务队，每年深入到饲料厂、养殖场、专业户，为他们提供技术咨询和服务，替他们排忧解难，并在全国各地举办大中型培训班、技术讲座、做大量的饲养对比试验和市场调查，用生产实践的结果向用户证明溢多利产品的优势和带给用户的利益。

技术服务的重要性不言而喻。

陈少美董事长常说：以顾客满意为一切工作的根本出发点。

这种"满意"，体现在经济活动中就是"服务"。

溢多利公司的技术服务，是随着公司的日益壮大而不断走向成熟，技术服务有三次大的突破和飞跃：

第一次突破是在产品投放市场的时候。公司初步确定"技术服务"观念，由于受公司实力及人才相对短缺的影响，公司突出以各种畜牧业的展销会以及在各地举办技术讲座为主，为客户提供一些产品信息服务。

第二次突破是在1995年以后。随着公司的不断壮大以及饲料工业的长足发展，公司除了开展技术讲座以外，还不断聘请国内动物营养学专家作为公司的技术顾问，重点为一些大客户提供技术咨询，不断与国内各大院校和科研院所合作，进行一些饲喂试验，给广大客户提供科学和翔实的数据。开设技术服务热线，长期为广大客户解决技术难题。

第三次突破是进入2010年以来。公司加大对大客户的开拓力度，并在全国范围内合理布局经销商，以便更好地服务于畜牧和饲料业，并在第二次技术服务突破的前提下，加大力度调整技术工作思路和方法。

作为公司的"技术使者"，技术服务小组成员长期奔忙在市场上，及时处理各种技术问题，不断以各大企业的技术人员交流和沟通信息，协助各大企业建立酶制剂产品的检测体系，提高企业的检测水平。

一位企业家说："现代企业的命运在顾客手中。"

溢多利公司的售后服务人员走遍了祖国大江南北，先后与辽宁、山东、浙江、湖南、湖北、北京、上海、四川、江苏、广西、福建、江西等地的饲料企业、养殖场进行了联系，从解答咨询、饲养技术、动物实验到配方设计以及在复合酶应用与推广等方面都做了卓有成效的工作。

陈少美对公司销售服务人员的要求是"腿勤、手勤、嘴勤、脑勤"。腿勤，就是要勤跑，不怕吃苦，不怕挫折，用双腿跑遍市场，用服务赢得用户。手勤，就是要勤写，服务人员不但身体力行，在做好营销服务的同时，还要把自己在服务过程中的感受、体会、有价值的市场信息、建设性意见用文字、现代传媒记录下来，提供给企业制定营销策略时参考。嘴勤，就是言谈举止要得体，努力宣传本企业产品，解答用户的问题。脑勤，就是要勤思好学，面对纷争的市场，营销服务人员要开动脑筋，想办法，努力开拓，向市场学，向对手学，向书本学，向用户学。

流年似水，客户见证一切。

很多人对溢多利绿色的"VTR"标志并不陌生，这里面不仅承载着溢多利的一个绿色梦想，同时也是承担"友好环境，节约资源，健康人类"环境责任的一种表现方式。

冬去春来；柳暗花明。流年似水，时间涤荡一切。

而"VTR"，是一个有着生命冲击力的符号！

从第一袋酶制剂的诞生到今天的蒸蒸日上，在执著、理智中探索的溢多利点燃了饲用酶的燎原火种，并不断淬炼"溢多利"这块中国饲用酶的金字招牌。

时光荏苒，三十而"利"。

2021年3月30日上午，溢多利国家级企业技术中心扩建工程（第二期）落成。中心新增动物药业固体及液体研究室、纯化室、动物生物药研究室、纺织酶研究室、食品酶研究室、造纸酶研究室、洗涤酶研究室等，引进了高效液相色谱、三联发酵罐、立式去污机、淀粉糖中试设备等研发设备。

工欲善其事，必先利其器。这些新成立的高水准实验室、新引进的高品质研发设备，将提高溢多利新技术、新成果产业化速度，也将为行业实现转型升级进一步赋能,是溢多利积极响应国家"创新驱动发展"战略、坚持走自主创新道路的有力举措。

三十载,由年轻走向成熟。坐标三十,溢多利行至技术研发创新的关键点、企业转型求变的新起点、行业突破升级的临界点、时代新旧迭代的交接点……

砥砺前行三十载,昂首阔步新征程。

作为中国饲用酶制剂何去何从的领航者,溢多利的目光所及,早已跨越时空。

溢多利是人们心中悦目的风景,是饲料工业一面绿色的旗帜,永远斗志昂扬。

陈少美没有停歇,溢多利没有停步。

创新没有休止符!

正如陈少美在他的致辞中所说:任重道远,发展永无止境,溢多利人将以创新、责任、价值、共享的企业精神,以专注、务实、谦和、高效的企业作风,在生物科技进步、客户与股东价值创造以及溢多利永续发展的道路上矢志追求、努力拼搏、不断进取、再创辉煌!力争成为世界领先的生物技术企业!

恰如溢多利标志所诠释的那样:主色为绿色,代表睿智、深邃、自由和宽广,象征企业无限的发展前景;辅助色为橙色,代表温馨、关怀和热情,是企业的经营定位和经营理念。

高举绿色大纛,陈少美注定又要成为攻城略地的旗手。

≪ 第十二节

还没有爱够

每一次耀眼的辉煌，都经历过艰难的跋涉；每一个成功者的背后，都伴随着无数酸楚和苦辣。歌声与微笑同行，鲜花与掌声相伴，这就是陈利浩和远光的创业故事。

20世纪80年代，伴随着全球信息化震耳发聩的汽笛声，中国软件产业的巨轮极速驶入国际IT公海的主航道，中国民营IT企业千帆竞发、百舸争流。

面对IT业潮起潮落的滔天骇浪，不乏追波逐浪者笑傲潮头：马云的阿里巴巴、陈天桥的盛大网游、史玉柱的巨人网络、马化腾的腾讯QQ；不乏风雨飘摇者折戟沉沙：严援朝的CCDOS、王永民的五笔字型、王志东的Richwin、梁肇新的豪杰解霸……有的历经挫折却依然顽强站立，完成了历史的嬗变，有的则早已梦碎中道。

"远光"显然属于前者。

掌舵人陈利浩以娴熟的"十八般武艺"为民族软件事业保驾护航，将"远光"旗舰驶出血腥的"红海"竞争，拓出一片独树一帜的新"蓝海"。

"有电，就有远光软件。"

三十年专注于国内管理软件的自主创新和开发，远光善用资本运作，巧解市场危机，犹如一匹黑马从群雄纷争的IT市场中挥枪杀出，那英武的身姿和凌厉的气势令业界人士睁大了眼睛！

IT，唱响了陈利浩一生永恒的追求，记载了"远光"风雨沧桑的。

陈利浩，一个做事低调的人。他总是刻意地远离媒体，远离公众关注的目光。但声名鹊起的"远光FMIS软件"和"远光电力ERP系统"所创造出的软件业童话以及政协常委的"参政议政"热情，又总是让他身不由己地从幕后走到前台，迎接公众对他的审视……

2019年，远光软件再次迎来发展战略机遇，"国网"电子商务有限公司成为公司控股股东，国务院国资委成为公司实际控制人，公司迈入"混合所有制改革"的全新阶段。

区块链、人工智能、大数据、物联网、云计算……2020年，陈利浩在公司发展的蓝图上，再次明晰了远光以信息技术和能源技术为根本动力，重点布局集团管理、智慧能源、智能物联、数字社会四大业务方向。

"远光赢在创新，赢在坚持不懈。"

陈利浩有这样一句名言：创新即生活。在他看来，新时代全面改革开放和全球命运共同体的大背景下，远光软件必须秉持"科技推动进步、创新引领发展"的理念，始终以先进的信息技术、能源技术等核心技术为根本动力，推动企业升级、能源革命、经济增长和社会进步。

如今，远光软件已成为国内首屈一指的企业管理、能源互联和社会服务信息技术、产品和服务供应商，设有珠海、北京、武汉3大研发中心和30多个分公司、1个博士后科研工作站，荣膺"中国软件和信息服务业十大领军企业"称号。

30年发展历程，远光从财务电算化到集团资源管理，从燃料智能化到能源互联网，从智慧组织搭建到智慧城市建设。不难发现，与所有的创业者类似，远光的漫长之路和发展踪迹一样充满了艰难，陈利浩的脚步虽然蹉跎但却异常坚定！

回眸来时路，当惊世界殊。

那铿锵有力的足音是生命交响曲的旋律，是风云跌宕的变奏。

1992年，珠海首开国内科技重奖百万，在中国科技界的沉寂心海扔下了一颗"深水炸弹"，轰动一时。

科技重奖成了珠海的创新名片。第一届获奖者们领下百万大奖时，陈利浩就坐在台下观礼，他暗下决心，总有一天自己也会站在领奖台上。

等待的时间并不长。事隔两年后的1994年，第三届"科技重奖"揭晓，作为珠海市科技重奖特等奖首席获奖人，39岁的陈利浩如愿站上了珠海的最高领奖台，获得了百万重磅奖励，包括一套房子、一辆奥迪车和33万元奖金。

"那时一个奥运冠军的奖金才8万元，珠海市委市政府竟奖励我100万元！"对于当时的激动，他记忆犹新。

"好风凭借力，送我上青云。"陈利浩说，"我在珠海尝到了科技的甜头。"

镜头聚焦、媒体追踪、物质激励……依靠个人技术创新，在电力行业的软件研发领域取得重大突破，陈利浩成为电力系统管理软件"第一人"和全国行业内响当当的"创新"先锋。

也许，令人感兴趣的，不是红旗插到山顶的时刻，而是风雨甘苦的攀爬历程。

在浙江出生、长大的陈利浩，没有接受过正规的高等教育，在小学跳了两级，读了四年就碰上"文革"，一年半的初中在学到一元一次方程式时而告终，15岁的陈利浩进了绍兴电力局当学徒工。

爬电线杆子、拉电线、收电费、修电表……他笑称：电网企业的所有工种，除了没做过领导，其他什么都干过。

就是这样一位仅受过"可怜的学校教育"，学历和经历都不足以支撑"高、精、尖"新技术的"软件奇人"，凭什么缔造了今天声名显赫的

"远光王国"？

"勤能补拙。"

在占地4万平方米的远光软件园里，陈利浩一身得体的西装，眼光睿智，透出学者风范，无论是外在形象还是言谈举止，都浸透着江浙人身上一股儒雅之气。

"兴趣。"

陈利浩用两个字解开了"众人谜"。

言谈之间，他修养十足、气定神闲的风度，令人如沐春风。

陈利浩说：兴趣是他做事的原动力，他总能把工作需要变成兴趣。

他酷爱摄影，摄影不但启迪智慧，也带来灵魂中的激情和力量，影响着他的整个人生追求。

在他心目中，公司、产品、客户和摄影、旅游、越野一样，都是他强烈的兴趣所在。

CEO？工程师？摄影家？老师？

看过他的一些文稿，又觉得他应该是个学者……坐在大众面前的陈利浩，每一个形象似乎都很地道。

那是一种文化的修养和积淀，酿就他精神和气质上的内蕴，形成独有的魅力"磁场"。这绝对是一个静如处子，动如脱兔的性情中人。朴实而富有哲学意味的交谈，身上浓郁的艺术气质，屏蔽了他商场上的弥漫硝烟。

据他介绍，从事软件开发，纯粹是"无心插柳"。

1983年7月，陈利浩在参加工作数年之后考入上海电力学院函授部，自费攻读电力系统自动化专业，学习当时还很"新潮"的计算机软件，他敏锐地觉察到计算机软件一定是未来的发展方向。

将飞者翼伏，将奋者足踞。

毕业后，他陆续在《华东电力》《电力技术》《电力建设》等全国性专业学术杂志上发表论文数十篇，显示了其对于电力系统专业知识、计算机软件技术的深刻理解与独特见解。

机遇对每个人都是均等的，但能敏锐地意识到、准确地捕捉到这样的机遇并牢牢地抓住它，并不是每一个人都能做到的。

1985年，在中国互联网行业才刚刚起步之时，正在浙江绍兴电力工作的陈利浩开始了他的计算机软件研发之路。当时，单位亟须开发在全省电力系统推广的报表汇总程序软件，领导看到他那些计算机软件论文后，琢磨这个精明能干的小伙子可能胜任，于是安排他去开展这项工作。

对财会知识一窍不通的陈利浩用了一个月时间恶补会计基础，仅用三个月就研制出了"供电企业会计核算系统"。随后，该系统通过了部级鉴定并在全国水利电力企业全面推广，成为国内最早的通用财务软件之一。

陈利浩回忆说，自己当时对这条路也不明确，因为这并不是自己的专业，但因为工作需要，就会培养兴趣，深入地去钻研，直到成为长久的事业，这就是我常讲的一句话：需要就是兴趣。

陈利浩的软件设计开发从一开始就确立了用户"自设会计科目"的设计理念，并一直沿用至今。陈利浩说，当时北京、大连以及唐山都有电厂开发了财务软件，但他们都是对手工做账的简单模拟，照本宣科，会计科目一变动，软件程序就得重来，操作极其不方便。

1987年3月，在中国会计学会首届会计电算化学术会议上，陈利浩成为唯一介绍软件的报告者。

10月，水电部在武汉搞了个财务软件"大比武"，各地精选8种财务软件参加，只有陈利浩的"供电企业会计核算系统"采用了自设科目设计理念，于是脱颖而出，通过水电部鉴定，并在全国供电企业推广。

陈利浩的上司也非常高兴，勉励他"把软件打到外面去"。

陈利浩一时声名鹊起，全国各地的电力企业纷纷邀请他为财务及管理人员举办讲座、开展咨询、指导安装和使用软件。从小电工转变成为电力行业里名闻遐迩的"陈老师"。

那时的陈利浩，正值人生的黄金时光，有激情，有智慧，有斗志，意气风发。

也正是这种爱钻研的个性，使得他与特区结缘。

1989年，陈利浩到广东推广他的软件，这一次，他不仅把自己的软件"打到了外面"，也把自己给"打到了外面"。

在进行产品演示时，他遇到一个奇怪的人，这个人始终一声不吭，坐在他旁边足足观看了4个多小时。

这个人就是时任珠海供电局的领导。

演示会后，这位领导主动找到陈利浩，向陈利浩发出了"来经济特区"的邀请。

陈利浩心动了，他如约来到珠海。

时年，珠海经济特区刚成立9年，虽然基础设施还不完善，但敢闯敢试的创新氛围和干事创业的激情深深感染着他。"我当时以为特区一定是高大上的地方，其实当年珠海连红绿灯都没有几个。"陈利浩笑言道。

当时，大多数人对软件业还处于雾里看花的状态，陈利浩凭借着自己多年练就的准确判断力，敏锐地意识到，随着全球经济信息化进程的加快，软件业将会是一个有巨大发展空间的产业。

在珠海供电局名下，陈利浩借了30万元做启动资金，成立了远方电脑公司，从此扎根于珠海这片软件创业的沃土，走上了将科技成果商品化、产业化的道路。

陈利浩人生的"远光号"舢板终于解缆起航。

然而，远方公司虽小，却蕴涵着大希望。

《礼记·中庸》云：博学之，审问之，慎思之，明辨之，笃行之。陈利浩崇尚理学家之大成，将"远光号"极速驶入主航道。

1992年，邓小平发表"南方谈话"，在陈利浩心中埋下了创业的种子，沉甸甸的科技重奖，又进一步坚定了他扎根珠海创业的决心。

时光如流，岁月如歌。置身珠海这方热土，他的脚步始终伴着南海翻卷的浪花和时代发展的大潮，留下一道道坚实的足印。

1993年4月，由陈利浩主持研制的"通用会计核算系统"通过国家财政部评审，成为新会计制度颁布后首家通过国家评审的商品化会计软件。

翌年，公司净资产达到1600万元。陈利浩只带着13个人就创造了税后净利润650万。

正是这套电力财务软件，陈利浩摘得1994年珠海科技进步特等奖，珠海市政府重重地奖了他一把。

1998年，决定"闯一把"的陈利浩成立了远光软件股份有限公司，确立了以服务电力、集团企业为主的发展战略。

彼时大部分市场已被占据，陈利浩说："必须找准时机用更先进的产品和技术来打破市场原有格局。"

新世纪来临前，远光软件研发出了国内第一套既能解决"千年虫"问题，又能以浏览器方式应用的通用财务软件。

这套浏览器（服务器）方式的财务软件通过国家电力公司组织的评审鉴定和推广，实现关键一跃，进一步巩固了远光在电力软件行业的主导地位。

站稳脚跟后的远光软件，开始了更具挑战的行动。

"我们当时就预测财务软件一定会向管理软件方向发展。"陈利浩回忆，他把自己和20多名研发人员一起"关"在珠海机场对面的两栋别墅里，进行封闭式开发。

2002年，远光软件推出国内第一套基于J2EE架构的ERP系统。

"当时还是国外管理软件'一统天下'，但国外软件价格偏高，与国内企业的适配性并不好，就像'削足适履'。"陈利浩说。

在经历了艰难的推广历程后，远光的管理软件凭借着更优的性能和更好的服务，逐步被电力系统所接受，占据了稳定的市场份额。

2004年，"远光FMIS系统"又获"珠海市科技进步一等奖"称号。

2009年，远光荣膺"中国软件产业脊梁企业"称号。

2019年，远光软件获"2019中国软件和信息服务业十大领军企业"称号，陈利浩也被评为"中国软件和信息服务业十大领军人物"。

"如果我们不自主开发产品，只做配套实施，那就没有今天。"陈利浩说，"远光赢在创新，赢在坚持不懈。"聊着曾经的艰难困苦，陈利浩轻描淡写间，蕴含着几多风雨甘苦，几多运筹帷幄。

这并非先知先觉，而是在发展中的前瞻性决策和对市场的精准把握。

2006年8月23日，深圳证券交易所。

这一天，深交所人头攒动，猩红的羊毛针织地毯彰显出这个大厅的不同凡响。

上午10时整，远光软件总裁陈利浩敲响了深交所的开市宝钟，"远光软件"正式跨入了软件企业上市公司的阵营，成为全流通后国内第一家软件类上市公司。

与百度上市的风光无限相比，与腾讯、盛大上市的万众瞩目相比，远光一如它低调的主人，似乎让财经界感到意外的静谧。

然而，开市宝钟敲响后，深交所的股市行情大屏幕上，代码为002063的"远光"股票，便从5.80元的发行价率先冲到了最高13.70元，涨幅为128%；成交18.9万手，换手率为85.9%。居中小企业板当日发行新股之首。

全场一片哗然，爆发出阵阵欢呼声。

总裁陈利浩没有渲染实现梦想那一刻的惊喜，却不忘对媒体表达他的感恩之心，他说道："上市，与其说是远光的辉煌和成功，不如说是社会对公司的初步肯定。远光软件，丝毫不敢有任何的懈怠，只有紧紧抓住上市的机遇，勇敢面对上市的挑战，才能不断地发展公司、服务用户、报效社会，才能不辜负广大投资者和监管层对'远光'的厚望。"

此时，许多在场的远光公司员工和嘉宾都为之动容。

专注耕耘，风雨兼程。陈利浩怀着中华民族软件人的情结，带着中国电力行业财务和管理软件第一品牌的殊荣，迈进了资本市场的恢弘殿堂，跨入中国管理软件行业第一阵营。

不可思议的是，公司1998年创立之初，他的注册资金只有150万元。

有网友在财富网站上发帖：掌门人陈利浩是一个思维超前、有发展眼光的资本家，目前其在踏踏实实做软件，稳步提升总资产回报率，有可能随着时间的推移及各种前期准备完成后，实现跨越式发展。

所以，买股票要买对管理者，要买"稳"字当头的掌门人。这一点是符合彼得·林奇的投资哲学。

远光软件以不俗的业绩"实现"了股民们收获的期待，迄今已成为深市证券交响曲中最华彩的乐章之一。

远光，这家充满活力的上市公司及其掌门人陈利浩，成了《IT职场软件培训教程》等多个专业IT教材中的成功案例。

2001年，国家先后认定北京、上海、大连、成都、西安、济南、杭州、广州、长沙、南京、珠海等11个国家软件产业基地。而珠海在研发与引进软件新技术、创新开发软件新产品、加速软件成果转化等方面，发挥了重要的示范与带动作用。

作为珠海国家软件产业基地的明星企业之一，远光不仅吸引着客户的眼球，也磁石般频频吸引省市乃至国家层面领导的大驾光临。

2008年4月23日，远光软件园春光明媚。

时任中共中央政治局委员、广东省委书记的汪洋视察广东远光软件股份有限公司。

"发展软件产业，珠海有什么优势？"汪洋书记与陈利浩总裁交谈起来。

"优势有四：一是生态环境好；二是生活成本较低；三是毗邻港澳信息灵通；四是高校多、人才多。珠海去年软件业产值是111个亿，从业人员2万人。"陈利浩回答道。

"有什么劣势？"汪洋问。

"产业上下游配套能力差一点。要加强产业整合，发挥聚集效应。"

陈利浩回答道。

"你觉得珠海要更好地发展软件产业还要做些什么努力？"汪洋又问。

"要有更好的吸引人才的政策和氛围，要加强软件企业的融资体系建设，政府要雪中送炭，多扶持初创期的软件企业，要加强产业整合发挥聚集效应。"陈利浩回答道。

"你们要带头加强产业整合！"汪洋略有所思，深有感触地谆谆教诲。

汪洋书记与陈利浩关于珠海市软件行业的这番对话内容曾被多家媒体转载。

陈利浩在向汪洋书记一行演示集团化监控的有关软件时，汪书记还从非常专业的角度提出了这样一个问题："如何保证管理信息数据的真实性？"

陈利浩详细介绍了远光软件从管理和技术两个方面采取的措施，汪书记表示赞许和肯定。

远光软件的发展历史、经营效益、人员规模、团队结构、产品特性……汪书记饶有兴致地一一细问。

上车之前，汪洋书记三次紧握住陈利浩的双手，语重心长地嘱咐："一定要把政府力量和市场力量结合起来，打造出珠海软件业的一个更好未来！"

"是，我们一定朝着这个方向努力。"

汪洋书记一行到远光软件的视察，在陈利浩看来，不仅体现了省市领导对远光软件的深切关注，也是对珠海软件产业的殷切期望，振奋了每一位"远光人"的自豪感和使命感，增强了远光打造国际管理软件品牌的决心和信心。

远光，远大光明！

2019年1月15日，在宣布第一大股东将变更为国网电商后，远光软件迎来一字涨停板。

公开资料显示，国网电商公司是国家电网有限公司的全资子公司，成立于2016年1月，已建成"电e宝、国网商城、金融科技云、国网分布式光伏云网、国网商旅云、央企电商联盟（跨境电商平台）、综合能源服务共享平台、大数据征信平台、国网创e空间双创平台"等九大电商平台。

本次股权变动，其实是对电力行业工作队定位的"进一步回归"。

陈利浩说："20年前，在公司发展的关键时刻，国家电力公司就决定投资我公司并成为第二大股东，奠定了这20年公司发展的基础。随着技术和市场的飞速发展，单打独斗越来越不合时宜，整合、协同、多赢才是发展正途。"

"国网电商是国家电网'互联网+能源、互联网+金融'战略的主要承担单位，远光软件作为其下属的一个上市公司，就可以实现能源互联网、金融科技、电子商务与资本平台的对接，提升上市公司的价值。"陈利浩认为，国网的目标是全球一流的能源互联网企业，还将利用电网的各类设备和终端建设泛物联网，远光软件成为其中的一个参与者，公司发展前景一定向好。

"混改后上市公司发展前景值得期待。"业内认为，上市公司可借此实现能源互联网、金融科技、电子商务与资本平台的对接，提升价值。

商海横流，惊涛依旧。依靠自我积累完成从"小舢板"向"机动船"再向"中型轮船"的发展的历程，在资本市场摸爬滚打的远光将嬗变成一艘"远洋巨轮"。

"多少事，从来急；天地转，光阴迫。一万年太久，只争朝夕"。

一个上升的企业，最容易驶进惰性和守旧的误区，陈利浩异常清醒。

陈利浩有这样一句名言：创新即生活。

他认为，人的一生，包括他的事业、生活，都应在不断地创新中。

2001年8月，厘清产权、整体改制后的广东远光软件股份有限公司

（以下简称远光）正式成立。

从公司成立起，远光的目标就是打造一支学习型、创新型的团队。

"对于远光来说，我们不是去模仿、去拷贝，我们没有其他选择，只能走自主创新之路。"

远光坚持着这样一个创新理念：创新的本质就是创造性地"破坏"。创新的途径就是创造性的思考和探索。只有通过不断的自我否定、自我完善，才能创造出有价值的产品、市场和服务。

实力铸就荣誉。

远光软件作为电力行业管理软件、ERP软件及财务软件的主要供应商，连续6年入选由国家发改委、信息产业部、商务部、税务总局、中国软件行业协会共同认定的"国家规划布局内重点软件企业"。

彼时，远光软件在中国电力行业软件领域的地位举足轻重。它管理着约两万亿元、近六分之一的国有资产，全国85%左右的发电厂、电力公司的企业经营、财务管理都使用远光软件。

根据IDC2009年度最新统计报告数据显示，远光软件名列十大电力行业解决方案供应商前三甲，在电力行业管理软件市场份额中高居榜首，已成为中国电力行业财务软件第一品牌，并荣获"行业信息技术应用推广服务机构""企业信息化技术推荐服务商""守合同重信用企业""软件版权保护示范单位""中国市场知名品牌质量、信誉、服务满意单位""十强软件企业"等称号，获得"广东省著名商标""中国市场软件行业十大知名品牌"等众多荣誉称号，远光软件在用实力说话。

值得一提的是，远光软件提供的电力系统财务和企业管理的整体解决方案——远光电力ERP。该ERP以全面预算管理和控制为主线，包括预算、工程、资产、投资、融资、物料、燃料、购电费、电费管理和分析等30多个子系统，是最适合电力行业管理需求的ERP产品，已在全国20多个省市区及以上电力公司全面或部分开展软件实施并应用。远光电力ERP采用领先的"管理逻辑组件""业务模式数据库"等独创技术，可根据咨询的建议或用户的需求，对交付用户使用的子系统数量、功能、处理的业务种类等进行规划和设计，也可在软件上线后对组织机构、业务体系、管理流程等进行不断完善，实现企业整体资源优化配置的管理目标，可满足电力企业经营管理的持续优化。

ERP从功能、性能等各方面都超过了国际的管理软件，填补了中国电力管理软件的空白。

远光公司在技术和市场上与IBM、Microsoft、HP、Sun、Sybase、Oracle、Intel等国际知名公司建立了良好的战略合作关系。

中国软件业"鼻祖"级人物、中国软件行业协会理事长陈冲中肯地指出："在我们这个行业，一定要杜绝浮躁、浮夸及一夜暴富的心理。因为软件业的暴利时代已经过去。'远光'有今天，就在于它的不浮躁、不浮夸、实事求是、坚持特色和不断创新。这一点非常难得。"

无独有偶，IBM首席执行官萨缪尔·帕尔米萨诺说："当今环境下，企业兴盛得靠创新，在技术上创新，在战略上创新，在商业模式上创新。"

作为财务管理软件业的开拓创新者，远光的创新成绩斐然、有目共睹：除了为电力企业提供全面管理信息解决方案，还为电力行业及行业外企业提供通用财务软件。远光新纪元财务软件、远光财务实时信息系统、远光财务分析系统、远光财务稽核系统、远光物料综合管理信息系统、远光用电营业系统、远光配电地理信息系统等软件产品，都在电力企业财务管理以及信息化管理的进程中发挥着积极作用。

"远光"，有站得高望得远的寓意，同时也有企业家眼光的寓意！

陈利浩说："在软件行业，'唯一不变的是变化'。我们要时时以不变的创业心态，不断地创新，去适应瞬息万变的外部世界。

远光软件在致力于为用户提供软件产品的同时，还为用户提供切实可行的电力专业咨询建议和实施服务。远光软件在全国设立了31个分支机构和多家代理商，并共同组成了符合电力用户垂直管理特点的"远光快速反应部队"，为全国用户提供着快捷的各类服务。远光软件的实施工程师为客户提供的产品实施服务得到了电力行业用户的高度肯定。

一向以"创新"为立家之本的远光，以执著的创新，实现了技术上的突破，以特色的创新成就了自己的优势：电力系统财务软件市场占有率达90%以上。

创新，是不朽的史诗。

高素质的软件开发人才团队是远光软件公司创新的动力。目前，远光软件已拥有近700人的专业团队，4万平方米的自有研发基地，营销网络遍及全国，财务管理软件用户近万家。公司的物料管理、配电管理、用电营业等软件也拥有众多用户，"远光人"的足迹遍布全国各地。

与其他的软件企业相比，远光在创新的人才观上有独到的见解。

"唯业绩，不唯学历；不唯资历，不唯过去的功劳"。

"以人为本，尊重知识，尊重个性"。

"鼓励创新，提倡'表现'"。

在远光，从事软件开发的骨干有的刚跨出大学校门，有的中专毕业，还有的甚至是保安出身。

远光软件通过提供有竞争力的薪酬、福利和建立公平的竞争晋升机制，提供全面、完善的培训计划，努力创造开放、协作的工作环境和企业文化氛围来吸引人才、培养人才、留住人才。通过保证资源、提供舞台，使远光软件的员工将精力集中在创新上。陈利浩在远光一直倡导着这样一种风气：无论是技术精英还是行政、营销人员都专注"琢磨事"，反对"琢磨人"。

陈利浩认为，人的知识99%是从社会上学来的，只有1%来自院校教育。院校教育有两个好处：一是工作遇到问题知道找什么书看；二是比他人更容易看懂。

在"文凭至上"的今天，远光的用人观显得更有气度和胸怀：不以学历来衡量人的能力与价值，更看重的是能够在工作中保持创新和进取的热忱。

江河需要补充源源不断的水才能够流经千古，企业亦然。"远光"正在铸造一个与之相匹配的，可以源源不断输送强大动力的"人才航母"。

走高端，专注于一个行业，在这个"菜园"里精耕细作，远光的方向不会改变。

专注，是远光的血质使然。

专注，能够深入其中，深谙内在玄机；坚持，能够认准目标，激发出无穷的能量。

软件业的阶段发展论认为：客户定做软件项目为第一阶段；独立软件产品出现为第二阶段；企业解决方案为第三阶段。

作为电力行业的资深供应商和"财务管家"，远光软件专注于电力行业生产、经营特点的研究，致力为电力行业财务信息化提供最佳解决方案，显然早已跨入第三阶段。

速度决定成败。

陈利浩带着他的企业总是走在软件行业发展的最前面。

从小电工到工程师再到国家重点软件企业的总裁，陈利浩完成了人生角色的"三级跳"。

从个人技术创新到中小企业创新再升级到资本市场创新，远光完成了以创新为核心竞争力的"三级跳"。

远光软件发展到"有电的地方就有'远光'"的程度，公司净资产在10年间超过1.5亿元，嬗变的速度引起经济学界、证券界的关注。

远光由一个区域性品牌已发展变成了一个全国性品牌，这就是速度的魅力。

其实，从企业的身上，我们不难看到民营企业家的性格烙印，而从企业家的身上，亦不难寻到这个企业前世今生的发展轨迹。

采访陈利浩，给我最深的印象就是"快"：语速快、步速快、效率高。

公司的人说，连跟陈工（公司员工都这样称呼）一起走路都有压力，因为他埋着头快速前行，后面的人，哪怕是年轻人也必须一路小跑才能跟得上。

对陈利浩的采访，同样会有一不留神就跟不上趟儿的感觉。

据说陈利浩有个绝活：喜欢读文学作品的他阅读速度非常快，别人一目十行，他可以做到"一目一页"。有同事不相信，曾经考过他，拿一本陈利浩没有看过的长篇小说让他看。陈利浩两小时看完，并能详细说出小说的内容。

企业如人。难怪，远光软件发展的速度要用"飞速"来形容。

敏感、专注、迅速，陈利浩的性格特征显明。

陈利浩说："要说发展速度快，远光的每一步都得到了珠海市委市政府和有关部门的关心与支持，远光的发展是特区经济发展的缩影，也充分证明了珠海当之无愧是软件产业的沃土。"

他进一步阐释道：珠海不喧闹，适合软件人员静下心来做开发；珠海信息不封闭，港澳方面的、政府方面的信息渠道都相当通畅；珠海环境保护很好，有适合软件研发者的工作、居住环境。

"软件开发不能削足适履！"陈利浩喜欢用这样一个比喻：管理软件是鞋，管理实务、管理模式是脚。而国外电力行业的软件作法往往是：第一，脚要适应软件，因为软件企业的产品是标准的。大了削掉，小了垫鞋垫；第二，穿了些之后，脚就不能变了，因为鞋已经固化了。

为了打破"削足适履"的模式，远光软件提出了管理模型体系、管理业务逻辑组件技术、管理模式数据库、数据和编码分离等技术构想，在软件中加以实现，用户管理模式的变化可以通过软件中的设置去满足，从根本上解决了管理软件的适应性问题。

现在的远光，不光有会计软件，还有财务管理、电力ERP、电力设备管理等各种各样的专业电力软件。概括起来有八大先发优势：

一是在多项功能上领先于业界同类产品；

二是功能强大的财务分析，为企业经营决策提供有力支持；

三是基于互联网运行，高速稳定，实时在线管理，摆脱时间地域羁绊；

四是性价比高，降低企业风险；

五是产品组合丰富，可以为企业带来个性化的解决方案；

六是集团应用解决方案全面、科学，在集团报表及预算管理上优于其他产品；

七是营运收入归集是远光优势项目，积累了许多成功案例；代表业界先进水平；

八是三十年管理软件研发经验，厚积薄发，产品成熟度高。

据报道，国内五大发电集团都成了远光软件的客户，远光提供了其以价值链为主的价值管理十个模块。30多年来对电力行业的持续服务，远光实际上已经起到了电力管理专家的作用，而不仅仅是软件供应商的作用。

陈利浩说：电力行业是国家的基础行业、支柱行业，在整个国民经济中占有举足轻重的位置，其发展速度始终高过其他传统行业的发展速度，这决定了作为电力行业财务软件和服务的主要提供商的远光公司必须跟上步伐。

一个快速发展的企业，犹如一只高速旋转的陀螺，如果想让陀螺不停地旋转，就得不断地给它新的动力。

随着软件增长的重心从提供软件产品，逐步转移到提供软件服务领域，这就要求远光在战略上举重若轻，在战术上举轻若重。

早在2008年，远光公司就按照"客户利益、员工利益、股东利益的最大化，即公司价值的最大化"的企业宗旨，经过对行业及市场的充分调研、分析，作出了全面向服务转型的战略规划，正式运行"远光在线服务平台"。通过在线服务平台提供多样化的服务方式、便捷全面的服务内容，从而满足客户多层次的服务需求，不断增强公司的服务能力。

在线服务平台面向远光公司客户，以"SaaS"为产品理念，基于先进的Spring. Net YgAppEP平台架构，支持客户多样化服务需求，包括在线注册、在线更新、在线下载三大功能，即将上线的功能还包括与在线技术专家交流、远程维护、网上购买、第三方支付、服务进行情况查询、即时通讯、短信平台等。

技术先进的Spring. Net YgAppEP平台架构为远光公司自主研发，它巧妙地将先进的平台架构与SaaS理念结合起来。相对于传统的平台架构，具有更高效、更灵活的内部体系结构。

目前，远光软件在电力信息化领域提供了二十多年的服务，应对电力转型有相当丰富的积累和成功的案例：第一个层面，远光软件有电力生产、安监环、资金结算、资产全寿命周期管理、仿真测算、多维精益核算管理等覆盖集团企业全链条的产品，这个领域是远光的传统强项；第二个层面，远光软件围绕产业链管理、区域能源管理、能源网络管理、电力市场及交易、综合能源服务、能源大数据管理这六大领域，搭建起全面覆盖发电、输电、配电、售电和用电各价值链环节的产品和服务体系；第三个层面，远光软件近年来利用区块链、人工智能、大数据、云计算等前沿技术，不断加深对能源生态链的服务，如分布式光伏结算、储能管理、综合能源服务平台等，为构建能源生态系统的数字化转型和创新提供全方位支持。

正所谓：任有多重，道有多远。

远光软件雄厚实力的形成离不开远光人"把生命融入产品，用心血铸就服务"的创造性劳动，更离不开陈利浩自始至终富有前瞻性的指引。他带领着远光人秉持初心，以"敬业、诚信、尽责、创新"的远光精神，为实现"国内首屈一指的财务及企业管理软件咨询服务公司、国际化的管理软件公司"的企业目标不懈努力着。

陈利浩的人生主题，充斥着奋进之美、激扬之美。

他说："如果世界是一台大车，中国就是这辆大车上一个主要的驱动轮，我们这个轮子跟大车的连接是非常紧密的，无论是车要把轮子甩掉，或者轮子要偏离车，都既不符合车的利益，也不符合轮子的利益，更不具备可行性。我们能做的，就是要让车和轮子联系得更紧密、更合理，让这台车跑得更快、更好、更正确。"这是他深信不疑的道理。

远光，再次面对新起点！

"远光号"正校准航线，再次提速，为中国的软件产业发展探路领航！

我们有理由相信，满怀鸿鹄之志，远光一定会把荣誉的背影留给昨天，高擎先锋理念的火炬，继续领跑IT前沿。

老树新枝

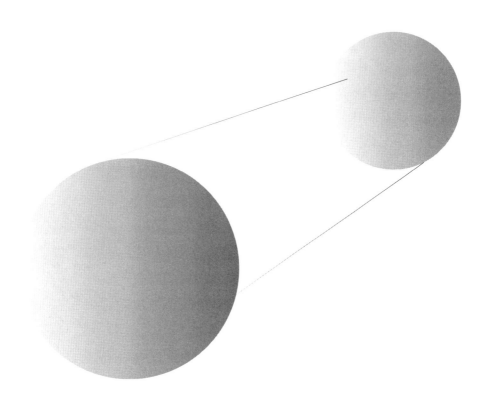

生活可以更"美的"

2022年7月,赤日炎炎。

位于广州南沙美的空调工厂全新工业互联网平台Midea M.IoT上,一幅幅诸如科幻电影中的场景:酷感十足的智能眼镜、随时可见的生产实时大数据;生产设备只需一声指令就能自动生产;无人驾驶小车穿梭车间……

南沙呈现的制造业新貌,正是美的集团自主打造的"知识、软件、硬件"三位一体工业互联网平台Midea M.IoT。

而有报道称:"中国的制造业,美的属于首家。"

Midea M.IoT的应用,不但让美的集团成为从传统制造转型智能制造的领头羊,更是在向其他企业输出数字化整体解决方案,目前已经在20多个行业的200多家大中型企业落地应用,助推整个制造业迈上转型升级的新台阶。

厉害了,美的!

从1968年的23人、5000元的创业故事,到如今的全球超13.5万员工、3千亿+市值、连续3年上榜世界500强。已过知天命之年的美的是如何围绕"科技"讲好它的赋能故事?

产品领先、效率驱动、全球经营三大战略主轴中,科技已然成为美的品牌构成中产品、组织、人才等要素的主力输出，实力扮演着故事中举足轻重的角色。

"在美的，唯一不变的就是变。"美的掌门人方洪波表示，美的正在转型成为一家真正以科技驱动的企业，全球化连接美的未来，让广东制造、中国制造惠及千家万户的企业。

2019年3月16日，为期三天的中国家电及消费电子博览会（简称AWE），在上海新国际博览中心完美落幕。展馆中，来自世界各地的客户邂逅了美的带来的最新黑科技。

美的对旋空调采用源自航空涡轮的对旋技术，让风向、风速、送风距离等细节可被精准掌控；全球首创的"微晶一周鲜"微晶冰箱可以精准感知不同肉类、不同部位的结晶状态，让食品不用解冻就能随时切开；AI科技家电COLMO让用户体验人工智能带来的便利，如洗衣机可自动识别衣物、煮饭机器人能实现健康储米、智眸识米、精准量米……这每一个便捷使用场景的背后，都是来自科技的支撑。

除了C端产品外，美的还在对B端发力。人工智能加持线下零售店、会冲奶茶的机器人、未来医院物流新图景与智慧物流立体仓等。

重塑社会结构、改写居民生活方式，大国制造和创新的新代言，这就是美的的新角色。

在人们的印象中，美的不仅仅只是空调的概念。

目前，美的集团旗下已经拥有美的、COLMO、小天鹅、比佛利、华凌、布谷、AEG、威灵、美芝、Eureka等十余个中外知名品牌，产品更是覆盖超过29个品类。全球超过3亿的用户家庭，享受着美的集团提供的产品和服务。

当业界对美的全球领先的科技创新成果和创新实力惊叹之余，理所当然也在好奇美的成功转型的秘诀和路径。

不能不说，科技人才赋能制造业，美的是一个样本。

早在1991年，时年27岁的马军加入美的，当年《光明日报》的头版头条《博士马军在乡镇企业"搏"得带劲》，成为那个夏天热议的话题。

而就在三年前，改革开放的总设计师邓小平提出"科学技术是第一生产力"。当马军博士"响应号召"放弃留校机会和优厚的待遇、成为顺德乡镇企业第一个"博士打工仔"时，可以说当时的美的公司不仅迈出了探索科技人才赋能产业的一步，更是迈出了中国制造业科技创新的一大步。

来到人生地不熟的顺德，3个月后，走进美的公司大门的马军博士就设计出当时国内一流的高效节能空调器样机，带来突破1亿元的订单。

胡斯特是一名"90后"，北京大学博士毕业时放弃进入航空航天科研企业，选择加盟美的中央研究院从事流体力学的研究。

"我被美的的科技创新理念所感染。"胡斯特毫不掩饰自己的想法。

进入美的之后，胡斯特投入到航天对旋技术打造的"将风吹得更远、角度更自由"的东风空调研发，并参与创造了年销售100万台高速吸尘器的工作。

而北京理工大学博士郑志伟，放弃留京机会，不远千里来到广东顺德小镇——北滘，通过以导弹潜艇发射的降噪技术为出发点，主导家电微穿孔降噪技术，并应用于COLMO煮饭机器人，在一年时间内就创造了一项国际领先技术。

同样，将工程师思维转化为"用户视角"，是邢志钢的心得。毕业于清华大学动力学与控制专业的邢志钢，是个非典型性工程师。在美的工作多年，他不再只是埋头实验室，而是潜心研究科技创新如何真正"接地气"、服务于人。

邢志钢是主导北美创新窗机Midea U项目的工程师，也是美的集团的科技明星。他采用"U"型隔断+内外侧双吸音的"隔音障"技术，不但将噪音隔绝在室外，而且可保证窗户开关的完整功能，并且三步便能完成安装。

这款产品，打破了北美地区窗机品类数十年陈规，一推出便成为美国电商窗机TOP1机型，产品广受欢迎。

这得益于美的深度洞察用户需求并寻找最佳解决方案的研发模式，精准的将感知用户的神经末梢前置并快速本土化制造。

"每件产品，都是我们寄往远方的一封情书"。邢志钢如是说。

正是在"用户思维"的指导下，美的集团的一系列产品研发，跳出象牙塔式的技术研究和思维，产出了让世界各地不同消费群体都乐意为之埋单的创新，推动着用户生活方式的迭代和更新。

Midea U的诞生正是这种里程碑式的产品。

在美的看来，科技创新就是要"接地气"，恰到好处地匹配用户的需求。在美的，流传着一个"两年煮饭100吨"的"煮饭哥"黄兵的故事。

在很多人的记忆中，柴火饭是最美味的米饭，一碗柴火饭需要经过小火吸水、大火烧开、搅拌、再烧开、再搅拌的复杂过程，不但耗时，而且对煮饭的火候要掌握得很精准。

电饭煲是否也能完成这个工艺？

2004年，黄兵大学毕业后加入美的集团，一直从事电饭煲产品电控开发，研究的就是怎么把米饭煮得更加有"烟火味"。

毕业那会儿，黄兵提早半小时到实验室，洗米、量米、煮米、尝米、记录数据、评估效果……在美的18年，他每天都专注做好一件事，就是煮饭，煮饭，再煮饭！

同事们给他送外号"煮饭哥"。

"来来回回重复做七八次，每天要煮近300锅米饭。"黄兵说，"晚上加班也是煮饭、尝米饭，一天要尝一二百口米饭，相当于每天摄入10碗饭的量。吃到第三年，我在实验室闻到米饭就想吐。"

好长一段时间，父母误以为大学毕业的儿子工作"只是煮饭"，甚是失落，一度担心他的前途。

然而，生米煮成熟饭很简单，但要煮成好吃的米饭，就非常难。

"为了这个鼎釜IH电饭煲，我们团队两年内煮了两吨米用坏了7000多个电饭煲内胆。"黄兵说，他们共出具11万份测试报告。

2008年，黄兵成为美的研发部的工程师。为了让米饭煮出最佳口感，黄兵和其团队四处跋涉，对全国各地消费者的需求和生产的大米品种进行调研，走过1.5万公里调研路线，区域横跨中国24个省份、6大粮食主产区，采集、研究了2000多个代表性米种，全面分析食品安全、营养、成分和米饭口感三大维度32项指标，只为匹配出最佳的烹饪曲线。

两年煮饭的磨砺，不仅刻下了对米饭香气的记忆，而且还培养起他对电饭煲结构的敏锐洞察，具备了设计师的能力。

为了试验内锅的涂层，他要在实验室中至少煮上千锅米饭，一台产品至少要煮1000锅，一次测试至少要有20台。

"难度最大、花费精力最多的气流控制技术研发。"黄兵有着丰富的肢体语言，"就是让电饭煲在锅内可以搅拌，气泡能够360度不断翻滚，从而让锅中的米饭受热均匀，这在国内属于首创。"

经过日复一日的钻研，在2012年，黄兵团队终于开发出中国第一台具有自主知识产权的微压力电热电饭煲和美的第一款微压力电磁电热电饭煲，获得30多件授权专利。

"我现在通过闻饭就可以判断出一锅米饭煮的好坏程度。"已是美的集团生活电器事业部研发部负责人的黄兵笑言道。

追梦路上，黄兵的团队从未止步。

2015年，一篇讲中国人去日本疯狂购置电饭煲的文章传遍了朋友圈，这深深刺痛了黄兵的神经："为什么大家都愿意跑到日本去扛电饭煲？"

为了缩短同国外的差距，黄兵及其团队频频往返日韩，带回电饭煲，分别用各种米反复煮饭，围绕营养、美味、健康，实现米饭低糖、压力锅减脂增香等技术，寻找其中的奥妙。

功夫不负苦心人。黄兵及其团队成功破壁传统电饭煲领域气流控制技术、内胆加热双段IH技术等难题，成功研发出可以媲美日本顶级电饭煲的鼎釜IH智能电饭煲。同年，鼎釜电饭煲在日本东京首发，"黑科技"引起全球轰动，该电饭煲获得德国"IF奖"和"红点奖"。

这款电饭煲在日本家电界引发巨大反响。《日本经济新闻》称"美的电饭煲在某些领域甚至超越了日本",是"中国制造之光"。

在掌声面前,黄兵团队并没有停止他在创新路上前进的步伐。2016年,黄兵和其团队发布了美的真空变压IH电饭煲,攻克了行业最难的可变压力技术。该电饭煲通过加压提高温度,激发大米的甘甜粘糯,再通过骤降压力,形成突沸,大米舞动跳跃,使得煮出来的米饭更加蓬松。2018年,美的舞动IH电饭煲上市,创新多段立体IH加热,米粒720度双向翻滚沸腾,让米饭在锅内"跳舞",轻松煮出香甜好米饭。

把平凡的事情做到不平凡甚至极致,这正是工匠精神的魅力。

"现在,一碗米饭好不好,我只要闻一下就能作出判断,而且直觉能使我马上判断出哪个参数需要修改,哪个环节需要优化。"黄兵说,"这已经形成神经记忆了。

唯改革者进,唯创新者强,唯改革创新者胜。

从一个微不足道的小塑料厂起家,到主业覆盖消费电器、暖通空调、机器人与自动化系统、智能供应链(物流)的世界500强科技集团,美的凭借对科技创新的景仰与执著,怀揣着一颗满足人们对于美好生活方式追求的初心,砥砺前行。

而"操盘手"名叫何享健。

1968年,那是一个根本就不允许有"企业"存在的年代。年仅26岁的何享健出于"生产自救"的简单想法,带领23名农民集资5000元创办了"北街办塑料生产组",生产药用玻璃瓶和塑料盖,后来又转产发电机的小配件等。

美的初创的"北街办塑料生产组",就是一个小作坊,生产场地约20平方米,环境极其简陋。

那时,坚定、机敏、睿智的何享健背着些"小玩意"走南闯北找市场,为了推销产品,没日没夜地坐火车跑向全国各地,睡澡堂和车站,吃难以下咽的干粮或干脆饿着。在这期间,他磨炼出了对市场的敏感嗅觉。

在生产药用玻璃瓶和塑料盖之后，他开始替一些企业做些发电机配件，不过企业总是半死不活。

东风吹来满眼春。1980年，改革开放在中国广东率先掀起春潮，美的所在的顺德也激起层层涟漪。这年11月，美的公司第一台自行研制的40 cm金属台扇诞生，宣告正式进军家电制造业，第二年"美的"商标正式注册使用。

1984年，中国第一台全塑风扇诞生于美的。

翌年5月，何享健到日本考察，与日本东芝空调建立技术合作关系，此后，又引进日本三洋电饭煲技术和意大利梅洛尼电机技术，在不断引进并掌握技术的同时，"美的空调设备厂"也成立了，美的成为中国最早生产空调的企业之一。

中国家电行业素来喜爱高调宣传，商业明星云集、CEO济济一堂，何享健是一个陌生的巨头，何享健低调务实得堪称异类。

此后，商用空调、电机、微波炉、饮水机、IH电饭煲等产业逐步完善。以此为起点，美的先后收购华凌、小天鹅，进入"冰洗"行业，而小天鹅正是中国洗衣机产业的开创者和引领者，如今则成为美的优化大白电产业版图的重要板块。

不积跬步，无以至千里。这是何享健的企业商道。他常说："宁愿走慢一两步，不能走错半步"，"宁愿少赚一两个亿，也不能乱来，确保做百年老店"。

一位熟悉何享健的同行说："何享健是骑在虎背上的人，不得不低调和谨慎，他不得不随时注意虎的动向。一旦他以为自己赢了，就很容易从虎背上抛下来。"

正是这个"高度的组织警觉"，使美的躲过一个又一个的陷阱。

1997年，对于何享健而言可能是终生难忘的，这是美的历史上最大的一次危机。其时，有关部门为搭建顺德"家电航母"，有意让科龙兼并美的，受此影响，美的业绩从前一年突破25亿元之后大幅下滑到20亿元左右。

　　"我们美的要走自己的路，我们自身要去突破，去改变"。直面残酷的现实，何享健坚决反对被兼并。

　　风波过后，何享健认为"逆境对美的不仅不是坏事，反而是好事"，正是借助这次危机，他通过事业部改制和分权经营，巧妙地劝退了一部分创业元老，建立了专业化的职业经理人队伍，迅速扭转了经营危机，并且引导企业开始走向股东、董事会、经营团队"三权分立"的经营模式。

　　也是这年，美的实施事业部制改革，制定了"集权有道、分权有序、授权有章、用权有度"的分权经营模式。从"生产型企业"转变为"市场型企业"，以产品为核心推进企业专业化规模化发展。3年后美的营收过千亿，主动以"壮士断腕的勇气"改革粗放式经营模式，启动企业向高端高能效转型。

　　1998年，美的收购安徽芜湖丽光空调厂，输出管理，实现当年扭亏为盈，为美的挺进华东、辐射全国建立了一个重要的生产基地。持续完善管理结构、区域结构、经营结构和市场结构，提升"产品力、科技力、品牌力、服务力和营销力"。

　　美的发展并非一蹴而就，何享健并没有太高文化，但是何享健却是一个懂得发现人才、培养人才、并重用人才的老板。

　　"宁愿放弃100万元销售收入，绝不放过一个有用之才。"这是何享健的人才观。

　　"（20世纪）60年代用北滘人，70年代用顺德人，80年代用广东人，90年代用中国人，21世纪用全世界的人"，配上百万年薪、3年快速晋升机制、"美的星"计划、"科技月"……

　　过去5年在研发上"豪掷"400亿元，人才引进和科研投入机制早已融入美的集团血液，让其每一次都抢先踏准时代的脉搏。

　　多年来，美的在美国、意大利、德国、印度、新加坡等9个国家布局了28个全球研发中心，研发人员占比超50%，博士和资深专家超过500人，

AI工程师近百人。

除了技术攻坚层面的排兵布阵，值得一提的还有美的集团"三维一体"方法论：从先行研究到产品开发的四级研发体系构成其"时间维度"，"2+4+N"研发体系是其空间维度，对内事业部协调、对外资源引入则构成其开放维度。这也让美的"研究一代、储备一代、开发一代"的模式，为技术成果落地"打通最后一公里"。

无疑，美的集团已然趟出了一条科技创新赋能产业的新路，从一个广东小镇的民营企业到走向世界500强舞台，便是意料之中的事了。

2007年，美的在越南的生产基地建成，开启了中国家电制造从"中国出口"向"本地运营"的转变。

如今，白俄罗斯、埃及、巴西、阿根廷、印度……伴随着遍布15个国家的海外生产基地以及24个全球销售运营机构的建成，美的产品远销超过200个国家及地区，海外营收占到43%。

美的"C位出道"，背后是无数闪闪发亮的创新故事，更是美的集团坚持"人才为先"战略的缩影。

2012年，何享健交棒方洪波，开创千亿民营企业"职业经理人制"先河。何享健之所以能够在管理上授予职业经理人，源自于他亲手制定的美的集分权准则："集权有道、分权有序、授权有章、用权有度。"

何享健认为，企业在集中关键权力的同时，要有程序、有步骤地考虑放权，激励他们，创造开放的、能释放能量的氛围，就如蜂后无需做决策，只需散发化学物质来维系蜜蜂的整个社会体系一样。但对于授权给什么人、这个人具体拥有什么权力、操作范围有多大、流程是什么样的，都要有章可循。

美的虽变革不断，但"科技赋能"的宗旨一直薪火相传。

2015年，传统家电市场出现明显增速放缓，熬过去、出海或者转型成为各家电巨头的几大选择。

"家电行业10年一个周期，任何周期到来的时候，企业面临的要么是改变，要么是死亡。"美的这艘大船掉头走向何方，作为美的这艘大船的"新舵手"——方洪波一直在思考。

在一次内部会议上，美的集团董事长兼总裁方洪波为美的未来定下一个新基调："美的的边界将日益模糊，未来美的努力从传统家电企业，往拥有互联网思维的智能硬件公司转型。"

显然，美的已经意识到了行业的天花板。

寻找第二增长点，以机器人为代表智能硬件、智能制造开始成为美的一项重要选择。为此，美的开始更大范围进入机器人领域，全面布局机器人新产业拓展。

与全球机器人巨头日本安川电机设立合资公司；参股安徽埃夫特智能装备有限公司17.8%股权；增持德国KUKA股份……

美的尝试接触的三家企业，都是机器人行业颇具实力的企业，通过参股、合资等方式积极布局机器人这个新产业，美的尝试用机器人打造第二跑道的想法一览无遗。

诚然，这一选择也让人意外甚至不解：已经7000亿元总市值的美的，为什么还要做机器人？

方洪波看到了这个行业的发展前景，他意识到，时代的浪潮中，受到政策加持的机器人行业，必然如电视、电脑、手机等前几个行业一样步入快车道。

2014年，美的首次提出智慧家居+智能制造的"双智战略"，开启从大规模制造企业向科技集团转型。

执行机器人赛道计划，美的细分了多个步骤打算步步为营，稳健布局：第一步是以"智能制造+工业机器人"全面提升美的智能制造水平；第二步是以工业机器人带动伺服电机等核心部件、系统集成业务的快速发展；第三步则以"智能家居+服务机器人"推动美的智慧家居的快速发展与生态构建。

"美的机器人会不会是空调型的？"

"美的造机器人是不务正业。"

计划公布后，许多网友调侃，也有人不以为然甚至不信任。

在外界一度猜测美的机器人计划何时宣告破产的时候，2017年，美的突然告诉媒体，机器人计划的关键一环开启——收购德国机器人大咖库卡。收购库卡，可以看出美的布局中两个非常核心的关键词："产品精度要求"和"智能制造"。

一个月后，美的宣布与以色列Servotronix公司达成战略合作伙伴。后者生产机器人的四大核心部件：伺服电机、驱动器、运动控制器和减速机。

其实，美的机器人只是表象，目的是补齐机器人制造产业链的核心能力，通过深入自动化装备或者机器人领域，逐渐摸索解决产品智能化问题、智造问题以及智能设计问题。

通过收购库卡，美的进一步解决了生产上的关键技术、关键零部件精度和可靠性问题，也借助机器人这种机电一体化技术，奠定了其布局能源、工业自动化、驱动技术、医疗、交通等领域的资本。

2022年，美的再次和机器人两个关键词放在一起时，不仅仅只有库卡，还有自主研发的WISHUG首款家庭服务机器人"小惟"。

激光雷达，融合3D视觉、控制器、传感器、AI算法……机器人"小惟"具有控制全屋家电并联动IoT设备能力，堪称全屋家电的"中枢大脑"：通过面部识别进行用户身份确认，通过中枢功能提前开灯，打开空调并调适到舒适温度，通过目标（RelD）跟随提前一步提供智能家居服务，如传话送物、日程中心提醒、做厨房助手、学习陪伴等。

当天，美的还发布了新一代扫地机器人、导购机器人新品。未来家电将"机器人化"，美的机器人将形成导购机器人、商用机器人、清洁机器人、服务机器人、烹饪机器人、园林机器人的矩阵。

家用综合服务机器人和人工智能的强大体现，成为美的打开未来生活"AI产业化"的一个新的突破口。

短短十年，美的悄然走完了转型的三个重要历程，集团陆续在智能家居、智慧楼宇、智慧物流等领域插下旗帜，拥有了包括以洗衣机、冰箱、厨房家电及各类小家电为核心的消费电器业务。

"美的不只是家电"。

在人工智能这个全球科技企业的兵家必争之地，美的成为机器人行业的跨界大咖。如今，外界再说美的是一家家电企业，已经不那么准确了。

从传统家电制造企业转型为全球科技创新企业：业务上传统家电的一枝独秀到消费电器、暖通空调、机器人及自动化系统和智能供应链的四马奔腾；发展方式从规模价格驱动向科技创新驱动；经营策略从"制造为中心"向"客户用户为中心"全程提速。

科技创新的持续井喷，让美的集团在"科技尽善，生活尽美"的未来道路上一路向前。

美的有今日的成就，可以说与方洪波有莫大的联系。

"未来我们要建立三大创新平台，IOT生产平台、营销的商业平台以及面向全社会的工业互联网平台。"方洪波自信满满地说，从科技驱动，到用户勾勒，美的将最终完成全球化连接。

从规模驱动迈向创新驱动，并非嘴上说说那么简单。2021年美的集团在全球引入1900名硕士人才、160名博士人才，重点聚焦在新材料、仿真、电控、变频技术、算法、人工智能等方向。

"全面数字化、全面智能化。"美的奉行的机制、投入、人才"三板斧"依然挥得呼呼作响。

"稍不留神就难以捕捉。"外界对美的如此评价。

"科技、用户、全球化，是美的迎接下一个繁茂时代的关键所在。"不难看出，美的从科技创新、全球经营、工业互联网等全维度，开启新一轮企业数智化转型，"新美的"再次释放科技驱动下的民营经济高质量发展势头，持续为中国制造和中国创新开创全新赛道。

业务数字化，建设DTC数字平台。

业务在线化，达到100%。

数据业务化，数字驱动运营达到70%，智能化决策要做到40%。

数字决策技术与业务完全融合，智能家居做到全球行业首选。

……

何享健自2012年卸任美的集团董事长后，放权给管理层，有媒体这样写道："虽然没事他也会去美的总部转一转，但他恪守不干预集团行政管理的原则。"

何享健曾说："我最大的成就，就是发现了方洪波。"

"狼性"通常被认为是一种团队精神，主要强调创新精神和顽强的拼搏精神，是一种主动奉行自然界优胜劣汰规则，优化集体的危机意识，从而在有限或劣势环境和资源条件下求生存和求发展的手段。

美的像一匹四处出击的狼。

如今的美的，是一家覆盖消费电器、暖通空调、机器人与自动化系统、创新业务四大板块业务的全球科技集团，在全球拥有约200家子公司、约150000名员工，业务遍及200多个国家和地区。

美的连续四年上榜《财富》世界500强。

美的的成功不是偶然，千亿帝国的背后不是任何一个人能解读的，任何一个角度的解读都是不全面的。

"科技尽善，生活尽美"是美的愿景，美的历来坚守。

"联动人与万物，启迪美的世界"是美的的使命，美的历来恪守。

"敢知未来——志存高远、务实奋进、包容共协、变革创新"是美的的价值观，美的致力创造。

是的，生活可以更美的。

《 第十四节

不变的永远是"变"

佛山市顺德区，有一座"全身铺满绿植"的大楼格外引人注目，它就是碧桂园集团的总部。

2021年8月10日，《财富》2020年全球500强企业榜单出炉，广东顺德碧桂园集团排名第147位，位居全球房企第一。

1992年，碧桂园集团创立，一晃就"三十而立"了。

在公众的眼中，碧桂园就是搞房地产的，那句耳熟能详的广告词"给你一个五星级的家"连孩子都能脱口而出。

机器人建筑、机器人餐饮、现代农业、新零售新业态……历经30年，碧桂园已发展成全国产业链最完整的房地产企业。

在一次业内的颁奖会上，主办方给碧桂园的颁奖词是：中国新型城镇化进程的身体力行者；全球绿色生态智慧城市的建造者；人类先进居住生活方式的供应者。

即便房地产，碧桂园给媒体的爆料都是上等的"新鲜词"：……推行"产城融合"战略，落地24个大型科技小镇项目，集TOD开发、立体城市绿化、居住办公为一体。不仅如此，还积极响应"租售并举"，BIG+长租公寓在建超21000间，最高年份曾实现年内12个城市、46个项目同时

开业。

房地产绑定高科技，这是不是一个唬人的噱头？

还真不是！

以新基建推动数字技术产业化、传统产业数字化，这正是碧桂园布局战略中的关键。

这种大规模布局创新业态是从2018年开始的。

2018年6月，碧桂园"高调"宣布进军现代农业，引入世界一流的农业生产技术和设备，采用公司+农户发展模式，建设农业博览园，进军先进农机业和种业，打造农产品质量安全体系。

同月，碧桂园牵手科技巨头腾讯，双方签署"共建人工智能社区"合作协议，并在"云平台服务"和"云监控服务"两个领域启动联合研发项目，率先共建国内"AI+服务"社区。

7月，碧桂园进军机器人领域，以机器人为核心技术产业，借助物联网、人工智能、云计算和大数据平台进行相关产业研发，为家庭服务、医疗、农业、建筑等行业提供智能制造的解决方案。

……

碧桂园可能是中国房地产里最另类的一家，这与它的创新基因息息相关。用一个词来概述这种基因，就是"抢风者"——抢在风口之前，先走一步。

在自身版图之外，碧桂园也以产业投资的方式进入万亿级市场。贝壳找房、企鹅杏仁、蓝箭航天、和铂医药、紫光展锐、比亚迪半导体、秦淮数据、塞飞亚农业科技……投资领域围绕房地产上下游产业链、智能制造等领域。

多维布局主动创新，新碧桂园呈现的三大业务是地产、农业、机器人。

2018年，碧桂园宣布正式进军机器人领域，并成立了博智林机器人公司，重点方向是建筑机器人和服务机器人。

一家龙头房企，忽然要去搞机器人这样的高科技产业，当时外界许多声音都在大呼"看不懂"。

"建筑机器人改造了传统的建筑业，在施工安全和工程质量以及效率方面都具有极大价值。"作为碧桂园的创始人，古稀之年的杨国强除了艰苦勤勉、敢打敢拼，还能积极拥抱科技，勇于创新。

当然，碧桂园的机器人业务并不是孤立的，其更重要的意义是服务于碧桂园的地产和农业两大业务板块。

不到一年时间，碧桂园搭建了系统化研发体系，组建了五大研究院，研发团队超过1600人，相继和清华大学、浙江大学、香港科技大学等多所知名高等院校在人工智能、智能制造、机器人核心零部件研发等方面达成战略合作。

杨国强多次在不同场合强调："我们要迎接'机器人建房子'的到来，只是时间的问题，这是我们未来强大竞争力的源泉。"

翌年，建筑机器人研发取得了阶段性成果。比如墙砖铺贴机器人能够实现自主定位及墙砖的自动铺贴，与人工铺贴相比，效率提高了45%。墙纸铺贴机器人及PC内墙板安装机器人更是填补了行业空白。

如今，碧桂园下属的广东博智林机器人公司已凸显亮眼成效：50余款在研建筑机器人覆盖主要建筑工艺工序。其中，近40款投放工地测试应用，10余款进入产品化阶段。

为助力建筑机器人施工，碧桂园自主研发了自升造楼平台、智能施工升降机作为配套设备，既提升安全性，又节省人力成本。到2020年年底，博智林机器人公司在关键领域拥有了一批自主核心技术，累计递交专利申请2314项，其中35款已投放工地测试，在关键领域拥有了一批自主核心技术，填补了行业空白。

碧桂园同时在餐饮机器人上发力。

2020年2月，碧桂园旗下千玺集团自主研发的"24小时无人、全自动化运作"煲仔饭机器人出现在武汉新冠肺炎疫区的隔离点，为医护工作人员免费提供煲仔饭配餐服务，赢得多方关注与赞许；成为科技助力应对重大公共危机的典型案例。

9月，杨国强在一次公开场合讲话时表示："如果没有科技创新、没有创造力、没有强大竞争力，就不能在这个年代里很好地活下去。"他认为，疫情过后，餐饮机器人行业将引来餐饮业逆势而上的机遇，向着更大的市场再次进发。碧桂园要趁此机会，把自己的机器人业务推向新高地。

在产业链前端，碧桂园整合现代农业方面积累的优势，通过智慧种业基地、无人农场这些原材料供应基地，结合扶贫助农增收推进标准化生产和采购，为机器人餐饮的食材"开源"奠定坚实基础；而在产业链后端，千玺集团机器人业务已覆盖供应链生产、机器人生产、餐饮门店运营及机器人单机设备运营等全产业链，并已打造6家机器人餐厅实体店。

在技术研发、认证及成果落地等方面，千玺集团进展喜人：获得国内首批餐饮机器人CR证书，参与制定并发布首个食品机器人行业标准，提交600多项专利申请，自主研发机器人设备及软件系统近百种，其中60余款已投入使用，涵盖火锅、中餐、快餐、煲仔饭等多个业态。

碧桂园对创新与转型有一种上瘾般的痴迷，否则很难解释为什么碧桂园坚定地在机器人领域内布局，并最终抢在风口之前完成了最核心的技术积累。

此外，在现代农业方面，碧桂园也在做"加法"。

曾自言"重新回去种田"的杨国强于2018年6月高调宣布正式进军现代农业。

"我们不与农民争利、希望与拥有土地的农民一起进行科学合理的谋划。"杨国强坦言，"帮助农民增收，促进农村发展，助力乡村振兴"。

什么是杨国强所倡导的"科学合理谋划"？

碧桂园通过引入世界一流的农业生产技术、设备，同时利用机器人研发优势，布局研发、育种、生产、加工、物流、销售于一体的农业全产业链，在黑龙江建三江大型无人化农场试验示范项目，在海南陵水县建现代农业科技示范基地。

2020年3月，碧桂园农业收购了华大基因农业控股有限公司80%股权，成为华大农业的控股股东。二者强强联合，加速推动了覆盖研发端、生产端到销售端的全产业链现代农业的发展。

这些集特色农业、现代高效农业、生态科技农业、休闲观光农业为一体的项目，将科技与农业高度融合，打造包括研发服务、智慧种业、健康粮油、精品果蔬、海洋渔业、都市农业、现代农业科技园、凤凰优选等八大核心业务板块，为地产主业增添附加值。

杨国强说，他年轻时，曾经挑着自己种的菜，骑着自行车到广州走街串巷卖，他知道城市人喜欢什么。

用科技的方式生产农产品，用现代化的方式实现从生产到销售的产业链。目前，碧桂园已落地多个优质项目。在碧桂园的碧优选，食品丰富、安全、好吃、实惠，菜、肉、水果、粮油和水琳琅满目，还有几百种家庭常用的日用品。

"如果做到琳琅满目，还担心不会有人进'碧优选'买东西吗？"杨国强对那些质疑者反问道。

地产是碧桂园的根基，而"SGF建筑工法"则为公司打开了一条锁定未来的发展通道。

提到建筑工地，不少人的印象仍然停留在水泥搅拌、粉尘飞扬、机器轰鸣的脏、乱、差场景。而在珠海，一种被形象地比喻为"搭积木"的装配式建筑正渐次崛起，这就是位于平沙新城的碧桂园保利海悦天境项目。

楼栋建筑毛坯墙体、地面光滑平整，所有的切割加工都在外场进行；一片片规格分明的预制构件有序排放，散落的砂土砖瓦难觅踪影；密布的脚手架则被智能化爬架所取代，还能跟随主体施工进度自动逐层提升。映入眼帘的高层住宅即使在建造过程中也不失"高颜值"。

现场的预制构件上都附有一个"二维码"，尺寸大小、生产时间、采用工艺、构件强度、生产工位等信息"扫一扫"即可清晰掌握，项目也能够对此进行全过程的"产品溯源"。

一圈走下来，鞋面光洁如初，印象中的建筑工地场景被完全颠覆。

"花园式工地""防止空鼓、渗水、裂纹""大幅节能减排"等。碧桂园东莞茶山项目因采用新式"SSGF建筑工法"，在行业内引发关注。

什么是"SSGF建筑工法"呢？

"SSGF"即现场工业化体系，它是碧桂园整合集成的"安全共享（Safe&share）""科技创新（Sci-tech）""绿色可持续（Green）""优质高效（Fine&fast）"的缩写。

这是碧桂园秉持的建筑四大核心创新理念。

遵循四大核心理念，碧桂园这一生产方式的系统性变革，逐步成为中国建筑业独具特色、引领行业的高质量建造体系。

说起SSGF的特点，碧桂园掌门人杨国强津津乐道地说："SSGF具有精品质、快速度、高效益的特点，同时还具有安全、绿色、节能、环保等优势，对全穿插施工管理、一体化装修、移动信息化管理、人工智能化应用等技术及管理进行系统集成。"

碧桂园的SSGF创新理念，兼具新型装配式和现浇的优点，不仅解决了行业内驱不足的问题。同时获得学术界、建筑业、房地产业的充分认可，多个采用SSGF的"花园式工地"项目均入围"广厦奖"候选项目。

"碧桂园SSGF引领建筑业改革方向。"住房城乡建设部建筑标准化委员会相关人士这样评价，"带来了生产方式的革命性变革。"

变则通，不变则壅；变则兴，不变则衰。

中国传统房地产增量市场空间越来越小，碧桂园开始试点地产走出国门，以变应变，饮得"头啖汤"。

2015年12月18日，碧桂园正式发布马来西亚"森林城市"项目。项目位于新加坡附近，是由四个填海岛屿组成的"巨无霸"，规划占地近20平方公里，计划总投资2500亿元。

"既然迪拜人可以在沙漠中建造一座国际大都市，我们也可以在海上建起一座新城？"在碧桂园董事局主席杨国强的设想中，森林城市将通过大面积绿地湿地与园林规划的结合，实现雨水资源的蓄存、渗透、净化及循环利用，成为未来绿色智慧城市的典范。

这是碧桂园出海投资以来最大的战略项目，也是中国民企迄今为止海外最大金额投资案。

这是一次革命性"实验"。

按照碧桂园的设计规划，森林城市将是中国企业在马来西亚建造的首座智慧生态城市，也是全球首座分层立体城市。

斥巨资在毗邻新加坡的马来西亚依斯干达经济特区造城，并非杨国强一时兴起。因为他看到，在全球第三大金融中心新加坡旁的依斯干达经济特区，他看到了下一个崛起的深圳——那是马来西亚和新加坡两国深化经贸合作的前沿阵地！

果不其然，"森林城市"被列为广东省"一带一路""1+10"标志性项目之一、广东省国际产能合作重大项目，吸引了包括中国、马来西亚、新加坡、日本、韩国、印度、印尼、中东、欧美等国家和地区的诸多客户。

这就是有远见民营企业家的洞见，常常超乎我们的想象。

也许从诞生的那天起，碧桂园就注定是属于下一个时代的企业，因为"创新"是碧桂园与生俱来的基因。

在主营业务层面，碧桂园坚信中国城镇化仍有巨大发展空间，并坚定布局下沉市场，将目光锁定到三、四线市场。

对于碧桂园来说，这不是一次简单的"试水"，而是战略性的选择。

基于这种产业发展理念，碧桂园继马来西亚打造海外地产森林城市之后，又马不停蹄计划投资上千亿元在长三角、珠三角、京津冀等地落地24个科技小镇项目。

惊人的市场纵深。

"科技小镇计划是一个挑战，将采用'森林城市'的立体城市建设理念，将分层立体城市、垂直绿化理念融入其中，构筑一个多维度的生态景观系统。"2016年8月9日，鲜少出现在公众面前的杨国强意外现身，为公司计划五年投资千亿资金的"科技小镇"项目背书。他在发布会现场向媒体吹风："我们有经验、有胆识、有资金、有操作能力做成一个科技小镇的榜样。"

2017年2月，经广东省政府同意，省发改委正式印发《广东惠州潼湖生态智慧区发展总体规划（2017—2030年）》，明确提出将潼湖生态智慧区打造成"广东硅谷"。

5月17日，碧桂园首个"创新小镇"在惠州市潼湖生态智慧区破土动工。在新型城镇化建设的竞技场，碧桂园打响了广东科技小镇的"第一枪"。

潼湖的条件得天独厚，不仅交通便利，而且离深圳也很近。碧桂园绝非打着产业的名义做房地产开发，而是专注产业之举。

"中国的创新创业之都是深圳，深圳经验告诉我们要把创新、创业，项目、产业联结在一起。"杨国强的这番话，其图谋"昭然若揭"。

所谓"创新小镇"，并非传统行政区划意义上的"镇"，也不是产业园区的"区"，而是一种区域性空间与要素集聚的发展模式，是城市化进程加快、社会发展到一定阶段的产物。

早在2016年8月，碧桂园发布了"产城融合战略"，推出科技创新智慧生态小镇计划，定位就是"为凤筑巢、陪伴成长"，采用的模式是"重资产平台+N个轻资产平台"。

"这是碧桂园转型的重要转折点，我们秉承的是长期持有的商业模式，不是建好就卖，卖完就走。"杨国强毫不掩饰地表示，"希望大家能来潼湖工作、生活，或者喝咖啡、看电影、散步和看书。"

作为碧桂园创新小镇的"首秀"，小镇建设分为"东、中、西"三大特色科技产业组团，其中，东部组团是以"智慧城市+科技服务"为核心的多功能智慧产业基地，包括创新工场、平安银行、清华大学等企业和机构已进驻。中部组团打造智能制造平台，包括富士康、奥林巴斯等已进驻。西部组团打造高新技术研发制造产业基地，思科、施耐德等已进驻。

在潼湖小镇，学校、医院、公共服务中心、大型购物广场、会展会议中心、酒店、教育与研发机构、公共实验室等配套设施一应俱全，并借助物联网、大数据主导产业及智能控制、智能制造和科技服务进行配套。尤其吸引人的是惠州潼湖科技小镇成功引入"Apollo阿波龙"无人车，开通了"一站式"服务大厅，成为广东科技小镇的标杆项目。

碧桂园创新商业模式被誉为"新型城镇化3.0版"。

值得称道的是，碧桂园服务已构建了完善的智能物联与信息化体系，并孵化社区大脑——"统一集成平台"。通过系统集成和数据打通，以数据管理模型和人工智能分析为核心驱动，实现对设备端和应用端的集中管理。例如社区"大脑"可在电梯维保计划安排和实施过程中形成指导，明晰电梯检修步骤、要求与效果。以流程化的检修步骤规范，确保每一位维修人员都能胜任检修工作；并且可以根据维修人员的执行效果自主深度模拟学习，动态优化管理方案。

而"凤凰会"APP打通各个设备系统，通过工单的方式及时将设备维修数据反馈到"大脑"，形成闭环。有别于其他的APP，凤凰会平台采用注册制，对第三方接入的开放程度高，可扩展性强，社区内外部都可使用相关预约及服务，达成内外部覆盖的高度一体化。

尤瓦尔·赫拉利在《未来简史》中说道："人们之所以不愿改变，是因为害怕未知。但历史唯一不变的事实，就是一切都会改变。"

2020年新冠疫情打破了人们固有的生活工作习惯，也改变着顾客的消费行为，越来越多的行业和个人认识到直播的魅力，一些此前闻所未闻的产品都被放进了直播间，曾经被认为最顽固、不太可能形成实际成交的产品也竞相开播，其中就包括房子。

伴随淘宝、抖音、快手等视频直播电商平台日渐成熟，实时互动、真实感强、互动率高的直播带货场景呈爆发式增长，受疫情影响，线下拓客看房渠道被"速冻"，房地产开始创新营销模式，将关注点转移到"线上"。

碧桂园闻风而动。

2020年5月5日晚，碧桂园在抖音平台启动直播购房节，共覆盖76个城市、29个分会场，共提供了1.7万套精品房源；在持续2小时的直播中，共吸引了近800万观众围观，收获总音浪478万，登录抖音直播小时榜第一名，创下房企线上新纪录。

直播期间，碧桂园签下的房子总值约25亿元。

碧桂园创新改变传统营销模式，抖音直播的"头雁效应"引发火爆围观。

碧桂园直播卖房火了。

最高峰34.2万人同时观看直播，抢购房券、登陆抖音直播小时榜第一位……集合"娱乐话题+硬核折扣+万套房源"三大特质，碧桂园首次尝试线上直播购房火爆程度出乎预料，从策划定位、超低折扣、直播规模等角度来看，都堪称是房企玩转直播的标杆案例。

这次直播，碧桂园邀请了汪涵、大张伟两个"顶流"明星进行直播导流，一方面固然考虑了"明星引流"为营销造势的需要；另一方面两位明星直播中畅谈家事、生活，契合了碧桂园一直以来所聚焦的"家"文化，赢得了消费者的青睐。

在直播中，碧桂园颇具互联网思维，空前让利和直播环节的精心设计，不仅连线29个区域，而且放出海量"万倍膨胀"购房抵扣券和百万红包雨等让利大手笔，给房源、车位、商铺低价折扣，只要参与直播就发红包，还可以抽奖礼包。

新基建风口下，数字化营销将成为碧桂园创新的基本技能，这也是"后疫情时代"碧桂园的新思维和营销服务升级手段。

区域总裁和营销总经理们更是兴致勃勃，在线与受众battle互动砍价，超低折扣特价好房吸引不少购房者在线"秒杀"。

前所未见的直播热潮，不仅交易了房产，还传递了碧桂园的居住文化和企业故事，带给了购房者更多美好体验，可谓一次优秀的传统行业互联网化营销案例。

"远超预期。"一位负责人说，碧桂园的销售情况佐证了公司全国布局的前瞻性。

伴随底层云计算技术的日臻完善，5G技术商用将加速落地，直播用户的体验会得到极大改善，"云上生活"越来越成为人们的日常。碧桂园的"触电"，让"万物皆可播"成为现实。

有观察人士认为，在新基建以及智能化发展大潮的倒逼下，碧桂园直播一方面可通过明星导流提升受众对企业品牌的好感和认知度；另一方面可将线上直播流量导流线下销售案场，正是新技术潮流下房企一致采取的新拓客户渠道之一。

碧桂园总是积极探索和主动拥抱互联网。

目前，碧桂园的营销信息化发展已经获得了大的突破，拥有"碧桂园凤凰云"小程序并率先进驻淘宝天猫旗舰店。

加法造就融合衍生，减法带来专注升级。

建筑机器人、餐饮机器人、医疗机器人，淘宝卖房，直播购房……在这些没有历史镜子可供参照的领域里，碧桂园仿佛站在"无人之境"，走向了前所未有的创新宽度。

如果回到碧桂园的发展基因上，你会恍然大悟，这家企业擅长在转型窗口期打出一手"创新牌"，并且这种创新又总能落在实处。

第十五节

一"缆"天下

　　汉胜科技（以下简称汉胜）位于珠海新青科技园，在它的智造车间内，其自主研发的"黑科技"——漏泄电缆及仿真模拟试验系统正在进行最后的出厂检测，这个备受欧美业界青睐的产品将应用于瑞士阿尔卑斯山隧道。

　　这套自主研发的漏泄电缆及仿真模拟试验系统，测试精度比国际同类产品高10倍，在国内市场占有率排名第一。

　　在汉胜技术部的展厅内，公司的新产品在展桌上一字排开：高速数据传输通信对称电缆被全国各行各业的数据平台广泛使用，助力构建高速数据系统；漏泄电缆可保障高铁桥隧等特殊路段电磁信号的稳定发射和传输，帮助移动运营商解决普通基站信号输送距离短的"痛点"，保障高铁乘客手机信号全程畅通；汽车智能化线缆凭借低衰减、轻量和耐环境性能，在智能驾驶、车联网领域广受客户青睐……

　　风樯阵马，世道沉浮。

　　汉胜"闯全球"的创新故事，是广东装备制造业崛起中的一朵浪花，也是珠海"智能制造"的变革乐章。

　　在通信电缆行业潮起潮落的激荡岁月中，尽管历史的车轮扬起万千风尘，却不能湮灭靠科技实力铸就的"汉胜"光芒。

"汉胜"透着一股与生俱来的睿智和坚毅，其思维创新的咄咄气势，注定要被同行业所瞩目。

从一个"贴牌"生产的小厂，到全球规模第二、亚洲最大的射频同轴电缆制造商，珠海汉胜是如何实现逆袭的？

"生有尽，业无涯，勤无价，耕耘为天下。"历史总是尊重那些有理想的开拓者。在一楼展厅，摆放着各种规格的电缆产品。公司董事长兼党委书记寿伟春说：攀登科技高峰，打造过硬的品牌，这是基础。这位技术员出身的董事长，介绍起产品来激情澎湃。

《孙子兵法·虚实篇》曰：兵无常势，水无常行，能因其变化而取胜者，谓之神。汉胜的故事要从3G开始。

2009年，是中国3G元年。

也是在这一年，汉胜赢得先机。

尽管现在已进入5G时代了，但当时的3G为何物，很多人其实还一头雾水，汉胜的创始人寿伟春简单概括为"把一部电话、一台电脑、一部电视、一台游戏机、一个导航仪等功能集合到一体，那就是3G了。"

在整条3G"食物链"上，汉胜生产的射频同轴电缆便是用于移动通信基站、运营商无线网建设直接受益。

也是在3G的"食物链"上，汉胜获得了与相关设备厂商共享盛宴机遇。

2009年1月，中国联通总部为3G配套电缆集采招标时，汉胜扬眉剑出鞘，在全球范围内与其他跨国企业"火拼"，取得了中国联通WCDMA第一标的胜利，以综合得分第一的成绩打响了2009年RF电缆销售第一炮，一举夺得联通55个重点城市中的36个。

5月，在中国电信2009年馈线集中采购项目中，珠海汉胜科技同轴视频电缆产品成为3G通信网络的"当家花旦"，中标项目几乎覆盖了整个中国版图。

汉胜在外部环境严峻、大量企业订单减少的情况下，生产订单却频频在创单月最高纪录的基础上逐月递增。

董事长寿伟春也是人逢喜事精神爽："汉胜能在金融危机的情况下实现38%的销售增长和产量翻番，3G市场带来的增长动力功不可没。"

古人说：善弈者谋势，不善弈者谋子。

汉胜能笑傲江湖，始于4年前对3G的备战。

当时，发展3G还未被正式提上日程时，汉胜已经意识到，中国必然要进入3G时代。要想占领制高点，关键要有战略眼光，而且还要行动敏捷。因此提早投入重金、全力研发3G配套的电缆，公司成立了技术攻关小组，制订公司3G技术蓝皮书，针对通信3G技术对公司产品技术需求提出了指标参数，提前进行了技术研发，相关产品性能达到国际领先水平。

4年卧薪尝胆，4年厉兵秣马，汉胜赢得了先机。

拿破仑说："我的军队之所以不败，是因为与对手抢占制高点时，我们总是早到了5分钟。"

显然，汉胜"早到了5分钟"。这种战略准备和战术安排为汉胜率先抢占技术和市场发展的制高点起到了至关重要作用。

机会总是留给有准备者。2009年春节前夕，刚刚取得3G牌照的移动、电信、联通三大运营商纷纷向汉胜下单，要求供货。

拿到订单是硬道理，及时交货是真功夫。

为满足客户生产需求，汉胜公司向全体员工发出号召：春节期间不放假。

汉胜的倡议在员工中一呼百应。

职工苏坤、张卓，早已告知家中父母，今年一定回家过年团圆，但当听说公司生产任务十分繁重时，毅然放弃原来的春节回家计划，退掉费尽周折买来的火车票，加入了节日加班大军。

查明旺，主动推迟了回家举办婚礼的安排，在完婚后的第一天上班即投入到紧张的工作中去，并主动担负值夜班的工作。

杜流红，由于公司春节年初三开始加班，大年初二即从家中赶赴公司。春运期间一票难求，几经辗转，最终买飞机票从家中赶到公司，保证了春节后顺利开机。

……

"重点是正针对W–CDMA工程赶工期。"寿伟春说。

W–CDMA就是3G工程之一。

调兵遣将总动员，"长枪短炮"齐上阵。全公司用于RF电缆生产线总数达到极限：发泡线19条，其中4条特大型生产线；轧纹线6条；护套线20条；新增厂房2栋各800平方，总生产能力达900km/天；

生产报表更是节节攀升：一月份13047km，二月份14871km，三月份17709km。

……

为了保证客户的需求，速度基本达到极限，全部生产线是24小时不间断生产，员工也是"三班倒"，但仍然不能满足市场的需求。当时，全国每年要新增各类基站数万个，年需求射频同轴电缆达6万公里以上。紧随其后，每年射频同轴电缆的需求量将超过10万公里。可见，移动通信带来各类基站的增加最终带来射频同轴电缆需求的增加，这为移动通信用射频同轴电缆提供了更为广阔的市场前景。

现在回过头来看，在第二代移动通信技术（2G）领域很难找到中国企业的身影，但是在第三代移动通信（3G）领域，跨国公司独占鳌头的时代已成为过去，中国企业已然超越。

汉胜深谙：下刀总是慢半拍，到头来每一块市场蛋糕都可能没它的份，盘中的奶酪也会被别人"动一刀"。

汉胜的脚步当然不会止于3G，它不断品尝先人一步的甜头。

过去因3G、4G网络建设，汉胜生产的馈线产品供不应求，销售额一度冲至20亿元，创下公司单品销售纪录。后来，随着网络建设趋缓，馈线销量也持续回落。对此，汉胜主要采取了两条应对策略：一是加大研发投入，提高现有馈线产品科技含量；二是快速推出适应5G网络建设的光电复合线缆等新产品。如今，在5G网络强劲需求的带动下，兼具光纤通信和电力传输优势的光电复合线缆产品，以其在5G分基站网络部署中的易操作性，迅速在市场上铺开。

"5G、物联网和智能时代的到来，将成为线缆企业的巨大机遇，研发新技术、储备新产品仍然是汉胜在新一轮发展中的重中之重。"寿伟春说。

在汉胜展示厅的一面墙上，一副销售额柱状图吸引着每一位在此驻足的人。

代表年份的横轴，代表销售的竖轴，代表增长的弧线，勾勒出一只振翅腾飞的大鹏，低升、跃起……始于筚路蓝缕，经历风云变幻，穿过市场冷暖，汉胜发展的弧线始终向上！向上！

这股蓬勃的动力源自何处？

"科技创新。"与技术相伴几十年的寿伟春说，"我们汉胜有一句话，叫永不停步，在科技创新中，尤为突出。"

从20世纪80年代后期研发的藕状电缆到物理高发泡同轴电缆，从50欧姆同轴电缆到领先世界的3G馈线电缆，汉胜攻克了一个又一个技术难关，并因技术过硬而扬名天下。

作为亚洲第一、全球第二的集研发、生产和销售于一体的国际同轴电缆生产基地，汉胜的"弦"始终是新品开发、科技研究，长期绷紧于市场需求。

曾几何时，我们以差不多全世界都能买到"中国制造"的产品为荣。可是，当我们从沾沾自喜中走出，站在世界经济的角度观察才清醒地认识到，我们这个"世界工厂"，只有"身躯"，没有"头脑"。

寿伟春常常拿芭比娃娃举例：一个芭比娃娃在美国市场上的平均价格约为10美元，而制作这个芭比娃娃的中国企业只能拿到35美分的加工费。

"没有自主知识产权，就无法掌握自己的命运。"

芭比娃娃的"尴尬"时常在警醒和激励着汉胜人：必须把科技创新作为增强企业国际竞争力的战略核心。

从20世纪80年代中期开始，汉胜先后推出了实芯、化学发泡、藕形及物理发泡共四代电视电缆，产品一直以其优异的性能和稳定的质量在不同发展阶段占据着亚太地区同行业前列。

在高频传输电缆行业，汉胜科技总能够像3G一样，跑在市场的最前面。1997年，随着有线电视网络向HFC网络过渡，汉胜推出了接入网用同轴电缆。

贵为汉胜的"当家花旦"，我们有必要了解一下什么叫"同轴电缆"？

同轴电缆主要是用于移动基站和信号盲区信号覆盖等。它有两个同心导体，而导体和屏蔽层又共用同一轴心。同轴电缆绝缘材料采用物理发泡聚乙烯隔离铜线导体组成，在里层绝缘材料的外部是另一层环形导体即外导体，外导体采用铜带成型、焊接、扎纹；或是采用铝管结构；或是采用编织结构，然后整个电缆由聚氯乙烯材料的护套包住。

"电缆主要划分为藕芯电缆、化学发泡电缆、物理发泡电缆三类产品。"专家型的寿伟春介绍说，在技术上，汉胜企业的主导产品——同轴电缆已经走过了"实芯聚乙烯绝缘""化学发泡聚乙烯绝缘""藕芯聚乙烯绝缘"和"物理发泡聚乙烯绝缘"等多个阶段。

藕芯电缆是广泛使用于有线电视网络传输的传统产品，虽然成本低，但电缆的密封型较差，容易渗水，影响传输信号，市场份额逐年下降。

化学发泡电缆因为不符合国家相应的产品标准，是国家广电总局禁止使用的产品，但因为价格低，短期内的使用效果与正规电缆无明显区别，加上使用单位的鉴别能力普遍不高，当时成为市场上的主流产品。

物理发泡电缆具有防渗水、耐老化、传输信号稳定的优点，是国家重点推广的新型产品，市场份额逐年上升。

汉胜主攻的物理发泡同轴电缆有75欧姆和50欧姆两类，在全国只有珠海汉胜一家具备生产能力。

在75欧姆同轴电缆方面，汉胜将20世纪90年代国际中等水平的藕状绝缘电缆发展成国际先进水平的物理发泡绝缘电缆，发泡度高达80％，产品广泛应用于国内外有线电视系统，并向数字电视、宽带网进军。

50欧姆同轴电缆，是用于移动通信网络的传输导体，手机话音是否清晰，与该种电缆息息相关，这是被列为重点国家级火炬计划项目的高科技产品。

那个年代，偌大中国版图还是外国产品的天下，国内移动通信行业只能从国外5家大公司进口，汉胜的市场占有率为零。

1995年，汉胜在国内首先成功采用氮气实现物理高发泡，并用此技术生产出用于有线电视网络建设的高品质电缆，使产品传输速率更高、衰减更低、性能更优良。2000年，汉胜成功研发出用于移动通信基站的物理高发泡大截面同轴电缆。其中，生产大截面物理发泡的技术更是填补了国内空白，达到国际先进水平。

汉胜在技术研发上卧薪尝胆，工艺和技术上取众家之长，开发出了应用于无线电通讯的50欧姆皱纹铜管同轴电缆、50欧姆漏泄同轴电缆、50欧姆编织型同轴电缆等系列产品，凭技术等级与质量水平，打破了国外技术壁垒，成功研制出具有自主知识产权适用2.5G移动通信的电缆并稳稳"统治"着这块地盘。

汉胜电缆铺设的优质网络，已从国内铺设发展到世界各地。

寿伟春董事长不会忘记：那是1997年，汉胜与欧美设备制造商签订了50欧姆天线电缆生产设备采购合同，汉胜派出了两个工程师小组，常驻奥地利和美国，开展关键技术攻关。那段时间，攻关小组的工程师们虽然置身旅游胜地奥地利，但大家几乎没有时间出门游玩，而是整天扑在生产车间。由于在国外工作太劳累，一位工程师出国前的一头乌发回国时几乎掉光了。

1999年底，汉胜完成了50欧姆电缆的工艺研究，经国家有关部门鉴定，汉胜50欧姆电缆完全可以与进口电缆媲美。

汉胜高端产品的问世，打破了国外5大公司的垄断，这一产品价格开始大幅下降。

看外资品牌脸色，吃残羹剩饭的时代终于成为历史。

基于自身先进的氩弧焊技术和塑料挤出技术，汉胜在国内首家全套引进欧洲铝塑复合管生产线和试验设备，研制生产了最新一代的环保管材新型铝塑复合管。它融合了塑料管和金属管的优点，达到当今国际先进水平。

"人无我有，人有我优，人优我新，人新我特。"最近几年间汉胜又研发出耐高温同轴电缆和稳相电缆。

作为国内首先成功采用氮气实现物理高发泡的厂家，汉胜研发的大截面物理发泡生产技术填补了国内空白，如今已达到国际先进水平。

一直以来，高端线缆市场都是行业必争之地，但要真正逐鹿其中并不容易：一方面，高端线缆对于材料、技术、加工工艺以及稳定性的要求更高，产品性能超出了绝大多数企业的能力极限；另一方面，各国对线缆产品设置了不同的标准及认证门槛，需要企业在走出去之后做大量落地工作。

2013年夏季，在欧洲举办的一次IEC国际学术会议上，与会专家首次提出了在复杂电磁环境以及更高工作频率下，电缆信号的有效传输问题。

汉胜嗅到了市场需求，决定攻克Class A++电缆难关，抢占欧洲高端市场。

"欧洲回来后，我们立即组织开展相关配套产品的研发。"寿伟春说，由于产品和试验方法都尚未形成国际标准，研发人员赴德国，与IEC该类产品的分委员会秘书就产品路线图和试验方案作沟通，并与西班牙、意大利技术专家一起研究。

李秋源是Class A++电缆项目的负责人，他记忆犹新，在研发过程中困难很多，常规材料无法达标，光铝箔就用了很多种。方案出来十几个，无数次试验，用掉了400条电缆。

2014年，国际上首套能够按照最新IEC标准测试电缆屏蔽特性的试验装置在汉胜调试完毕。过去，国际电工委员会、欧盟和美国电缆通信工程协会相关标准的最高等级都只有ClassA+，汉胜引进整套欧洲原产的精密测试系统，改造升级了整套工艺装备，把编织型电缆组件的屏蔽等级直接做到了ClassA++，以超强效能实现"硬核"突破。

汉胜的生产技术以及质量控制达到世界领先的水平，订单也纷至沓来。2015年，汉胜的Class A++单品类产品在全球销售额突破700万美元。

这仅仅是汉胜"硬实力"的一个缩影。

在汉胜的"智造车间"内，高屏蔽电压隔离网络接口项目是一个被人津津乐道的经典案例。时间拨回至3年前，国外某客户来到汉胜参观，会谈中，对方提及了这个新产品。尽管高屏蔽电压隔离网络接口和汉胜现有系列产品区别较大，但汉胜科技敏锐地察觉到该产品的市场前景。

一位哲人这样说：人生一半靠行动，一半靠思考，每走一段路都停下来审查一下，总结一下，这样才有可能实现质的飞跃。

根据以往经验，常规产品在一两次制样后便可基本定型。但高屏蔽电压隔离网络接口的制样难度远超预期，一共经历了4次送样，才最终通过终端运营商客户的认证。

现在的汉胜已是亚洲第一、全球第二的国际同轴电缆生产基地，公司累计获得国家专利50余项，掌握多个拥有自主知识产权的核心技术，共有4大类通信电缆被评为"国家重点新产品"，3大项目被列入"国家级火炬计划"和"重点国家级火炬计划"。

37年风雨兼程。37年壮丽史诗。

从成立初期名不见经传的贴牌小厂起步，成长为亚洲同轴电缆行业的领头羊，汉胜科技股份有限公司的发展历程可划分为两个阶段：第一阶段是用10多年时间，逐步掌握通信线缆产品的核心技术，拓展产品门类和品种，提升国内外市场占有率，直至21世纪初发展成为国内领先、国际知名的同轴通信电缆龙头企业；第二阶段是近10年来，重视核心技术成果转化为国际标准，并推动产品研发对接国际标准。

汉胜的经历可以被视作中国同轴通信电缆企业在技术上由"跟跑"到"领跑"的缩影。2018年发布实施的IEC61196-6-4是汉胜主导制定的第一项国际电工委员会国际标准。

从"卖电缆"到"定标准"，汉胜坚持自主创新，成为通信领域国际标准的主导制定者。

"无论是拓展市场还是争创一流，走上国际舞台主导国际标准制定，都离不开数十年如一日的创新。"寿伟春说，"未来，我们将专注于通信线缆领域，努力成为世界通信线缆行业的领导者。"

有这样一个历史典故。

春秋战国时期，燕昭王为招贤纳士，在易水旁筑起一座高台，台上存放黄金，以馈赠四方贤士，台名"馈贤台"，又被称作"黄金台"。

1992年，珠海以百万科技重奖筑起了"黄金台"。

这一举动恍若在中国传统体制的"一潭死水"里丢下一块巨石，同时不啻在百万科技工作者沉寂的心灵荒原上扔下一颗精神原子弹。

3月9日，那是一个春寒料峭的日子。

珠海气温很低，但首届科技进步突出贡献的奖励大会现场却气氛热烈。

9时整，在30万头爆竹声中，大会开始。

作为5个项目的首席获奖者——寿伟春登上了"黄金台"，他和他的助手获得首届科技重奖。

这一年，汉胜的年产值才2000多万元，寿伟春和他的汉胜品牌开始崭露头角。

作为珠海的科技明星，获奖的当天，寿伟春就立下了誓言：要向更高的科技领域进军。

1997年6月，寿伟春再次站在珠海科技重奖的领奖台上，不过，这次他站到了最前面，荣获一等奖。

寿伟春，成为了珠海科技重奖以来唯一两次登台领奖的传奇人物。

在中国，说同轴电缆不提汉胜，就像品三国不提诸葛孔明；而说汉胜不提寿伟春，就像谈佛教不提释迦牟尼。

将寿伟春与佛祖扯在一起，实在是因为他念的也是一部"苦经"，与佛教的苦尽甘来有异曲同工之处。

业界有这样的传说：全国通信业召开大会，大家都在打听"寿伟春来不来"，如果他不赴会，就会觉得"特没劲"。

故事虽无法求证，却折射出一代"缆王"寿伟春在行业界举足轻重的江湖地位。

我们让时间回溯到1984年。

这年春天，改革开放的总设计师邓小平南下考察，从深圳到珠海，他一路听，一路看，一路思索。

"珠海经济特区好。"在他下榻的珠海宾馆，小平欣然为起步中的珠海题词。

同年9月，上海的夏末，空气中还弥漫着大都市湿热的气息。深受小平南方谈话的鼓舞，经过长达半年的准备，寿伟春向塑胶线厂提交了"在珠海经济特区合资经营塑料电线厂的项目"的可行性研究报告。

当时，寿伟春的身份是技术厂长，在上海塑胶线厂这样等级分明的国企里，相当于副厂长的级别。

翌年春天，寿伟春作为项目的筹备组组长，带着"振兴中国民族工业，赶超世界先进水平"的抱负，告别亲人和同事南下珠海，不久正式出任汉胜特种电线有限公司总经理。

那时，汉胜有三大股东，分别为上海塑胶线厂，持股40%；珠海经济特区发展公司，持股25%；香港华盛昌机械企业有限公司，持股35%。

　　汉胜成立伊始，房无一间，地无一垄，公司羞答答蜷伏在老香洲翠香路租来的简易民房里，偏僻得没人想到，普通得没人知道。

　　24年后，珠海电视台的记者曾到那间民宅拍摄，许多居民纷纷打听"怎么要拍这样一间破房子？"

　　"这个房间多大呢？大概只有9个平方，房间只有一个小小的窗户洞，什么也没有，那么白天进去必须开灯，我们就住在这个小房间里面，在旁边一个房子里做饭，办公也在里边。"寿伟春这样说道。

　　当时的珠海吉大还是一片亟待开垦的处女地，荒草遍地。南山脚下，珠海九州大道还是"晴天一身灰，雨天一身泥"的土路，而珠海的第一个工业区——南山工业区则刚刚破土动工。

　　也就在那一年，汉胜的种子穿透自身的外壳，破土而出：汉胜科技股份有限公司的前身——"汉胜特种电线有限公司"在悄无声息中挂牌。

　　这正应了一位政治家的反问句："世界上的大事，有几件是在敲锣打鼓中完成的？"

　　初创时的汉胜，就那么几颗人脑袋，别的一无所有。

　　据汉胜高级顾问、时任公司办公室主任的藤绍仁回忆，当时的汉胜实行了"基建、安装、培训、生产、经营"的滚动式同步发展，厂房刚建好一层，设备立即安装，试产一次成功，培训完毕的员工立即上岗。

　　就是在这间9平方米的房间里，寿伟春白天忙着科研开发，晚上接着搞基建和设备。当时吉大片到处是开发热土，没有一条名副其实的道路，竟找不到愿意走这条路的卡车司机，寿伟春只好租来几台拖拉机，将设备运到工业区。

　　"那时条件的艰苦超乎想象。"寿伟春回忆当年的情景依然感慨万千，"整个工厂连一部电话都没有，办事、请人上门安装设备全靠一部破旧的单车。"

　　汉胜元老之一朱金凤印象深刻："像我这样的话要兼很多职务，要报关、要搞销售……当时遍地是四脚蛇和成群结队的蚊子，为防不测，寿总穿着高筒雨鞋，在泥泞不堪的九州大道走了不知多少来回。到了晚上啊，那个蟑螂、老鼠才叫多……"

1986年，汉胜正式建成投产，由于生产线是从上海塑胶线厂拆迁而来，产品都是技术含量低的普通电线和彩电安装导线。

白手起家，规模小，又缺乏具有竞争力的拳头产品，尽管寿伟春在呕心沥血地经营企业，但经济指标仍然只是缓慢地上升。

当时国内已经有30多家资金雄厚、设备先进的传输电缆厂，汉胜如何在强手如云的激烈竞争中求得生存和发展？

作为技术出身的寿伟春坚定地认为，只有开发出真正具有竞争力的产品，才能在市场的大浪淘沙中突出重围。

1987年，中国有线电视事业刚刚起步，有线电视网络所需要的电缆几乎全部依赖进口，寿伟春从这里看到了机遇和希望。

在上海就已经积累了丰富的技术开发经验的寿伟春，开始投入了代表当时国际上电视电缆最高水平的CTA型藕状电缆的研制开发。

就这样，寿伟春带领着技术开发小组的工程师们一次又一次摸索和试验，该项目终于在1989年底研制成功，并达到当时国际先进水平。

新品出炉，CTA型藕状电视电缆在国内有线电视工程系统中大受青睐，并开创了我国该类产品销往欧洲市场的先例。

寿伟春也因此项目的成功而获得了当时举国瞩目的珠海首届科技重奖。

就在CTA型电缆还处于市场销售热点的时候，寿伟春又投入了最新一代的物理发泡同轴电缆的研制开发。

当时公司实力较弱，注册资金只有200万元，设备陈旧而落后，如果引进一条生产线则需要300万美元，折合人民币2000多万元。

2000万元？这对于刚刚起步的汉胜来说，简直就是一个天文数字！当年汉胜销售额也不过几千万元人民币。

"向银行贷款。"寿伟春脑子里下意识地跳出这样的念头。

他怀揣着贷款申请也满怀希望和信心走进某国有银行的大门，业务员接过他递上的资料不无揶揄地盯着他问："就这几张纸也能贷款？"

是啊！200万的注册资金就想贷2000万的款，岂不是癞蛤蟆想吃天鹅肉？

连跑了几家银行，空手而归。

寿伟春万念俱灰。

那是一个初冬的清晨，街上还只有三三两两的路人，一夜难眠的他来到不远处的海边，坐在礁石上托颏沉思，脚下是波光粼粼的大海，他陡然想起霓虹灯闪烁的大上海。

从大上海来到特区珠海，不就是一种激情所致吗？不就是要追逐自己梦想，干一番轰轰烈烈的事业吗？

寿伟春不能放弃，只有竭尽全力！

也许是精诚所至，几经周转，他以一贯的执著敲开了希望之门。瑞士银行终于同意"冒着风险"为汉胜放款，寿伟春同样"冒着风险"在协议上签下了自己的名字。

1995年6月，引进的设备先后到达。寿伟春带领着科技小组以不到半年的时间完成了全部引进设备和国产配套设备的安装和调试。

不出所料，全系列高品质C-F型物理高发泡同轴电缆一经投放市场，就以其更高传输速率、更低衰减和更优良的性能受到了国内外用户的热烈欢迎。

随着信息产业迅猛发展，全球有线电视网络也开始逐步向HFC多功能宽带网络迈进。寿伟春又带领着工程师成功地开发出RG系列接入网用同轴电缆。1997年12月，该项目在国内首家通过生产定型鉴定，这一步的成功跨越，使汉胜开始大步迈向国际市场。紧接着，寿伟春又开始投入50欧姆同轴电缆的开发研制。

2000年9月，汉胜50欧姆同轴电缆通过省级鉴定，达到国内同类产品的先进水平，完全可以替代同类进口产品。

难怪有媒体评论：寿伟春一生充满探索、奋进、传奇。

古人说："天下事有难易乎？为之，则难者亦易矣；不为，则易者亦难矣。"

"尽管每一步都走得不容易，但我们一直在难易之间'为之'。"寿伟春说。

他清楚他和公司留下的每一个足迹：最早的南山厂区面积不到2000平方米，2000年搬到兰埔厂区，新增了12000平方米的面积；2001年，扩展了前山厂房，公司有了60000多平方米的总面积；2005年，汉胜终于在珠海的西部斗门新青科技工业园找到了心目中的理想厂址。

汉胜"西迁"如鱼得水。

寿伟春说："以前在东部市区，我每天疲于奔命处理日常业务。由于生产加工的不同工序分散，影响了生产进度，也给人力管理、资源调配增加了环节，仓库周转也不及时，企业为此增加了许多生产成本。"他顿了一会，"那时我都不想带客商到工厂，担心分散的状况会给他们留下公司混乱的印象这样非常影响我们的企业形象。"

寿伟春突然站起来，他走到窗边，指着窗外的一片红花绿树自豪地说："现在汉胜的厂房多漂亮！园内有山有水，一排排棕榈树在高楼间整齐的挺立着，别人都说，汉胜搬家，越搬越大，这是事实。"

用未来思考今天，是汉胜与生俱来的前瞻力。

纵横捭阖，笑傲江湖30多年，汉胜凭借的底气就是掌握自主知识产权的核心技术。

寿伟春说："真正的关键技术、核心技术是买不来的，合作不来的，只有自主创新，才能赢得国际领先优势，才能在国际舞台上具备平等对话的权利。"

1995年，寿伟春带着几位工程师去欧洲参加国际电线电缆技术展览会，本想利用这样的机会虚心学习讨教，可人家外国的工程师认为中国技术实力太弱，根本没兴趣跟他们交流，还不无讽刺地说："这种高技术的电缆，你们东方人是做不出来的！"

"听到这种话，作为中国人，你生气不？"

1998年，可用于移动通信基站的物理高发泡大截面同轴电缆技术仅欧美个别厂家掌握并垄断，寿伟春意识到这一领域的市场前景，为了取得市场主动，寿伟春毅然踏上了远征的路，决意到安德鲁公司"取经"。

安德鲁为何方神圣？

谈起这家公司，在当时的基础通信设备同行无不仰其鼻息。

安德鲁成立于1937年，是标准普尔500公司之一。其主要为全球电信基础设施市场提供创新的基础通信设备和解决方案，产品覆盖射频系统的所有领域，在世界通信领域享有盛誉。安德鲁不仅服务于传统无线网络领域，并且涵盖3G技术、无线语音、数据、视频及无线互联网服务以及微波、卫星、雷达及HF通信系统的专业应用解决方案，是通信电缆行业排名世界第一的"大佬"。

当时，国内通信领域使用的馈线系统同轴电缆技术完全被国外公司垄断，安德鲁更是占据了中国95%的市场份额。与中国移动、中国电信、中国网通、中国联通、摩托罗拉、诺基亚、西门子、阿尔卡特、华为、NEC、爱立信、朗讯、北电等知名企业均建立了合作关系。

在位于美国伊里诺州韦彻斯特的安德鲁总部，寿伟春轻轻地叩响了安德鲁的大门。

然而，经过半个多小时的交涉，寿伟春一行仍被拒之门外，并被告知"你们（中国）做出这个产品是不可能的，买我们的产品就好了"。

听到这话，有一股倔劲的寿伟春跟安德鲁"杠上了"。

从美国悻悻而归，汉胜下决心自己干。

在仔细分析市场、技术等方面的因素之后，他们自行研究开发射频同轴电缆系列产品。

汉胜的技术队伍没有周末和节假日，每天工作到深夜，部分工程师长期在国外和设备制造商一道研究模具。

2000年,汉胜具有自主知识产权的大截面物理发泡同轴电缆技术研制成功,成为国内首家全面实现物理高发泡并达到世界先进水平的企业,填补了国内空白,达到国际先进水平。

然而,由于没有"样板工程",产品进入市场之初却难获认同。

2001年夏天,汉胜从国内市场下手:免费向内蒙古自治区移动赠送馈线系统,待对方试用满意之后再谈合约。内蒙古自治区移动也只答应提供10个最边远地区的基站进行试点。

拿下高寒地区海拉尔基站后,"样板工程"的优异性能赢得了用户的认可和赞誉。

之后,汉胜厚积薄发,在国内市场上一路攻城略地,湖南联通、广西联通、贵州移动……短短一年时间内,汉胜销售额开始成倍增长。

2003年,寿伟春又与安德鲁见面,这一次情况完全变了,汉胜公司被该企业邀请至基地参观,并谈起了贴牌合作事宜。

汉胜产品在移动通信领域发射无线电缆生产中的独特技术优势,使汉胜在国际市场上赢得国际对手的尊重。

寿伟春深有感触:"过去我们总是仰视跨国巨头,拜倒在他们的脚下,这一技术的问世,我们开始站立起来平视他们了。"

更具戏剧效果的是2007年,寿伟春第三次前去安德鲁考察,令他惊讶的是,与前两次截然不同,这家世界电缆行业的巨无霸竟然让所有的董事都出面迎接,并十分诚恳地问:汉胜是怎么把市场越做越大的?

从"闭门羹"到"座上宾"。

也许,近乎偏执的美国人恐怕永远都搞不明白,这个昔日名不见经传的中国小企业怎么说变就变,不仅成长为中国民族电缆工业的代表,而且迅速崛起为国际著名品牌。

2008年,汉胜在中国电信、中国移动、中国联通以及华为、中兴等公司的电缆招标中屡屡夺魁,顺利拿下国内市场占有率第一,将安德鲁远远甩到了身后。

十年前"学师"被拒门外，十年后将对手挤出国门。

"我们把安德鲁挤出了中国市场，要在国际市场上与他们展开竞争。"寿伟春说。

据了解，长期以来，世界超高频同轴电缆市场一直被美国安德鲁公司垄断，按照汉胜目前的发展速度，明年就有可能超过安德鲁，在超高频的同轴电缆方面拿到世界单打冠军，成为全球行业老大。

寿伟春说："中国人要有气节，不能让人瞧不起，外国人能做到的，中国人一定能做得到，还会做得更好！"

汉胜，正在秀出自己壮硕的体魄。

技术和品牌是企业竞争力"硬币的两面"。

仅有技术，没有自己的品牌，产品就无法创造更高的价值。品牌高附加值为企业带来利润，为研发和技术创新提供财力支持。

在全球金融危机的冲击下，脱颖而出的总是那些具有厚重的技术底蕴和品牌塑造比较成功的企业。

品牌是企业技术和品质的集中体现。如果没有自主品牌，企业就必然处在市场的低端，受制于人。

创厂初期，汉胜的品牌为零。

从创立企业第一天开始，寿伟春就下定决心：不能满足于贴牌，而是要做自主品牌。

寿伟春讲述他小时候在农村看到的一个场景：……一名老乡用空腹的鱼鹰捕鱼，只见他用稻草在鱼鹰脖子上系一个活套，防止鱼鹰捕鱼后吞食，然后拿起竹竿，有节奏地敲打木船的两侧并抽打水面，随着敲打声越来越响，鱼鹰们争先恐后地钻进水底。几分钟后，鱼鹰嘴里塞满了鱼游到船边。老乡抓着脖子把鱼鹰提上船来，让它们把嘴里的鱼吐到早已准备好的篓子里，同时也丢一条小鱼给鱼鹰以资奖励，鱼鹰总是飞快地吞下小鱼，又转而下水……

每当提起自主品牌时，他不忘提醒员工：我们要做渔夫而不做鱼鹰，意思是我们不能依靠别人的品牌而受制于人，汉胜绝不做外国企业的鱼鹰！

"以前由于没有自主品牌，以贴牌代工为主，利润微薄。"寿伟春说。

然而，在打响自主品牌的道路上汉胜却充满着艰辛。

早前的"汉胜"品牌名不见经传，很多通讯企业都不敢使用这样一个前所未闻的新牌子，寿伟春不止一次地提起汉胜的第一单。

要推广自己的品牌就必须要有成功的案例，可是，没有企业尝试又怎么可能有成功案例呢？

2001年下半年，寿伟春游走于广袤市场，他在看、在想、在寻觅，他要为汉胜同轴馈线寻找一个漂亮的切入点。

2001年冬天，内蒙古移动首次使用汉胜品牌同轴馈线，成了第一个敢吃"螃蟹"的客户。

皑皑冰雪之下的海拉尔市，达到零下40摄氏度。

亲临基站现场的寿伟春心想：如果电缆能够在零下40摄氏度的环境中运转自如，那么还有什么不放心的呢？

"不行，信号全没！"

"怎么可能？你拆开再装一次！"寿伟春的心一下提到了嗓子眼。

"还是不行！一换进口的电缆，基站信号全是满的。"

年近6旬的寿伟春着急了，他冒着风雪爬上60米高的基站，亲自连接安装。

奇迹出现了，原本一片空白的基站信号霎时涨满起来。

原来，以前基站的电缆都是由外国公司安装，中方只管使用，这次是中方的技术员第一次自己安装，才出现了"信号全没"的现象。

内蒙古移动第一次吃了国产"螃蟹"，自然尝到了"螃蟹"的美味，也让汉胜品牌从此名扬天下。

2000年以前，中国90%以上的同轴电缆都是由欧美企业垄断，价格昂贵，达到每米80多元。而汉胜的同类产品每米只要20多元。

海拉尔8个基站的成功运行也引起了多米诺效应，巨大的价差使很多企业纷纷采用国产电缆，推动了中国同轴电缆工业的迅速崛起。

"你们是在压价竞争！"外国巨头当得知自己已经不再强势的时候，纷纷开始指责汉胜。

"即使是这个价，我们还有一定的利润。"寿伟春说道。

质量铸就品牌，汉胜同轴电缆以优异的性能赢得了国内外广大用户的赞誉和认可，也为中国同轴电缆插上了腾飞的翅膀。

成功打响品牌后，汉胜又将目光瞄向新产业、新产品。针对迅猛发展的地铁、高铁，汉胜研发出漏泄电缆和具有自主知识产权的漏泄电缆仿真模拟试验系统，其测试精度比国际同类产品精度高出10倍。产品不但接连中标国内高铁公网覆盖的项目，还在包括阿尔卑斯山隧道等国际项目中崭露头角。目前，汉胜漏缆在国内市场份额已经稳居第一把交椅。

有品牌梦想才有激情，有激情才能成就梦想。汉胜注重自主品牌的建设和推广，用质量打响自主品牌，产品在越来越多的国家传递着信号，出口量也逐年扩大。

它曾经那么小，200万元的注册资金，可谓一叶扁舟。但在市场的风吹雨打之中，它锤炼成中国及远东地区规模最大的射频同轴电缆制造基地和技术领先航船。

"我们创业之初，国内已经有30多家电缆企业从事贴牌业务。大浪淘沙，今天，这些企业大部分已难觅踪影，而汉胜依然傲立潮头。"

这就是激情所至。

激情是创新的沃土，激情是奋斗的动力。汉胜异军突起，一举成为高科技企业的"后起之秀"，他的异军突起被称为"跨国电缆巨头的噩梦"。

绿树、花草、假山、雕塑、亭台、楼阁……

走进汉胜宽敞明亮的现代化厂区，令人赏心悦目，心旷神怡。从北京大道沿西湖北路、西湖南路，转泰山路绕过东山南路，只见道路两边整齐地堆满了准备发往世界各地的电缆盘，大型货车鱼贯进出，短短两分钟，第五辆车又开了进来。

"你来自哪个省？"

"江西。"

"来了多长时间了？"

"来了有7年多吧。"

"像你干这份工一个月能拿多少工资？"

他腼腆地笑笑，答非所问地说道："吃住公司都安排得很好，工资待遇不错！"

"这么一个电缆盘要绕多长的馈线？怎么都堆在路边上啊？"

"一盘是500米长，当然也看用户的需求。由于今年订单的增加，工厂满负荷运作，只好将原有仓库改成车间，产品多得没地方放，只能暂时堆在路上，好在一般每批产品堆放一两天就被商家运走了。"

说话间，天突然哗哗下起一阵大雨，笔者急忙拐进公司办公楼，厂办秘书抱着一打资料正等着我的到来。

在静谧的展示厅里，汉胜多年的心血错落有致的展现在我的面前——不同规格的电缆。也许这些产品对于我来说是陌生的，但是我体会到了企业不断创新的氛围，汉胜人团结奋斗的成果。

参观完公司的展示厅和板报，我上到二楼，透过二楼的玻璃墙向车间眺望，只见数十条国际最先进的生产线和数百台配套设备整齐排列，严格的"6S"管理使现场十分整洁通畅，车间宽敞明亮，蔚为壮观。

"怎么没见几个工人啊？"我好奇地问道。

陪同我的厂办秘书说："由于生产线是电脑控制，中间穿梭的工作人员只是在查验成品哩！"

打造一个优秀民族品牌必须有一个优秀的团队，有优秀的人才，才会有优质的产品。

"人才为本"是王道，汉胜深知此道。

《道德经》曰："将欲取之，必固予之。"作为一家赫赫有名的高科技企业，英雄不问出处，只以成绩论英雄。

浑金璞玉，不琢不磨，仍非大气。汉胜对优秀人才的培养可谓殚精竭虑，不遗余力。据介绍，每一个新招进来的员工，都要通过"1+1+X工程"的强化培训。

所谓"1+1+X工程"就是：一个岗位一名骨干负责培训若干名新员工。

对初级人才的培养：在强化培训过程中通过定时开展劳动技能竞赛、岗位大练兵等系列活动促使其掌握生产技术本领。

对中级人才的培养：每年到全国重点院校招聘的优秀毕业生至少安排到生产一线锻炼一年，熟悉生产程序、掌握技术指标，经考核验收合格后，再安排到关键岗位或技术攻关小组，给他们提供发挥专业特长的机会。

对高级人才的培养：不惜重金，挑选政治思想好、知识水平高、管理能力强、专业技术过硬的骨干到欧美等发达国家培训，学成后回公司担任要职。

汉胜公司的主楼大堂内有一面"留学风云榜"，榜上张贴着近30名在汉胜就职期间赴国际名校留学深造职员的信息。作为一家国家高新技术企业，汉胜始终紧跟时代潮流，将人才培养置于经济全球化大背景下，着力打造具有全球化视野的人才队伍。一批又一批年轻人从汉胜"走出去"，又将国际一流的管理和技术理念"带回来"。

在入职汉胜的第三年，经公司资助，吴道庚赴某海外名校商科项目进修。"来汉胜前我在大学就读的是高分子材料专业，学习商科和管理帮我拓宽了眼界，也为我回国后在汉胜负责项目管理打下了基础。"吴道庚说。

"宰相必取于州部，猛将必发于卒伍"。人才的贮备和梯次培养，使公司赢得了竞争力。

寿伟春爱才，聚之有道。

"企业要在激烈的竞争中立足，必须高度重视人才建设。人才是创新创业之本，是发展之源，是企业最重要的资源，要把创新型人才培养贯穿于科技创新的始终，为企业长远发展积蓄力量。"寿伟春说道。

众所周知，汉胜建起珠海最漂亮的现代化厂房，拥有公寓式的职工宿舍以及园林式的厂区。

这叫"筑巢栖凤"。

"现在汉胜员工的房子越住越宽敞了，很多人还买了车，年轻人生活得幸福，我就特别高兴。"寿伟春笑着说道。

而他自己仍然住在老香洲的房子里，1994年搬到那里的，105平方米，"我们老两口住，挺好的，没必要换。"

寿伟春的办公桌很旧，以至于连秘书都觉得自己的桌子好过董事长的。这是寿伟春多年前在珠海创业时购置的桌椅，他一直不愿意换。

寿伟春说："非淡泊无以明志，非宁静无以致远。汉胜的发展一天都没有停止，这就是艰苦奋斗的成果，我们不要丢了这个传统。"

每天中午，都可以在公司食堂看到他和员工一道排队打饭，和员工共进午餐。每天早晨，他总是提前到达办公室，开始一天的工作，在车间、在实验室、在繁忙的货场，到处都能见到他忙碌的身影。每天夜晚，他总是最后离开办公室。创业之初，为了克服技术难关，他创下15天没有回家的记录，尽管家离公司不到5分钟的路程。

这就是寿伟春。

走进汉胜，你会强烈地感受到一种的浓烈的政治文化氛围。

在汉胜这块精神的家园里，是"红"的海洋。

在汉胜持续发展的底片上，是"红"的色彩。

汉胜人骄傲地说：汉胜姓"党"。

广场、大厅、食堂、车间、宿舍、艺术中心……随处可见激励人心、健康向上的标语口号和图片。

"鼓足干劲，力争上游，多快好省地建设有中国特色的社会主义。"

"为人民服务应视名利淡如水，搞经济建设须知事业重于山。"

"发扬红军两万五千里长征精神，吹响大生产的号角。"

"优质高产低损耗，开展社会主义劳动竞赛。"

"你不奉献，我不奉献，谁奉献？你索取，我索取，向谁索取？""个人名利淡如水，党的事业重如山。"

……

看到这些，你也许会犯疑：这是一个追求利益最大化的企业吗？这是一个民营企业吗？

汉胜被中组部授予"全国先进基层党组织"荣誉称号。这是一个民营企业党的组织在中国党建工作中得到的最光荣的认可！

这恰恰是汉胜的创新之处。

据寿伟春和他身边的人称，寿伟春属于在红色年代中成长起来的一辈，受过良好的大学教育，后来还有过二十多年的国企工作经历，对党的优良革命传统记忆深刻，并葆有特别深厚的感情。

"事实上，作为我本人，我非常珍惜'中国共产党党员'这个身份。"寿伟春对党执着令人钦佩，他说："1965年，也就是我大学毕业后的第一年，我就向所在单位党组织递交了入党申请书，由于种种原因，我先后6次递交入党申请，直到1983年我才正式入党，那时我已经是单位的主持全面工作的副厂长了！也就是说，我用了18年的时间才正式入党，这是多么漫长又充满期盼的过程啊。"

一位老员工说，他见过寿伟春两次拭泪：前一次拭泪，是讲到文革，那时的寿伟春是"白专道路的典型"；后一次拭泪，是讲起小平同志南方谈话："一定要尊重人才，科技是第一生产力"。一悲一喜，寿伟春都是在为知识分子在中国大起大落的命运落泪。

"没有党，做梦也不会想到知识分子会有今天"。寿伟春说，"在那个困难的时代，国家是用金子来培养我们成才的，知识分子都有一颗感恩的心。"

毋庸置疑，中国知识分子的跌宕人生坚定了他对共产主义事业的理想信念。

红色遗传，红色的基因。

1985年，公司筹建小组成立，一共只有10个人，党员只有3名，寿伟春做的第一件事就是建立临时党组织。翌年，公司成立党小组。

1996年公司成立党总支，并响亮地提出了"把火红的党旗在汉胜高高举起"的口号。当时外方代表就对建立这个党组织有异议："在中外合资性质的企业里有必要搞这一套么？"

"有必要，很有必要！在中国，任何性质的企业里，党组织都是十分重要的"寿伟春坚定地说道。

俗话说：小胜凭智，大胜靠德。党在我国就是最高旗帜，必须把企业纳入党的领导之下。

2004年公司成立党委，党委现下设6个支部，共有党员140名。

寿伟春亲自担任党委书记，他在接受一家媒体时这样说："我们感觉到党建工作是我们企业一切工作的灵魂，我们有句这样的口号：党委保驾护航，经济健康发展。我们党建工作主要是两方面，一个是起到党组织的教育和培训作用，同时，也参与了我们很多行政方面的重大决策。"

是的，汉胜硬实力的背后让人感到强大的软实力磁场的存在。

"小时候，老师曾教育我们'没有共产党，就没有新中国'。今天，这句话正在我们企业得到延伸：没有共产党，就没有今天不断发展壮大的社会主义新汉胜！"

这就是寿伟春的精神坚守。

汉胜是一家奋斗的民营企业，它的精神追求、它的精神支柱、它的精神坚守是所有莅临汉胜的人津津乐道的话题。

"人是要有精神的，否则就会萎靡不振。"寿伟春常常这样说。

汉胜的发展历程证明，是党引领着汉胜一步一步成长壮大，党建工作在企业发展中发挥了无比强大的保证和推动作用。

寿伟春深感：党建工作，汉胜之魂。

"俱往矣，数风流人物，还看今朝。"汉胜30余载，在宏大与细微、激情与理智、现在与将来之间高度地平衡着。它的内心一直强大，它的激情熊熊燃烧，它的方向从未偏离。

独角奇兽

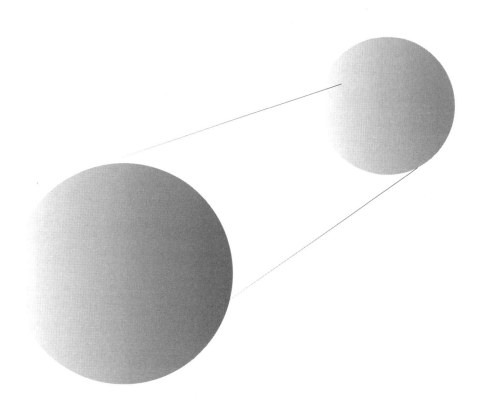

《 第十六节

大疆之路

提起无人机，便让人联想到古代"竹蜻蜓"的故事。

《抱朴子·杂应》为晋朝葛洪所著，其中的一篇描绘了经过旋转的竹蜻蜓笔直升空的情形和经过旋转的螺旋桨发生笔直的向上拉力，"用枣木心为飞车，以牛革结环剑以引其机……上升四十里。"

这个"飞车"就是竹蜻蜓。

竹蜻蜓是公元前500年前我国的一种翱翔玩具，它以竹或木削成细长歪曲形的薄叶片，在中心装一根小棍作立轴，用手冲突木棍，桨叶就会向上快速旋转而上升。

大疆无人机的桨叶酷似"竹蜻蜓"。

无论是前世的"竹蜻蜓"还是今生的大疆，都对天空充满神往。

在广东为数不多的独角兽企业当中，大疆是"神"一般的存在。

2006年，一件具有跨时代意义的事情发生了，大疆公司正式成立。主角名叫汪滔。

"80后"的汪滔，带着黑色的眼镜，留着一撮小胡子，一个典型的"工科男"。他的语言直率、激烈、爱憎分明、不留余地，不时蹦出"爽一把、开脑洞"这样的词汇。

汪滔出生于杭州，这个地方有太多太多的故事和传奇，阿里巴巴、网易、海康威视、贝因美等被称为"中国未来的硅谷"。

在这样的环境中浸泡长大，汪滔从小就喜欢航模。

汪滔创业励志的神奇故事，被广泛传播，并成为年轻一代创业者的楷模。

还在童年时代，汪滔跟其他的小男孩一样，对于这些能飞的东西特别感兴趣。那时候，看到邻居家的孩子拿着红色的遥控飞机玩，汪滔心里十分羡慕，做梦也想拥有一架自己的遥控飞机。

汪滔小时候看过一本漫画书《动脑筋爷爷》，里面画着一个红色的直升机，不到10岁的汪滔爱不释手，被深深吸引住了。他心中怀揣着一个梦想，希望自己能做一个一模一样的直升机，有朝一日能操纵这架红色的直升机飞向山坡，飞向云端，飞向瀑布……

少年时期，汪滔深深爱上了航模，玩过遥控模型，玩过塑料拼装，特别迷恋遥控直升机，他梦想着拥有自己的"小精灵"——一种搭载摄像机跟在他身后飞行的设备。16岁那年，因为考试成绩理想，父亲奖励他一台遥控直升机。

"这是我收到的最棒的礼物！"

高中时代，汪滔拥有自己第一架直升机模型，但他发现操控模型很难随心所欲。在他的想象中，直升机应该是一个可以操控的精灵，能悬停在空中不动，也可以想让它飞到哪里就飞到哪里，但实际上根本不是那么回事：欣喜若狂的他操纵起来难度很高，直升机起飞不久就掉了下来，令他十分沮丧的是，还摔了好几次。

"遥控直升机很难操控，基本上一飞就会摔坏，直升机太难玩了。"航模除了容易摔以外，汪滔的手还被旋转的螺旋桨叶割破过，右臂上至今还留着一道疤痕。

一个意气自信的少年，看到心爱的东西在自己手中"失控"，这是最无法容忍的事情。这些经历让他意识到，市场上的遥控直升机做得不好。

"能不能做一个自动控制直升机出来，让直升机自主悬停？"汪滔期待有这样一天。

大学是实现梦想的地方。

上大学以后，汪滔比中学时代更有能力和资源去实现自己的梦想。这里有志同道合的同学，有博学的老师，这里的硬件条件更是让他如虎添翼。

汪滔的本科就读于香港科技大学电子与计算机工程学系，师从华人机器人研究领域的权威李泽湘教授。在香港科技大学，汪滔参加了两次机器人大赛，获得香港冠军和亚太区并列第三的好成绩。

临毕业时，汪滔将"直升机飞控系统"这个方向作为自己的毕业设计主题，他拉上两个同学，靠着当时互联网上的一些知识，三个"诸葛亮"便踏上了一条意外改变自己未来的道路。

尽管"遥控直升机自主悬停"是汪滔青少年时代的愿望，等到大学毕业时终于拿到了手上，却发现想要短时间玩转它也并不容易，因为不好控制。

他们经过5个月废寝忘食，终于开发出了可以令直升机在空中悬停的飞控系统，但结果和16岁那次差不多：飞机从半空中掉了下来。

那时候，自主悬停在国内顶尖的理工院校中还属于尖端课题方向，清华、浙大、华南理工等高校都是一群博士花了三五年时间才在技术层面完成突破。

2005年，汪滔的梦想实现了，从立项到做出自主悬停成品，初生牛犊的"汪滔团队"只用了不到一年。

彼时的香港科技大学立志要成为"中国的斯坦福"，他们希望科研成果不再尘封于象牙塔。在导师李泽湘的支持下，汪滔选择了创业，他尝试把自主悬停技术商业化。

他要控制自己飞翔的方向。

2006年，大疆创新公司成立。

不过，那时的大疆还是一个"作坊"，注册办公地点在深圳市车公庙一间不足20平方米的仓库里。车库之所以是首选，一个客观原因是租金比较便宜。

一般来说，"大牛"公司刚开始都是几个人，比如苹果公司在硅谷创立的时候，除了乔布斯自己，另一位就是斯蒂夫·沃兹尼亚克。斯蒂夫·沃兹尼亚克电脑水平不用怀疑，他可是世界著名的电脑黑客，"大牛"中的"大牛"。

和硅谷那些创业大佬们类似，大疆创立之初，公司员工总共也就5个人。后来大疆的办公地点从仓库搬到了莲花北村一间80平方米的民房里，这间三居室是大疆的第二个办公地点。与比尔.盖茨和乔布斯在车库开始创业的故事类似。

据一位大疆前员工讲，工作之余，汪滔有时会走出那间位于莲花北村的民房，去小卖部买包5角钱的膨化食品"咪咪"，津津有味地吃起来。

大疆换了办公地点，原班人马只剩下汪滔一个：一起创业的两个同学，一个留学，另一个工作，都已脱离大疆。这也不难理解，如果可以去大公司工作，正常人一般是不会考虑这种小公司的，福利几乎没有不说，工资还低。客观来讲，留在一个没有背景的老板手下干活，也是一件风险很大的选择。

也是在2006年，无人机概念大热，创业团队、上市公司、投资人纷纷涌入，产业链上下游高度繁荣。汪滔不惧激烈的市场竞争，因为"大疆团队有相当强的技术积累与研发实力，基因和品位难以被模仿。"

乔布斯说过这样一句话："你问我对产品的直觉从哪里来，这最终得由你的品位来决定。"大疆创业初期条件虽然艰苦，但是好的技术一旦能够产品化，根本不愁销路。大疆起步早，技术在这个领域比较稀缺，产品大多通过一些专业网站或国内国外的航模爱好者论坛兜售，诸如"我爱模型"航模论坛等。

到2008年时，大疆凭借其在飞控科技方面的技术积累，设计打磨出了

XP3.1这款飞控系统，这个系统可以让航模飞机在没有人控制的情况下，实现自动空中悬停。系统被装载到传统的直升机模型上以后，可以让模型飞机在无人操作的情况下，自动在空中悬停。

汪滔很少直面媒体，很少参加公众活动，甚至缺席发布会。但对于产品和技术，汪滔近乎偏执地追求着"完美"这个词。

作为自己的第一个产品，汪滔对细节的要求可谓苛刻。据一家网站报道：汪滔对一颗螺丝拧的松紧程度都有严格的要求，他告诉员工，要用几个手指头拧到什么样的感觉为止。因为当时很多东西是没办法量化的，工具也比较粗糙，力度做不到非常精确，只能靠手来感受。螺丝有时候会松，所以需要加螺丝胶防止松动。汪滔从香港买了一堆强度不同的螺丝胶，螺丝按照拆的频率，使用不同强度的螺丝胶。拆频不高的螺丝就用中强度的螺丝胶，从来不拆的螺丝就用高强度的螺丝胶，而经常需要拆的就用最弱的螺丝胶。飞控系统上几百颗的螺丝，就是这样一颗一颗地按照不同要求拧上去的。

创业第三年，大疆又陆续推出了"ACE ONE直升机飞控"、"悟空多旋翼飞控"等多款飞行器控制系统。把市面上几万元的产品价格做到不到两万，迅速打败了当时德国和美国两家竞争对手。

ACE ONE的热卖给大疆带来了初步的成功，但那时主打飞控模块的大疆最多也只能算是一个极小众市场的领跑者。

随着全球多旋翼无人机在航拍领域出现井喷式增长，汪滔再一次决定挑战自己，跟随技术扩散的路径进一步扩张版图。

"能够采用自主悬停的技术可了不得，在当时实在是太稀缺了。"汪滔回忆，"一开始就是在论坛上去卖我们的产品，那时候一个模型就能卖好几万块钱。"

"正式产品就更好卖。"汪滔如今想起来还不胜唏嘘，"他们买一架机器，我们出一群人去给他演示，然后领导看完之后就束之高阁，他们给我们20万元。"

"一个单品就能卖20万元，要知道，北京的房价那时候也才1万一平方米哩！"汪滔坦言，虽然20万元诱人，不过那意味着为了拉拢大客户要拿出很大精力去做公关、每日围着他们转圈圈。

那时候，大疆的主要客户是一些大型国企，它们购买产品的需求主要为了给领导演示，以显示企业对尖端科技的积极态度，那时候自主悬停的技术还很难做到普遍使用。

产品价格太高，普通人根本承受不起。这是一条偏离汪滔这些"技术男"们梦想和可控路径的道路。

"我觉得初期的这种商业模式非常畸形。"汪滔说，他从心里不认可这种商业模式，他知道很多脱胎于科研机构的创业公司就是因为钱太好赚而永远停留在小作坊阶段，再也没能做大。

那时候的钱确实太好赚了。

不能不说汪滔是一个有情怀的人，换做其他人可能这个时候就忙着赚钱了。

也许正是这个"情怀"成就了今天的大疆。

那时，大疆的主要任务就是做产品，研发生产用于直升机航模和多旋翼飞行器的飞行控制系统，市场上还没有"消费级无人机"这个概念。

大疆的技术在不断进步，在推出XP3.1飞控系统以后，大疆又陆续推出了"ACE ONE直升机飞控"等多款飞行器控制系统。

直升机飞行控制系统的成功让汪滔更加自如地操控航模。从2011年开始，汪滔又把在直升机飞行控制系统上积累的技术运用到多旋翼飞行器上，不断推出新产品，包括WooKong-M（悟空）系列多旋翼控制系统及地面站系统、Naza（哪吒）系列多旋翼控制器、筋斗云系列多旋翼飞行器、禅思系列高精工业云台、风火轮系列轻型多轴飞行器以及众多飞行控制模块。

这些面向全球专业用户的产品线，都有一个富有中国传统文化特色的名字。

但这种发展模式虽然能赚钱，却只能算是卖配件。

"我们最初的核心技术在于一套成熟的飞行控制系统。多旋翼市场起来之后，人人都在搞航拍，我就想做一个一体化的解决方案。"汪滔说道。

2010年，汪滔从一位新西兰代理商那里得到一条信息：这个代理商一个月卖出200个平衡环，但95%的客户都把平衡环安装在多轴飞行器上，而她每月只能售出几十个直升机飞行控制系统。

这说明多旋翼飞行器市场比直升机市场大得多。

当时多轴飞行控制系统的主要厂商是一家德国公司MikroKopter，但用户必须找到自己的组件并下载代码才实现相应的功能，体验不是很好，产品的可靠性也不行。

汪滔敏锐地意识到机会来了，大疆应该成为第一家提供商业用途成品飞行控制的厂商。当时公司内部做了两道选择题：第一道是大疆继续卖配件还是做整机？第二道选择题是如果做整机，是做固定翼，还是直升机，或者多轴？

当时的团队对这两道选择题争论蛮大，因为没有可以参考的样本，做整机不知道做成什么样子，做多轴完全看不到前景。

"做多轴。"汪滔拍板。

"在没有任何参考的情况下，做多轴其实是很冒险的。"汪滔说起来似乎还直冒虚汗。

这是大疆发展历程上的一个重要时刻，这不是汪滔第一次为大疆扭转方向。也难怪，汪滔有"科技狂人"的绰号。

汪滔看过《乔布斯传》，乔布斯对产品的追求堪称极致，这种把科技和艺术完美地融合在一起达至偏执狂程度的精神让他设计了苹果手机（iphone），生产了一个改变世界的产品！

"大疆要像乔布斯一样，做一个完整的产品，抢占市场。"汪滔平常非常低调，很少接受媒体的采访。当然，一旦接受媒体采访，也是"语不惊人死不休"。

无人直升机全套设备费用高，技术要求高，不易控制，汪滔决定选择多轴飞行器，是因为这个产品不受地方环境限制，飞行稳定，而且容易掌握技术。

大疆很快把在直升机上积累的技术运用到多旋翼飞行器上。好在大疆过去几年积累了成熟的技术，作出决定几个月后，大疆就制造出了成品，再过几个月后，大疆制造出了成品。

大疆正式"起飞"了！

2013年1月，大疆推出了"精灵"（Phantom）无人机，这是第一款商业级别的四旋翼飞行器，通过遥控器和智能手机就可以灵活控制，不需要什么繁琐的操作，"开箱即飞"。

大疆"精灵"的问世，使航拍的技术门槛和成本大大降低，让普罗大众也能够以相对较低的成本，用一种全新的视角认识自己周遭的世界。

得益于简洁和易用的特性，"大疆精灵"撬动了非专业无人机市场。这种简单的操作让"大疆精灵"一炮而红，销售数据实现三倍以上的增长。这年年底，汪滔给员工发了10辆奔驰作为年终奖的新闻在国内媒体上吵得沸沸扬扬，也让大疆在深圳企业界广为人知。

实际上，除了奔驰，公司还发了别的车。汪滔的出发点很简单，就是希望辛勤付出的核心员工，能够在同龄人中昂首挺胸，可以回家对父母亲说：看，我在这个地方工作还不错吧？

随后，汪滔还在深圳高新南区创维半导体设计大厦，为自己的DJI（大疆创新）和1000多名员工包下了其中十多层的办公区。

而就在三年前，大疆还只有区区几十名员工。

就三年时间，大疆的销售额增长了80倍，成为全球增长最快的科技公司之一，其成长业绩传奇，让无人机领域的潜在竞争对手、全球创客运动的旗帜人物克里斯·安德森在谈起这家公司时还是不无敬仰地将其比作无人机领域的"苹果"。

大疆，是少有的能够被拿来与"苹果"比较的中国公司。

2014年，红杉全球的合伙人迈克尔·莫里茨访问大疆，讨论投资大疆事宜，他问了一个问题："大疆有什么需要红杉帮忙的？"

这是一个投资方兜售自我赢得谈判主动的一个惯用问题，基本都会落到政府关系、市场拓展、人才招募等落脚点上，汪滔的答案让红杉（中国）同行的其他人等大吃一惊：我想做一个全球最有影响力的机器人比赛，红杉怎么看？

其实，这个时候的大疆也只是刚刚转型多旋翼航拍无人机的起步阶段，刚刚推出自己的多旋翼航拍无人机精灵Phantom 2，而汪滔却在这个关键的上升期坚持做一个看似毫无回报率的机器人比赛，这在很多人看来是无法理解的。

但红杉资本合伙人迈克尔·莫里茨不这样认为，就在他的Linkedin上写道："DJI（大疆）的Phantom 2 Vision基本就相当于一个飞行着的Apple II。"《时代》杂志则将大疆研发的产品评为2013年度北美地区最值得拥有的高科技产品之一。

连美国有线电视新闻网都不得不承认它是"一段励志的创业故事"，并称赞其"成功打破了人们对中国科技公司的创新能力不如其他国家竞争者的刻板印象。"

这些赞誉和追捧的背后，首先是因为大疆的确有着非常出色的产品和技术，这支撑了其最近几年业绩爆炸式地增长。

和其他公司不一样，大疆一开始就瞄准了全球市场，而不仅仅是中国市场，以至于"精灵"在国际科技创新市场上掀起一股强大的"大疆旋风"，成为消费级无人机的标杆，同时奠定了大疆在无人机领域的"巨无霸"地位。

至此，无人机正式走进寻常百姓家中。

我们知道，中国现在有不少的技术都已经做到了世界领先：高铁技术、桥梁建造能力、超算技术……很少人知道，其实我们的民用无人机也一样是遥遥领先的，其中最为典型的代表就是大疆无人机。

纯白色的"X"型机体，四支飞快转动的螺旋桨，机腹吊挂迷你相机——这是目前全球范围内"出镜率"最高的一款航拍无人机。

2018年8月10日晚上，湖南省长沙市橘子洲，777架大疆无人机在夜空表演。观众看到了巨大的"一箭穿心"和其他美妙的无人机组成图案！

"太让人震撼了。"不少人啧啧称奇，是谁脑袋这么聪明，发明了无人机？

其实，任何事物的诞生都有原因的，正所谓"有果必有因"。

现代的大部分科技都源于战争，战争激发了科技的发展和创新，无人机就是其中一个典型。

一份资料表明："历史上，无人机的发明源于第一次世界大战。英国的卡德尔和皮切尔两位将军为了减少飞行员的伤亡，准备研制一种无人驾驶的、可以扔炸弹的机器。这台机器可以飞到敌人的上空，消灭敌人。可是，多次试验均以失败告终。后来，彼得·库伯和艾尔姆.A.斯皮里又发明了第一台自动陀螺稳定仪，从此第一架无人机诞生了……"

有人可能要问为什么陀螺仪这么重要？

飞机在空中飞行，对飞机的稳定最有影响的就是风力或者其他因素，只有解决了平衡和稳定的问题，才能谈论无人机。

第一代无人机并不能遥控和自主飞行，"蜂后"可以称得上真正意义上的无人机，逐渐被冷落的原因是由于当时的科技发展情况比较落后，"蜂后"完成的任务并不出色。

当时的超级大国苏联拉沃契金设计局也进行无人机的研究，并研制出拉-17无人机，中国的第一架无人机长空一号（ck-1）就是仿制这台无人机研发的。

真正让无人机大放异彩的是在海湾战争，美军大量使用无人机，促进了无人机的发展和完善，之后，无人机进入快速发展期。不过，无人机一直停留在军事用途上。

民用无人机和军用无人机相比有着比较大的区别，在服务的对象以及使用的目的方面，民用无人机最主要的就是用来为广大的群众进行服务的，价格方面不能太过昂贵，还要非常实用，可以发挥很多技术性的作用。

应该说，消费级无人机从 0 到 1 的这一步，就是由大疆来完成的。

也许没有汪滔，民用无人机的发展也会有人来完成。但不可否认的是，汪滔让这一天提前来到了！

"我们可以坦率地说，是大疆开辟了民用无人机的市场。"汪滔收获着"满满的成就感"。

有人说大疆更像是一家"2.0版本"的中国企业，直接跳过了早期的"中国制造"以低价、低附加值产品抢占市场的阶段，从一开始就是技术驱动、创新驱动型的。

"我们志在改变国际市场对中国产品的一些陈旧认识。"汪滔的话作了间接回答。

作为"80后"这一代企业家，他们成长在中国改革开放之后，所处的环境相对宽松，再加上互联网的影响，很早就具备了国际视野，早就抛弃了过去资源竞争、低价竞争这些零和模式。

由于科技的不断发展，国际上渐渐流行一个词叫做"垄断性创新"，意思是如果你的技术是开创了一个行业，领先优势就会难以撼动。

近十年来，数码产品诞生了众多摄影爱好者，有些时候是手持相机无法完成拍摄的，比如航拍，这个时候就要用到无人机了。大疆产品较低的成本应用为普通家庭用户所喜爱，普通航模爱好者或电子产品消费者尤为居多。

大疆无人机拥有着数量庞大的用户群体，消费者希望买到体验更好、更可靠专业的航拍设备。大疆非常注重在海外市场开疆扩土，特别在北美和欧洲表现亮眼，受到了客户的热捧。

　　根据研究机构Frost & Sullivan的数据，在全球小型无人飞行载具市场中，大疆在全球市场的份额占有率接近80%，亦即10个使用无人机的人里面就有8个人购买的是大疆无人机。

　　说大疆无人机是民用无人机里面的巨头，一点都不夸张。汪滔的创新也正在逐渐适应其行业"领先者"的角色。

　　汪滔心里明白，行业应用才是决定大疆未来的市场，必须更多地助力于不同行业的良性、可持续发展。航拍无人机已经超越了爱好者的使用范畴，比如除了最常见的航拍、影视拍摄和新闻报道外，搜索救援、森林测绘、执法、防火、电力巡线、环保科研、农药喷洒、物流送货等场景都有用武之地。

　　简单易用而又性能强大的无人机固然可以改善人们的生活，但对安全性的追求永远是无人机技术研发的核心问题，大疆对安全的不懈追求也是他的另一层重要社会责任。

　　在各国政府、专家和公众激烈探讨无人机安全与监管制度的同时，大疆除了积极向各国政府提供信息参考和意见建议，也在尝试通过技术手段来限制负面的民用无人机应用。

　　"它首先是一个飞行器，任何的性能和应用开发的前提都不能脱离安全。安全的核心是人的安全。"汪滔说，"全世界的民用无人机发展到现在，还没有导致出现人员伤亡的案例，我们希望这个记录一直保持下去。"

　　毫无疑问，大疆是中国乃至国际科技创新市场上的"新传奇"。

2019年8月18日。河北易县易水湖。

　　风景如画的易水湖离北京不到三小时车程。刘子琪和同学杨军军两家人来到易水湖畔，入住望龙湖电谷度假酒店。刘子琪和同学杨军军都是一家航拍俱乐部的"发烧友"，每人各自带来了一款大疆"精灵"系列无人机MAVIC PRO和PHANTOM 4 PRO。

两款无人机都是大疆的旗舰产品，是集摄像与无人机功能于一身的航拍一体机。

这天，天气晴朗得让人难以置信。

"哇！湖面宽阔又平静。"刘子琪站在巨大的酒店露天平台上望着蔚蓝天空下宁静的山谷，他对这样的环境和条件十分满意。

出乎刘子琪和杨军军意料的是，他们的爸爸也表现出极强的兴趣。不仅帮忙快拆折叠桨叶、记录飞前检查事项，而且还和孩子一起模拟无人机飞行操控。

杨军军的爸爸过去接触过乐高EV3机器人，对智能遥控设备轻车熟路，他见儿子操控MAVIC PRO无人机的动作小心翼翼，平稳又低速。

"快！追上前面刘子琪的无人机！"杨军军的爸爸看不下去了，大声说："再飞高一点！"

发现儿子依然不紧不慢不慌不忙，杨爸爸干脆亲自操控无人机去飞出他想要的感觉。

体验完遥控飞行，杨爸爸又被刘子琪的无人机PHANTOM 4 PRO吸引了过去，他想体验手势控制和手势拍照，便对刘子琪说，"让我到湖对面去看看！"

"大疆的无人机安全性和操作性都很好。"在茶歇台边，杨爸爸一边喝着冰镇的饮品，一边竖起了大拇指："静音桨超静。"

傍晚时分，天边泛出了红晕。刘子琪和杨军军都开始拍摄夕阳。无人机的航拍视角深深吸引着这两个孩子，分享无人机航拍的乐趣。周围玩耍的孩子们也纷纷抬头看天，眼睛里闪耀着好奇的光。

尽管风有点大，两架多旋翼航拍无人机在空中微微晃动，但实时传输回智能手机的图像，依旧稳定清晰。

夕阳下，专注于监看画面的两家人显得格外和谐。

傍晚，一场小型的航拍作品分享会在酒店天台上开始。"哇，大疆无人机的航拍镜头能让画面如此酷炫……"

大疆的粉丝并非只是航模爱好者。

"悟空""哪吒""筋斗云""风火轮"……这些富有中国文化特色名字的大疆产品在欧美国家有大量拥趸。美国新墨西哥州，一位房产经纪人购买了一台DJI Phantom 2，他让无人机到自己物业的上空飞行，在独特的角度拍下照片和视频，这些过去无法呈现的画面，将一个待售三年的农场卖了出去；而美国宾夕法尼亚州一家干洗公司曾因为用DJI的Phantom无人机快递干洗好的衣服而名声大噪，连苹果联合创始人沃兹尼亚克都是大疆的粉丝之一。

在尼泊尔7.8级大地震中，救援人员依靠无人机来绘制受灾地区的地图，而在云南鲁甸，地震后一支5人的航拍救援小组利用大疆的S900无人机在灾区进行灾后评估作业和联合救援；国内快递巨头顺丰已经将无人机送快递列上日程；BBC关于巴西世界杯的纪录片乃至综艺节目《爸爸去哪儿》中，大疆的产品已经广泛用作视频的拍摄中去了。

与此同时，全球各地的航拍爱好者，在大疆官网上传了不少用大疆设备拍摄的视频片段。无论是全景扫描里约热内卢基督像，还是贴近拍摄鲸鱼换气，抑或是飞跃喷发中的伊苏尔火山，都在用全新的视角看待这个世界。

大家恍然同感：大疆"精灵"系列无人机的续航时间、推重比、最大前飞速度、装置方法、桨叶结构都棒极了！

大疆的无人机为什么那样"火"？

当然，大疆最重要的选择，是把握住了个人消费市场的需求。从2012年大疆推出"大疆精灵1"开始，其科技含量就让消费者眼前一亮。

无心插柳柳成荫。这批入门级产品"精灵"让用户试玩之后，大家一致表示："从没想过玩无人机会这么简单！"

汪滔表示："我们当时想做一款有成本效益的，不需要玩家自己组装就能随时起飞的产品。当时主要考量就是这款产品能够先于我们的对手进入低端机市场，并没有想要赚钱。"

大疆的迭代速度太可怕了，而且根本不管前几代的死活，每一次新品都要把自己逼上绝路。

2014年，大疆推出了"精灵2"，跟"精灵1"相比，它拥有了强大的照相功能。

就像iPhone重新定义手机一样，大疆大获成功，无人机的用户从航模发烧友扩大到了普罗大众，霎时间，用无人机航拍成为一种时髦的生活方式，人们趋之若鹜。

高潮发生在2015年3月，大疆推出"精灵3"，这是真正意义上的一体式四旋翼无人机。

在前两代产品中，大疆并没有搭载自己的相机，也有使用其他家的图传，而在Phantom 3中，与GoPro决裂后大疆研发了自己的相机，而图传开始使用自己研发的数字图传，加上3轴云台，大疆把无人机做成了集成度极高的产品。

从"精灵1"到"精灵3"的Spark系列机型，大疆都是选用自紧桨的结构规划，这种结构是运用螺纹越转越紧的原理，加上无人机在飞翔进程中，无论是加快还是减速时，桨叶都只会沿着一个方向滚动，然后确保飞翔进程中桨叶固得越来越结实，不会从电机上脱出。

然而，不到一年，"精灵4"的推出，又让人彻底傻眼了。

精灵4最大的亮点就是自动避障、指点飞行和视觉追踪，这三大创新功能把竞争对手的产品远远甩出几条街。

"我是做产品的人，我只想把产品做好，让更多人来使用。"汪滔说道。

大疆在精灵4的设计进程中，就选用了一种快拆的结构方法，这种结构方法确保桨叶在不受向下的外力作用下，相对电机而言是无法滚动的，这种结构方法的安全程度更高，且装置进程十分高效，推出之后更受用户的欢迎。

杨军军使用的就是这款无人机。

　　"精灵4"的桨，又叫"快拆直桨"，在其基础上，大疆又设计出一种更为便携的结构：从之前的快拆直桨更迭为"快拆折叠桨"，这种结构在快拆直桨的基础上，变得更为便携，飞翔完之后直接把桨叶折叠在一起即可，削减了拆装的进程，下次飞翔的时分也可以做到"上电即飞"，大大削减用户的操作难度。

　　在刘子琪使用的Spark的这款产品中，接连了Mavic Pro，还搭配上Spark细巧的机身，显得十分完美。

　　随后，大疆在规设计Mavic Air的桨叶结构时，考虑到飞机脚架的折叠方法，选用了"精灵4"的快拆直桨结构，十分和谐地把桨叶折叠到机身之内，直桨和折叠桨在飞翔气动功能上底子无差别，外观上兼具速度感和流线感。

　　Phantom有4根桨叶，一只手可以拿起。那么，用户十分在意的"静音桨"又是怎么变为静音的呢？

　　"桨在旋转进程中，会高速切开空气，然后发生尖锐的噪声，现在我们推出的静音桨首要由两个途径，来下降噪声。"汪滔说的两个途径，一是改动了桨型。选取一个更优的桨型，下降无人机飞翔进程中电机转速，使得无人机的桨叶切开空气的速度相对而言没那么快，就能下降一部分的噪声；二是桨尖特别的结构设计。桨叶在旋转进程中，桨尖滚动的线速度最大，根据这种原理，静音桨在设计的时候，桨尖稍往后掠，且变得更窄一点的结构方法能减少桨叶切开空气的声响，以达到静音的效果。

　　当然，专业级的"筋斗云"有8根桨叶，更适合专业领域应用。看似轻巧的航拍无人机，融合了飞行控制系统、数字图像传输系统（将影像实时传输到智能手机、平板电脑、PC等地面工作站）、陀螺稳定云台系统（大疆自主研发专利，即使无人机不断晃动，也可以保证下方摄像机拍摄影像的平滑）、飞行平台（如机身采用何种材料）等多个系统。

　　距离"精灵4"的发布仅隔半年，"疯"起来的大疆就把前一代产品当对手——大疆发布了Mavic系列，继承了"精灵4"所有的技术并进行了升级，直接革了自己的命。

2014年7月，大疆又发布了一款名叫Ronin（如影）的三轴手持云台产品，这是对陀螺稳定云台系统商业潜力的深入挖掘。原来安装在飞行平台上的陀螺稳定云台系统悬挂相机后，可以作为单独的手持设备使用，这改变了原有的影像拍摄方式，摄像师不必借助摇臂、轨道车、升降机等设施就可以轻松拍任意长度的长镜头。

打造这款产品，大疆也只用半年的时间。

大疆的成功离不开市场的推广，他们把打开美国市场的突破口选在了好莱坞和硅谷。"一个是文化高峰，一个是商业高峰。"汪滔说。

也是从2014年开始，大疆就开始找业内的人，给他们做演示、送样品试用，请他们体验航拍飞行器。很多明星会在家里的后花园带着小孩玩大疆……

2015年1月和3月，大疆参加了美国的两个独立电影节，许多演员对航拍飞行器感兴趣，想拍独立电影。《国土安全》《摩登家庭》等美剧都出现了"精灵"的身影。

硅谷的科技大佬对"精灵"也不乏溢美之词。红杉资本合伙人迈克尔·莫里茨（Michael Moritz）曾在自己的Linkedin上写道："d大疆的精灵2 Vision基本就相当于一个飞行着的Apple II。"比尔.盖茨为了体验大疆无人机，买了平生第一台iPhone。苹果联合创始人沃兹尼亚克更是表示："大疆的飞行器，是我有史以来收到的最棒的礼物。"

在汪滔的办公桌上，摆放一架红色的双翼螺旋桨飞机模型，这是他喜欢的宫崎骏电影里王牌飞行员的战机。

汪滔至今有个爱好，就是外出时总是背着自己的飞机，除了用另一个视角看世界外，或许是想随时随地展示其无人机的物有所值。"10分钟之内，你就可以学会操控它，让它飞起来，送'眼睛'到空中，替你俯瞰世界。"

当时，飞行器的高端市场是德国一家公司垄断，主打碳纤维材料的，主要客户是警察安保部门，对低价不屑一顾。在低端市场，一些DIY的无人机大都只是满足赚点小钱，技术储备薄弱。而汪滔看到的机会就是把好的技术做到便宜，把市面上一两万的产品做到几千元。

让高端产品更便宜，国外厂商也未必没有尝试过，但它们显然都不如大疆地处深圳所获得的便利——完善的制造业链条加上低廉的生产成本。

前面说过，大疆最初的核心技术在于一套成熟的飞行控制系统。多旋翼市场起来之后，很多企业都在搞航拍。"为什么不能做一个一体化的解决方案？"汪滔这么想也是这么做的，他决定不仅仅停留在飞控技术和无人机制造领域，而是开始扩展更完整的技术能力——从零开始做自己的云台、相机和图像传输设备。

这也许就是大疆的特别之处。

在大疆创立初期，汪滔就曾列出一张愿望清单，根据无人机特点，解决稳定性、清晰度、传输距离三个问题，三大问题对应着大疆的三大技术：云台、航拍摄影以及传输系统。

大疆的产品线正是依照这份清单展开的。

云台，是指安装、固定摄像机的支撑设备，由于飞行器在空中难以避免抖动，云台技术对空中影像的成像质量至关重要。2012年初，大疆在纽伦堡国际玩具展上发布了三轴"禅思Zenmuse"云台。"很多人都震惊了，因为这是第一次有人在空中成像技术中使用直接驱动技术，我们将行业标准提升了几十个层级。"汪滔说。

为了研发这款让人"震惊"的产品，汪滔投入了约3年时间，"过程当然很困难，"他说，"但做的是自己喜欢的事情，感觉还是很愉悦。"

几年时间，大疆能生产出品质优秀且高度一体化的Phantom Vision，从自己的云台、图像传输设备、再到自己的摄像机等形成一套完整的航拍解决方案。

"赢是非常重要的。要赢，首先是建立系统的技术优势，这种优势是一个个像拼图一样拼出来，最终拼出我们完整的系统优势和突破核心的技术壁垒。"汪滔说，"没有这些，我们就只能是个小生意，做不成更大、更有趣的事情。"

在汪滔看来，一个技术驱动的科技公司，最好的策略就是不断快跑。"别人开始抄我这一代产品的时候，我新的产品已经超越他们一代了。技术系统优势会让追赶者永远只能模仿我的过去，无法迂回到我的未来。"

连Frost & Sullivan分析师迈克尔·布雷兹都说："大疆的成功在于其开创了非专业无人驾驶飞行器（UAV）市场，所有人都在追赶大疆的脚步。"

汪滔有极强悍的商业哲学，他坦言自己经常看到大疆新一代产品时候会不够兴奋，因为他自己的心思已经放在更下一代更超越的产品身上了。

高清无线图像传输、六旋翼飞行平台S800、专业级摄像机电子稳定器Ronin……大疆把飞控技术、飞行器技术、航拍技术通过自己的产品从垂直领域引入了更大的大市场，成为技术扩散受益者。

《连线》前主编克里斯.安德森创办的3D Robotics，曾被福布斯看好为"大疆的强大对手"，但在大疆推出"精灵4"并对"精灵3"大幅降价后不久，3D Robotics不得不宣告结束消费级无人机业务，拱手把美国的市场让给大疆。

目前大疆phantom飞行器在国外已经成为野外航拍的首选。这让人惊叹，大疆的产品可以卖到1000美元以上的价格，靠着技术代差在全球多旋翼无人机市场已经占据了全球较大的市场份额，让"同行"望尘莫及。

"份额永远比毛利更重要。"汪滔说。

试想，大疆当初如果只停留在把好产品做低价，那么他与一些深圳的公司又有什么本质的区别呢？

在无人机领域，汪滔正如美国政治作家马修斯在他畅销书《硬球》中描述的一样，他带领的大疆有着一系列讲求实际、大胆、巧妙的手段与技巧。

这绝对是一个既"硬"又"圆"，极其难对付的"硬球"。

"激极尽志，求真品诚"，是大疆企业文化的核心，也是汪滔为大疆定下的"座右铭"。

他在给新员工的寄语时写道：DJI是一方净土，只有纯粹的创业和为梦想而生的艺术家。

汪滔的办公室门上写着两行字"只带脑子（Those with brains only），不带情绪（Do not bring in emotions）"，而他身后的墙上，挂着一幅书法作品，上书"大志无疆"四个字。

把"飞翔梦"做到完美。汪滔是幸运的，他把从小的爱好做成了事业、做出了打动世界的产品。

圆框眼镜、小胡子、鸭舌帽、语速极快，这是大多接触汪滔的媒体人的深刻印象，这是一位炙手可热、言辞激烈却相当理性的掌门人，每周工作80多个小时，办公桌旁边总放着一张单人床。

"不要强调困难，强调解决方案。"在汪滔的办公室门口贴着一张"进门议事须知"，这是其中的一条。

"要像拔着自己的头发往上拽。"内心始终澎湃着对飞行向往与渴望的汪滔对公司未来的方向非常清晰，大疆目前做的事情都跟机器人视觉相关，现在机器人都还是"瞎子"，如果大疆在这方面取得突破，应用范围将非常广阔，无人驾驶、工业制造、家庭机器人等，都将成为大疆的用武之地。

因为汪滔意识到，大疆背后的追兵也不少。

第十七节
菜鸟不"菜"

36岁的杨再思，在广东中山市坦洲镇一个小区经营一家菜鸟驿站。

商铺约300平方米，门头上有三块招牌，一块是"菜鸟驿站"，另外两块是他经营的"绝味鸭脖"和"宜和超市"。

这间300平方米的菜鸟驿站每天有1500人左右的人流量，这种"混业经营"让杨再思奇迹般的创造了年营收超250万元的业绩。

菜鸟驿站和菜鸟裹裹，其实是杨再思做的两大消费者业务。

"我一直在想，我的驿站每天有1500个包裹，就是说，每天会有1500个人走进我的店铺，仅仅是来取包裹就太浪费了。"杨再思脑子灵活，成功地把这1500个人的流量利用起来了。

2020年6月，菜鸟驿站升级为数字社区生活服务站，上线社区团购、洗衣、回收。杨再思的致富经，也在其他开菜鸟驿站的创业者身上上演着。据估算，菜鸟社区驿站在全国有超过7万家，菜鸟校园驿站进入了全国2000多所高校，菜鸟的乡村驿站，也覆盖了900多个县的数万个乡村。

这些门店的背后是一个个独立的创业个体，他们无需加盟费，就能参与快递末端创业，就能每天接触达成百上千的人。既方便了别人取快递，又增加了创收。

菜鸟驿站大概是"国民商铺"了，谁家附近要是没个菜鸟驿站，网购的体验都要大打折扣。

杨再思的另一个身份是菜鸟裹裹取件员。

菜鸟裹裹是现在"剁手"后使用最多的APP，尤其是在"双十一"爆仓之类。用户一键呼叫，杨再思就会如约在两小时内上门取件并寄走。从亲友寄礼物、写字楼寄商务件、闲置物品交换、淘宝退换货，大家都愿意找他，因为点点手机就可以了。

菜鸟裹裹里面包含了所有平台的包裹，目前的寄件人数已经超过2亿，很多用户每隔五分钟就要看一下物流信息，是国内最大的在线寄件平台。这上面每天活跃着数十万名快递员，用户想寄快递呼个快递员两小时内就能够上门取件。快递员们通过接单寄快递来提高收入，每个快递员月均可以增收约3000元，月入过万是常态。

只有在中国，你才能看到一个如此壮观的"包裹王国"。

其实，大家都知道"菜鸟"，但不一定知道"菜鸟网络"。

菜鸟网络是一家怎样的公司？

这个问题并不好回答。

譬如Google之于搜索、微信之于即时通讯、Facebook之于社交，这些公司都在各自的生态里都占据着主导地位，在作为赋能者的同时也有着清晰的定位。

菜鸟究竟是干啥的？

用菜鸟总裁万霖在一次内部会议上的解释："菜鸟是一家数字基础设施公司，是快递行业的'水电煤'，我们做技术支持，不做掠夺者，不与快递争利。"

概念或许需要时间理解。菜鸟的定位不是物流公司，是一个数据协同的物流平台，搭建的是一张物流网络，在全国范围内形成一套开放的社会化仓储设施网络，利用先进的互联网技术，为电子商务企业、物流公司、仓储企业、第三方物流服务商等各类企业建立共享的数据应用平台。

更准确地说，菜鸟是做中国物流产业需要升级的部分，而不仅是快递。从2013年开始，阿里通过成立菜鸟网络，对百世快递、圆通、日日顺、苏宁、快仓、运满满、饿了么、点我达、速递易、黄马甲、芝麻开门等投资，已打通覆盖跨境、快递、仓配、农村、末端配送的全网物流链路。这张物流网络就像是生活中的"水电煤"一样，随时随地为用户提供高水平的服务。

需要澄清的是，菜鸟网络不是快递公司，旗下没有一个快递员，它做的是"仓"，也许还能加上一点"配（菜鸟驿站）"，但中间的干线运输和绝大部分配送端的工作，还是依靠"三通一达"等快递公司来完成。

之前，所有卖家都是自己仓库发货的，效率低且浪费资源，而菜鸟网络建立以后，卖家使用菜鸟网络分布在全国各地的仓库，统一发货。

菜鸟网络的智慧仓是中国最大的智慧仓库，仓库内有上百台机器人，它们既协同合作又独立运行，代表着中国机器人仓库的最高水平。

机器人会自动前往相应的货架，将货架拉到拣货员的面前，由拣货员将市民购买的物品放置在购物箱内，随后进行打包配送。

目前，围绕物流行业的全链路深度布局，从数据平台到干线、仓储、驿站、跨境物流，这个基础平台已经变成一个超级系统，其网点遍布全球两百多个国家和地区。来自行业的数据显示，而菜鸟每天的跨境包裹运输量，已经超过美国联邦快递FedEx和德国DHL，逼近全球最大的快递公司UPS的规模，成为全球四大国际快递网络之一。

UPS历经百年发展取得的成绩，而菜鸟只花了7年。

菜鸟网络的愿景是实现中国任何地方24小时送货必达，全球范围72小时送货必达。毫不夸张地说，菜鸟网络不仅仅影响了中国的物流行业，也影响了世界的物流行业。难怪有人惊呼，离了这只"鸟"，多家快递公司的翅膀都难"飞"得起来。

菜鸟为什么能发展到今天的局面？

一位物流企业的CIO给出了这样的答案：物流行业必须是物流、信息流、商流、资金流四流合一，菜鸟同时拥有了这四个要素。

正如业内所预料，外界给这只"独角兽"的估值数字是惊人的300亿美元。

一只"菜鸟"是如何诞生的？

2013年5月28日，由阿里、银泰、复星、富春控股、"三通一达"（圆通速递、申通速递、中通速递、韵达快递）等公司联合组建菜鸟网络，注册资金为50亿元。

菜鸟搭建的绝对不是"草台班子"。

这些大股东可谓豪华：电商平台阿里，拥有庞大的仓储布局与丰富仓储管理经验的银泰集团，富春集团涵盖工业、地产、电商物流、金融四大产业领域，还有房地产企业复星集团以及头部快递公司"三通一达"以及相关金融机构等。

妥妥的一众"大牛"。

作为阿里旗下的一个基础设施平台，出身高贵的菜鸟"上游"包括淘宝、天猫等网络电商为主的商业平台，"下游"包括快递企业为主的物流平台。在这个体系中，阿里提供资金、技术、数据支持，物流公司则负责具体的运营。

无疑，菜鸟是含着"金汤匙"出生的幸运儿。

在阿里的生态体系内，菜鸟上承商流，下载物流。这个"电商+地产+金融+快递"的组合，兼具良好的电商、科技和物流基因，蕴含了太多可能性。

先天就秉承阿里大生态的意志，其所谋划的并非是专注于某一细分赛道，而是构建并掌控整个物流生态，做快递做不了的事情，做物流业的基础设施，做数据协同平台和催化剂。

基于阿里得天独厚的"商品流"，菜鸟的打法是，搭建一张开放协同的物流网络，依靠高附加值的信息标准化服务、数字化全球物流供应链等模式来做商业设计。

这事实上已经超出了一般意义上的物流公司。

菜鸟成立伊始，就确立了以提高物流行业的效率为远景，而不是在混沌中跌跌撞撞地为自己和行业找方向，外界能看到的是菜鸟开始拿地建仓，其实这只是个表象。

倒推来看，菜鸟这种先有愿景再盖楼的方式，或许看似虚无缥缈，但是正因为有宏大的目标，才成就了今天的菜鸟。

特别重要的一点是，菜鸟与物流公司的关系是"相爱"而不是"相杀"。如果说菜鸟是一棵树，那么从最初的种子开始，就撒向了肥沃的土壤。

2010年，随着淘宝交易量的激增，阿里的物流环节饱受用户诟病。为解决这个问题，淘宝网正式对外宣布"淘宝大物流计划"；次年，阿里巴巴集团发布物流战略：一来通过"物流宝"平台推进物流信息管理系统，二来着手兴建全国性仓储网络平台。

这两件事，被业内认为是此后菜鸟的起源。

可以这么说，中国物流行业在十年前是被商业零售特别是电商倒逼着发展的，一言以蔽之，菜鸟的"鸿鹄之心"早在成立之初就已显露无遗。

在核心竞争力上，菜鸟从数据智能入手，坚持以数字化为核心抓手，不断提升行业效率，这也是阿里巴巴最能发挥自己擅长能力的地方。

平台思维则是菜鸟的业务发展模式，不同发展阶段，能够不断地团结各方协作创新，共同解决碰到的问题。

有了名企背书的"菜鸟"也不负众望。有"好事者"梳理菜鸟网络在不同时间点的公开表述，并将其战略大致分为以下三个阶段：

第一阶段：2013-2014年，定位"物流基础设施+数据应用平台"。简单讲，菜鸟网络这个定位就是快递公司的技术中台；

第二阶段：2015-2018年，首提"天网""地网""人网"合一概念。一个重要变化是，新增了"人网"概念，即"最后一公里"物流服务和基于消费者各种生活场景的便民服务，包括菜鸟驿站、自提点等；

第三阶段：2019年至今，公布"一横两纵"战略。具体来说，就是用数字化手段将整个行业全链条打通，以及匹配新零售"端到端"的供应链能力和打造全球化的供应链能力。

菜鸟成立初期，全国平均每天的快递包裹量只有1558万件，菜鸟已开始搭建一张10亿件包裹的物流网络。

随之，菜鸟网络的战略目标不断进化，逐步细化至物流业的全链条。以致近十年来，菜鸟给用户最直观的感受是：服务频次越来越高，包裹送达速度越来越快。

那么，"独角兽"是怎样炼成的呢？

菜鸟公司的全名是"菜鸟网络科技有限公司"。从名字上看，这应该是一家"穿西装打领带"的科技服务公司。

2013年起步时，菜鸟第一个项目则是拿地建仓。一时间，坊间关于"菜鸟要做物流地产"的质疑声不断，谁也看不出哪里是"穿西装打领带"的"科技范儿"。

外界不禁要问，菜鸟的科技在哪里？

如今回看，所有的科技都不是空中楼阁。物流行业自身就是重资产、重运营，数据大量分散在各个物流节点。不打通物流环节，谈何科技和大数据？

菜鸟最初找到感觉，是推出菜鸟电子面单。2014年，几个"菜鸟人"聚在一起，讨论到底能做什么，有人提出商家发货痛点太多，不同快递公司有不同系统，要分别连接多台针式打印机，阿里能否做一个系统：一边连接几百万家商户，一边连接各家快递公司？

经过一番讨论，这个任务落在电子面单身上。

菜鸟网络推出的标准化电子面单系统，就像一个包裹的数字身份证，这个身份证号码最重要的是有编码规则。

包裹去了哪个省、哪个市、哪个区、哪个街道、哪个网点、哪个居民小区，都可以通过编码规则反映。而快递企业在此基础上进行包裹的路由和分拣，极大地提高了包裹处理效率和递送效率。

菜鸟创始团队不会想到，电子面单的推广项目成为改变中国快递行业的关键一招。

电子面单本身算不上什么新鲜事，多家快递公司都有，但痛点是，没有任何一方有实力制定统一标准。推进统一电子面单的过程中，快递公司们往往口头同意，但是却迟迟无法落地，参与热情并不高。

据中通一位高管回忆：中通推过自己的电子面单，进度缓慢不说，内部还有不少反对意见，认为存在风险。

当时中通内部两种声音相互对抗：一种认为手写快递单早已成为用户习惯，不用更改；另一种认为电子面单代表未来，是趋势。

其实这不是问题关键。

有一天，时任菜鸟COO的童文红把通达公司老板约到杭州太极禅苑喝茶，才搞清症结所在。

他们担心的是：如果菜鸟集中发号施令，会不会抽佣金？快递公司自己会不会沦为"低端劳动力"？

原来，症结是电子面单主导权掌握在谁手里的问题。童文红拍着胸脯保证："菜鸟保证只提供产品工具，单号还是由快递公司发。"

疑虑于是解除。

中通董事长赖梅松亲自拍板定案："商家凡使用电子面单的，每单补贴两毛。"

在菜鸟电子面单带动下，快递业进入数字化快车道，全网实现大型分拨中心全自动化分拣，智能分单应运而生，全网揽签时效从平均4天缩短到2.5天。

中通的副总裁赖建法说：有了电子面单就像打通了物流的"任督二脉"，自动分拣设备、智能分单、智慧物流也因此发展起来。

2015年，中通电子面单使用率不到10%，第二年就超过90%。中通试水之后，电子面单快速在通达系快递公司中被应用。

物流"一路凯歌"，高调前行。2018年，中国500个亿包裹中，已经有300多亿个包裹使用了菜鸟电子面单。

这确实是一个非常壮观的物流大图景。直观地推算，全国包裹有近60%来自菜鸟。而2013年菜鸟刚成立时，递送的包裹只有100亿个。

电子面单的横空出世，改变了传统快递公司的数据传输逻辑，整体提升了行业的数字化水平，物流业从肩扛手提的时代，正式迈入智慧物流时代。

菜鸟的物流园区在国内的华东、华南、华中、华北、东北、西南、西北以及中国香港等区域打下节点，更在海外的吉隆坡、比利时列日、曼谷、莫斯科等地布局了世界级的数字枢纽，还有30多个海外仓设在20多个国家和地区。

这些节点，都成为物流网络中的一个个锚点。

连接大大小小节点与节点的，是物流线路，包括航空、铁路、公路、海路等，穿针引线编织成了网络。接下来激活这张网络的，就是菜鸟的物流科技。

"就像给线圈通了电，突然就有了磁场"，这是对菜鸟技术作用于物流网络的形象比喻。

作为物流行业数字化基础设施平台，菜鸟通过与快递公司、仓储运营公司的系统连接，这个过程中保证了每一个包裹、每一辆卡车、每个小件员、每个末端代收点、服务点全面数字化。

既做物流，又不是纯粹地做物流。菜鸟做的物流，是一个社会化大协同的物流，是中国式绿色物流，搭建一张智能高效的物流网络，组建数字化的物流能力。

以每年的电商大促销为例，菜鸟与"三通一达"通过数字化和智能化应用，对爆款单品通过预售以及人工智能预测，提前将商品下沉到前置仓甚至配送站点，比起其他电商平台从大仓库发货，这种从社区发货的速度已经可以用分钟计算，全国有数百座城市出现了消费者购买后不到1小时就收到包裹的情况。

菜鸟推动物流业进入"分钟必达"。

得益于菜鸟多年来不断对物流要素进行数字化连接和网络化协同，新冠疫情期间，菜鸟这张物流网为抗击疫情、复工复产提供了强大的流通保障，也充分说明了做好数字基础设施就是菜鸟最大的战略。

而且，这种战略正趋向物流网络的国际化。

2019年10月30日，杭州—莫斯科首条电商货运航线"菜鸟号"首航，菜鸟打造全球第三张包裹网络。

是菜鸟的野心太大吗？

不是。是中国市场与世界已经密不可分，消费者的购买力和视野早已融入全球一体化的进程中。

董丽，义乌数十万名小商品卖家中的一员。

30日那天深夜，她在朋友圈转发分享了"菜鸟号"首航的消息，然后在评论区写下了这样一段话："我做的是一单10块钱的小生意，没想到菜鸟这些大公司会为我们专门开了一条线路，如果不开，我就完了。"

董丽做的是手机壳生意，市场是俄罗斯。她说，一个手机壳之前在俄罗斯的售价是10元，其中物流成本5元，其他成本3元，利润2元。但中俄平邮物流费经过几轮涨价后，单手机壳的物流成本就涨到10元，吃掉了全部利润。

卖一单，亏一单，一个月就亏了10多万元。被逼急了的董丽找到一些小型物流公司，结果是不仅送货慢，退款率也从6%一下飙升到40%。

唇亡齿寒。菜鸟得知义乌中小卖家的困境后，派出国际物流专家沿中俄物流线考察，开辟了一条新线路：商品从香港发出，沿海路到符拉迪沃斯托克（海参崴），然后沿铁路线横穿俄罗斯抵达莫斯科。这种海铁联运的方式，把手机壳的物流成本重新降到了5元，董丽起死回生，活了过来。

同样的故事每天都在上演。

在世界各地的134个港口，进口商品会被菜鸟全球供应链接收，装进机舱、货轮，运到中国的近20个口岸登陆，进入菜鸟保税仓。它们搭乘菜鸟包机、中欧班列、远洋货轮，被送到世界各地。这背后激活的是75万家从事外贸出口的中小企业。

众所周知，阿里全球化战略中有个著名的"五个全球"，即全球买、全球卖、全球付、全球运、全球游。

全球GDP第一的美国诞生了UPS与FedEx两大巨头，全球GDP第四的德国承载了DP DHL，纵观综合物流三巨头，无一不是以本国（本洲）市场为根基。即便是国际间快递网络，也是伴随着本土企业出海而逐步建立起来的。

菜鸟推出的5美元10日达全球包邮服务，可以让中国商家用最有竞争力的价格货通全球。这一产品，对标UPS、联邦快递的50美元7日达，而且菜鸟还能提供物流详情，极大减少货损和丢失。

迄今，菜鸟已经与美国UPS、联邦快递和德国DP DHL一道，成为"全球新四大跨境包裹网络"。这也是欧美快递诞生百年来，首次有中国企业与欧美三大巨头比肩。

菜鸟的"世界担当"，不但需要善心，还需要善能——新冠疫情下，当国境封闭、航路中断、社区封锁，唯一能够开展全球性救援运输的只有菜鸟。联合国世界粮食计划署、国际移民组织、联合国儿童基金会、联合国开发计划署、联合国难民组织等国际组织都通过菜鸟进行抗疫救援。超过1.3亿件医疗物资从杭州、郑州、深圳、上海、广州、昆明等地机场起飞，运往亚洲、非洲、欧洲、大洋洲、北美、中南美洲的150多个国家和地区。

飞得越远，世界越大。

在比利时列日，菜鸟eHub昼夜灯火通明，24小时不间断运行，迎接不断从中国飞来的菜鸟包机。在欧洲疫情形势最严峻的时候，列日eHub为整个欧洲打开了一扇透气的窗户，成为救援欧洲的"生命线"。

菜鸟就是这样，依靠在国内积累的管理标准和技术优势，将物流基础设施铺向了全球，很多海外淘宝用户明显感受到了菜鸟在跨境物流上的速度提升。

一个最典型的例子是"速卖通"在俄罗斯已是市场占有率最高的电商平台，增长的背后是菜鸟与俄罗斯邮政合作，整合了俄罗斯德普达快运的物流资源，通过数字化改造，提升其配送效率。

这样的事情同样发生在全球其他地方。

在欧洲偏远的加纳利群岛，菜鸟通过与西班牙邮政的合作，把全球速卖通商品送到岛上。

在澳大利亚，菜鸟的大件物流让当地人能够轻松购买整套中国家具，就连14米长的龙舟都可以送到悉尼达令港。

在马来西亚吉隆坡，商品通关平均时长是36个小时，通过菜鸟的关务平台，降低为线上操作0-3小时清关，其中99.9%的线上申报包裹获得秒级通关。

菜鸟助力快递公司问鼎"物流速度之王"。

在全球网络布局中，国际贸易的痛点是通关。菜鸟善于"软硬兼施"：在软件上，实现对全球物流要素的智能链接，包括最前端的揽收快递员、最末端的配送快递员以及货运包机、中欧班列、货轮以及遍布全球的仓库；在硬件上，在全球建立了ehub物流枢纽，解决关务、货物中转问题，同时运营核心的包机线路，建立区域的卡车网络，让这些关键性的节点效率能够显著提升。

菜鸟在国内投资运营了100多个保税仓仓库，榴莲从泰国到中国通过菜鸟只需要12小时。

这样的物流速度，其背后都和保税仓有关。菜鸟通过和海关部门的深度合作创新，推出了数字化"秒级通关"技术。

菜鸟的保税仓网络，成为全球商品拥抱中国消费者的主渠道。这张跨境包裹网络、海外仓网络覆盖全球220多个国家和地区，29000多个海外品牌覆盖了5800多个品类，其中8成以上品牌首次进入中国市场。

如今，菜鸟每天处理的跨界包裹有500多万个。

从大数据预测销售、智能分仓分货，到物流场站的智能天眼、中转的自动化分拨；从末端派送的路径优化、语音助手自动电联、无人车送达楼下，到菜鸟裹裹一键式寄件、菜鸟驿站秒级取快递、跨境包裹秒级通关。菜鸟的物流技术已经对包裹、快递员、车辆、场站等进行逐步数字化，并通过IoT物联网技术，把数字化之后的物流元素连接在一起。

轻舟已过万重山。

这个为"全国24小时，全球72小时必达"而生的项目，这艘搭乘产业互联网思维的"轻舟"，已经穿过物流行业的重重壁垒，步入直挂云帆济沧海的辽阔期。

财报显示，2019年，菜鸟网络的营收为77.13亿元，同比增长54%。最近5个季度的营收，平均增速达到近50%，是阿里数字经济体最具增长性的领域之一。

不知不觉，菜鸟已演变成3.0版本的"独角兽炼成记"。

2017年3月23日，《2017年中国独角兽企业发展报告》发布，物流行业独角兽企业共有11家，其中菜鸟网络估值最高，共计200亿美元。

放眼全球，在2020年"黑天鹅"频出的背景下，这样高速增长的企业并不多见。在《2020胡润全球独角兽榜》上，年仅7岁的菜鸟被排在了全球独角兽榜第9位。

菜鸟一骑绝尘，将不少对手远远甩在身后。

事实上，要看懂菜鸟从来不是一件容易的事。

我们知道，苹果是做手机的，特斯拉是造车的，淘宝是做电商的，菜鸟是做物流的？但菜鸟和联邦快递、顺丰、"四通一达"又完全不同。

菜鸟是一张"网"，这张网形成网络效应，通过300多万快递员、

3000多万平方米的仓库连接全国乃至全球所有的物流快递公司、连接每一个城市、家庭。

沿着这条"连接之路",小到一个包裹的光感扫描,大到飞机航线、中欧班列跨越大洲大洋的载货远行,都离不开菜鸟物流技术的保障。

目前菜鸟拥有231个海外仓,电商快递业务通达224个国家,一张全球跨境电商快递网络的雏形已然诞生。因此,从"显微镜"里看菜鸟的生态,菜鸟是实实在在的物流生活。

"在全世界恐怕找不出第二家公司像菜鸟这样的了。"一位资深的业内人士说道,"既TOC又TOB;既是轻资产,又有重投入;既是平台赋能者,也是物流实践者;既深耕国内,又面向全球;既做全新的物流,又不推翻传统物流。如果一定要定义菜鸟,产业互联网是最准确的说法。"

正是这种产业技术,菜鸟深刻重塑了物流行业。

例如,快递物流一端连着消费者,另一端连着商家和实体经济。之前,中国快递的服务对象首先是电商卖家,卖家为快递付费,买家享受包邮。而菜鸟末端和菜鸟裹裹出现之后,电商买家、普通收件人和寄件人都成为核心服务对象。

商场上有句话:80%的商家是死在库存和供应链上。菜鸟不信这个邪,2019年9月,菜鸟与"四通一达"承诺,"长三角"经济圈26城对发的快递24小时内必达,迟到可赔。

这是菜鸟开创出消费者服务的新赛道,也是中国快递历史上第一次出现面向消费者的承诺。

菜鸟为什么"敢"?

事实上,菜鸟的另一面是通过与供给端的协同,来解决品牌商家的库存和分销问题,直白点说,它就没有把目光仅仅放在末端,它知道,那是"头疼医头"。

打个比方,很多城市解决交通拥堵路段,要么拓阔道路、预测峰值,要么疏解指挥。同样重要的是,有些城市注重对城市交通的总运力进行规划和管理，从流量源头解决"过载"的问题。

菜鸟无疑属于后者。

百年品牌宝洁选择菜鸟供应链，深刻地证明了这一点。

每年"双十一"爆仓，宝洁天猫旗舰店最头疼的是怎样把货发出去，而不是能卖多少。因为当天宝洁天猫旗舰店的订单是日常的200倍以上，包裹叠加起来相当于380个珠穆朗玛峰的高度。

试想，要在短短几天内调集货源、快速分发并送到买家手上，这恐怕是全世界都不曾碰到过的难题。

那么，菜鸟是如何解决这样的难题的呢？

……大数据联动预测、多级立体仓配网络、一站式解决方案和定制化服务，菜鸟一系列动作，让宝洁订单在35分钟内就开始出库，3个小时送到消费者手上。

旗舰店里的千万个包裹，送达时效相比往年提前了6天。

"宝洁这么大的体量，如果预测相差一个百分点，人、货、仓等资源准备上相应差之千里。而我们对宝洁'双十一'的预测准确率达到了92%。"菜鸟供应链一位负责人举了这样一个例子，以前，商家要卖10瓶水，他需要准备20瓶库存，因为不知道哪些人会买，这样的结果常常造成有的商家缺货，有的商家积压，库存和买家匹配度不高。进入菜鸟供应链就不同了，卖10瓶水只需要准备5瓶库存，另外5瓶可以在预测到订单后再调货。如同潮汐一般可以预见：商家备货减少了，资金积压减少了，其生存空间则增加了。

无论如何，"双十一"是个"用手指投票"的日子，是一个个壮观的横切面，谁揽收了最多订单？谁出了哪些问题？

这些问题引导"菜鸟们"一步步变成"老鸟"。

借助菜鸟供应链，生产车间到消费者的路径变得更短了。例如1919前置仓的啤酒19分钟就可以送上楼，冰啤酒还是冰的；九阳产品库存周转提高了35%；雀巢CEO不需要听各部门PPT汇报，一部手机就能查看全盘生意和库存运行；凡士林预售的护手霜还没收到买家的尾款，就出现在了买家附近的快递点；义乌工厂小商品，省掉中间环节后，只要3.5元运费，72小时内就会到达消费者手上……

毋庸置疑，菜鸟的出现提升了中国快递行业的效率。

2013年，中国快递从发货到签收平均时长是4天，2020年是2.5天。在长三角等经济圈，菜鸟和通达能做到平均不超过24小时送达。今天的消费者，收到的早已不仅仅是包裹，可能是外卖，可能是生鲜，也可能是鲜花甚至蛋糕。

从微观到宏观，菜鸟正在成为中国物流大动脉中最新鲜的血液。

同样，作为电商平台的基础设施，菜鸟通过快递企业充分收获着这些年电商发展带来的红利：2021年，菜鸟网络总营收为372亿元，同比增长76%，2022年一季度，菜鸟驿站的日均包裹量同比增长2倍，菜鸟营收116亿元，同比增长高达50%。

有人这样评价：顺丰和京东是让自家的快递变快了，而菜鸟则是让全中国的快递变快了。

5月的天，热情似火，适合"菜鸟"飞一会儿。

2019年5月，菜鸟在经历多次尝试之后，中高端运力品牌"丹鸟"正式诞生，作为菜鸟直营的快递企业，其定位是"立足中高端电商件市场的仓配型快递企业+即时配送企业"。

站在运营层面，丹鸟则是整合"东骏物流、万象物流、芝麻开门、晟邦物流"四家落地配公司而成的全新品牌，通过仓配模式提供中高端快递服务。

菜鸟不是搬运货物的物流公司，但是它面对的挑战却比普通物流公司大许多倍。菜鸟总裁万霖曾经说过，"在亚马逊只是做好一家物流公司，而在菜鸟却要解决全社会的包裹问题。"

菜鸟的初衷是数字化，是打造为快递行业赋能的基础设施，菜鸟利用自己的优势做了其他快递公司不能做、也做不了的事，靠的就是数字化这把"万能钥匙"。

菜鸟的存在对于今天的中国物流，更像是一个全新的生态体系，它没有破坏既有的森林，而是在孕育更多的新森林。

目前，菜鸟网络通过技术，已经打造了自动化的流水线、AGV机器人、智能缓存机器人、360度运行的拣选机器人、带有真空吸盘的播种机器人、末端配送机器人等高科技交替作业。从消费者下单到收货的整个过程，都已经被机器人覆盖。

经过多年的厮杀，快递格局已由第三方快递、电商自建物流、及菜鸟平台三股势力把持。作为高速发展的中国电商市场配套的菜鸟，这种模式的商业价值才刚刚开始显露。

菜鸟还是那句话："多远的期待，都会抵达。"

据阿里内部人士透漏，时任阿里巴巴集团CEO、菜鸟网络董事长张勇每个月都要到菜鸟开会，讨论并把握重大战略方向。张勇多次在公开场合表示：未来的包裹将被重新定义。

重新定义后的菜鸟网络"将在新零售的趋势下，加快开辟新的物流赛道，面向未来加大技术前瞻性投入，通过技术赋能来提升整个行业的效率"。

"让天下没有难送的快递。"张勇赋予了菜鸟更大的想象空间，"我们的初心就是让所有物流公司都能够做好数字化转型，插上技术的翅膀，过去几年菜鸟围绕快递、仓配、国际、末端、农村五张物流网络建设，用技术助力物流企业在数字经济时代向数字化转型，已经做了大量布局。"

"淘宝为天，菜鸟为地。"张勇此番表态，意味着什么？

以人生的长度来看，今天的菜鸟还是个小朋友，它就像一个阿里的孩子，你永远无法知道，一个少年的人生上限。

❮❮ 第十八节

把爱好"玩"到极致

小艾的本领很厉害!

在家里和小朋友说英文、做算术、一起唱歌跳舞或变身健身小教练,教爸爸妈妈一起跳健身操。闲暇时和老爷爷老奶奶聊天,其诙谐幽默常逗得老人们哈哈大笑。家庭聚会时,小艾还兴致勃勃为大家表演相声、歌舞……

小艾还是一名运动健将,拿手绝活是格斗、拳击和足球。

讲故事也是小艾的拿手好戏,从中国的四大名著到外国的《天方夜谭》,想听什么故事他都可以娓娓道来。

小艾无所不能:查询即时汇率、播报天气预报、提供健康咨询。

能跑、能跳、能翻跟斗,小艾何许人也?

其实,小艾(英文名:AELOS)是一款双足人形机器人,它的云端数据库中有着丰富海量内容,堪比大百科全书。

看过科幻电影的"80后""90后",在童年时代都幻想着身边有一个能跑能跳、说话聊天的机器人伙伴,小艾"让科幻照进现实"。

帅哥程序员爸爸常琳说,"小艾"的名字来源于古希腊神话里的风神Aeolus"艾俄洛斯",寓意着敏锐而灵动的美。

常琳透露，机器人小艾的诞生源于一部名叫《变形金刚》的电影，正是因为这部电影的启蒙才让他们的"乐聚团队"有了创造小艾的想法和激情。

这是一位温和、智慧、灵动的双足机器人伙伴。一经推出便登上央视《春晚倒计时》《机智过人》等权威媒体舞台，成为国内知名的明星机器人。

AELOS机器人标志着AI机器人替代人类劳作的时代已经到来。它不再是过去的"噱头"形象，逐步转变为日常生活中不可或缺的一部分。这款人形机器人产品具备极强的用户黏性，不仅具有灵动强大的身体，还拥有智慧无穷的大脑。

行走、开门、电钻打洞、拧螺丝，被推倒后，自己爬起来快速向前行走……乐聚机器人是一款娱乐机器人，与同类机器人相比，主要优势体现在运动的高灵活性，17个自由度能够快速稳定地完成每一个指令。

论技术，乐聚机器人在人型双足机器人运动上出类拔萃。

譬如用户通过两个机器人可以玩对战、踢球、拳击等，可以根据自己的爱好编辑机器人功能，进行高难度的舞蹈表演。

按常琳的说法，他们的双足人形机器人能够走得又快又稳。

双腿交替快速向前行走看起来很简单，实际上背后涉及很多步态研究、舵机电机控制曲线等很多技术。

看似简单的一个小动作，需要几十甚至上百个阶段性动作组合完成。

"其实，双足人形机器人行走的最大困难，在于运动算法。"常琳举例道，如果以身高50cm为准线，在50cm以下的人形机器人中，国内的行走技术可以与国外顶尖企业比肩。但在50cm以上的人形机器人中，在运动算法上国内与国外企业还存在很大的差距。

那么，在国内各种人形机器人中，乐聚的AELOS机器人在运动系统上为什么能脱颖而出？

"我们的运动系统主要取决于舵机和运动算法。"常琳揭开谜底。原来，机器人灵活度的关键就在于舵机，舵机可以驱动和控制服务机器人的关节运动，关节越多，所需舵机数量越多，对舵机力矩的要求也就越高。

乐聚机器人的舵机是自主研发的，当时市面上还没有匹配人形机器人的舵机，传统的舵机是从航模、车模转化而来的，乐聚为人形机器人量身打造的这款舵机，其稳定性、精准度、使用寿命都可以和国外顶尖产品PK。

AELOS机器人的运动系统在国内领先，实现了人型双足SLAM导航，自主导航规划行走，是国内唯一一款能实现快速前进的机器人，在一定程度上打破了国外技术垄断。

而让人惊讶的是，乐聚机器人团队的核心研发人员多是哈工大的博士，他们都是哈工大乐聚机器人俱乐部的成员，其成员曾蝉联四届"全国机器人大赛"冠军，中国工程院院士蔡鹤皋正是乐聚的首席科学家。

"乐聚"——因"乐"而"聚"。

据说，得出这个名字，是俱乐部十几个机器人"发烧友"讨论一晚上的结果。

常琳是乐聚的CEO，哈工大计算机学院的博士。1.8米以上的大个子，说起话来却是语调不惊、沉静儒雅，不乏学者气质。

这个团队曾干过两件广为人知的事。

2012年央视龙年春晚，十几个半米高的人形机器人在电脑特效的帮助下，摆出千军万马的阵势，伴着欢快的音乐节奏，跳起了举手投足整齐划一的舞蹈，那惟妙惟肖，形神兼备，动作娴熟，饶有趣味的劲儿一下子刷新了全国人民对机器人的认知。

正所谓外行看热闹，内行看门道。曾经只在动画片和影视剧里存在的人形机器人离大众的距离前所未有地接近。

当年在春晚幕后操纵跳舞机器人的哈尔滨工业大学学生中，就有今天乐聚团队的核心成员、乐聚创始人之一的冷晓琨。

乐聚机器人干的第二件事就更加"燃爆"了。

2018年2月25日晚，乐聚的AELOS系列机器人作为中国人工智能代表产品登上了平昌冬奥会"北京8分钟"的闭幕式上。

备受瞩目的"北京8分钟"由张艺谋执导，展示了一场科技与文化的视觉盛宴，为全世界展现了富有科技力量、熠熠闪光的"中国智造"。

24块机器人屏幕中，有着雪白肌肤和灵活身体的AELOS机器人挥舞着冬奥会会旗，呆萌可爱与精彩绝伦的表演相辅相成，惊艳了所有人。

闭幕式上，北京作为下届冬奥会的主办城市从平昌"手中"接过了奥运旗帜。在视频里，乐聚机器人方阵摇旗助威，作为中国人工智能机器人产业的代表向全世界发出了2022年北京冬奥会的邀请。

虽然亮相时间不超过一分钟，但其亮相的背后却有一段艰辛的历程。

"由于拍摄场地是在零下46°的雪地进行，从2017年开始，导演组花了四个月时间在全国各地考察机器人企业都无法做到。"创始人之一、乐聚机器人技术公司CEO常琳说，"只有我们的机器人不怕'冻'，从全国40多家企业中脱颖而出。"

之所以能够胜任和承担录制工作，主要是因为乐聚机器人舵机是由特殊的航空材料做成，不需要添加润滑油，能够在零下低至40多度的极寒天气里完成各种动作。而且这款智能人形机器人加载了17个自由度，能够快速稳定地完成每一个指令。

为了节目中这一分钟，冷晓琨带领团队成员在严寒的室外待了一天。12月份录制那天，拍摄团队凌晨6点就在哈尔滨太阳岛雪博会集合，园内气温零下低至46度。

由于戴手套摆机器人受限，他们都脱掉手套，直接裸手操作。为了追求完美效果，录制持续到下午3点。

录制结束后，队员们大多数手脚都冻伤了。

这是一款主打娱乐陪伴功能的智能人形机器人。它不仅具有灵动强大的身体，还拥有智慧无穷的大脑。与同类机器人相比，这款乐聚智能机器人更加灵活。

为服务北京冬奥会，从2019年起，乐聚又开始联合哈工大计算学部、松灵机器人等研发冰壶机器人，这是科技部"科技冬奥"国家重点专项课题。

研发团队为了让机器人能更好地服务冰壶这种"冰上的国际象棋"，在"博弈策略"和"投掷控制"两个层面进行了攻关。

一方面是技战术设计。利用人工智能方法，通过强化学习模拟决策过程，搜索最优策略；另一方面是投掷过程。为了克服冰壶投掷的不确定性，让机器人实时追踪冰壶的运动速度，并且进行在线学习实时调整投掷模型，从而获得最佳投掷效果。

自动抓取冰壶、平稳释放、精准击打……

2022年1月，乐聚机器人研发的冰壶机器人正式进入冰壶赛场测试，辅助运动员进行训练。

北京冬奥会期间，这款冰壶机器人作为科技赋能冰雪体育的标志性成果，在"水立方"比赛现场进行展示，与观众进行互动。

乐聚将科技创新与冰雪运动结合，让人工智能与机器人赋能国际赛事，不仅有效提升了北京冬奥会的办赛水平、展示中国的科技水平与创新能力，而且有效提升了冰壶运动的观赏性和娱乐性，帮助更多人了解冰壶、喜爱冰壶。

那么，这让很多人好奇的是：究竟是什么样的团队，才能在全世界人民面前展示代表中国人工智能发展的机器人产品？

从憨态可掬的多啦A梦到玲珑秀致的阿童木，再到像超大号棉花糖的大白，人类把机器人带回家的愿望从未消失。

而承载科技革新机器人的最关键元素是：视觉识别、语音识别……

乐聚机器人就是这样一家专注人工智能载体——高端智能人形机器人研发与销售的高科技企业。

2016年，乐聚团队以俱乐部的形式初创。

那一年3月，常琳和几位大学期间机器人社团的校友共同创办了乐聚。包括他在内，团队一共有7人，都是从几百人中通过几轮淘汰筛选出来的社团成员。

很难想象这个创始团队，三位核心创始人都是哈工大的"90后"在读博士生，他们分别是常琳、冷晓琨和安子威，可以说，他们把机器人行业创始人的平均年龄拉低了不少。

忽如一夜春风来，千树万树梨花开。2015年，团队察觉到一种"将改变命运"的可能，国家正大力推动"大众创业万众创新"。场地、资金、创业服务都为创业大学生们准备着……一条与学术不一样的路已经铺设在这个年轻的团队面前。

"可以试一试。"一通分析后，冷晓琨得出结论："船小好掉头，我们当时都是在校的学生，一旦失败了，也没有太大损失，可以回到原来的轨道。"

2016年，在一次比赛中，乐聚被投资机构青橙资本看中，还没和乐聚签合同，资金就先打到了乐聚的账上。他们说："我们也没看明白你们的商业模式"，但是觉得你们团队不错，我们就赌一把。

也是在那年，乐聚获得1000万元的天使轮投资，几个年轻人裤兜鼓起来。开始"甩开膀子"大干一场。

那时，消费级智能机器人的概念火爆，和很多初创团队一样，乐聚的首要任务是找到市场的切入点，而直接面向消费者的机器人产品被列为重点方向。

几个"初生牛犊"觉得，消费类市场足够大，天花板足够高，只要能够抓住一定的消费者群体，空间肯定足够大。

抱着这个想法，经过半年的努力，乐聚机器人第一款产品AELOS娱乐版以家庭娱乐为主的机器人产品正式进入市场。这款机器人搭载了语音识别技术和肢体交互模块，这是机器人的大脑，可以陪用户谈天说地、答疑解惑。

"这款产品在当时的市场中算得上足够新奇，我们希望它为公司杀出一条血路，成为年销量100万台的爆品。"常琳及其团队的心态，很大程度上反映了当时在机器人"大跃进"中大部分创业者的典型心态。

或许是高估了消费者对于这类产品的热情，他们进入的这一角度后来被证明是"一个坑"。

2016年末，乐聚机器人有5000万元左右的收入，这对于初创团队来说销量还算过得去，众筹也取得了不错的成绩，公司还获得了深创投集团数千万PRE—A轮投资。

在这阵疾风中，乐聚制造的首批机器人用户黏度不高，只会唱歌跳舞过了新鲜期，便会束之高阁。常琳很快就发现，产品销量处于一条不断下滑的斜线状态，特别是2017年一季度结束后的销量远远低于预期。

"产品卖出去两周之后，用户就很少再玩下去了。"常琳说，市场疲软下来，如果有黏性，消费者肯定会不断去用，也会和身边的人来介绍这款产品能够解决各种问题，市场显然已经投下了否定票。

把产品做好，最简单最困难的事情就是韬光养晦。乐聚机器人断臂求生，砍掉这款以家庭娱乐为主的产品线。

当时，市场对于消费级机器人的定义还不清晰，这类面向消费者的陪护机器人并不能真正解决用户的需求，某种程度上它更像是一个玩具，而玩具是随时都可以被取代的。

同时，大量同质化产品以及行业泡沫的出现，决定了一轮新的洗牌在所难免。乐聚的遭遇在某种程度上印证了当时消费级机器人产品的"伪需求"问题。

乐聚是最冷静、思考最缜密的公司之一。

倾听市场的声音。乐聚团队发现，主打娱乐功能的人形机器人市场表现力不够主要有两个原因：一是在用户的好奇心褪去之后，产品本身的功能不具备足够的黏性来抓紧用户；二是作为娱乐产品，人形机器人的价格偏高，普通家庭购买意愿不强。

　　为了解决上述两个问题，乐聚的二代、三代产品智能做了很多事：和图灵机器人合作，接入了图灵的带有情绪引擎的语音对话系统；建立玩家论坛，让玩家能够交流分享在玩的过程中的故事；从云端向Aelos推送当前流行的音乐等娱乐内容；安装传感器，对不同触碰力度产生不同的情绪反应等。

　　随后，乐聚又推出了小型双足人形机器人PANDO，它是国内首款具备情感交互的人形机器人，也是国内行为能力最强的小型双足人形机器人，属于主打情感互动与益智编程的产品。

　　与主打舞蹈等娱乐功能的同类产品有较大不同，这款产品定位于家庭市场，属于MINI系列。首先，通过情感黏性、功能黏性与用户建立长期的需求；其次，通过核心部件自研来降低产品的成本。

　　从简单娱乐到真实需求，乐聚的追求再上一个台阶。

　　与主打舞蹈等娱乐功能的同类产品有较大不同，PANDO的差异化设计，使乐聚团队在硬件和控制系统对机器人拥有完全自主知识产权。掌握了从机器人整体结构设计、核心部件制造到人工智能算法研发的一系列先进技术，拥有多项发明专利。

　　凭借先进的技术和雄厚的研发实力，乐聚先后获得腾讯、深创投、松禾资本的战略投资，并先后成为腾讯AI加速器首期成员及微软加速器上海4期成员。

　　目前，乐聚形成了编程教育机器人AELOS系列、家庭陪伴机器人PANDO系列、AI展示及ROS平台应用机器人ROBAN系列和全尺寸大型仿人机器人KUAVO等多个产品系列。

　　这是一支年轻科创团队的破茧成蝶。

　　AELOS系列是国内首款可实现快走的双足人形机器人，其采用机器人专用二代舵机、自稳定步态算法等乐聚自研核心技术，让人形机器人的步态更拟人、行为能力更加灵活稳定、使用寿命更长。

　　全尺寸人形机器人产品KUAVO身高1.7米，有26个自由度，具备人的感知与技能（听觉、视觉、语言能力、行为能力等），可实现自由行走、自主导航、自动避障、抓取、识别等功能。同时还具备超级计算能力，缩短了我国在人形机器人领域与美、日等国的差距至少10年。

"人形机器人是机器人的高级形态，也是最容易被人类接受的形态。"常琳说，"人形机器人在未来一定会越来越接近人类，不管是外观、行为能力还是智力，它们只会越来越优秀。"

2018年4月17日，深圳。

以"进击·融合"为主题的猎云网&AI星球2018年度人工智能产业峰会在大中华希尔顿酒店隆重召开。

锐视角、猎云资本、猎云财经、创头条、蜂巢等上百位人工智能行业顶级专家、知名投资人和精英创业者到会，现场座无虚席。圆桌交流环节，针对"AI商业化进程中的问题与反思"的议题，常琳受邀参与对话，围绕人工智能在各个细分领域当中应如何挖掘其商业价值的话题，他认为人工智能的发展过程相当于整个互联网进程的第三阶段，未来物联网形成阶段的到来，肯定就是智能硬件大普及。

在此不妨将该峰会上的论点实录整理，以飨读者：

主持人：AI智能硬件特别流行，正在"风口"，很多公司推出很多产品。在智能硬件的需求中，有哪些是真实需求，哪些是伪需求，您怎么看这个问题？您可以从自身的产品人形机器人来说说你的想法。

常琳：我想举两个例子。现在80%的智能硬件企业都是亏损的。它们为什么亏损？如果造出来的产品是符合市场需求的，亏损的概率应该是很低的，只要它经营，在这方面有一定的运营能力就可以。真需求、伪需求的比例很明显。第二个是相比当年的大疆，大疆在六七年前整个无人机市场的状态也是很艰难，相比现在的智能硬件企业也没有特别的优势，或者比现在的还要差一些。因为他当时和别人经常讲的一句话就是：我们的无人机不知道能干啥，或者别人常问不知道怎么用，这是最根本的。

主持人：第二个话题，目前在工业机器人和工业级应用过程中，AI获得了上千万、上亿甚至几十亿订单的市场，消费级的机器人或者AI硬件的消费过程中，还是一波三折，跌宕起伏，还没有非常漂亮的数据。针对这个现象您如何看待？

常琳：从趋势的角度看，智能硬件会经历哪些过程，就相当于整个互联网进程的第三阶段，第一阶段大家都知道，是PC时代，用电脑上网的时代。第二阶段是手机上网的时代。第三阶段是要进一步到互联网时代，物与物之间形成互联。

在趋势上，未来物联网阶段的到来，肯定就是智能硬件大普及或者说智能家居大普及。这是从趋势讲。产品的角度，什么样的产品能够成为爆品，比如一年卖10万台、20万台、30万台在消费者这端。我们内部定义产品的时候会有几个原则。

第一个原则，消费类端非常重要的因素是价格，价格在消费类领域非常敏感，现在大部分智能硬件的产品由于成本问题、因为整个供应链不是特别齐全，成本下不来，价格端非常高，所以消费者接受不了。第二个原则，产品黏性上，产品的用处、产品使用的次数和频率，消费者使用过程中是不是变成必需品或者常用品。这两点是在一个产品在消费类领域变成爆品非常重要的因素，现在进入互联网普及的早期阶段。从产品变成爆品的因素上，我觉得一个是把终端消费者的价格大幅度降低，二是随之带来产品的黏性、体验、使用的舒适程度上也要进行提升，这两点满足之后，就会是爆品。

主持人：最后一个问题，目前我们一直讨论AI硬件，从投资角度或者创业角度，怎么看待AI在商业化和产品化进程中所存在的问题？

常琳：我认为人工智能被当成技术工具是正确的，而不是变成标榜成为公司自己的标签，人工智能和互联网一样，能切入不同的场景，把它变成工具，把人工智能变得有价值。

正如常琳所言，乐聚机器人的价值一直备受资本青睐。2019年初完成2.5亿人民币B轮融资，由洪泰基金、深报一本文化基金联合领投。

投资方主要是看重乐聚在人形机器人领域的技术优势和未来商业化的空间；公司在机器人算法及核心驱动上实现了突破，同时乐聚的市场增长也很迅速。而腾讯资本的持续加注，对乐聚来说是"插上了翅膀"。

乐聚和腾讯的合作是多维度、多层面的：在技术层面，乐聚与腾讯西雅图实验室"强强联手"，展开互补型合作；在营销方面，腾讯为乐聚导入C端流量。

腾讯的强势介入，让乐聚的智能机器人在市场层面全面开花，其市场化运作模式也在探索中越来越清晰成熟，应用场景的落地融合更是多渠道、多样化发展。

2018年乐聚机器人技术公司被认定为国家高新技术企业。

至此，乐聚机器人从"成长期"正式进入"成熟期"。

深圳。下午3点，常琳关掉了办公室的电脑，直接开车赶往工厂。

他马上要转换另一个角色。

常琳是一个"能文能武"的博士，上能进实验室做研究，下能到工厂拧螺丝，这的确是一个有意思的现象。

很多人以为科学家们都像教授一样西装革履，安安静静地搞研究，其实像常琳他们这群的高学历创业人士却用相当多的时间会气定神闲在工厂里"拧螺丝"。

"我们是博士，确实没想到最后却要蹲工厂了，去年在工厂里熬着还损伤了身体。"常琳感慨道，"技术理论即使前沿，要让技术变现的话，生产并不是一件容易度过的难关。"

AELOS 1S是人工智能编程启蒙机器人，也是国内首款可实现快走的双足人形机器人，常琳和他的团队对此倾注了不少心血。

对常琳来说，研发技术可以取得竞争优势，但要真正转化成市场优势，必须有与之匹配的强大制造能力才行。

跟常琳同时毕业的博士同学很多都被大疆和华为高薪挖走。常琳和他的创业伙伴为了能够准时量产，在工厂通宵达旦熬了几个星期，难怪身体扛不住了。

乐聚公司的技术积累绝大多数都由各个领域的博士完成的，但在刚步入制造业的时候，常琳则算是毛头小将，博士不能解决的事情太多了。

"比如以前看不上制造业，感觉很低端，但说实话，现在觉得工程师真是了不起。"常琳说。

原来，在生产塑料壳的时候，一种白色的色号分很多种，他们发现，稍微调差一点点的料就会有很大的差别，这个配比跟当地的环境、湿度、气温都有很大的关系。

"天气热的时候一个样，明天变凉了又会变成一个样了。"常琳说，"我们当时真的束手无策。"

博士们深谙的数学公式根本解决不了这样的问题。

"最后是生产线上有经验的老工程师帮我们解决了这个难题。"常琳回忆，当时工厂里的老师傅对这个事情了如指掌，他说不上来有什么理论支撑，让他们非常惊讶的是：经他们一调，颜色就到位了。

这让常琳眼神中的烦闷顿时烟消云散。

在常琳的印象中，博士们是科学家，工程师则是像工厂里的老师傅这样的群体，两者合二为一是"最佳组合"。

进入制造业后常琳发现，自己可以做前沿的算法，也可以了解配料、材料、量产的稳定性，但现实是，机械这个行业的许多内容是科学家不能解决的，必须要像老师傅那样的工程师来解决。

"人形机器人技术一定要让大众看得见，摸得着，这种技术才有价值。"这是常琳的见解。

"少年智则中国智，少年强则中国强。"这是梁启超先生激励青年人的经典名言。这质朴的真理在冷晓琨身上得到了再妥帖不过的诠释。

冷晓琨是哈工大计算机学院博士生、乐聚创始人之一。曾入选2018福布斯亚洲30位30岁以下精英榜名单，是消费科技领域中国最年轻的入选者之一。

一切的归因都指向冷晓琨的初中时代。

冷晓琨"死磕"智能机器人是从初中时代开始的。那时，他"挤破脑袋"才以旁听生身份加入了学校计算机小组，从此便"难以自拔"。"就好像是突然打开了一扇天窗，一个广阔的世界呈现在我眼前。"冷晓琨说，有一种"要发现、要征服"的强烈欲望。

这个勤勤恳恳的机器人"发烧友"，从初中保送高中，再从高中保送到大学，进入心仪的哈工大本硕博连读。

大一入校不久，冷晓琨给机器人创新基地研发团队主任洪炳镕教授发送了邮件，表明了自己想要跟随他研究机器人的愿望。

"起初，我这个大一新生并没有引起洪教授的注意，只是被鼓励好好学习专业知识。但经不住我的再三请求，洪教授终于同意我进入研究室学习。"冷晓琨笑着说，大一新生在二校区上课，基地在二校区，他每天利用课余时间赶往一校区进行机器人编程研究。

"当早上室友们还在酣睡时，我已经在赶往一校区的路上，晚上我再搭乘公交末班车返回。"从那个时期，冷晓琨就在自己心里埋下了机器人的种子。

冷晓琨的奇妙之处就在于，命运冷不丁地在他既有的人生轨迹上延伸出另一种可能性或者机会。

大一时，"中俄工科大学联盟机器人大赛"（ASRTU）在哈工大举办。临危受命的冷晓琨代表哈工大参赛。经过重重激烈对抗，这个年轻队长带领的队伍，击败了北京理工大学、鲍曼莫斯科大学等数十所国内外知名高校，一举拿下机器人足球冠军。

正所谓"时世造人"，冷晓琨一战成名是在2014年的春晚。

当时，前一届老队员相继毕业出国，新队员经验匮乏，冷晓琨在"青黄不接"时挑起大梁，硬着头皮带着一群大三、大四的"发烧友"登上春晚舞台，向千家万户展现了机器人科技与艺术的完美融合。

冷晓琨本科时就与同学组建了兴趣团队。随着研究的深入，乐聚团队发现机器人研究受硬件因素影响极大。而当时国内很难找到一家能生产合格机器人硬件的公司。

"决不能受制于国外！"冷晓琨和他们团队伙伴绷足劲儿用不到3年时间就研发出了具有自主知识产权的机器人硬件和控制系统。"晓琨是我们三个合伙人里年纪最小的，但却是我们几个里面最执著的一个人，他经常会为了一个零部件研究很久。对于技术上的每个环节都不轻易放过，亲自把关，直到满意为止。"这是冷晓琨的合伙人——常琳对他的评价。

从热爱机器人的追梦少年，到全国机器人大赛卫冕冠军，再到顶尖机器人技术公司的创始人，冷晓琨走过的路，是一名中国少年敢于做梦、勇于追梦、勤于圆梦的过程。

乐聚另一位创始人兼VP安子威，是一位资深智能机器人玩家，他对自己的成果有独特的认识："我们的智能人形机器人，具有一个特殊的属性，就是它不再是一个单纯的玩具，而是一个能够和人实现情感交流的'伙伴'。他会和您一起学习、共同成长、融入您的家庭。"

乐聚一直在创造着最富有灵感的机器人。

"我们会推出更多温和、智慧、灵动的机器人，赋予他们更加接近人类的外观和思维，娱乐和教育是人形机器人能够快速落地的两个切入点。"安子威说，"尤其是教育行业对机器人需求比较迫切，空间也更大。"

众所周知，人工智能对世界的影响非同小可，而少儿编程打开了一扇通往未来世界的大门。

在AI+教育的风向之下，从2017年9月开始，乐聚机器人基于AELOS的基础，推出了教育人形机器人，正式切入中小学与高职院校的人工智能教育，帮助学校普及人工智能编程教育。

当时，市面上的人工智能教育大多为点读机等孩子学习辅助的"宠儿"，且集中于低龄化阶段，即小学一二年级阶段，但是随着孩子年龄的增长，这类教育产品失去了让孩子进一步学习的兴趣。

编程教育是一门启发儿童智力、锻炼独立思考能力的综合性学科，能对青少年的教育发展起到促进作用。

乐聚发现，编程机器人核心受众是5~10岁的儿童，这个年龄段正是需要教师引导的时期，而懂编程的少儿老师不多。因此，推出编程机器人对促进现阶段青少年的教育恰逢其时。

"10岁以下的孩子们可以学乐高，10岁以上的就可以用我们的产品来学习编程。"在安子威看来，教育板块是一个相对真实的需求。

"比如教孩子如何通过编程让机器人越过障碍物，国内很多人形机器人行走速度很慢，大量时间会浪费在等待机器人行走上面，而我们的机器人可以实现快走，可以让学生们将更多精力集中在学习编程逻辑上面。"安子威说道。

乐聚的优势在于他们所生产的教育机器人是国内唯一可以快走，行走速度达到15cm/s，其技术积累能够让它们在这个领域内做出更加灵活的产品。犹如乐高积木的进阶版本，用户在编写程序后，可以让机器人做出各种动作来。

AELOS教育机器人成为国内首款具备完善教学体系的人形机器人。乐聚为此制定了一整套完整的人工智能机器人编程教育解决方案，包括设立教育培训基地，为各地教育机构提供专业的师资培训服务，简化版、教育版两套编程系统，支持各个年龄段的进阶学习，进阶式机器人课程体系设计小学、中学分阶段教学，课程内容涵盖机器人机械原理、编程技术等方面的内容。

随着国家大力扶持人工智能政策在中小学落地，教育机器人市场足够庞大。以学校机房的数量推算，教育机器人的市场空间可以覆盖28万所学校、50万间教室，庞大的落地场景背后，隐隐的又是一个千亿级市场蛋糕。

试水教育行业，用户反馈来看，编程机器人需要采用B端拉动C端市场的模式，因此乐聚与B端的学校和教育机构等的合作就显得尤为重要。

乐聚机器人在ToB和ToC业务实行两手抓。

ToB方向，乐聚机器人以人工智能教育行业为切入点，以人形机器人为落脚，推出了国内首款具有完整课程体系的教育服务方案。目前，乐聚在国内教育市场，已经覆盖了21个省市、1300多所学校，超过1000多万学生在使用乐聚的课程体系。

在市场容量更大的ToC方向，乐聚机器人瞄准青少年智能硬件市场，结合时下最流行IP形象，以"陪伴成长，发掘逻辑能力"为产品理念，推出高、中、低档产品组合，市场覆盖欧洲和美国等发达国家。

乐聚机器人持续在教育行业领域深耕。

随着《新一代人工智能发展规划》《普通高中课程方案和语文等学科课程标准（2017年版）》等国家级方针政策的发布，全国各地的相关政策、实施办法也在陆续推出。结合这些方针政策，乐聚采用了四种落地形式：

一是政企合作。通过和地区政府合作，打造当地的人工智能机器人实践基地、销售服务中心；通过基地学习、校内课堂等形式，推动当地人工智能教育的开展，覆盖本地及周边生源。

二是校企合作。通过和学校合作，搭建校内机器人课堂、创新实验室，或结合信息课程增加人工智能机器人内容等。

三是企业联动。通过与校外培训机构合作，拓展校外培训体系，丰富校外培训内容，补充和延伸校内知识空缺。

四是赛事合作。通过与共青团中央、中央电教馆等主办的权威创新类赛事合作，推动机器人学习的效果落地，培养中小学在机器人方面的优秀创新人才，并顺利进入高校自主招生通道，从而服务学校、机构、家长和学生。

目前，乐聚在国内教育市场，已经覆盖了22个省市、近千家学校，超过1000多万学生在使用乐聚的课程体系。

如今乐聚掌握的机器人专用舵机、SLAM算法、自稳定步态算法等核心技术已经处于国内领先水平，未来也将持续加强人形机器人的技术升级，力争赶超美、日等先进国家水平。

谈到乐聚的未来，常琳坦言，他们仍然会坚持技术、产品、市场三条腿走路的原则，加强在核心技术上的研发力度，保持领先性和产品的更新迭代速度，推动机器人产品在更多领域落地，让机器人产品惠及更多人群。

燕雀焉知鸿鹄之志

王国彬很"红"。

那是2018年，土巴兔正式向港交所提交IPO申请。迎来上市的这一年，王国彬刚满36岁。

十年后再来复盘，王国彬创办的土巴兔装修网在深圳成立时间是2008年7月。

王国彬起于寒微，少年贫贱，却能白手起家，十年成就一方伟业，一无所有的农村青年是怎样凭借个人努力与智慧走到今天这一步的？

出生在江西抚州的王国彬自幼喜欢文学，他清楚地记得是在初一那年，他写出一篇名为《孰熟》的作文。故事中，一位家长带着孩子买苹果，议价时顺手取了一颗给孩子玩，期望趁摊主不备带走，同一时间，摊贩则为了尝试缺斤短两而殚精竭虑。当小孩子主动归还苹果时，两位大人为了"谁不成熟"而争执起来……

这种超前的写作方式，令语文老师大为兴奋，临时放下办公桌上待审批的作业，拿到班上来当范文读。

这给了王国彬很大的自信。

初中毕业后，王国彬考上当地一所中专学校，他的文学梦依然旺盛，一度憧憬着哪一天在文坛横空出世。与几乎所有孩子喜欢追星一样，王国彬将鲁迅视为榜样："他（鲁迅）那样才是了不起的人生。"

百年前的文学偶像承载了他对未来的全部期待，或许也囊括了改变命运的可能性。然而，他的第一篇作品就被中专学校文学社的社长怀疑为抄袭。这位社长的理由简单粗暴："农村来的学生不可能写得出如此功底的文章！"

"简直是侮辱。"王国彬非常生气，当即掐断了稚嫩的"人生规划"。

如果王国彬还在文学的梦境中一路狂奔，痴心不改，或许就没有今天的土巴兔了，中国也少了个"独角兽"企业。

后来，那篇被质疑的文章被发表在一家报纸上，王国彬得以正名。但文学梦破灭后，王国彬摇身一变成了妥妥的"IT理工男"，他将目光转移向了当时最前沿的计算机领域。投资3万元创办了一所计算机培训学校，主要是培养广告设计师、网页设计师、程序员。两年就培训了学员上千人，依靠培训也赚到了他人生的"第一桶金"。

随着计算机培训学校的逐渐扩大，其开设的专业也越来越多。王国彬发现他所创办这所学校，其最大的学生群体是室内设计师，为了解决学生们的就业问题，王国彬又投资一个装修公司。

王国彬脑子好使，期间，他还考取中山大学，拿到了计算机的本科文凭。在赚到了"第一桶金"之后，他开始了"多元化"发展战略，同时在抚州经营着饭店、电脑销售公司以及广告公司。

23岁那年，据说王国彬已是千万级富翁了。

真正让王国彬感受到焦虑和急迫的是2005年。那一年，百度上市。众多媒体更是不甘寂寞，大篇幅讨论互联网的未来，大版面报道"BAT"（B指百度、A指阿里巴巴、T指腾讯）们如何白手起家，如何用几年时间做到百亿市场去美国上市的创富故事。

除了信息的狂轰滥炸，IT先行者们蹿红的故事也在不断地敲打他：

比尔·盖茨20岁就创办了微软，求伯君25岁研发出WPS1.0，23岁的王国彬呢？

"当时认为开软件公司就要年纪很小，再不出去可就老了。"王国彬感到前所未有的紧迫感，他突然感觉到，自己搞培训、开饭店、卖电脑、做广告这些"小作坊"相比互联网实在是太小巫了。

2005年8月，百度在纳斯达克挂牌，一时无两。他意识到，搜索引擎是整个计算机科学中最具有含金量和技术密度的一块业务。他更不知道的是：百度的背后，是十数亿风投资金的支持。

其实，包括酷讯、大众点评、去哪儿网、豆瓣在内的垂直信息平台的创立，大都在那个时间点前后。王国彬脑袋一热，带领四五十人的团队南下深圳，创办了一家互联网搜索引擎公司，切入了大而无当的"全品类"垂直搜索，涵盖了机票、餐饮、汽车等，有点像现在的大众点评。

然而，王国彬的创业之路并非一帆风顺。由于他不能约束到平台内的商家，发生了很多问题。两年多烧了几千万之后最终铩羽而归。

"我推出了一堆功能，都是我在乎的，根本不是用户在乎的。"王国彬说，他的第二次创业以失败告终。

搜索引擎"百度梦"破碎后，王国彬回到了电脑学校。很多学生说，王校长创业失败回来，可以安心做校长了。

其实，王国彬壮志未酬，心有不甘。他分析了中国过去十年优秀公司成功背后的逻辑。2000年，新浪用技术改变纸媒，改变了资讯获取方式；盛大用技术改变娱乐；腾讯改变了沟通和交流；阿里巴巴改变了购物方式……他发现，这些企业成功的背后都有一个共同逻辑：都以技术为基础改变某个行业，只不过起初改变的行业比较轻。互联网技术也和每次技术革命一样，都是由轻到重改变行业，越往后需要的时间越久，其商业价值也越大。

王国彬借助敏锐的行业洞察力和互联网思维，判断中国未来十年技术会进一步重构更多行业，包括吃、穿、住、行、健康、教育、物流、医疗等。他发现当时的家装互联网化市场一片空白,便瞄准"衣食住行"中尚未被互联网改造的"住"的领域,深度介入家装行业,把设计师功能、材料商、物流公司在线化搬上平台,使设计师和工人之间有良好沟通。

2008年7月,他用自己两年前申请的网络域名"to8to"注册了一个公司:土巴兔。

他当时想要有个卡通形象,再加上域名的谐音,土巴兔就此诞生。

关于"土巴兔"这个名称的内涵,王国彬后来曾在一家媒体采访时作了诠释。

土:正直,脚踏实地。做人德为先,正直是根本;保持公正、正义、诚实、坦诚、守信;尊重自己,尊重别人,尊重客观规律,尊重公司制度,从而自爱自强。

巴:创新,锐意进取。创新不仅是一种卓越的工作方法,也是一种卓越的人生信念;在方式、方法、内容上,时时寻求更好的解决方案,精益求精,谋求更好的成果水平;不断激发个人创意,完善创新机制,以全面的技术创新、管理创新、经营模式创新,推动公司的不断成长。

兔:主动,敏捷迅速。积极主动,高度的责任心,勇于承担压力和责任;动如脱兔,对用户需求,对市场变化,反应要敏捷迅速;善于合作,重视整体利益,从而创造出优秀的团队绩效。

2009年6月,土巴兔装修网正式上线,打出"免费报价、免费量房、免费设计方案"的响亮口号。

这一次,王国彬开始构建土巴兔的商业模式,决定通过"互联网+"来帮助需要装修的业主找到心仪的设计师,主要聚焦家装设计师作品,立志做一个"装修版的淘宝"。

当一个业主拿到房子时,就会想:该怎样装修,大概要多少钱;装修公司在想:该小区有哪个业主需要装修。

而装修涉及设计、施工等,业主则很容易被装修公司"坑"。例如:施工质量低、增项漏项、材料虚假、延误工期等,这些产业特点使得B端装修公司和C端业主都有很多"堵点"。

土巴兔就是要解决B端和C端的"堵点",通过打造一个智能的匹配引擎,给C端和B端打数据标签。当用户在土巴兔平台登记一个装修需求时,土巴兔就会给他匹配三家正规装修公司,用户足不出户,拿到免费设计方案,装修公司只是举手之劳,就见到了最想见到的人。

王国彬希望用互联网重构几万亿的装修家居产业链。然而,事与愿违,最初以设计师论坛的蛰伏过程很快就证明了此路不通——因为是免费模式,来的都不是真正的装修客户,从调取的数据一看,全是20岁不到的学生,显然是来找设计师取经,学做设计的。

王国彬的生意做不下去了,每个月十多万宽带费转而成为了"学费"。他给自己定下的六字创业原则是:活下去,建壁垒。

2011年,土巴兔获得了经纬中国的数百万人民币的天使轮投资,王国彬将目光从设计师转移到了设计公司身上,慢慢向交易平台演变,同样还是免费模式。

"装修保"一度被称为"装修版的支付宝",王国彬顶住各方压力强推,核心目的是为了重塑消费者对于家装行业的信任。

那是2012年5月,土巴兔的担保交易产品"装修保"出台,要求通过土巴兔平台促成交易的所有装修金额先行打到土巴兔的账号中来,再按照装修进度结款,它是土巴兔装修网为保障业主和装修公司双方共同利益而推出的一项保障性产品。这种介入交易、接入现金流的支付产品,于估值而言,会大大提升资本市场认可度;于市场而言,又可以充分保证用户体验,有效牵制装修公司。

"作为平台方,这是最为理想的一种角色,无论哪家互联网家装企业,只要跑通该模式,必将获得巨大先机。"令王国彬没有想到的是,这项措施同时触动了装修公司与平台销售团队两拨人的利益。

造化往往弄人。

装修公司不配合,当时在深圳一两百家装修公司都终止了合作,不过，在"威逼利诱"之下，最后有三四家公司愿意进行尝试，因为账算下来，证实可以为其提升接单效率。

坚持正确的路比选择正确的路更难。

"内部阻力很大，尤其是销售，他们觉得这个不对。"王国彬的这一作法遭到前所未有的抵制。据他自己回忆，当时公司内几乎没人支持他，因为"装修保"涉及资金托管，将明显提升销售人员的沟通成本，因此这支团队在初期旗帜鲜明地在内部反对这一新上的项目，两位销售组长断言"大家联合起来反对Robin（王英文名），他就自然会妥协。"

二人在内部通讯软件上组群，发动同事抵制此项目，王国彬不得不出"重手"，将内部两个强硬的"反对派"开除，项目才得以推行下去。随后，他当着公司所有组长以上干部的面，在会议上面对视频组的摄像机，将推行"装修保"的承诺录下来，押下一份军令状。

冒着一半销售出走和几乎所有客户出走的压力，愿意尝试"装修保"的合作商竟出乎意料地受到消费者欢迎，出走的客户又陆陆续续返回来了。

"装修保"的推出成功解决了低频到高频的问题。

如今，王国彬已经不再具有自我证明的强烈意志。回忆往事，他只感慨凭直觉踏下的每一步都"踩对了点"，并恰好将其强悍地推行了下去。

因为始终坚持免费模式，土巴兔一直处于亏本经营状态，但凭借做线下生意的经验与苦熬的精神，王国彬还是成功地将土巴兔开到了全国100多个城市，其中开设"装修保"业务的城市有25个，日订单量超过了1200单。

2013年前后，中国互联网行业兴起了一股名为"O2O"的风潮，资本也一路给予王国彬相应的回报，一共四次投资A轮、A+轮、B轮、C轮天使。

次年，红杉资本入伙。

2015年3月，对王国彬来说是一个重大节点，土巴兔继续获得红杉资本和经纬创投、58同城共同投资2亿美元C轮融资，创下泛互联网家装领域单笔融资之最。

土巴兔成为了互联网界的一匹"黑马"。

虽然后来的招股书证实这个所谓的2亿美元实际上到账的只有2亿人民币，但确实也是一笔大钱。

在一些人的认知中，烧钱就是"O2O"的宿命，滴滴、美团莫不如此，土巴兔亦然。

拿到这笔大钱，土巴兔独家冠名北京卫视《暖暖的新家》，签约湖南卫视"一哥"汪涵作为形象代言人，密集地在地铁、电视、网络、楼宇、公交等投放广告，从天空到地面全方位无缝隙开启"轰炸模式"。

"装修就上土巴兔"的广告语率先占领了用户。

同年，王国彬创立的土巴兔迎来增速发展。8月，土巴兔独立用户自然访问流量日均超过200万，平均日登记请求超过2万单。

设计本是土巴兔旗下专注高端室内设计服务的平台，主要为用户提供高端个性化室内设计服务。"图满意"是土巴兔推出的3D云设计系统，该系统主要依托3D云设计、VR、AR等技术，能够在线完成户型绘制、改造、拖拽模型进行室内设计，1分钟完成户型改造，10秒生成高清效果图，10分钟生成高品质全屋设计方案。

以室内设计效果图为例，过去需要用到3Dmax、VR、Photoshop等四五个软件来给用户绘图，每一张图、每一次修改都需要收钱，改一个角度需要等半个小时、一个小时，甚至半天。利用土巴兔的云设计平台——图满意，所见即所得，十几秒钟就可以渲染出图。

3D云设计打造业主、设计师、设计公司和商家真实互动、共享多赢的平台，已经覆盖全国322个城市和地区，拥有100万名室内设计师资源。

在投身互联网创业的第7个年头，"土老板"王国彬终于顺利转身成为了一名互联网大佬。

土巴兔仿佛就像是开挂一般，处于高速而稳健的发展态势。如今，土巴兔已开通300个城市分站，相继成立北京、上海、广州、武汉、长沙、南京、杭州、厦门、福州等53家分公司，平台汇聚全国近9万家正规装修公司，拥有员工超过3000人，5800多家主材、辅材及定制家具供应商，110万名专业室内设计师，有超过2900万用户在土巴兔平台上享受到了优质家装服务。

"互联网+搜索"，造就了百度；"互联网+零售业"，造就了阿里、京东；"互联网+通信"，造就了腾讯；"互联网+家装"，造就了土巴兔。

土巴兔创办那年，中国互联网开始步入成熟期，网民数量达到了2.53亿，首次大幅度超过美国，跃居世界第一位。

如果以1998年"BAT"先后成立为标志，十年间中国网站数量共有191.9万个，年增长率为46.3%。可以说，新浪、网易、搜狐等培养了一批互联网网民，完成了一轮用户习惯的改造，人们更倾向于依赖网络来满足个人的需求。

土巴兔在互联网与传统行业碰撞的市场环境下孕育而生。

很多人好奇，互联网+家装行业是一个角色多、痛点多的深水区行业。在家装"深水区"游了15年，土巴兔的生存法则是什么？

"商场如战场。"王国彬说道，"我们这个行业'打仗'分两种：第一用粮草去打，就是拼粮草，但是这个行业没有办法拼粮草，拼粮草的仗都属于小仗。真正的大仗比的就是成长速度，大家都在拼时间，拼迭代的能力。"

传统的装修公司，想要获得业务和客户无非是攻楼盘、电话销售、门店营销"三板斧"，除了需要自养一大批营销人员外，更重要的是获客效率低、成本高。

严格来讲，土巴兔最初做的可以理解为是一个比较轻量级的信息"撮合平台"，它的价值就是帮助用户找到合适的装修公司，解决信息的不对称问题。

"信息不对称，行业封闭不透明，可供挑选的装修公司少得可怜。"家住广州越秀区的李女士深有感触，她买了一套三居室房子，装修时出一套方案，收到的不同装修公司报价最高差10万元。

土巴兔"互联网+"先让装修公司给李女士提供免费的设计、免费的风水指导、免费的建议等，而且免费"试吃"。

李女士享受到免费的装修设计方案，足不出户就可货比三家，解决了房屋装修，价钱便宜得出奇。

"金窝银窝不如自己的狗窝。"李女士对此体验非常深刻，她说，进入商品房时代，对住宅的要求不仅满足于基本的居住功能，房子也承载了一家人的梦想，装修还是非常重要的。

"土巴兔的装修既方便又透明。"李女士满意地说。

同样，装修公司也不需要再养一支营销队伍，也不用天天打海量电话，只要展示自己的专业专注，客户就会主动找来。

"那绝对是一个双赢的结果。"王国彬说，土巴兔踏出的第一步，就是改变了行业的营销方式。

2011年伊始，行业开始发生深刻变化，土巴兔PC端UV已经达到了行业领先的水平。2014年"互联网家装"概念正式推出，2015年初的资本热捧，很多"跟随者"已经丧失了进入市场的先机。

"时代有需求，你不做别人也会做，但我们已经取得了先发优势。"王国彬对2015年那场互联网家装领域的"拼粮草战役"记忆犹新。

这一年是家装触网的"风口"，越来越多的行业新手试水互联网，传统装修公司业之峰、东易日盛等也不甘示弱。据艾瑞咨询研究院发布的数据显示，这一年是互联网家装品牌融资的黄金时期，互联网家装行业的融资次数从上一年的41笔蹿升至123笔。

打着"互联网家装"的旗号，很多企业以低于500元每平方米的超低价吸引业主，一些跟风型的企业空有线上平台，线下服务能力却很差。

家住中山市区的徐女士，就没有李女士幸运了。她2015年买完房预算有限，她被上海一家平台推出的装修套餐价格吸引，随后全包给装修公司。

"装修完不到3个月，家里地砖出现大面积鼓包，最后经检测，是因为装修工人抹水泥的时候没有抹匀。"徐女士对此一直耿耿于怀。

像徐女士一样因为装修质量问题感到困扰的业主不在少数。一些互联网家装平台通过"拼粮草"来抢占市场份额的时候，因为缺少与之匹配的对装修公司施工质量的把控能力，留下了很多"外患"。同时，很多平台只是将交易环节搬到了线上，核心竞争力不足，"打价格战"打得"粮草"所剩无几，造成资金链断裂，给平台留下了经营风险等"内忧"。

白热化的互联网家装行业竞争堪称"血雨腥风"，激烈程度堪比当年团购领域的"千团大战"。

但令外界感到不解的是这场"残酷战争"以近乎惊人的速度见了分晓：年末，200余家互联网家装平台中，有四五成走向倒闭，包括宜居家装网、珂居网、家装360等风行一时的"名家"从此销声匿迹。

行业的同质化价格战留下了一堆"后遗症"，烧钱多的企业也并没有在互联网家装风口上建立壁垒。无论是从业主角度，还是平台自身都是"双输"。

做好口碑、积蓄流量。

这一仗，土巴兔凭借着先发优势在互联网家装行业"粮草大战"中突围，通过深挖用户价值、进入大众视野并站稳脚跟。

随着这个行业不断有新的入局者和出局者，土巴兔似乎又不像外界所认知的那般简单。王国彬称："'深水区'需要足够长的时间来认识、摸索，过去15年土巴兔对产业的认知在不断的加深，对产业的改造也是由轻到重的。"

这或许就是互联网家装的"丛林法则"。

装修行业是一个冗长的产业链，怎么找到突破口呢？王国彬提出了四字箴言：增、去、挪、替。

增。在业主与装修公司签约过程中，土巴兔增加了一个"三方签约"的环节。业主先把钱存管在土巴兔合作的第三方金融机构，装修的每个施工节点结束后，业主确认后，钱才给到装修公司，事后还可以对装修公司作出评价。

去。去掉业务员，帮助业主降低成本。传统的装修公司需要养一群业务员，也就是营销人员，不断打电话寻找潜在的业主。而土巴兔在自身有很大流量的基础之上，搭建了一个智能匹配引擎，帮助用户找到合适的装修公司。

挪。把传统的监理角色挪到独立的第三方平台上。传统的家装公司监理都是自己的，自己监督自己，长期下来，公正性得不到保证和认可。并且一家装修公司的工地相对比较分散，监理一天也只能去1–2个工地，大部分的时间都花费在了路程上。

替。土巴兔为设计师打造设计工具，专门针对中国家装行业，做到更简单易用。使得一名设计师只需要具备设计理念，懂得设计原理，就可以像玩游戏一样快速出图，实现设计工具的替代，提升设计师工作效率，还降低了设计出图的成本。

"互联网家装出现是必然的，土巴兔做到是偶然，土巴兔不做别人也会做。"王国彬说，传统家修行业的痛点非常明显：建材价格、质量不透明、装修公司无故延期等。作为平台方，土巴兔要扮演的角色是家装建材业的阿里巴巴和消费者家装的天猫。

土巴兔有这样一句名言：创造价值无止境。

如果说用户签完约帮助用户解决了找装修公司之难，土巴兔从中扮演着信息撮合的角色，那么，改变行业的交易方式则是完成了一次升级。

传统装修行业一直是"先收钱后做事"模式，装修公司掌握着施工的主动权。然而，一些装修公司收完钱之后，做事却很敷衍。

如何给用户装修保障？这让夹在中间的土巴兔很难受。

2012年，土巴兔在行业内率先推出"先装修后付款"服务。用户将装修款存管到第三方金融机构，装修公司先施工，在土巴兔质检验收合格并且业主满意后，款项才会付给装修公司。

土巴兔再次缓释了用户的痛点。

王国彬说："推出先装修后付款前，我经常会去听客服录音、去一线工地了解业主真正想要的，那时候很多业主说能不能先施工，装修满意后再付款。"

"这种交易模式是跟淘宝学来的。"王国彬笑言。

先装修后付款因为动到了装修公司的奶酪，几乎遭到所有装修公司的反对。那时，土巴兔在深圳做试点推广，深圳的装修公司几乎全部退出了合作，只有两三家留了下来。

眼看撑不下去的时候，奇迹出现了，被说服留下来的那两三家装修公司却备受用户青睐，生意火爆到不行。

两三个月后，原本退出的装修公司又陆陆续续返回了土巴兔，并且之后以每月新增一两百家的速度扩张，顺利打开了土巴兔的口碑。

解决装修公司后顾之忧，土巴兔迅速为装修公司搭建了一条"基础设施"之路——开发一个ERP系统。

黄贵是佳美装饰公司总经理，每个月有30单左右的生意，如果花钱去请几百个程序员开发ERP系统，可能要花上百万，成本很高，显然不划算的，所以只能采用手工本、EXCEL表为主的管理方式。

"入驻土巴兔之后，平台提供的ERP管理系统让以前4个人干的活，2个人就可以完成了，节约了人工成本，效率也提升了。"黄贵说，"在采购建材上，过去我们也遇到同样的问题，吃过很多哑巴亏。"

黄贵扳起手指娓娓道来：一方面装修公司需要养销售人员和材料商谈合作；另一方面，因为体量小，在采购议价上处于"弱势"。由于装修公司在大型的材料商面前并不具备真正的议价能力，从拿材料的价格，再到材料的品类、品相，都很难满足装修公司对材料多样化的需求。

"现在好了，由土巴兔来提供'基础设施'，问题迎刃而解。"黄贵满脸喜悦地说道。

黄贵的说法在王国彬这里得到了印证："我们做ERP管理系统给中国几万家装修公司用，分摊下来成本很低。土巴兔集合平台上众多装修公司的采购，在材料商面前有充分的议价权，能够帮助降低装修公司采购成本。你（装修公司）就做你擅长的事情，做好设计和施工。"

"不断地推进产业的数字化进程也是生存法则。"王国彬说，ERP管理系统不只提供信息展示服务，还要深入到具体的装修环节。

有一句老话：出名要趁早。而这句话在土巴兔完全不可取，"垂直领域的创业者不能光想着成名，一定要耐得住寂寞先修好内功。"这是王国彬的经验。

深圳比克科技大厦。

2022年7月的一个中午，亚热带夏季阳光晒得路上每块方砖、每粒粉尘都发烫，路边不断有年轻男子以各类口音向你推销快餐、健身卡以及国产电动汽车……

土巴兔的漫长艰辛创业之路仅从公司的搬家就可窥见一斑。"单在深圳南山区就搬了很多次家，直到进驻比克科技大厦，最早在10楼办公，做大后又租下25楼整层。"王国彬如是说。

租下比克科技大厦25层之后，王国彬给自己准备了一个宽敞的办公室，他愈发意识到自己需要更多思考独处的时间与空间。办公室的装修风格令外人疑惑，深红色书柜与写字桌、皮质沙发、大落地窗、苹果一体机、王国彬身上的白色Tee——几乎每样物件之间的搭配关系，都是割裂式的。

在比克科技大厦，流传着关于王国彬的两个故事。

早年，土巴兔拟在某中部城市布局，王国彬看重当地一个装修行的人才，他飞赴这座城市七八次都请不动这尊"佛"，索性开车守在他公司门口，一连四天接此人下班。这位高管在土巴兔深圳总部工作一年后，被派回当地分公司履新。

还有一次，王国彬尝试引入深圳一家上市企业高管，对方白天工作繁忙，他便在晚上11点对方下班后，将其约来土巴兔办公室，一番谈话持续到早晨5点，陪同面试的一位HRVP打起了瞌睡，他还在纳闷："这是什么天气？天怎么就亮了？"

据说，坐在比克科技大厦总部里的高管们，很多都是被他从北京、上海等地的大型互联网企业中"挖"来的。

"土巴兔刚成立那会条件很艰苦，发不起很高的工资和福利。当时我就在想，有什么方式可以让跟着我的兄弟们收获更多？"2019年5月17日，在土巴兔第6次期权激励授权大会上，王国彬说了一席肺腑之言，他说道："每天晚上，我就教同事学英语、写程序。我想哪怕他们以后离开了我，也能有很高的收入……"

说到这里，他顿了顿，环顾坐在台下正聚精会神聆听的员工，继续说道："值得庆幸的是，10年后的今天，他们依然在站这里和我一起并肩奋战。而且，我们在期权激励方面的费用支出比同行高出了10倍，我们能够给予员工的更多，这让我觉得特别自豪！"

王国彬的一番话深深打动了在场的所有人，这是他向员工"表白"的方式，也是他多年来形成的习惯。

时年，员工曾志鹏入职土巴兔已第三次拿到公司股权，他深有感触："在土巴兔，你不用担心你的成长，不用担心工资，土巴兔能给你的永远比你想要的更多，你只要对下属成长负责，带领团队拿结果打胜仗。"

据曾志鹏回忆，创业伊始的那段日子，是难以想象的艰难。老板在外面出差哪怕到晚上12点，当天也一定会回到公司，把客服回访过的所有项目全部看一遍。2011年，土巴兔首次融资成功，王国彬在罗湖排着长队去买了一批苹果手机，用这种方式让员工体验到更多、更好的东西。2013年，土巴兔第二次融资成功，王国彬决定拿出期权分享给员工，于是召开了土巴兔成立以来的第一次期权激励大会。

"我希望大家在土巴兔奋斗，不仅能够学到东西，快速成长，也能够实现自己的个人价值、职场梦想和财富自由，也让家人过上更好的生活。"这是王国彬内心的想法，也是他一直坚持的事情。

自2013年起，土巴兔举办的6次员工期权授予大会，共覆盖员工近200人，其中2017年以后入职的就有65人，主管及以上超过100人，期权追加人数不少于60人。

土巴兔为每一只努力的"兔子"提供了更大的发展空间和无限可能性，都有机会在未来的某一天成为土巴兔的主人。

或许，正是凭着这种对人才的重视和激励，才使得那么多的老员工在10年之后，依然选择不离不弃，陪伴公司一起成长。

"我们都知道，高铁比火车快，那是因为高铁的每节车厢都有自己的发动机，而火车只能靠着一个火车头带，所以高铁势必要比火车快。"王国彬风趣地说，"兔就像是一列高铁，每个人都是发动机，所以我们才能走得又快又稳。"

与工作相比，生活中的王国彬却钝感十足。他身边的同事透露，他有时顶着后脑一绺不规则翘起的头发出现，有人还发现，他左右脚分别穿着两只不同颜色的拖鞋……

这就是王国彬，总在思考的王国彬。

王国彬的脑子似乎有一个"开关"，在进行思考时，会自动切断与日常生活的关联。一次团队聚餐吃火锅，王国彬手持菜单陷入默然，询问后得知，他在思考为何这类肥牛会被称为"雪花"；逛宜家时，他向热狗柜台的店员询问是否有"冷狗"出售，遭对方白眼，"你不是来砸场子的吧？"

这就是王国彬，迥异于他人思维方式的王国彬。

15年来，从十几人的创业公司到如今几千人的行业领军者，土巴兔在装修行业默默耕耘，撬动了家居领域大市场，让土巴兔形象深入人心，并成为行业的"独角兽"标杆企业。

2017年，土巴兔以20亿美元估值跻身广东独角兽榜前十。

2019年10月21日，胡润研究院发布《2019胡润全球独角兽榜》，土巴兔排名第224位。

同年11月15日，胡润研究院发布《世茂海峡·2019三季度胡润大中华区独角兽指数》，土巴兔以100亿人民币估值上榜。

王国彬的梦想正在一步步照进现实。

通过互联网与家装的深度结合，"装修就上土巴兔"的理念深入人心，在消费互联网占据一席之地。

从某种意义上讲，土巴兔一直在做的事是连接，用平台连接C端用户和B端建材商、设计师和装修公司等，土巴兔正在从三个维度展望公司的战略方向：满足用户需求、夯实基础练好内功、搭建全产业供应链。

土巴兔完成了用互联网重构家装这一传统产业的实践之路，实现了三个阶段的跨越和发展：信息平台阶段、交易平台阶段、赋能平台阶段，通过互联网重构整个家装产业。

同样，和所有交易平台类似，土巴兔已经是一家能自主"造血"的公司，但他的目标不仅仅是"造血"，而是做大中国家装行业，帮助行业产生巨头。

新风口期，土巴兔再叩响家装的新一轮变革大门。

"我们的核心竞争力在于数据沉淀、数据智能、网络效应和价值观四方面，四层壁垒不断加厚，形成了土巴兔的护城河。"作为家装产业的头号"玩"家，王国彬有前瞻性的战略眼光，"土巴兔要从机制建设、线上监管、线下质检的方法推动整个产业数字化，促进消费互联网和产业互联网的融合，倒逼供给侧去改变自己的质量，也帮助他们更好地理解消费者的诉求。"

我们一起畅想一下：未来，用户到土巴兔平台上，可以对接装修公司，也可以自己设计，直接对接装修工人，还可以直接对接建材生产商……

　　未来已来，时代从不等待。

　　土巴兔的发展蓝图，其壮阔程度着实令人期待。

后记

1

民营经济，三分天下有其一。

作为最早睁眼看世界的群体，广东民营经济在中国经济发展的舞台上纵横捭阖、引人注目。

改革开放之初，广东第一代民营企业家凭借胆量、胆识、敏锐和敢为人先的精神，最先开始创业，到20世纪90年代后期，服装、家具、建材等民营企业在广东已具备相当规模。

亚洲金融危机后，随着市场竞争加剧，市场环境开始发生变化，第二代民营企业家进入工业化中期，随着产品升级换代和市场重组，广东民营企业经营水平和创新能力显著提高。

整体而言，第一代和第二代民营企业还是以制造业为主。

到了2010年后，随着互联网的发展，大量新兴经济的崛起，广东民营经济引入现代企业理念，更加国际化、互联网化、信息化。

那么，在以互联网、大数据、人工智能为代表的这一波新兴产业浪潮里面，技、术、智、造，广东民营经济是不是还走在前列？

这便是我想要寻找的答案。

于是，便有了这本书。

2

万科的"品牌崛起"、华为的"强势突围"、腾讯的"QQ神话"、土巴兔的"鸿鹄之志"……广东民营企业家开阔的视野、广博的见识和勤劳刻苦、务实低调的特征在这本书中展现无遗。

书中所记录的16家民营企业，无论是传统产业还是新兴产业，无论是大公司还是小企业，他们都在用国际化的战略眼光，用现代技术和现代方法为企业作决策，自主创新的行为已深深渗入到每一家民营企业的骨子里。

从善于模仿到自主创新，从被动参与国际分工到主动参与国际合作，广东民营企业家从第一、二代向第三代转型，是新的市场竞争环境的必然趋势。尽管书中记录的只是众多广东民营企业中的代表，但却是新时代粤商精神发展、传承的最好印证，我想，其产生的示范效应是巨大的。

与往昔的荣光相比，广东民营经济由最早的依附型的企业向创新型企业的方向发展，这个群体面对的机遇和挑战已经发生了深刻变化，但他总能适时把握历史发展趋势，引领中国民营经济不断追赶世界的脚步。

所以说，"敢为人先"不再是我对当下民营企业描述的重彩浓墨，毕竟，比谁胆量大、比谁跑在先的时代已经过去了。

高质量发展，才是广东民营经济在历史长河中演变的新跨越。

3

领会时代内涵、把握时代脉搏。

其实在广东，高质量发展的民营企业举不胜举，他们创造着业绩，表达着思想，传承着文化，他们的眼界，他们的胸襟，他们的气势，都可以写成一本大书，每一个企业家的经历都值得记载下来，所有的酸甜抑或苦辣对他们都是人生的一大"财富"，或九死一生，或一骑绝尘。

我，不是亲历者，但乐于做忠实的记录者。

《民企样本》这部作品，只是广东民营经济大潮中的"沧海一粟"。在这个波澜壮阔的众创大时代，广东民营企业洗尽铅华，他们的精彩故事、他们的经典案例，吸引着我进一步跃跃欲试。梦想、定力、决策、管理……我知道，不同维度的企业家们有点已经到达顺利的彼岸，有的还在茫茫的航路上艰难跋涉。

4

书总算出版了。

写这本书真的很难。

三年疫情相当困扰，封控封闭此起彼伏，以至我的采访也断断续续，出版计划也比原来推迟了许多，值得欣慰的是，这本书自始至终得到广东省作家协会的关注和支持。

本书参阅和引用了各主流或官方媒体的一些新闻报道，这也是我在新冠疫情期间获得相关企业信息的主要渠道，在此，我向那些笔者和媒体表达深深谢意和敬意。

由于水平所限，本书对当事企业的表达肯定有不尽如人意的地方，疏漏与偏颇在所难免，在此抱拳行礼，不吝赐教。